U0628816

人物评论　文学评论　文学原创

WEN

XIN

YI

YU

文心艺语

程经奎　著

中国出版集团　现代出版社

图书在版编目（CIP）数据

文心艺语 / 程经奎著. — 北京：现代出版社，
2024.7. — ISBN 978-7-5231-1064-5

Ⅰ . I206.7

中国国家版本馆 CIP 数据核字第 2024KS7349 号

著　　者	程经奎
责任编辑	刘　刚

出版发行	现代出版社
地　　址	北京市安定门外安华里 504 号
邮政编码	100011
电　　话	（010）64267325
传　　真	（010）64245264
网　　址	www.1980xd.com
印　　刷	北京荣泰印刷有限公司
开　　本	710mm×1000mm　1/16
印　　张	20
字　　数	346 千字
版　　次	2024 年 7 月第 1 版　2024 年 7 月第 1 次印刷
书　　号	ISBN 978-7-5231-1064-5
定　　价	80.00 元

目　录

第二辑 文学评论

第三辑　文学原创

第一辑 | 人物评论

"穷文富武"张奎武

　　记得与张奎武先生的初次相识，是在邹平县文联所组织赴码头镇广田小学的采风活动中。我对先生的第一印象，就是儒雅内敛、沉稳朴实，其书法作品用笔遒劲、古朴高雅，这样的性格气质与书法墨迹构成了一个奇妙的内在呼应。现在想来，该是先生谨守法度，保持一种盎然的古典情怀使然，也体现了他畅叙幽怀中一种自适的人文精神。

　　随着接触次数的不断增多，对先生的了解也越来越宽泛：他离岗前供职于邹平联通公司，曾担任公司重要领导职务多年，业余爱好涉猎广泛，从体育到戏曲，从摄影到书法，样样拿得起放得下，然而他最擅长和钟情的则是书法的孪生兄弟——篆刻。在拜金媚俗盛行于世，喧嚣聒噪不绝于耳的浮躁文化氛围中，这种孤僻的业余爱好似乎与物欲横流、红尘滚滚的当今时代不合拍。但他抗得住诱惑，守得住孤独，将别人最容易在灯红酒绿中消磨掉的大好时光，苦心孤诣地挥洒在溶溶月色下的工作室内。出生于千年古城长山镇的先生，自幼酷喜翰墨，习字伊始，他先从唐楷入手，后又临汉碑、甲骨金文、秦篆，加之章草、行草多有涉猎，为他的篆刻奠定了厚实的基础。先生自20世纪90年代起专攻篆书篆刻，因为工作时间比较紧张的关系，早年间一直无法外出拜师求教，所以他只能以书为师，以书为友，诗书相伴，忙里偷闲地参加了由中国书法家协会举办的第六届篆刻研修班。先哲们有言，热爱是最好的老师，先生通过自己在"溶月斋"十余年的不断研习、提高，不懈于内，忘身于外，将多类文化知识消化，灵活应用于自己的道德修炼与艺术创作之中。

　　篆书印刻始于战国而盛于两汉，此后沉寂数千载，于20世纪后期勃然而兴，篆印取花鸟鱼虫等物象之大意装饰印文，具象与抽象交融复合。篆印创作的特点，多以曲为直，以圆为方，化简为繁，巧以花饰尽婉畅流动之意。先生深深地懂得，一幅优秀的篆刻作品既是作者人格精神的艺术折射，也是作者修养、学识、道德、情操等的艺术外化；一幅成功的篆刻作品，是作者丰富学识的综合反映，是作者高雅情趣的自然流露，是作者绝俗品位的最好定格，高水平的篆刻家无不功在其外，这是古今篆刻大师穷尽毕生精力证明了的道理。奎武先生决心认准并加以实践，除了苦研秦篆汉印外，他不顾年事已高，遍访祖国山水大地，苍翠山野，烟云舒卷的风景浸润着先生的灵魂，他精心创作的每一幅篆刻作品，都是将祖国江山秀姿、绿水春波了然于胸的结果。透过其方寸之作，我们看到的既有田园景致，也有高山大川，这些作品无不寄托着先生对祖国山水的无限挚爱和对艺术的执着追求。可以感悟到他的篆刻作品里，既有深刻的文学性，也有醇香的书卷气，既有震撼人心灵的独特魅力，也有启迪人生的社会效果。

芝兰带露清香郁，松柏经霜老气横。生活中的奎武先生，沉稳中不乏幽默，平和中不乏睿智，在我们相聚的一些场合中，他也经常舌灿莲花，妙思隽语，令人不能不由衷地赞叹他有着年轻人一样的心态与思维。所以圈内的朋友们常说，先生的感染力非常强，他走到哪里，哪里便能布满温暖阳光和万丈豪情，其"将相本无种，男儿当自强""宽则得众""人生在世一日当尽一日之勤""事多所不通唯酷好学问文章""月下观泉听风""书须存思"等许多作品，像直干壮山岳，秀色无等伦的青松翠柏，硬干苍枝，姿态万千，蕴含人生哲理的语境表达，让先生在刀与石的碰撞声中深深地为之陶醉。为了检验自己的学习成果，1997年他首次参加山东省第二届"胜利杯"书法篆刻大赛，竟出人意料地得了个一等奖。在与同好者的交流中，他感到人外有人，天外有天，艺术创作的征程，永无止境。他在报考中国书法家协会培训中心第六届篆刻研修班期间，有幸得到了熊伯齐、李刚田、刘一闻、古溪等名家的教诲与指导。先生由此能够熟练自如地驾驭篆刻这种技能，来表达思想，抒发情怀。他像一匹千里马，已经不拘泥于步态的形式，忘我奔腾，这也说明了先生已经达到学识丰富，品位绝俗的较高境界。

源深流自远，行健天同功。先生的成功得益于他付出了比别人更多的心血和汗水，从1967年用钢锯条刻下一幅名人像，到现今的40多年间，生活上的风风雨雨，工作上的坎坎坷坷，丝毫没有阻挡住他执着于追求理想和艺术的脚步。他勤于思考，善于思索，加之敏悟力很强，能够源源不断地从祖国厚重久远的文化底蕴中汲取营养，如漫步于林峦郁盘，山路迁曲的风景之中，走的路越远，欣赏到的风景越多。他的篆刻作品，刀法灵活放纵，情感恣肆生动，讲究雄健洗练，节节呼应；多少年以来，他在各种书体的嬗变与创新过程中，努力将颜筋柳骨、羲颜之长巧妙地融为一体，使篆刻艺术得以升华。先生起刀藏锋，收刀务实，平不亢、竖不斜，始终保持自己的作品字体骨肉均匀、清新刚健、精神饱满、结构端庄的特点。先生特别注重在继承传统的同时，将时代精神融入作品之中，将大自然的美和现代生活的美融化其中，在规范中求新奇，注活力，既有视觉美、韵律美，又有内在的精神美。先生的篆刻作品，规整遒劲，厚重沉稳，儒雅古拙，雄健大方，真可谓大气恢宏，丰骨独具，品之如入清新脱俗之径，透出一股出尘脱俗之气。特别是我们沉浸在先生所营造的古朴典雅的气氛中时，便如同金秋季节里挟裹着花香的缕缕微风，甜得醉人心脾，美得令人屏息。

综观先生的篆刻作品，可以看到运笔潇洒自然，一气呵成，他刀法细腻，线条流畅，逐渐形成了自己独有的篆刻风格，为此不少人都非常喜欢他的篆刻作品，各界求印者众多。2009 年的 8 月，先生将其印作整理出来，结集为《张奎武印稿》，由中国国际文化出版社出版。从其结集出版的印稿中，我们可以深深地体味到，先生对篆刻艺术近乎癫狂的追逐精神，源于一种强大的不服输的自信和对艺术精准的感悟；由此不难想象他创作作品时的丰采。先生的篆刻作品，无不铁画银钩，刚劲非凡，凝重朴拙，激情饱蘸，字距疏密间，可见错落有致之功，字体张弛中，更见曲径通幽之妙，这些个性鲜明的艺术特点，几乎无处不在。通览印稿，总是给人一种"凫胫虽短，续之则忧；鹤胫虽长，断之则悲"的感觉。先生惯于将神会书法前贤、迁想妙得之花用于篆刻作品，我们欣赏到的，既有山的妩媚、稳重，也有水的跌宕、平静，还有平原的广阔、雄浑；品评奎武先生朴拙古典却又颇具真情美感的作品，需要一种灵性，因为艺术的意境，已非视觉平面的直接再现，而是一种心灵的契合与物我交融。

因为痴情，所以眷恋，因为痴情，所以决绝。曾多次自言"穷文富武"的张奎武先生，一生淡泊名利，与人为善，勤奋好学，笃实诚信，作为相差十多岁的"忘年交"，与他接触，足够让人感受到他的豪迈人生与创作激情，而他又以自己特有的方式，展现着他的人文情怀，实践着他的人生理想。令人欣喜的是，2004 年以来，张先生除相继获得庆祝建国五十五周年全国书法大赛银奖、"情系西部"全国书画大赛二等奖、山东省"五一文化奖"二等奖、西泠印社海选华东赛区优秀奖外，2007 年还获山东省书法大赛二等奖，其作品也曾入选"和平颂"太空艺术飞行之旅，两方篆刻艺术作品，随神七遨游太空，2008 年获得山东省"五一文化奖"一等奖。人们常说君子乐得其道，先生的艺术成就虽已得到了社会的广泛认可，他却不骄不躁，和往昔一样不懈探索并进行新的更高追求，为了保持最佳创作状态，他几乎推辞掉所有的应酬，为了自己为之奋斗的事业，兢兢业业，呕心沥血，不仅体现了一位篆刻大家认真执着的敬业态度，更体现了先生热爱艺术、热爱生活以及超然物外的高尚情操。

现为山东省书法家协会会员、山东省火天印社副社长的张奎武先生，充沛而火热的创作激情，就像地下沸腾的岩浆，既然时日已到，必然火山爆发。我们期待他用细腻不俗、洗练不媚的刀法，继续创作出更多的优秀作品，向世人奉献出一道夺目的风景；艺术使人返老还童，兴趣令人义无反顾，也祝愿先生永远处在那种天才艺术家才有的、热烈的、活泼的、体现着生命为艺术而存在的本真状态。

爱的灵感　爱的历程

提到徐志摩，人们首先想到的是《再别康桥》，"我挥一挥衣袖，不带走一片云彩"。诗句中那一抹飘忽的空灵，穿越了半个多世纪的时光，仍云游在现代年轻人的意识中。然而徐志摩对其"单纯信仰"的追求，不仅是美，不仅是自由，更突出地体现在对爱的苦苦追寻。

徐志摩，浙江海宁人，20 世纪 20 年代末 30 年代初，作为"新月派"的重要诗人，在郭沫若和闻一多之间，为新诗的发展和成熟贡献了力量，成就斐然。诗以人传，徐志摩留与世人的，不仅是诗作，更有其丰富浪漫的爱情传说。不管是与结发妻子张幼仪，还是灵魂知己林徽因，或者是浓情蜜意的爱人陆小曼，都有一段动人的故事，都有一些难解的情思。

对于爱情的追求，既体现在徐志摩浪漫的人生中，也体现在众多诗作里。在这条爱的主线牵引下，诗人对于爱的理解也层层深入。纵览徐志摩的爱情诗作，可以分为三个阶段。

第一阶段，旗帜鲜明、义无反顾地追求挚爱

在《这是一个懦怯的世界》中，诗人高呼"跟着我来，我的恋爱，抛弃这世界殉我们的恋爱！"这直接的告白宣示了诗人追求爱的决心。尽管道路坎坷，可"听凭荆棘把我们的脚心刺透，听凭冰雹劈破我们的头"，诗人仍旧引领着爱的手，逃出牢笼恢复自由。诗的第一节和第二节对"我的恋爱"这个意象倾诉，如同对爱人的告白，亲切自然而真挚。虽然不是某个具体的形象，但是爱人和爱的理想融而为一。这告白坚定执着，一心要突破现实的牢笼。后两节用白茫茫的大海、美丽的岛营造出幽美的意境，如画如歌，诗人欢欣鼓舞地为爱人描绘着理想的未来、自由的世界，语气由激越逐渐变得明快，轻灵的吟唱出诗人的浪漫和激情。结句"辞别了人家，永远"是恋爱欢欣自由的终结，像一首乐曲的尾声，在前面欢悦的调子后缀了隐约的伤感。前面美好的世界是辞别了人间获得的永远，现实的人间充满失望。另外，在《起造一座墙》中，诗人用一句誓言结尾，"就使有一天霹雳震翻了宇宙，也震不

翻你我'爱墙'内的自由"。这是诗人追求坚贞爱情的自白，也是诗人在爱情面前的誓言。这首诗如同热恋中的男女之间的表白，情浓而真挚。"你我千万不可亵渎那一个字/别忘了在上帝跟前起的誓。"诗的起始句就宣告了诗人对爱的珍视，不可亵渎，宛如神祇。对天起誓，这种古老的方式庄严神圣。后两句对爱比拟，柔情如衣包裹着爱心。然而诗人心中仍有无法言说的忧虑，于是一遍一遍的诉求："我要你的爱有纯钢似的强/在这流动的生里起造一座墙。"流露出真爱在现实面前的软弱。尽管最后用坚贞的誓言作结，然而这忧虑还是愈演愈烈，诗风也逐渐低婉彷徨。

第二阶段，彷徨、低回、幽婉的倾诉

在《云游》中，诗人低叹："他抱紧的是绵密的哀愁，因为美不能在风光中静止"，深深的惋惜和失望，然而，"他在为你消瘦，那一流涧水，在无能的盼望，盼望你飞回"。借一流涧水表达了诗人爱情的缠绵哀怨，温柔而婉转。诗句中的幽怨低迷不禁让人心生伤感。一流涧水对于爱的希冀没办法实现，天长地久只不过是美好的冀望而已。"那一流涧水，在无能的盼望，盼望你飞回！"这等待漫无边际，悠长的如同绵延的宫怨，凄凉幽冷。韵味清远忧伤。在诗人的另一首为诗集命名的诗《翡冷翠的一夜》中，模拟一个弱女子的语调，用细腻的笔触，写出依恋、哀怨、自怜、幸福、痛苦、无奈、温柔等种种情致。"你真的走了，明天？那我，那我……"一句未说完的话，欲说还休中有深深的依恋。"只当是前天我们见的残红，怯怜怜的在风中抖擞。"细细的哀怨伴着自怜，诉说着离别的痛苦和无奈。"等铁树开了花我也得耐心等；爱，你永远是我头顶的一颗明星。"挚爱和执着为全诗添了一抹亮色。这种层层婉转，层层递深的意境，真实而感人。这种第一人称的倾诉，自然地如同爱人的低语，小女子的爱怨交融，表现得淋漓尽致。而且，诗中开始出现死的意象，变为萤火与星光辉映，也如同梁祝死后幻化的蝴蝶，死不只是一个世界的终结，也是爱的永恒。这种意象承启了诗人爱的第二个阶段，更深层次地诠释了爱的真谛。

第三阶段，对情人，对自然，对人类的融而为一的泛爱

对于爱情，徐志摩曾说过："我将于茫茫人海中访我唯一灵魂之伴侣；得之，我幸；不得，我命。"体现了第三阶段的执着与坚决。然而诗人与才女林徽因的恋爱却未能成功，与陆小曼的恋爱也屡遭挫折，又由于人生理想和社

会理想不能实现，徐志摩的诗作明显呈现低迷。于是，死的意象与爱的永生结合起来。在《哀曼殊斐尔》中就已露端倪，而最完美的体现还是在徐志摩诗的最长篇章《爱的灵感》中。

在诗中，徐志摩给我们构筑了年轻女子爱的三种境界，对情人，对自然，对人类的爱。体现这些女子渐次提高的人生境界，并由此引申出三种境界共同的核心观念："泛爱"。

"一朵莲花似的云拥着我""唉，我真不稀罕再回来，人说解脱，也许就是吧"，此时的女子心中并没有黑暗，而是把爱上升到一种新的境界。"我或许要反抗假如我对你的爱是次一等的"，这种至高境界的爱使得女子把对情人之爱转变为对自然、对人类的爱，无怨无怒无悔。摆脱了爱情的盲目和痴迷，境界豁然开朗。诗中年轻女子弥留之时，终于能够与自己痴恋的人执手相看，回忆了自己对爱的理解不断转变的历程。痴迷的苦恋超越生死世俗的泛爱，从苦于劳动到感受自然的欣悦，爱的灵感的顿悟开启了爱的最高境界。这一观念的根源起于印度，显然是受泰戈尔的影响。在诗里，泛神论思想给女子的影响并不是哲学意义上的体现，而是以影响她的整个生活方式来体现，这一结果造就了她内心深处的广博。而诗中的女子正是作者的另一体现，借女子这一意象展现出诗人对于爱的深入理解，提升到了更高的层次。

这首诗，是徐志摩最好的情诗之一，同时，也可以看作自己人生观世界观的另外一种体现，死体现了爱的永生。最终，诗人以其诗意而决绝的死实现了对爱的最后感悟，爱的灵感随即云游太空，穿越了半个多世纪的光阴，飞扬在你我及所有拥有爱的人心中。

把音乐播撒进孩子们的心灵

无论古今中外，音乐与诗之间的关系从来都是紧密相连的。在我国古代，从《诗经》到汉魏六朝的乐府，再到唐诗宋词元曲，我们都可以看到诗与音乐的共生和发展。在国外，兴盛于11—13世纪的欧洲游吟诗人，2016年诺贝尔文学奖获得者鲍勃·迪伦，他们的诗作同时也是音乐作品。朱谦之先生在其著作《中国音乐文学史》里面，更是直言"所谓诗歌即是音乐"。由此可见，诗与音乐的结合，自然是人世间最美丽的艺术享受。

作为一个喜欢读诗、长期以来一直坚持写诗的诗歌爱好者，我对于音乐虽然也喜欢，甚至不惜花费数千元买了一架古琴，但毕竟是天生外行，总觉得音乐是高高在上的象牙塔，与我相去甚远。然而2018年春节后，在一次有诗人和音乐工作者参加的饭局，座中周村区作协主席、作家葛思绪，诗人梦璇、撒容、袁滨、两两相望及散文作家静卧泥土等都早已相识，另外一位女士似乎见过，但不熟悉，其成熟沉静更具魅力。她就是淄博市著名钢琴教师、商羽钢琴学校主管校长解军女士。

解军女士是邹平县长山镇东绳村人，22岁时来到周村打工，先是在饭店做服务员，后来通过自学，考入周村实验学校幼儿园，当上了幼儿教师。在这期间，她认识了后来的恩师、著名钢琴教育家、作曲家、"成长教学法"创立人商维成先生，也第一次接触到了钢琴，并深深地迷上了钢琴。当时，家里人觉得钢琴难学，解军又是半路学起，付出不一定有回报。面对亲朋好友的质疑，解军没有屈服，她骨子里那份不服输的执着被彻底激发了。周末、中午、晚上……夏天，没有空调的钢琴室闷热难耐，解军每次都是挥汗如雨，衣服溻得呱呱湿；而在冬天，没安装暖气的钢琴室寒气逼人，手背的冻疮一个连着一个。那时候，她刚刚有了自己的孩子，但为了有时间学钢琴，只好把孩子交给婆婆。一连几年，她没有逛过街，甚至没和孩子逛过一次公园，所有的时间都扑在了钢琴学习上……

2006年，解军不顾家人的反对，毅然辞去幼教工作，投身钢琴教育事业。历史的原因，解军的学历并不高，但好学的她自离开校门之后，一直未停止学习。特别是学钢琴以来，她更是如饥似渴地遍读文学、艺术类书籍。在积累知识的同时，对于钢琴、音乐的认识有了质的飞跃，甚至超越了钢琴本身。正因为如此，在钢琴教育方面很快脱颖而出，成为佼佼者，取得了斐然的教学成就，在"桃李杯""梦想飞扬""欧米勒""恺撒堡"等国际钢琴比赛中分别荣获钢琴"优秀指导教师""优秀园丁"奖，2017年荣获周村区首届"文化名人"，并被亚洲钢琴协会吸收为会员。她所辅导的学生先后有十余人次在国内及国际钢琴大赛中获奖。

如此美丽的女人，从事着如此美丽的事业，这本身已经让人羡慕不已，而取得如此成绩，则更使人刮目相看。对于解军来说，钢琴教学不仅是一份职业，更是一份事业，一份追求。因此在多年的教学实践中，她向孩子们传授钢琴弹奏技艺的同时，更注重文化的传播和艺术素养的渗透。她发现，很多家长之所以送孩子们来学习钢琴，无非是为了让孩子们掌握一种技艺，这当然无可厚非，但正因为这种突出而简单的功利性，让许多孩子视学习钢琴只是为了完成父母交给的一项任务，而非发自真心的喜欢和爱好。怎么才能提高家长和孩子们对于钢琴艺术的认识和理解？解军知道这个是不能靠简单说教解决的，于是每年都要多次举办各种形式、各种规模的音乐会、联谊会，每次都会邀请家长参与进来，进行面对面交流，以达到事半功倍的效果。

2018年春节前，解军女士就准备举办一场钢琴弹奏及诗歌朗诵音乐会，学生弹琴，父（母）朗诵诗歌，这场音乐会的名字就是"音乐·诗与远方"。"在古今中外的文学作品中，诗歌与音乐有着最突出最紧密的关系，诗歌，即诗与音乐，而诗又是文学中的文学，钢琴艺术则是音乐中的音乐，这两者的结合，无疑是两大艺术种类的巅峰融合。"解军如是说。

而邀请当地诗人参与其中，则来自其恩师、钢琴教育家商维成先生的建议。在音乐会上朗诵当地诗人的诗作，既接地气，又能大大拉近钢琴弹奏者、诗歌朗诵者与诗的距离，会更为亲近，更为融合。解军如获至宝，欣然接受了这个建议，并立即着手联系了包括笔者在内的若干诗人聚谈，意图通过与诗人们的直接接触，进一步丰富诗歌方面的认知，并集思广益，以使这场音乐盛会更加完美。

2018年3月10日晚，由商羽钢琴学校主办、周村区作家协会参与的"音乐·诗与远方"音乐会在东海鲜味园举行，商羽钢琴学校的34位学生上台进行了精彩的钢琴弹奏表演，34位家长及学生上台朗诵了精选的30多首诗歌。其间，笔者与数名学生家长进行了短暂交流，他们纷纷表示，举办这样的音乐会，不但进一步激发了孩子们学习钢琴的兴趣，还增长了见识，对于家长也是一次非常好的教育和熏陶，以后如果还有这样的活动，一定会积极参加……

毋庸置疑，此次音乐会取得了圆满成功，社会上也反响良好。但追求完美的解军女士似乎仍不满足，在她看来，诗与音乐这两种最高雅的艺术，任何时候都应该以最完美的形式呈现，容不得一丝瑕疵，能力达不到就应该学习学习再学习，这是每一个艺术工作者必有的敬畏之心。正是缘于此，音乐会结束后的 3 月 14 日，解军女士特别邀约了诗人及作家葛思绪、袁滨、梦璇、撒容、两两相望、静卧泥土、宁治春及歌手聂丽、胡箫等人，举办了一次研讨会，就此次音乐会进行了座谈。大家从内容设置、节目编排、诗歌朗诵、钢琴弹奏等方面提出了许多宝贵的意见和建议。解军表示，以后还会更多地举办这种活动，让更多的人享受诗与音乐的盛宴……

这就是解军女士的可贵之处。无所拘泥，不受桎梏，胸襟开阔，善于创造。这也是她与众多包括钢琴教学在内的各类艺术培训者那种只管授艺不问其他的根本区别所在，这是认识问题，也是境界问题，由此也注定了各自未来的道路能够走多远。

当然，解军的终极目的并不是自己想成为什么"家"，而是要通过自己的努力，把更多的知识、更高的艺术能力和正能量传输给孩子们。她是这么想的，也是这么做的。连续几年来，在做好钢琴教学的同时，她每年都要组织各种各样的比赛和晚会，参加社会公益活动，大大锻炼提高了孩子们的表达能力、协调能力和创造能力。从她这里走出去的学生，不仅掌握了精湛的钢琴弹奏艺术，在人格和精神上，也得到了进一步的健全和丰富，较之初来时有了本质上的改变。

2018 年，在周村区举办的首届"文化英才"评选中，解军光荣当选。作为一位普通的钢琴教师，能够获此殊荣，对于解军来说，实在是一个无上的荣誉，也是对辛勤耕耘于钢琴艺术教坛十余年的她莫大的安慰和勉励。

以我的理解，所谓"文化英才"，应该是在文化方面有着突出的成就和贡献。文化，是一个大概念，钢琴艺术虽然是一种舶来品，但其文化品性是毋庸置疑的。

如今解军所带的学生都是慕名而来的，有时甚至人满为患。她从不打广告，因为她本身就是一块响当当的招牌。我们期待着，当然也深信，以解军女士的聪明和才智，以她追求完美的个性和精神，以她对艺术的敬畏和纯真，必将在艺术探索的道路上，一步一个脚印地向前阔步迈进。

碧池清韵舞菡萏

中国自古以来就有"诗歌王国"之称。虽然五四新文化运动的兴起，在砸烂"孔家店"的同时，废文言文、破旧诗格律使旧体诗词离开了诗坛的主导地位，渐渐走向衰落。但中国传统文化积淀之深厚，旧体诗词影响之深远，并不是一场五四新文化运动就能将其斩草除根的。

同样与其他老一辈无产阶级革命家用近体诗词歌以咏志，抒发情怀的，尤其是善用近体诗词抒发新思想、歌颂新事物的一代伟人毛泽东，尽管不提倡他认为束缚青年思想的这种艺术形式，则以自己的创作实践，将传统诗词推向了一个新的高峰。沧海桑田，世事变迁，已经成为人们饭后茶资笑谈的梨花体、羊羔体，新新人类、后后主义之类等，以及那些模仿"西洋景"的所谓新诗，永远不可能取代丰富多彩、万紫千红的优秀传统文化，现代著名作家郁达夫《谈诗》时就曾断言："到了将来，只教中国的文字不改变，我想著着洋装，喝着白兰地的摩登少年，也必定哼哼唧唧地唱些五个字或七个字的诗句来消遣，原因是因为音乐的分子，在旧诗里为独厚。"在这之前，清代的赵翼、黄遵宪等人，都曾尝试用旧体诗词写新思想新事物，虽不畅达却已开先河。所以说传统诗词的艺术生命力非常顽强，至今仍然焕发着益然的青春活力。据有关资料统计，全国写旧体诗词的人在二百万左右，促使中国诗坛沉寂多年的旧体诗词之所以复古回热，主要原因就是新诗愈演愈烈的散文化倾向离我们诗词的优良传统民族文化越来越远了。读邹平诗人赵梅红的近体诗词，除了惊叹她如花的年龄与诗词的厚重不相符以外，你不得不承认，那种认为传统诗词难以述写现代生活的观点是错误的。

记得赵梅红说过，她从学生时代，就对我国的古典诗词产生了浓厚的兴趣，也由此养成了经常抄、背诗词的习惯，像古乐府的《孔雀东南飞》、南北朝的《木兰诗》、张若虚的《春江花月夜》、白居易的《长恨歌》、李白的《蜀道难》，以及苏东坡、李清照和辛弃疾等人的脍炙人口的名篇佳作，至今依然诵读如流。也是因了语文老师随口所说的"熟读唐诗三百首，不会吟诗也会诌"，让她将兴趣主要集中在律绝诗和长短句上。在祖国厚重的传统文化和文学遗产中，唐宋时期，是两个百花齐放、群星璀璨的时代，涌现出了众多才华横溢、成就卓著的诗词作家，诞生了大量光彩夺目、激动人心的作品，她觉得只有传统诗词所表现的自然意趣，婉约情致，优美意境，才具有更加强烈的艺术感染力，每逢闲暇之时，透过时空隧道和历史的烟云，那一首首或凄迷冷艳，或深婉丽密，或自然清秀的古典诗词，读来总是令人荡气回肠，心驰神往。有道是书读百遍，其义自见，随着日积月累，岁数渐长，读的诗词数量多了，面也广了，理解也深了，赵梅红便有了一种不可遏制的创作冲动感，自然而然地也就尝而试之了。多年来，她倾慕着祖国古典诗词的博大精深，追寻着传统文化的韵律严谨，用深情而又不失优美的笔触，描写着一个当代女青年生活、爱情、信念、追求的心路历程。

真正引起人们关注的，则是她在《邹平论坛》原创文学版发表的那些质朴清丽、隽永细腻的诗词作品。对莲花情有独钟的她，写下了与莲花有关的诗词，如《天仙子·红荷》：一鉴清池菡萏依，绿叶红粉微风移。蜻蜓蝶舞戏鱼虾，青箬笠，碧荷衣，杲立亭亭不染泥。再如她的《踏莎行·六月清荷》：高处鸣蝉，柳摇河畔，芙蓉含笑轻掩面。仪态万方水云奇，晓知荷意青莲眷。掠影飞鸿，塘边惊艳，碰落娇红花一瓣。纤尘不染绿萝裙，梵风拂叶玄心叹。赵梅红虽然在茫茫商海摸爬滚打这么多年，但其爱莲、敬荷的真情依旧如初，她将情感的微妙变化，通过精短、唯美的作品，将丰富的生活情趣与人生韵味尽情地表达出来。她将一柄"青莲"与一颗"玄心"巧妙地融合在一起，长期作为她的论坛网名，既物我交汇，又清新别致，爱莲、敬荷之情，与周敦颐的《爱莲说》有着异曲同工之妙。赵梅红《我心如莲》中的"碧荷浅开玉芮弯，清露珠圆叶微卷。莲根有丝多少梦，莲心苦苦情相牵"，更是将她商海拼搏、不坠青云之志的人格追求呈现在读者面前。

赵梅红注重诗歌创作中感知、想象、理解、联想等审美心理因素的作用，并且注意以整体的、直观的、感悟的方式从内部去体验和把握审美对象。她挚爱着家乡的山水风物、故里人情，虽然没有遍游祖国大江南北的经历，也没有经受生活的诸多磨难，自然其诗作缺少了豪宕秀逸、恢宏奇伟、杲日雄风、惊雷激浪，但歌咏家乡的诗词，却也写得质朴自然、清新淡远，如同水流花放、春云舒卷。《江城子·夕阳中的黛溪湖》曾写道：径幽花漫舞流莺，晚霞明，暗香清。远山含黛。近水波光影。柳外飞来双紫燕，心顾盼，影娉婷。源深水曲绿波轻，彩舟行，玉枝迎，素衣红袂。春意靥边生。日落西桥风露爽，星细语，月初升。这首词多么像一幅清新秀丽的山水画，由于诗人注意构图、着色、映衬以及动静、虚实、远近、明暗的对比变化，因而将黛溪湖上明月的清光，湖边的花色，惬意的游人，凉爽的清风等完美地融合起来，写出了诗人散步于夕阳中的新鲜丰富的感受。李白热爱自然，提倡天真，一生崇尚自然之美，赵梅红的《夕照》："初照小河秋，蒹葭伴玉流。水光倒影碧，夕色弄晴柔。"读来如李白"少小不识月，呼作白玉盘。又疑瑶台镜，飞在白云端"似的清新，似乎自在流出，不假思索，纯乎天籁。

赵梅红的诗词作品数量不是很多，难能可贵的是，她在劳碌生活的闲暇里，坚守自己高尚的精神操守和理想追求，作品的内容比较丰富。她像我们一样的思亲念故，有我们一样的离愁别绪。她总能使自我心灵和自然境界达到一种契合与沟通，追求一种在自然境界中发现自我同时又忘掉自我，从而达到物我合一、审美客体互化的境界。如她在《蝶恋花·杜鹃啼归》中写道：子规化魂多情鸟，寸断回肠，泣血染芳草。几度啼归魂缥缈，声哑翅折痴多少，杜鹃花开芳华俏。花念痴魂，孤影心妖娆。春来春起春易老，倾怀倾诉情难老。这首词没有着眼于意象的表叙或者描写，而是以心象融铸物象使用表情性极强的语言，努力表达诗人内心的感受，从而表现内心世界的幽深曲奥。还有她的那首《醉花阴·七夕情浓》：河汉氤氲波光醉，约细繁星缀。七夕渡良宵，云渺衣薄，天赐轻纱被。仙家也为痴情累，点点乌鹊泪。相望几千年，碧落情浓，分诀两心碎。寥寥数语，却将中国民间传说中经典爱情故事的一对主人公对长久爱情的渴望，把他们在痛苦之中执着追求的精神，非常强烈地表现了出来。凡此种种，诗人的这些作品，相遇之喜，相爱之悦，相别之愁，相思之苦，凄婉动人，都能令人读后产生感情上的共鸣，虽然品到的是唐韵宋律的雅致味道，但我们万万不能忽略，这毕竟是今人的作品。

对于传统诗词如何表现现代人的思想感情和反映丰富多彩的现代生活，现代人究竟怎样才能写好传统诗词、发扬光大传统诗词，是我们每一个传统诗词作者和爱好者都要认真面对、认真思考和积极解决的问题。综观赵梅红的诗词作品，可以发现她并没有停留在闺中怨愁，参禅空灵的"小我"里，既有读史感悟的厚重，又有色彩明快的歌咏。她在《江城子·游恭王府》一词中这样写道：斜阳着影画楼中。看雕栏，数飞栋。钱坠蝠池，池碧醉芙蓉。权欲巧藏银安殿，密云洞，戏双龙。人生几度岁月匆？叹苍穹，大梦空。浮云千里，流水伴残红。珠露含烟游人笑，堪追忆，水流东。在这首词中，诗人采用了时间、空间交融的手法，在空间画面中融入了历史的时间感，使我们通过空间去感受时间，通过知觉去感受思想，进而领悟诗人作品中的历史哲理。时光流逝，一去不返，历史如过眼云烟一般飘散而去，今天我们品读后，怎不令人产生一种巾帼不让须眉的沧桑感呢？祖国日新月异的喜人变化，家乡突飞猛进的一路凯歌，撞击着诗人的心扉，所以有了她笔下的《庆祖国华诞》一诗：礼炮轰鸣震长空，放眼四海谁称雄？八十八载风云路，盛世中华红运浓。菊染辉煌江河醉，风鸣祥和国昌隆。六十华诞逢月圆，丹桂飘香党泽宏。

唐代白居易曾有语曰："大凡人之感于事则必动于情，然后兴于嗟叹，发于吟咏，而形于歌诗矣。"赵梅红的诗词之所以有一种打动人心的力量，皆因其将自己倾注在日常生活中的一腔挚情全部倾注进了自己的作品中。《一剪梅·月下轻吟》是怀想欢聚书法家郭连贻先生"漏月轩"的：万里祥云，观广寒。洒落清辉，银镀千山。夜来白露渐生凉，风伴秋菡，独对霜天。忽念友聚漏月轩，酒醉千盏，晕上清颜。谁人把酒共言欢？竹影疏篱，暗怅青莲。古代诗人们常有的那种淡淡的寂寞，偶尔也会涌上诗人的心头，但较之古代女诗人诗词中的境界含蓄了许多的同时，也蓄积了更多的细腻温情。《喝火令·观李卫山水画有感》则用寥寥几笔，勾勒出山水画家李卫先生构图时心装天地，指绕乾坤的人生剪影：密林深山秀，参天古木稠。绿风吹皱小溪流。兀磊抹云归处，孤雁影难留。案上明灯照，挥毫浓淡收。境中尘梦天地柔。纵使云水悠，纵使那情思缕。灵动心相酬。赵梅红赏识山水，她善于在其作品的和谐圆润之中，显现出空灵的神韵之美和淡雅的宁静之美。所以，真挚的友情，温润的情怀，总是像一颗颗闪光的珍珠，贯穿于她的很多作品中，将诗人向往纯洁、追求真美、崇尚自然的性格，生动地体现在作品的字里行间。

郭沫若说："唯情必真，格律似严而非严，始可达到好处。"赵梅红确实在她格律似严而非严的作品中，倾注了自己的一腔深情。虽然描写面不够广，有些未必属对律切，甚至遣词造句略嫌生硬尚有斧凿之痕，但瑕不掩瑜，其诗词天机洋溢，有触即发，直抒胸臆，不假掩饰，自然委婉的抒情，清新别致的语言，隽永细腻的笔触，却有一种撼人心魄的力量，使人读之良久沉思。她的"寒梅小院点琼枝，斗雪冰心情亦痴。一树清馨气节坚，瑶台不输婀娜姿"（见《梅开》）；她的"细雨纤调簇簇花，旖旎春光艳谁家？云向蓝天怜微草，望处青山黛溪霞"（见《春语》）；还有她的"风过弯月凝辉寒，人在尘间有谁怜？春雨冬雪皆眼去，禅外追梦共清弦"（见《禅外禅影》）；等等。上述带有作者自身体验的生活小诗，同样充满自然的情趣，同样有着感人的力量。诗中所具有的意象，并不激昂、雄伟、悲壮，而是深沉、优美、宁静的，带有鲜明的抒情主人公的感情色彩，也验证了清人陈泰尹所说的："只写性情流纸上，莫将唐宋滞胸中。"赵梅红早已深深懂得，来自生活、发自内心的那份真情才是诗词成功的关键，拘泥并死守传统诗词格律是没有出路的。

古人云：行万里路，读万卷书。我相信，只有付出了自己的辛勤劳动，行万里路与读万卷书的效果是一样的，在文学创作征程上孜孜以求的赵梅红，像个不倦的跋涉者，寒山翠湖、夕阳残照也好，山峦绕树、野藤泻绿也罢，一路上的精神风光，无不蓄积在她的心中，流淌在她的笔下，令她为我们奉献出了一道道异彩纷呈的佳肴盛馔。文章千古事，得失寸心知，她的真情付出，她的情感历程，她的所感所悟，她的美学追求，已全部囊括在那首《行香子·平仄情》中：晨色微明，薄雾轻轻。花香送，袅绕心胸。远山含黛，近水流滢。恰燕双飞，柳悠摆，云天情。寻平归仄，古调新风，裁佳句，笺墨香浓。朝联夕对，国学典同，叹那词宗，千秋韵，意恢宏。她的诗词除了自然的情感抒发以外，多是通过艺术的加工锤炼，将万法熔铸于胸，吸收其精神实髓，形成自己深厚的艺术修养，从而达到对法度的超越。《文心雕龙》中有句话："云霞雕色，有逾画工之妙；草木贲华，无待锦匠之奇。"赵梅红的每一篇诗词作品，衣香鬓影，气韵飘逸，都像是一个个灵秀柔媚、仪态万方、温情潇洒、体态丰腴、聪颖智慧、才华横溢的女子，散发着古典的清丽与芬芳。令人感到欣喜的是，赵梅红诗词中工巧细致、清新流畅、浑然天成、情景交融等比较鲜明的创作特点，已成功地运用到了她的许多散文作品中。

我们这个历史悠久的诗歌王国，男尊女卑的封建社会持续了几千年女子以诗传名者，代不乏人。例如，历史上的蔡文姬、薛涛、李清照等人自不待言，单是清朝时我们邹平就有土生土长的王碧莹、郝秋岩等女诗人。我们衷心期待着赵梅红也能加入这支前赴后继、生生不息的诗坛娘子军队伍中去。在这个"菊鲜凉阶舞婆娑，瘦尽霜枝秋几何"的季节里，我们与之"水榭煎茶品碧螺"的同时，也真诚地祝愿她在今后的文学创作征程上"一程山水一程歌"。

传奇中的俗世情爱

张爱玲的小说，正如她第一部小说集的名字，充满着"传奇"色彩。远离 20 世纪 40 年代中国主流社会的抗日烽火，张爱玲用细腻老到的笔触，轻轻勾勒红尘男女的情爱纠葛。《倾城之恋》中虽然提及了战争，但那倾城的离乱也似乎只是为了成就俗世中的一对男女。这倾城之恋也并不是纯粹的爱情，没有倾心相许、无私无怨的痴迷，没有不离不弃、生死相随的誓言，有的是为了生存、为了情欲、为了达到各自目的的相互试探、妥协、计较。"他不过是一个自私的男子；她不过是一个自私的女人。"俗世中两个平凡的男女，挣扎纠结，最后因为倾城那一刻的生死顿悟，偶然地放松了戒备，流露出一点儿真心，最终走向婚姻，成为一对世俗平凡的夫妻。然而在这较量中缺少了甜蜜的欢乐，多了张爱玲式的无奈和苍凉。

细细梳理这篇小说的线索，发现白流苏和范柳原的故事，从开端到高潮到结局，一直贯穿的是现实的冷酷和世俗的尴尬无奈。我们就从故事的引子说起吧。

一、相识因为相亲——只为找到一张长期的饭票

胡琴咿咿呀呀拉着，渲染出白公馆衰败、没落的氛围，这是白流苏自小生活的地方。然而这里也仍然不是她的归宿。"出嫁，离婚，转了一圈又回来了，带着少许离婚分到的家产和受伤的心回到了这个有着亲人的家里"，可是亲人却充满了冷漠和世故。平日里冷嘲热讽自是不必说，徐太太的报丧更是引发了矛盾的导火索。看似义正词严的一番话，由流苏的哥哥说出来，骨子里的自私算计暴露无遗，无疑深深伤了流苏的心。然而伤心都是奢侈的，尽快找到饭碗，离开这个没落的家成了当务之急。

流苏不是时代的新女性，并没有自立自强的理想。她是这个没落家族的小姐，有些个性，有些心机。她不想回到离了婚的丈夫家中守丧，因为她看到了这条路青灯古佛的灰暗前途。那她就只有一条出路，就是再嫁。苏青曾说："流苏是个好女儿，但她在恋爱市场上却给人低估了价。"再嫁的对象不

过是带着五个孩子、新丧了太太的姜先生之流罢了。然而恰巧流苏的妹妹也一起相亲，相亲的对象是饱经世故、狡猾精刮的老留学生范柳原。两个人在相亲会上遇到，流苏中国式的含蓄内敛吸引了范柳原，于是一段俗世情爱就以这样的阴错阳差开了场。

二、步步为营的较量——精致的调情不过是幌子

流苏符合范柳原对于地地道道中国女人的要求，然而尽管范柳原多金，但是由于他是父亲在外的私生子，害怕大太太的报复，一直不敢回国，父亲死后，用了很多办法才得以回归身份，继承了父亲的财产。这样的经历使得范柳原充满了智慧和心机，不相信任何人，也不相信婚姻和爱情。他对流苏动心，然而却不想失去自由，辅以婚姻的代价。这一对精明世俗的男女，在香港浅水湾这个繁华的洋场，展开了一场感情拉锯战。流苏是有一定勇气的，离开上海到香港是一场赌博，要么声名扫地，要么成功升格为范太太。尽管心里也有恐惧："在这夸张的城市里，就是栽个跟头，只怕也比别处痛些。"然而流苏权衡之后决定赌一把，这只是诱惑，无关爱情。在这样奢靡的城市里，其实两个人都不敢奢求爱情。

这一段是作者着墨比较多的节段，情欲没有惊心动魄的表现，大量的篇幅用于调情，这种精神游戏机巧、文雅、风趣、精练到近乎病态。"好似六朝的骈体，虽然珠光宝气，内里却空空洞洞，既没有真正的欢畅，也没有刻骨的悲哀。"尽管傅雷先生的这段评价得到了很多人认可，然而我总觉得这些风趣和机巧，有些《围城》的味道。我们来看看范柳原对《诗经》"死生契阔，与子成说，执子之手，与子偕老"的解释。"我看那是最悲哀的一首诗，生与死与离别，都是大事，不由我们支配的。比起外界的力量，我们人是多么小，多么小！可是我们偏要说：'我永远和你在一起；我们一生一世都别离开。'——好像我们自己做得了主似的！"这些句子反映了普通人对于不可抗拒的命运的无奈，聪明的流苏未必不懂，然而不能退一步，流苏为了守住自己的防线，发发小脾气，应对过去。这一轮轮的较量表面文雅，内里却是庸常的人生，残酷的人性。

三、转折的契机——倾覆只为成就

其实流苏已经疲惫了，毕竟是女人，而且青春易逝，一晃眼就溜走了。没有了资本，也就没有了赌的筹码。再次回到香港的流苏，终于妥协，做了

范柳原的情人。故事如果这样发展下去，就显得平淡无奇。然而就在这个时候，战争来了，一座城倾覆了。"在这动荡的世界里，钱财、地产、天长地久的一切，全不可靠了。"然而这变故、这生死之间的徘徊却让俩人有了一点儿真心，"他们把彼此看得透明透亮。仅仅是一刹那的彻底的谅解，然而这一刹那够他们在一起和谐地活个十年八年。"

流苏意外的升格为范太太，然而这个结局却缺少欧亨利的温暖，虽然修成了正果，却并不一定像童话故事一样王子和公主从此过着幸福的生活。范柳原把流苏当成了妻子，但也只是妻子而已。"柳原现在从来不跟她闹着玩了，他把他的俏皮话省下来说给旁的女人听。"婚姻并没有改变范柳原花花公子的本性，而流苏，也仍然是大家庭里算计精明的女主人。流苏有些怅惘，但怅惘只是偶然的情绪表露，本来就没有天长地久、心心相印的爱情奢望，也就不会失望。

胡琴的咿咿呀呀声中，夜是冷的。庸常的世俗，带着苍凉的味道。

得山水清气的霖野书画

早就想给霖野先生写点儿东西，但自叹文笔欠佳，迟迟未敢动笔，甚感惭愧。辗转提笔，已是暮秋时节。趁秋色宜人，特登门拜访。先生煮茶以待。山前小楼中，茶香氤氲，秋阳正暖。

霖野先生本名马青山，笔名霖野，自号白云居士，著名书画家。施耐庵说，快乐之事莫如友，快友之事莫如谈。和霖野先生聊天是件开心的事。他声如洪钟又豁达幽默，天文地理似乎无所不通。特别善讲笑话，常令人捧腹。他是个率真侠义的军人，又是个痴迷书画的艺术家。他自小深受其父影响，对书法绘画非常感兴趣，从此一发而不可收。山里的风给了他山东汉子特有的粗犷，也给了他特有的艺术视角。

初识霖野先生，看他那壮实的身材和粗大的嗓门，很难把他与书画家联系起来。我略表此意，他便说："你可不要以貌取人噢。""那你可是亦狂亦侠亦温文了。""哈哈……我是个想法特别多的人，不只是话匣子关不住。我还用画画来表达我的思想，用写字来抒发我的情感。想写就写，想画就画。喝了酒来上几嗓子，那山里的鸟都能惊飞了！"说完他起身，端足了架子，慷慨激昂地朗诵起来，"且趁闲身未老，尽放我、些子疏狂。百年里，浑教是醉，三万六千场"。先生竟然如此洒然，如此豪情万丈。谈笑风生里，他泼墨似云烟。说到高兴处，铺纸蘸墨，"大道"两个大字一挥而就，一笔一画中透着果敢蛮霸之气。想他若无夜漏晓窗之苦功，光明磊落之胸襟，怎会将书法写得这样从容不迫，力透天地？

几盏茶后，齿颊含香，心间清亮。霖野先生捧出他的作品，谦虚地请我批评。然我唯有欣赏的份儿，不敢妄自评论。趁其高兴，遂向先生求画，先生爽然应允。

"书，心画也。"他的书法不拘泥于一种书风。巨字榜书，写得大气磅礴。对联小品，则温润雅致。而他更擅长画山水花鸟。所画各类禽鸟，形骨清秀。又加上用笔细致，形象逼真，常令人叹为观止。尤其是荷，他更有自己独特的画法。枯笔、湿笔、破笔并用，风格清新，生动传神。那卷舒未展的嫩叶，色泽清翠，笔触自然。那荷叶，干笔直扫，墨韵气势，耐人寻味。那叶梗上的小刺，苍翠中恰好烘托出荷花的妩媚。其荷旁又多点缀小鸟，似乎是它偶然碰落了花瓣，受惊地回头鸣叫。真真是各具姿态，生意盎然。在纷纷扰扰的书画界，艺术风格与价值追求多种多样。他曾拜投很多名师，潜心研究，力求创新，不求浮名。正如他笔下幽雅空灵的兰、虚心有节的竹一般，演绎着自己独特的艺术人生。

我于绘画是个外行，欣赏作品全凭个人直觉。对霖野先生的画风一直是欣赏和喜欢的，尤其喜欢他的山水画。他的山水画设色清雅润泽，刚健温润中常饱含苍茫浑厚的韵味，意境脱俗，格调明快。运笔洗练有力，线条劲拔流畅。峡谷丘壑，云雾岚烟；大巧大朴，造境雄奇，弥漫着"烟云山水"的淡雅闲远。

但见画面题识："只谓一峰秀，不知犹数重。晚来云影里，更见两三峰。"劲拔飘逸的行草，颇为灵动，题识与画面意境相得益彰。我喜欢这种俊逸优雅的画。画面愈是设色简淡，愈能透出墨色的浑厚。画中一位高士孑然独处于山间凉亭，倒背两手面对大山，忘情于山水之间。高士身边的数株古松，是以湿笔重墨描写的枝叶，气韵生动，苍郁茂然。苍苔古树，人在清凉极处。那人内心的孤高冷逸，为清幽的山水注入了灵魂，画面也因之笔意高旷、清远有致。远景和近景的墨色几乎一致，没有近浓远淡的分别，但远近的效果却清晰明显。未写白云，远处却隐隐有云气升腾之意。径路迂回，云林幽淡，倍有一种幽静清凉的美感。动静结合，优美宏壮，山水之清气，荡漾画中，如入无我之境。

收藏此画，当有颇多愉悦。世事烦扰之时，展读此画，便可融入画面所营造的淡远清幽的境界，消忧解烦。或可在风清人静之际，凭遐思而畅游其间，似聆那禅音从远古而来。霖野书画，得山水清气；欣赏霖野书画，自会心清气爽。

时间在袅袅茶香中穿越，放下手中素瓯，见远岫出云，不觉暮色已降。遂话别，归途意兴悠悠。

锋藏柔润浓墨中

最早与仇卓行相识，是在十六年前一个朋友的婚宴上，既是朋友介绍，也是因为志趣相投，一见如故，遂成挚交。因此，对他的每一步经历我都非常熟悉，在对艺术孜孜追求的道路上，他能走到今天甚为不易，作为一个抡镢头砸坷垃的普通农民，并没有在生活的重压之下放弃自己的追求。白驹过隙，世事沧桑，他在书海砚田里长年累月躬耕不辍，委实令人敬佩不已。

仇卓行，字一鸣，号远扬、虚静斋主人，人称垄上野夫。1965 年出生于邹平魏桥镇仇家村一个书香门第，现为上海中华书法协会会员，滨州市农民书法协会会员，邹平县书法家协会理事。他的祖父仇兆悦，字梦岩，早年毕业于济南师范，曾任原齐东县教育局督学，有深厚的古文字修养，通《周易》、精于中医，犹擅书法；父亲仇方瑨，毕业于黄埔军校第二十二期，为起义军官。良好渊博的家学，使其受益良多，加之他本人个性清明英华，敏悟力强，在高中时代就有诗文短作散见于县级刊物。时任邹平三中的校长对他的期望很高："其人翰苑文才，其书隽永秀丽，秉内慧外，赋持重谦虚之性，聪明浑而不露，个性品行端方，当是前途无量。"那年临近高考的时候，仇卓行的母亲因患胃癌住院，家中一时债台高筑，处在贫困交加之中的他，只能无奈地谢绝了师生们的极力挽留而选择了辍学。由于仇卓行是独子，母亲去世后，他便与老父亲相依为命，父亲年高体弱，家庭重担过早地落于他柔弱的双肩。身处逆境的他没有因此而消沉，在高中同学的善意劝说下，意欲报自考大学文学系，以圆大学之梦，经过仔细垂询，每年需花费二百元，那时的家境，他实在无力为之。此间，乡里几次登门让其担任民办教师或到文化站、派出所任职，由于种种原因都未应聘。

自辍学之后，仇卓行一直读书写作。一天，他无意中在家找到一本祖父留下的唐柳公权《玄秘塔》拓本。早先，仇家属大户的书香之家，历代家藏名典书画颇丰，各种线装书册以及名家字画等珍藏不计其数。据其祖母告之，"文革"期间，家存书籍及众多名人字画被付之一炬，母亲烧火做饭三天没用柴草，全都是以书代薪，大部分被毁，仅幸存《玄秘塔》拓本一书。自此开始，他对书法艺术产生了浓厚的兴趣，爱不释手，朝夕临摹，临池志趣，秉笔思生。没有宣纸，他就拆了旧书和废报纸练书法，家中废旧书报用完，他便下乡收购报纸临摹，仅写的旧报纸就有几百公斤之多。道路的坎坷，生活的艰辛，使他更加坚定了在书法艺术的道路上坚韧不拔、孜孜追求的意志，他将勤于临池、精研书艺融入日常生活中。那时家中尚未通电，不论炎炎酷暑或者凛冽严冬，他总是秉灯面月，悬腕拈管，有时临摹书帖过于投入，熬到半夜三更是经常的事情，他一直过着苦行僧般的清贫生活。在儿子出生三周年的那个寒冬里，他倾其所有买下一个煤炉，竟兴奋地挥笔写就《购炉有得》一首："溪上行人桥为冰，时令已近严寒冬。凝结砚海池中墨，毛颖鬼毫无特迥。妻怨冻僵手中线，顽儿粉腮胜榴红。勒腰购炉新试火，陋室三更读书灯。"炎炎夏夜，为了消暑驱蚊，将双脚泡在冷水盆里，他在《癸酉仲夏夜读有感》一诗中这样写道："悬梁锥刺效古人，挥汗临池读诗文。无乐蚊蝇争鸣奏，裹衣浸足以护身。常忘田间劳作苦，系日乏绳惜寸阴。偶有懒虫微合目，冷水击面长精神。"

仇卓行懂得，一幅好的书法作品，是作者情感的诗的珍珠，闪烁着他们独特的思想光辉，通过用心仔细欣赏与感悟，才能和他们的灵魂相互对接、相互交流，从而进入一个物我皆忘的美妙境界。也是为了养家糊口，刚刚二十多岁的仇卓行，即以柳公权笔意书写中堂及六条屏，骑自行车到邹平、周村等地的年货大集上出售。那丰姿秀态、别具神韵的书法作品，招徕了众多的城里人、内行人来欣赏购买，而那些捻髯自负的卖字老人，纷纷走上前来向他打听："呀！这些字下笔果敢，笔笔有来历，字字有法度。问一下年轻人，这些字可是你家爷爷写的吗？"仇卓行有些不好意思地回答他们："是我自己写的，还要向老人家学习呀！""哎，年轻人，你写得一手好字，怎么能来和我们这些老头子抢饭碗呢？"当然这都是很多年以前的笑话了。为了进一步提高自己的书法创作水平，他节衣缩食，每次到县城必跑到书店购买字帖和书法理论书籍回家潜心研究。繁重的农田劳作，农村的鸡零狗碎，难以阻挡他寄情诗文、潜心于剑的高雅情趣。数十年来，他最大的优点就是淡泊明志，不求闻达，积学以储宝，酌理以富才，以至达到了物我皆忘的境界。他在书房里张贴着自己最为欣赏的联句："未能随俗唯求己，除却读书都让人。"通过研习大量的书法理论，方解书道气势神合之要。他深知书法艺术是一种表情达意的艺术，如果没有深厚的学养作基础，必缺乏书卷气息，艺术境界自然也不高，只能终为书匠而已。所以至今他仍以文底之博，诗才之厚被书道同人所称道。

1989 年，他曾报名参加了中国书法函授大学淄博分校的学习，到了固定的面授时间，为了不影响自己的学习进度，即使家中的农活再忙，他也要披星戴月赶赴百里之外的淄博市，从没有因为天气变化，或者季节更迭的原因而耽误。为了使自己的书艺有更大程度的提高，他也曾骑自行车三赴邹平县城，去"天行健书画社"面见仰慕已久的郭连贻先生。他以《拜恩师郭连贻先生》一诗赢得了郭老先生的青睐："几回登临天行健，有缘三访始见师。二月早感春风暖，书艺擅名妇孺知。法宗庙堂尚晋韵，层台缓步大家姿。金石良言甘如贻，高谢风尘是恩师。"郭老先生对敦厚笃实、苦功累下的后生仇卓行欣赏有加，对他书法习作的优劣之处悉数加以指点，并为其"虚静斋"题字。他兴奋地当即写诗一首答谢郭老先生："非师安得茅塞开，艺殿堂前几徘徊。今日欣得甘霖泽，润我心田乐开怀。"仇卓行现在说起郭老先生来，仍然对他书人合一的高尚境界钦佩不已、感念不已。记得他为答谢恩师郭老先生，还即兴素描恩师肖像一首："凌云健笔气冲天，未逢机遇遁深山。而立翰墨始起步，雄才识量赛老泉。可怜身乏谐俗骨，闲来植柳柴扉前。修得一方清静地，漏月轩里乐陶然。"仇卓行认为，书法可以让自己寻找到一块洁净的宿营地，安置自己的灵魂；可以让自己寻找到一方清澈的天空，尽情放飞自己的梦想。由于受到郭老先生的指点，加上他积年勤勉，书艺大进，从不泥古人，向字架奇秀、章法严谨开始过渡，渐有独创性的作品引起了书法界的密切关注。

有位书法界的朋友说过，一个人的胸次不高，则人品不高，人品不高，则书品不高。要想在书法艺术上有所造诣，必须清心寡欲，省身克己，在书法艺术的追求上，永远不能自己满足，也永远不要苛求自己，因为书法艺术属于甘于淡泊和寂寞的人。由于种种原因，他极少参加那些收取参赛费的书法评比活动，也许这就是他头上少了一些"光环"与"名衔"的主要原因吧！在这个物欲横流、红尘滚滚的浮躁年代里，仇卓行既有自己立身处世的态度，也有随遇而安的散淡，还有宁静致远的情怀，物质上虽然清淡一些，但他执着于书法艺术的追求自始至终都没有任何的改变。纵观仇卓行学习书法的轨迹，大约可以分为初学和博采两个阶段。自唐楷开始入手，对柳、颜、欧、褚诸家楷书浸淫数载，打下了坚实的书法基础；以后先习智永《千字文》，逐步向"二王"行草过渡，待行书基本功打牢，即遍习诸家，孙过庭《书谱》，颜真卿《争坐位》《祭侄文稿》等无不精临。为丰富自己的笔墨情趣，于宋代名家行书无不临习，尤以苏、米用功最勤，后明清诸家及近代大家无不涉猎。为矫正习帖过程中易出现的靡弱、甜媚俗病，他又付出大量的时间和精力，临习汉碑和魏碑，以《张迁碑》《乙瑛碑》《张玄墓志》和《张猛龙碑》用功最勤，小楷则上溯魏晋，直追钟繇和王献之小楷，对钟氏《三表》以及大令《十三行》等心摹手追，从不间断。

书法创作之余，他对古典文学尤其对古典诗词兴趣特浓，古代诸多书法理论皆是文言文或以诗词形式记之，这无形之中对他的诗文创作起到了很大促进作用。精研书法理论时偶有心得，便随手以诗记之，他曾在省内外的一些书法类刊物上发表过许多旧体诗词，例如，他的"日日临帖如坐禅，挥毫万念俱释然，携钵遍访碑帖迹，化得前贤翰墨缘"。又如，"博览万卷始神通，书法崇尚临摹功，欲酿醉人独家蜜，勤游碑帖万花丛"。再如，"学书最忌求速成，永字八法谙于胸，善择碑帖细玩味，寒暑无间苦用功，精碑良帖化吾意，驰张书胆任纵横，修身宜读书万卷，成功秘诀是勤恒"。大凡钟情艺术的人，多有自己的审美情趣，仇卓行理想中的行书作品，即是"无形玉线穿珠成，字字剔透复玲珑，清风摇曳修竹斜，欹正天然畅真情"。浅显地说，自己的作品要让外行人知其然，内行人知其所以然，概括起来说，便是晋唐二王一路的中和之美，刚柔相济，似武功超绝，又有哲士风度，潇洒飘逸，若修炼百年的深山道士，飘飘欲仙，却又是生活中实实在在的人。他讲究的是自己的作品，要让人看着舒服，有一种流动美、欣赏美，他一直认为，书法艺术的最高境界即是书写性情，让深厚的学养渗透到自己的作品之中，而不是支离破碎，线条单薄，或者故弄玄虚，搔首弄姿，以奇为怪，使人如读"天书"无法欣赏。几经锤炼，他书法作品中的经典之作，已经达到了字架廓厚沉稳，豪气侵人，骨感突出，从而逐渐形成了自己独特的创作风格。

仇卓行自进入魏桥创业集团参加工作以来，除供应尚在读大学的儿子以外，大部分工资收入都用在了书法艺术创作与交流上。书法是一门高雅艺术，湖笔、徽墨、宣纸、端砚以至所用印章、印泥，无不价格昂贵，他所选购的精碑良帖及书法理论书籍更是价格不菲。所以，至今他的虚静斋中，除了满架的书籍之外，别无他物，真可谓家徒四壁。他常说，既为创业人当尽职尽责，数年来他坚持利用业余时间创作，并在集团《魏桥创业报》上发表了大量诗词、楹联、书法作品，并以自己的实力水平，被推选为魏桥创业集团书法协会会长。其作品多次在各类书展上获奖后，名声大振，许多外地的书法爱好者，纷纷前来拜求他的书法作品。他每每拈管临池，可谓出口连珠、笔醮墨饱、气贯神通的书法作品，成为人们争相收藏与欣赏的尤物。名气虽然大了，但他心态平和，儒雅洒脱，不做作，无傲气，街坊乡邻们找他写春联，他拿过纸来，略加审视，一幅"门盈绿水聚宝盆，堆金积玉幸福家"或者"丹桂有根独长书香门第，金钱无种单生勤俭人家"等，便一挥而就，字之大小，疏密得体，鲜活生动，意兴盎然。有年轻的同事思想动摇，不安心工作时，他又会用"莫怨命运航标倾，心旷宠辱自不惊，但待春潮滚滚动，跳过天门即成龙"相劝慰。

锋藏柔润浓墨中，志存淡泊宁静处，每逢欣赏仇卓行潇洒飘逸的精品力作时，我常为他饱蘸激情的书法作品而感动。一个书法创作者和文学创作者一样，只有火一样的激情，才能真正燃烧欣赏（阅读）者的心灵。修合无人见，奉心天自知，功夫不负苦心人，他的作品除了多次获奖以外，还多次入选《岁月峥嵘》《邹平书画集》《邹平电视台台庆十周年书法作品集》等，另有部分文史资料类的作品公开发表，由此我们可以窥一斑而知全豹。当今书坛，即使名气较大的名家，能自撰诗文者也不多，尽管每次书法赛事的征稿启事都在最显著的位置，强调提倡参赛者自撰诗文，但仍是以抄袭古人的东西居多。他尤其满意和我县青年书法家张延龙、张国华一同入选由山东书协主办的《纪念焦裕禄全国书法作品集》的那幅自创行书作品：心血映衬党旗红，造福万民建首功，淡泊名利超物外，一尘不染两袖清，泡桐精神今犹在，兰考碱地粮果丰，事业今成应无憾，池墨当酒慰焦公。八月剥枣，十月获稻，正值人生盛年的仇卓行，已经到了金色的收获季节。他那笔笔意到、平正遒劲的作品中，每个字的提、按、顿、撇、捺之间，都浸透着人生的自信与坦荡，他在令我们赏心悦目的同时，也让人深深陶醉于那种春风拂面的悠远意境里。在别人向其拜求的五百多幅书法作品里，无论是宏篇巨制，还是尺幅小品，仇卓行都将自己的作品视作即将出嫁的女儿，雍容典雅，情思缱绻，云水无限，纤尘不染。

元代大画家王冕有首诗这样写道："冰雪林中著此身，不同桃李混芳尘，忽然一夜清香发，散作乾坤万里春。"同样喜欢梅花的仇卓行，也像一朵含苞欲放的梅花，淡雅清香，禅心月照。记得他曾这样说：书法之美要义在于和谐。我相信其书法作品的开合有序、虚实得体，是形体上的一种和谐；气韵贯通、灵性飞扬，则是精神上的一种和谐；而外柔内刚、骨力雄健的书法艺术之美，应该是他书法艺术与健康人生在生命意义上的高度和谐吧！

魂归故里泥土香

　　在中国现代文学史上占有重要地位的著名文学家、教育家李广田先生，1906 年出生在邹平县码头镇小杨家村，后过继给草庙村中年无子的舅父。他由一名刻苦勤奋、不断追求新知的农家子弟，从故乡邹平先是考入济南省立一师，历经波折苦难又考入北京大学，成名于 20 世纪 30 年代前后的中国文坛。探寻李广田先生成长的足迹，感悟他丰赡的故乡情思和人格的朴实无华，是我多年来萦绕于怀的一桩夙愿。

　　西出码头镇驻地不远，但见一座静静矗立在秋风中的村庄，安详地享受着秋日艳阳的映照，金灿灿的阳光，洒在平整的黄河冲积平原上，阡陌通连，村庄毗邻，河渠纵横，林木成行，这里原先是济河、霸河汇流的地方，土地肥沃，物产丰富，河畔长堤布满翠绿的婀娜垂柳和高耸入云的白杨，沟渠池塘散养着莲荷和鱼虾。这里有孔子周游列国时的"文绍台""圣井"和"圣殿"等文化遗迹。在黄河大堤庇护下的这片丰腴肥美的黄土地上，依稀可辨先生在他的散文《山水》中所写到的故乡："我们的祖先可以垂钓，可以泅泳，可以行木桥，可以驾小舟，可以看河上的烟云。然而这座山完全是土的，于是他们远去西方，采来西山之石，又到南国，移来南山之木，把一座土山装点得峰峦秀拔，嘉树成林。"先生所提到的这些"土山，"就是目前还能经常见到的、耗用人工筑起的一些高大的避水台，这是当时的人们为了躲避黄河水灾，"用大车、用小车、用担子、用篮子、用布袋、用衣襟，用一切可以盛土的东西"，构建的一件伟大的避水工程。香港有一位文史家曾经评论李广田的《山水》一文，说先生哪怕平生"仅此一篇，便足以不朽"。

　　由于已经电话提前预约，李广田先生的长孙李昆明老师早已在家等候多时。这是一个再朴实不过的农家小院，房顶上、院落中全是晾晒着的金黄的玉米，金灿灿的耀人眼目。据李昆明老师介绍，先生的舅父先是要了邻村的一潘姓外甥做养子，待了不长时间便回到了生父身边，后来又让小广田做了他的养子，舅父因为两个外甥同名，为了加以区别叫小广田"小园子，"而不是有的史料上所说的"西园子。"出得李昆明老师的家门往南不远处，便是早些时候由本村两名秀才开办的草庙私塾，这座私塾坐落在一个高大的避水台上，当年的小广田和村里十多个岁数相仿的孩子，一同在这里享受着最初的启蒙教育。他写的《画廊》正是私塾附近的乡村集市，在画廊里"小孩子，穿了红红绿绿的衣服，仰着脸看得出神"。小广田最大的优点就是他忠厚质朴、勤奋好学。村里有个姓段的老秀才，特别喜欢天真聪慧的小广田，小广田早晨和晚上经常主动到老秀才家里读书，两人结成"忘年交，"他才是小广田真正意义上的文学启蒙老师。这个固执倔强的清末老秀才，将平时视若珍宝、秘不示人的文学书籍，任由小广田翻看。由于知识的丰富、视野的开阔，使得小广田像一棵吸足了养分的树苗，在一般大的孩子中凸显出来。20 世纪 30 年代以后，他将自己的生命与文学深深根植于宏厚久远的故土文化之中，以深沉浑朴的文学风貌、凝重丰盈的人文理想和"大地之子"的淳朴形象，成为中国现代文坛一道风格独特的艺术景观。

小广田的养父没有文化，在那个饥寒交迫、民不聊生的年代，他的目标是让小广田经商，所以小广田的求学过程非常不容易。经过小广田的哭求和生父的努力，他才得以在村东不远处的慧真寺继续学习，在学校他刻苦学习，成绩一直名列前茅，是学校出类拔萃的好学生。课余和放假期间，他经常阅读的是文学和理论书籍，尽情地遨游在知识的海洋里。大约在十三岁的时候，他已将古今的名流小说、诗词、戏曲等，凡是能在校园内外所借到的书籍，他都逐一阅尽。高小毕业后，在父母的许可下，他到位于县城的师范讲习所读书，这是个培养教师的地方，一年后他回到慧真寺教书。求知欲很强的他，在慧真寺教书大半年后，在他同窗好友的鼓动下，偷跑到济南考入省立第一师范学校，跟臧克家、邓广铭同班。那时学校力图以新的科学文化来改造学生，组织周作人、沈伊默等名家宣传进步思想，这对年轻的李广田来说，无疑是五四新文化的"春的鼓荡"。1928 年 3 月，李广田因为邮寄进步书籍被判死刑。养父与生父两家为了营救他，倾家荡产，最后由一个闯关东的亲戚，通过军阀张宗昌的叔叔，买通了狱中的关系才放出来。奄奄一息的他，被同学用担架沿着黄河大堤送回老家时，与前去接他的家人在中途会合，回家疗养三个月后才得以康复。

那时的李广田先生，有一个同学在山东陵县担任县长，为了李广田先生的安全着想，邀请他去陵县任小学教师。原济南省立一师北园分校校长刘东生，这时已在位于曲阜的省立二师负责，在得知李广田的下落后，写信邀请他到省立二师附小任教。从陵县到曲阜的千里路途上，荒村雨露，野店风霜，善于观察体验的李广田看到了众多的人生世相，重温了昔日的乡村风情，写下了《旅途》《异乡》《野店》等作品，字里行间无不流露出他对土地的厚爱、乡情的执着。1929年的秋天，他考入北京大学英文系，在学术气氛自由活跃、各种新思潮此起彼伏的北大校园，他在学习英、日、法三种语言的同时，也渐渐写下了大量洋溢着泥土气息的诗篇，之后与他志同道合的大学同学卞之琳、何其芳共同结集为《汉园集》，以清新质朴的诗风受到了广泛的称赞和欢迎，这在现代文学史上被称为"汉园三诗人"。1935年，李广田先生在北京大学毕业后，受聘来济南省立一中任教语文课。他常年穿一件蓝布长衫，朴素得如同泥土中的一棵庄稼。在这一个时期，蓝布长衫的诗人，开始向作家转变，这时奠定其文学地位的《画廊集》和《银狐集》相继得以出版。抗战开始后，当时山东省主席韩复榘不战而逃，李广田带领学生流亡南下，从山东泰安到河南安阳，到湖北郧阳，到四川罗江，最后到达云南叙永，受西南联大分校杨振声校长的邀请任教于该校，后转到昆明，与朱自清、闻一多、沈从文、冯至、曹禺等人执教于西南联大总校。从1945年到1946年，昆明"一二·一运动惨案"和李公朴、闻一多先生被害后，他一边积极参加学生民主运动，一边用手中的笔讨伐国民党反动派，从而成为一名高歌勇进、顽强抗争的民主斗士。

1945年日寇投降后，西南联大的学生相继复员到北大、清华和南开大学。新中国成立后，他担任清华大学教授、中文系主任、文科教务长；1952年，经毛主席亲自签发任命状，调任云南大学校长。李广田先生终其一生，当过小学老师、中学老师、大学教授和大学校长，始终没有离开过教育岗位，为我国现代教育事业呕心沥血、鞠躬尽瘁；他也始终没有放下手中的笔，在文坛努力耕耘，歌颂盛世如花的时代，共出版诗集两部、散文集九部、短篇小说两部、长篇小说一部、论文六篇，晚年时整理了少数民族长诗《阿诗玛》和《线秀》，为"五四"以来新文学的发展做出了杰出贡献。李广田先生热爱祖国、热爱家乡，他的作品中那些脍炙人口的名篇都是描写故乡风土人情的。最有名的一首诗是《地之子》："我是生自土中，来自田间的，这大地，我的母亲，我对她有着作为人子的深情，但我的脚永踏着土地，我永嗅着人间的土的气息，我无心于住在天国里，因为住在天国时，便失掉了天国，且失掉了我的母亲，这土地。"是故乡的土地哺育了他，故乡的山川风物使他获得了无尽的灵感和创作的源泉，他对于这片故土永怀人子的深情。我们一行人，从草庙村先生的故居、古老的文庙、村南的私塾、热闹的集市、慧真寺遗址，到黄河大堤内的土山、村落、庄稼、树木，都能与先生充满故土情怀的文字互相印证。李昆明老师告诉我们，码头小学正在筹建，李广田纪念馆、广田文化园、先生的半身塑像即将落成，原码头小学已经上级教育主管部门批准，更名为"广田小学。"

广田小学揭牌和李广田纪念馆落成仪式于 2008 年 11 月 22 日上午举行，由北京师范大学文学院教授博士生导师、茅盾文学研究会会长、北京市政协常委、李广田先生的女儿李岫教授，山东社会科学院文学语言研究所所长、研究员、《李广田评传》的作者李少群教授和当地领导共同为广田小学揭牌，李广田先生的汉白玉半身塑像，坐落于广田小学的院内，他面朝东方，迎着早晨初升的太阳，微笑着面对前来虔诚追思的人们。李岫教授动情地说，昆明是父亲人生的终点，是他人生谢幕的地方；码头镇是他生命的起点，是他人生之旅的始发站，在外漂泊了多年，现在他终于回家了。正如广田先生的女儿李岫教授所说，李广田先生具有中国农民的朴素勤勉和知识分子深思好学的特点，他像他的祖辈精心耕耘着自己的土地那样，勤奋地为人民工作着。李先生在他的《画廊集》题记中写道：我是一个乡下人。我爱乡间，我爱住在乡间的人们……我喜欢这个朴野的小天地，假如可能，我愿意把我在这个世界里所见到所感到的都写成文字，我愿意把这个极村俗的画廊里的一切都展览出来。他从幼小心灵深处培育出来的热爱乡村田野、俚语民俗的乡土情结，随着年龄的增长，阅历的加深，变得愈加明显和牢固，他正是从来自乡间的质朴个性出发，去发现和领悟民族优秀文化，并由此找到了释放自身情感的艺术切入点，从而以大量的篇幅，展现了山东及故土的乡村画廊、朴野田园。

李广田纪念馆坐落于广田小学办公楼的西侧，分为前言、意气书生、南方生涯、北国岁月、魂系西南等几个部分。在他文章里多次提到的那位国学恩师时济云先生的长子、中国石油大学外语系教授时正印写来书法条幅：创名校，弘广田文化，扬广田精神；英育才，拓一流校风，立一流校魂。李广田先生的学生、现年 86 岁高龄的山东师范大学教授聂景康先生题写了"广布春雨润乡土，结成秋实悦心田"。草庙村委会题写的是"码头广田小学，奋进敢为人先；传承广田文化，弘扬广田精神；文化泽被后世，精神薪火相传；教人敦品励学，学生文理相长；文脉源远流长，广田百年流芳"。纪念馆采用了大量的照片、书籍、实物等勾勒出李广田先生不平凡的一生，尤其是先生小时候坐过的杌子、伏过的桌子、读过的课本、用过的字典，这些浸润着岁月痕迹，凝集着先生情思的物品，让人的思绪又回到了那个落后、闭塞的北方乡村，这些浸透了李先生故土生命的书籍文字，曾经无数次深深震颤过我们的灵魂！在少年李广田纯朴、刚健的血液里，很早就播下了我们民族传统美德的种子，他通过亲身的经历和感受，写山村的野店、春天的桃园、小人物的故事，艺术地描绘齐鲁大地的山山水水，风土民俗和种种生死哀乐的人生形态，着重从平庸的事物里发掘美与真实，深入表现了大自然和平凡劳动生活中蕴藏的真实的美和人生的底蕴，展现了绚丽多姿的生活画廊。

李广田先生曾在其《乡愁》中这样写道：在这座古城的静夜里，听到了在故乡听过的明笛，虽说是千山万水的相隔吧，却也有同样忧伤的歌吹。偶然间忆到了心头的，却并非久别的父和母，只是故园旁边的小池塘，萧风中，池塘两岸的芦与荻。这个柔情似水的山东汉子，我的至近至亲的老乡，在那个年代，写乡愁不写爹娘，写写几棵池塘败草，就能写出让我泪眼婆娑的文字来。为了对他有更多的理解与敬重，我们应该深入阅读他的作品，探索他独特的内心世界，弘扬其自强不息、坚持真理、追求光明的精神，学习他质朴善良、勤奋博学的优秀品质和爱国情怀，从先生的成长中悟出生活的真谛，做一个有所坚持、有所追求的人！

李广田先生的乡土情怀

　　弱柳千条杏一枝，半含春雨半垂丝，正是春花遍野，大地复苏的季节。2010 年 4 月 2 日下午，邹平县文联组织下属的部分协会会员，去地处偏远的码头镇驻地纪念现代著名文学家、教育家李广田先生。李广田先生纪念馆坐落于码头镇政府对面的广田小学院内，由李广田先生的学生、山师大政治经济学教授聂景康老人题写的"广田小学"四个镏金大字，在春和景明的阳光下熠熠闪光。

　　李广田先生，号洗岑，笔名黎地、曦晨等，于 1906 年秋天出生在黄河南岸的邹平县码头镇小杨家村，后过继给草庙村中年无子的舅父李汉云。他在童年时代便过早地体尝到了生活的艰辛，所以他非常珍惜来之不易的读书机会，在村南私塾里一起同窗共读的孩子中，他和同村的李学让、李怀显、李学孟等人同岁，但因为小广田天资聪颖，勤奋好学，经常受到私塾先生的夸奖，在十多个岁数相仿的孩子中，他们有事愿意和他商量，总是将其视作老大哥，所以他很受孩子们尊重。草庙村北头有个清末老秀才叫段云安，满腹经纶却怀才不遇，他和聪明伶俐的小广田说起话来特别投机，对小广田非常地喜欢，宝贝疙瘩似的文学藏书，任由如饥似渴的小广田随便翻阅。徜徉在书海之中，小广田就仿佛独自拥有了整个宇宙，楚辞的风骚、汉赋的酣畅、唐诗的典丽、宋词的俊逸、元曲的婉奇，总是让他思接千载，视通万里。一早一晚的很多空余时间里，小广田就像被施了定身术一样长在段秀才家里，读起书来格外迷恋，有时竟连吃饭都需要父亲或母亲三番五次地去叫。岁数悬殊的一老一少，竟然不可思议地结成了忘年交，草庙村很多上了岁数却仍然健在的老年人都说，晚清秀才段云安才是小广田真正意义上的文学启蒙老师呢！

　　当我们来到广田小学门口的时候，码头镇的主要领导和镇教委的领导们已经在此等候多时了。广田小学校牌后面的墙壁上，是李广田先生的诗歌代表作《地之子》，那蔚蓝色的晴空下是一片广袤而厚重的土地，让人的思绪沿着李广田先生文字所指引的方向，走进了 20 世纪二三十年代的中国北方农村。校门东侧的一个池塘，周围被生机勃勃的绿树所掩映，教委的领导向我们介绍，其名曰"洗岑湖"；从校门进入径直通往教学楼的南北走向的路，是"广田路"；教学楼前东西走向的路，是"黎地路"；教学楼前宽阔的校园广场上，是李广田先生的汉白玉半身塑像，他每天都在用慈祥的笑容，迎接着金码大地上东升的旭日，迎接着天真烂漫的少年儿童。和煦的阳光照耀在每个人的脸上，照耀着曾经孕育了一代文学大家的广阔的黄河冲积平原。"饥读之以当肉，寒读之以当裘"，童年时的小广田读起书来，总是字求其训，句索其旨，未得乎前，则不敢求其后，终成一代大家。我们景仰着这位从故乡朴野的小天地走出来的、为"五四"以来新文学的繁荣和现代教育做出过杰出贡献的著名文学家、教育家，此值清明节临近，县文联的领导带领我们向先生的塑像鞠躬并敬献了花篮。

　　距离草庙村不远的延安村慧真寺，紧傍黄河南大堤，是原齐东县第二高等小学的所在地。李广田先生的养父李汉云，没有什么高深的文化，仅仅识几个字而已，他认为普通老百姓家的孩子，能多多少少认识几个字，简单地算算账就可以了，还是让小广田辍学务农，帮助自己料理庄稼最实惠，小广田为了能够上学，曾经的哭闹绝食也无济于事，所以说小广田的求学之路非常困难。而小广田的生父王者经，喜欢陶渊明那些渗透着烟峦清旷、渔樵隐逸的作品，是个识文解字的民间知识分子，曾在关外教过书，由于他频频给内弟李汉云施加压力和老师的多次说情，小广田才得以到位于原齐东五区区公所所在地的延安村慧真寺读书。在此读书时，又遇到了当地的宿望名儒、平民教育家李星华和时济云两位先生，曾经留学日本的李星华和国文教师时济云都主张学生忠诚俭朴，敦品励行，所以对来自普通农家的学生倾注了更多的情思和心血，而乖巧懂事的小广田在校团结同学，品学兼优，深得两位先生的喜爱和呵护，他们严谨的治学态度，深深影响着年岁尚小的李广田，这是日后李广田先生将两人称为恩师的缘由；小广田节日假期的多数时间，都在家帮助父母割种庄稼，里里外外倒也能拿得起放得下，所有这些，都让整天疲于农田劳作的父母感到欣慰了很多，许多学生家长都羡慕地将小广田当作身边的榜样，用来教育自己的孩子。

　　广田小学教学楼的南面，东西走向的路为"曦晨路"，南北走向的路为"未名路"，源于李广田先生最初发表作品的进步刊物——《未名》半月刊，纪念馆门前的南北路已被辟为"汉园路"。纪念馆由前言、意气书生、南方生涯、北国岁月、魂系西南、活力校园和结束语等七部分组成，全馆以图片和文字资料翔实地勾勒出李广田先生为了理想和光明，而不懈追求、执着奋斗的一生。通过大量的文字、图片和实物，我们对李广田先生清澈透明的人生境界，已经有了更多、更细、更宽泛的了解。他用过的字典、他坐过的板凳、他伏过的桌子、他读过的课本，他用过的词典……他所用过的许多物品，将我们的情思拉进他印象中落后、闭塞的故园，拉进那个饥寒交迫、民不聊生的封建旧时代。童年时期的李广田，不可避免地受到了生父和养父的双重影响，既具备养父那种质朴、坚韧、务实、恋土的农民性格，又兼具生父那种激进率性、理想高远、视野开阔的文人气质。所以他在早期的《画廊集》《银狐集》《雀蓑集》等散文中，能熟练地将乡间人物、故土俗事等刻画得细致入微。野店、泰山挑夫、投荒者、种菜将军、乡虎、成年、老渡船、谢落、银狐、母与子、看坡人、山之子、柳叶桃、花鸟舅爷等都是流淌在他笔下的乡土人物。以至于在多少年之后，他仍然满怀激情地说："我是一个乡下人，我爱乡间，并爱住在那里的人们。"他还说过，"对于故乡的事情最不能忘怀，那里的风景人物，风俗人情，固然使我心怀恋念，就是一草一木，也仿佛都系住了我的灵魂。"

依照养父李汉云的计划，是让李广田毕业后经商，而求知欲非常强烈、志向非常远大的李广田，在高王村同学张同山的带领下，跑到了位于现九户镇驻地的原齐东县城考入县师范讲习所，这是个培养教师的地方。李汉云还是不想让他继续读书，好在这个讲习所只需要读一年就能肄业，就可以当教师挣薪水补贴家用，李汉云勉强同意继续让他读书。李广田毕业后在慧真寺教书不到一年时间，上进心很强的他，又跟着同学张同山偷跑到了济南，顺利地考入了省立一师。这所名校顺应新文化运动的潮流，校长王祝晨经常邀请一些北大和清华的教员来校演讲，宣传新思想、新道德。李广田受这些进步思潮的影响，开始接触和介绍进步书籍，参加新文化运动的宣传工作。他畅游在浩瀚的文学海洋里，与此同时也激发了他强烈的政治热情，面对着反帝反封建、征讨军阀的革命浪潮，他开始尝试用新诗表达自己的心声。同班同学臧克家在《大地之子》一文中曾写道："广田为人，质朴诚笃。读中学的时候，同学们大都穿着入时，而他呢？却穿着自制的白布袜子，黑布鞋，乡土味很浓。他面色枣红，身体健强，规行矩步，遇事不惊不躁，功课优良。性情虽然温和，但有棱角，碰到不合理的事，就会激动起来，平和的外表下埋藏着一颗火热的心。"

这时候，李广田在慧真寺读书时的小学国文老师时济云先生，也来到了省立一师任教。省立一师是著名的师范学府，既有着良好的革命传统，也是反帝反封建的先锋先导，革命先辈王烬美就是该校的学生。而李广田沐浴在新文化"春雷的鼓荡"中，他的激情文学创作首先发轫于诗歌创作，其早期的诗歌《父母与沙原》尤其受到了时济云先生的极力推崇：作者课余操觚，竟成巨制，风格秀整，词意佳妙。我们现在完全可以将其看作《地之子》的姊妹篇，因为诗的字里行间始终跳荡着一颗对故乡和祖国充满爱恋的赤子之心。《地之子》也是他早期诗歌代表作之一，它凝聚着浓郁的乡土气息，这种朴实无华的创作风格和现实主义的创作态度贯穿了李广田的一生。1928年3月，同班同学邓广铭自北平给李广田邮寄《文学与革命》一书，被当局截获，并且连累到在济南做小本买卖的三哥王锡伯，次日李广田被军阀张宗昌的特务从课堂上带走入狱，为了不连累替他接收书籍的三哥，他主动承担了全部的责任。在经受了严刑拷打和非人的折磨后，令人难以置信的是，为了一本进步书籍，他竟然被判处了死刑。他在狱中这样写道："今夜的星光亮得怕人，益觉凄凉了暗淡的心。莫非此刻呀我已是游魂，为什么这样啊？这样昏沉？"

黄河自1901年从章丘陈家窑决口以后，地形面貌发生了很大的改变，淤积后的沙质土壤，很适合栽种树木。谷王村有两个晚清秀才张翱风和张鸁风，兄弟两人留学日本时引进了很多的梨树、桃树、刺槐等树种，所以草庙村附近的诸多村庄从那时起就有种植果木的好传统。民国时期齐东五区区长是草庙村的马殿孝，是个饱读诗书的开明士绅，家中藏书非常丰富，他与李广田也结成了忘年之交，当年李广田在北京和济南读书时，马家总是他回到草庙村的第一站。马殿孝在任上的最大贡献，就是积极号召带领五区的百姓广植林木，当地的百姓曾勒石"宣苏碑"来纪念。每年的春末夏初，黄河南岸附近的大片土地上，倒也绿树葱郁，苍翠连绵。李广田先生曾在《桃园杂记》中这样描绘那时的故乡风景："最好的时候大概还是春天吧，遍野红花，又恰巧有绿柳相衬，早晚烟霞中，罩一片锦绣图画，一些用低矮土屋所组成的小村庄，这时候是恰如其分地显得好看了。"李、王两家变卖掉了祖田里的所有树木和家里的牲畜，为救李广田几乎倾家荡产。邻近蔡家村的李化堂和王家是亲戚，由于晚清年间闯关东时和来自山东掖县张宗昌的小叔私交不错，由他的周旋与金钱的作用，李广田虽然被打得遍体鳞伤、奄奄一息，但毕竟留下了一口气，保住了性命。

回到草庙老家休养了三个月，体力稍有恢复后，邻村王庄的同学孙干民，便介绍李广田去国民党青城县党部混事，他坚辞不去，又经同学张品三的父亲张翱风热心介绍，暂时到位于山东北部的陵县县城小学任教，不到半年时间，原任省立一师北园分校校长的刘东升，在曲阜师范（省立二师）任职期间，通过各种方式打听到李广田的下落后，便诚恳地给他写信，邀请他到曲阜师范任教，并劝他下一步继续求学深造。在从陵县到曲阜的千里路途中，荒村雨露，野店风霜，善于观察体验的李广田看到了众多的人生世相，重温了昔日的乡村风情，写下了《旅途》《异乡》和《野店》等诗文。鸡声茅店月，人迹板桥霜，字里行间无不流露出他对齐鲁故土大地炽烈的厚爱，乡情的执着。1929年秋天，他考入北京大学预科英语班，北大校园学术气氛自由活跃，各种新思潮此起彼伏，勤奋上进的李广田，同时掌握了英、日、法三国语言，并能顺利地阅读这三国的原版文学作品，他如蜜蜂采蜜般地徜徉于异域的艺术花苑中，这些洋溢着田园芬芳的诗篇佳作，与李广田心灵深处的乡恋情结灵犀相通。大学期间，与同窗好友何其芳、卞之琳合作出版了诗集《汉园集》，其中他的《行云集》部分，就是自己心路历程的真实写照，是在现代文艺思潮影响下观照生活、审视自我的艺术结晶。他的诗作呈现出的仍然是一种发自内心的原生态的质朴、平实、真诚与厚重。

1935年秋天从北京大学毕业后，他的同学张同山已在原齐东县担任教育科长。时任齐东县县长的梁中权，是个非常优秀的人。他重视教育，曾经亲自编写县志。两人先后上门劝说李广田在齐东县教育界任职，但李广田想要走出这个纯朴的、太狭、太小、太缺少华丽的世界，所以还是追随着原省立一师校长王祝晨先生，来到省立一中任教。他的学生李毓芙这样回忆他："常年穿一件蓝布长衫，长头发中分两边。"他的同乡、李码村的学生李臻也这样回忆他："多是询问家乡的收成如何？家中的现况如何？李码村李星华老先生及夫人两个人的身体怎样？""记得有一次，李老师发现我穿的裤子太破，还开了缝，便将我叫到了他的住处给了我一条新裤子。1936年春天，李老师得知我已经没钱买饭的事，又给我送来了一块大洋。"相距较近的章丘市黄河乡王家村的王次芳老师，20世纪30年代中期曾在济南南门外的岳庙后街小学任教，两人既是同乡又是无话不谈的知己，他深情地回忆说："李广田穿着非常朴素，衣服、鞋袜常见补丁，吃的也是粗茶淡饭。闲谈之中他经常说到的是老家有老有小，父母年事已高，弟弟上学，妹妹生病，家中的农活全靠一表弟帮工，供自己上学家中付出了很大的代价，必须挤出钱来帮衬家里。他任教的班级中有三个特困生，没有饭吃，也无钱买书，实在不忍心，他还需要用钱帮助那几个学生。"出自田野乡间、情系故土父老的"地之子"的形象，由此可见一斑。

在济南读书与执教时，他有时从洛口乘船回到草庙村，那波涛翻滚的浪花，那长琴似的黄河堤岸，那农田里劳作的亲人，那飘逸芳香的故土，都给他一种久别家乡的愧疚的感受。而李广田在省立一中执教期间，几乎每个周末都要去泰山，因为妻子王兰馨大学毕业后也来到了泰安三中执教，夫妻分居两座古城。从王兰馨所居住的资福寺北望，"山下有时夕阳返照，山晕青紫，那颜色美到无可形容"。作为五岳之首的泰山，虽也有松柏的绿色点缀，溪水的潺潺吟唱，但无法稀释它那种夺人的气魄。磅礴雄伟的山势，突兀峻拔的峰峦，使人感到空气都变得浓重而且有力，李广田和妻子每当爬上山顶，也有一种俯览天地的豪气生于胸间。古老而雄伟的泰山，古木荫翳，新草鲜明，千红之发，万紫之开；由于多了游山径、赏山景的机会，所以就多了对泰山的深刻情愫，风情民俗、山民艰辛的诸多心灵感悟，他的散文代表作中写泰山雄浑壮丽的《扇子崖》、写泰山灵魂的《山之子》，还有《影子》《晴》和《雾》等作品就是在这里相继问世的。他资贵聪颖，学尚浩渊，忧世感事，针砭时弊，从他的《地之子》到《山之子》，不只是自然视野的扩大，更是思想触角的深入，由此，先生的感情不再囿于一片故土、一个童年故事，而是伸向远方，想到更多的人和社会。

纪念馆内有两块门砧石，砧石的单面依次拓有"福禄祯祥"四个字，这是1931年寒假期间，发愤知遍天下事，立志读尽人间书的青年李广田回家探亲时应邀给乡亲们题写的。砧石上的字虽历经近八十年的时间，依然苍劲有力，骨感十足，仿佛带着他对家乡父老生活的美好祝愿。1937年夏，新婚不久的李广田夫妇回到了思念已久的故乡草庙村，与少年时的师友们重逢倍感亲切，他勉励人们努力学习，认真读书。当时他的题词是："学古之志未衰，每日必拥书十三经二十四史，手披目览叹观正矣！"这既是对师友们的勉励，也是自己多年读书好学的真实写照。此时，卢沟桥的隆隆炮声打乱了他们平静的生活，这是他们最后一次故乡之行。挥泪告别故乡的亲人返回动乱中的济南以后，同年十二月济南沦陷，李广田则与学校同事，由河南入湖北，由湖北再到四川，到达了祖国的大西南。至今人们尤为推崇他的《山水》和《回声》，因为他在长琴的演奏中度过了自己难忘的童年时代，"我的最美的梦，也就是我的幼年的故乡之梦了"。他渴望着看看长琴以外的地方，"村庄东面自然也有一条比较低下的去处，当然那就是祖宗的河流。我在那块平原上生长起来，在那里度过了我的幼年时代，我凭了那一块石头和几处低地，梦想着远方的高山、长水与大海"。他以雄浑壮阔的母亲河为生命出发点，从一个世代相传的传统农家，最终融入了抗日救亡的滚滚时代洪流中。

纪念馆内的橱窗里，陈列着李广田先生女儿李岫教授捐赠的部分李广田研究资料，加上校方通过先生草庙村家人和各种渠道收集到的相关文史资料、物品等，基本上涵盖了李广田先生一生的文学成就，尤其是先生著作中所凸显出来的故土情怀，赤诚如子之心，指天可表，坦荡落宕之怀，日月可鉴，成为家乡人民的巨大精神财富和奋斗的动力。中国石油大学外语系教授、李广田恩师时济云先生的长子时正印为纪念馆题写："创名校，弘广田文化，扬广田精神；育英才，拓一流校风，立一流校魂。"李广田的学生聂景康题写了"广布春雨润乡土，结成秋实悦心田"。也正如山东社会科学院文学研究所所长、《李广田传论》的作者李少群女士所说的，李广田先生的作品，以浓重的地方泥土气息，质朴真挚的情感，丰沛清新、充满韵味的意境创造，奠定了他在现代文学史上的散文名家地位。广田小学责无旁贷地承担起了教育和培养青少年一代学习李广田、继承和弘扬广田文化的社会责任和历史使命，在挖掘和弘扬齐鲁大地丰厚的文化资源以及人文精神方面迈出了非常可喜的一步。《广田文化与学校建设研究》已获准立项，被列入山东省教育科学"十一五"规划课题。广田文化园的建设，推动着"名家诗词进校园"活动的蓬勃进行，每名师生都能背诵李广田等名家的作品，广田文化研究开展得有声有色，校园文化活力非凡。

当天下午，在县文联和广田小学联合组织的广田文化研究座谈会上，与会人员对广田文化研究的人文价值和现实意义等进行了多方位的探讨。读李广田先生的乡土文字，故乡的风土景物、风俗人情、山川草木等宛如出岫的朝霞，为我们打开了尘封百年的历史画卷，他用洁净的山水、黛青的瓦房、质朴的笑脸和丰腴的大地，充盈着后来者的思维与智慧！李广田先生胸怀洒落，光风霁月，一辈子从没有说过假话，捧着一颗心来，不带半根草去。终其一生，当过小学、中学教师，大学教授和大学校长，始终没有离开过教育工作岗位，为我国现代教育事业呕心沥血、鞠躬尽瘁；始终没有放下手中的笔，先后共出版了诗集两部、散文集九部、短篇小说两部、长篇小说一部、论文六篇，晚年整理少数民族长诗《阿诗玛》和《线秀》，为"五四"以来的新文学发展做出了杰出贡献。在晚年所写的《种树老人》中，他以种树老人自喻，自己几经风雨霜雪，变得步履矫健，而丛丛灌木，已成栋梁之材，绿荫被世，桃李不言，下自成蹊。大家讨论后一致认为，故乡的河流大地哺育了李广田，故乡的山川风物，使他获得了无尽的灵感和创作的源泉，令他心连广袤，视及大千，他对这片故土永怀人子的深情。我们重温过去的岁月，是为了更好地聆听时代前行的脚步。李广田先生作为一个地方的文化老人，是一方地气、底气和福气，是当今社会的尊荣和骄傲，永远值得我们怀念和学习。

作为李广田先生的故乡人，我们都非常珍爱他的作品。他能以感情真挚的文字，将生机盎然的自然景色、淳朴的民风习俗、优美的神话传说和人间生活气息糅合在一起，弥漫着浓郁的地方色彩，创造了秀美丰腴的散文篇章，而我们一行人所能够做到的，就是由县书法协会和县美术家协会的会员们挥毫泼墨，为弘扬广田文化献上自己的微薄之力。置案备砚，翰墨飘香时，一幅幅潇洒飘逸的书法作品，枯笔见骨，瘦硬通神，立意高雅，情文双至；一幅幅气韵生辉的画作恢宏滂沛，洗练精微，学殖丰厚，殚见洽闻。你看"云淡雨香诗世界，水流花放书根源"将人们带进了流泉飞玉，清水淙淙的世界里；你看"三万里河入东海，五千仞岳上摩天"将人们带进了峰峦流水、苍松翠柏的画卷中；你看"诗心淡处临春水，文味闲时数落花"将人们带进了清丽婉约，情感深沉的意境里；县委宣传部副部长、县文联主席、著名书法家王奎强先生的书法条幅作品"阿诗玛人间味烈，地之子乡土气浓"，更是恰如其分地概括了李广田先生的人生境界；中国书法家协会会员、中国首届兰亭奖获得者张延龙先生挥毫写就了"一介寒儒出村间，百年伟哉李广田，母亲河畔留稚足，名超昆明振疆南"。这些情景交融，墨香氤氲的作品，让在场的人们无不沉浸到广田文化所营造出的艺术享受中去，钦佩着书画家们心追手摹，抒情达意的艺术功力之所在。李广田先生也仿佛在我们的眼前挥动他的生花妙笔，在随意点染和诚朴叙述中，把一片乡村风情描绘得形神兼具。

四月的金码大地，到处郁郁葱葱，流水潺潺，春花含羞，素馨逸远，洋溢着一派生机勃发的迷人景象。记得李岫教授在广田小学揭牌仪式上曾激情发言："故乡是父亲生命的起点，他生命的始发站，而昆明是父亲生命的终点，今天，他回家了。"在场的师生们无不为之动容或潸然泪下。我相信，李先生的魂魄定像潜滋暗长、绿意盎然的遍野稼禾，乘着夜雨时时归来，微风拂过，便化作了满园的郁香。

李志邦的音乐人生

　　26 年前的 1989 年初，一本只有 14 页的油印小册子《小人物歌曲选》横空出世，所收 12 首歌曲的曲作者是邹平县黄山办事处刘家村 24 岁的李志邦。这是他迄今为止唯一的一本个人作品专集。

　　李志邦自谓"小人物"，既是自谦，亦是自嘲。乳臭未干的年龄、农民、初中毕业生……，无一不是"小人物"的标签。往深处思考，自然也体味到其中的些许自卑成分。境况近似如笔者，此前编印自己的作品集时，冠名"所谓"二字，亦有人直指其意，我虽然皆一笑置之，但坦白地说，确是一言中的。出身寒门，人在乡下，初中毕业生李志邦想的不是一亩三分地和热炕头，而是满脑子的肖邦、贝多芬，连老师都觉得他不可理喻。刘家村不缺李志邦这一个农民，偌大的邹平就更不缺了，但有没有作曲家李志邦，却大不一样。当年李志邦在北京录制由其作曲、我县农民巩建华作词的《福字歌》，有人告诉他，全国作曲作词者有千千万，作品能有名人演唱，且登陆北京电视台春晚，县这一级的词曲作者可以说是凤毛麟角，微乎其微。斯言信矣。音乐殿堂虽然是神圣的，但若登堂入室，有时更取决于身份地位。假如李志邦身处高位，我们深信，单就他已经创作的现有这些音乐作品，其影响力一定会比今天高出若干段位。正如我们这种小地方的许多艺术家和文化人，才华或能力并不差，只是受困于机会与条件，或囿于这弹丸之地，一叶障目，终致湮没……

　　李志邦很清楚，立足于县城，并不能局限于县城，如果想在事业上有所建树，就应该超越县城这个高度，立足于更高点，才能扩大自己的视野，欣赏到更美丽的风景。为此，李志邦多次写信并北上京城，先后拜访求教于谷建芬、士心、徐沛东、石顺义、阎维文、毛阿敏等音乐界大鳄，著名作曲家士心、徐沛东看过李志邦的作品后，对其表现出的意境给予了充分的赞赏。尽管并无深入的交往，但对李志邦来说，收获却颇大，对音乐的认识有了进一步的升华，眼光也更为开阔，他一边强化学习音乐理论，以弥补自己在学养、知识储备等方面的欠缺与不足，一边深入民间采风，广泛汲取营养。

2002 年，为了创作一首关于唐李庵的歌曲时，李志邦用一周时间在唐李庵体验生活，使其创作出来的作品厚重而充满沧桑，受到了广泛好评。

1990 年，第四届全国青年歌手电视大奖赛在北京举办，其中三等奖获得者李丹阳引起了李志邦的注意。之后他根据李丹阳的演唱风格和特点，专门为石顺义创作的歌词《白发亲娘》谱曲寄给李丹阳。李丹阳很快回信，对李志邦的作品非常满意，并录制成了 MTV，于 1992 年 10 月在央视"艺苑风景线"栏目播出。这是我县曲作者的作品第一次登陆央视，亦是李志邦艺术道路上的一个大飞跃，有着里程碑般的重大意义。

1993 年，李志邦曾有过一次无限接近春晚的机会。那是央视 1994 年春晚剧组从全国征歌，李志邦作曲的歌曲《喊太阳》（李跃霞词）从一万多首应征歌曲中脱颖而出，被央视春晚剧组选中。不久，李志邦应央视春晚总导演郎昆邀请赴京修改歌曲。这对于一个小小县城的小小作曲家来说，无疑是梦寐以求的大喜事，必将对其所钟爱的音乐事业产生重大影响。李志邦的兴奋程度可想而知，但他也深知，这是难得的学习机会，因此一到北京，他就认真听取意见，夜以继日地思考，然而就在他伏下身子，刚刚投入曲稿的修改中时，老家却突然传来噩耗，他一向健康的父亲被查出患上了癌症。李志邦是个大孝子，他知道父亲此刻不但急需治疗，也更需要自己的陪伴和照顾。当天他毫不犹豫地向剧组说明情况，毅然踏上了返乡的列车。当时很多人为他惋惜，但他并不后悔，他说："我虽然错过一次机会，但只要努力，机会总还会有的。但孝敬父亲我只有这一次的机会，错过了，那就是一辈子的悔恨，终生无法弥补。"

我们无法预测这一次错过央视春晚对李志邦的音乐事业造成了怎样的影响，但也不可否认，当今驰骋乐坛的不少明星、名家，都是从央视春晚走红全国，进而登上事业巅峰的。这让我们深深为李志邦惋惜。毕竟他错过的是一次或许一举成名的大好机会，或许更是一次影响人生走向的重要机遇。好在李志邦一切都看得开，坦然而淡定，他依然坚守"有志者事竟成"的信念，心无旁骛，埋头创作，终于在 2000 年创作了由巩建华作词的歌曲《福字歌》，并一举登陆《新世纪新北京》2001 年北京电视台春晚。这首由著名歌唱家魏金栋、梦鸽演唱的歌曲以其朴实、热烈、欢快的内容、曲调和风格，深受人们喜爱，亦作为魏金栋等歌星的保留曲目，屡屡登陆各种晚会，产生了广泛的影响。

2003 年，李志邦以其在音乐方面所取得的成绩，被破格调入县文化馆，专门从事音乐创作和群众文化辅导工作。环境改变了，条件改善了，李志邦终于可以专心致志的从事音乐创作。但随着知名度的提高，不少企业和单位纷纷找上门来，请李志邦为他们写歌。据不完全统计，李志邦先后创作了近百首歌唱邹平大好河山的音乐作品和行业歌曲。虽然这占用了李志邦大量时间，耗费了大量精力，但他还是有求必应，而且认真创作每一首作品。而这期间，李志邦几乎没有创作出更加有影响力的作品，许多朋友为他惋惜，纷纷劝他少接这种应时应景的活儿，应该集中时间和精力创作纯正的音乐作品，但李志邦却认为，繁荣群众和地方文化事业也是自己义不容辞的责任，为此牺牲一点儿什么也是应该和值得的。

从 20 岁出头创作第一首歌曲，李志邦已经在音乐殿堂的朝圣路上走过了 30 多个年头，共创作歌曲 500 余首。只要稍加留意，我们就可以从《儿童音乐》《军营文化天地》《广播歌选》《音乐小杂志》《天津歌声》《音乐天地》《青年歌声》《音乐周报》《音乐生活》等这些国内音乐界大牌杂志上屡屡见到李志邦的作品。7 月 18 日，李志邦音乐作品个人演唱会《故乡爹娘》将在邹平举办。届时，我们将有机会集中欣赏李志邦的音乐作品，我深信，这道音乐大餐会为我们带来精美的享受。

李贽的思想对后世的影响

俗话说，"不怕贼偷就怕贼惦记"。很久以前，我便惦记上了县新华书店的一本叫《中华散文精粹·明清卷》的书。当然，所谓"惦记"不是偷而是买。最终，我到底是买了这本书。打开看时（其实在没买之前就看过几次了），里面全是明清文学家的散文，短小精悍、隽永而有滋味。

因为在上学的时候，我曾经看过黄仁宇先生的《万历十五年》一书，里面有《李贽》一章。所以看到这本明清散文集里面有袁中道写的《李温陵传》，就特地先看，连买书时计划的"先来后到"的读书计划都顾不得了。在《万历十五年》中，黄仁宇先生说，李贽没有多少思想，简直就是一个"文抄公"。而在《李温陵传》里面，袁中道却说李贽"潜心道妙。久之自有所契，超于语言文字之表，诸执筌蹄者了不能及。……参求乘理，极其超悟，剔肤见骨，迥绝理路。出为议论，发咏孤高，少有酬其机者"。两种观点背道而驰，莫衷一是，只好将这本中李贽的作品拿来读。书中选了李贽的四篇散文，分别是《〈读书乐〉引》《〈藏书〉世纪列传总目前论》《书司马相如传后》和《杂说》。不看则已，看过之后才知道，单单这四篇散文，就对后世产生了深远的影响。

从《〈读书乐〉引》中，我看到了梁启超文章的影子。在《〈藏书〉世纪列传总目前论》中，有"前三代，吾无论矣；后三代，汉、唐、宋是也；中间千百余年，而独无是非者，岂其人无是非哉？咸以孔子之是非为是非，故未尝有是非耳"。可惜，后继无人，直等到三百年后才有"后来人"。对于《书司马相如传后》，我写眉批道："李贽所以成为思想家者，唯在以自家的头脑思想耳！"李贽在《杂说》中写道：

"杂剧院本，游戏之上乘也。《西厢》《拜月》，何工之有？盖工莫工于《琵琶》矣。彼高生者，固已殚其力之所能工，而极吾才于既竭。唯作者穷巧极工，不遗余力，是故语尽而意亦尽，词竭而味索然亦随以竭。吾尝观览《琵琶》而弹之矣，一弹而叹，再弹而怨，三弹而向之怨叹无复存者，此其故何邪？岂其似真非真，所以入人之心者不深邪？盖虽工巧之极，其气力限量，只可达于皮肤骨血之间；则其感人，仅仅如是，何足怪哉！"

钱锺书先生在《写在人生边上》一书的《序》中写道：

"但是，世界上还有一种人。他们觉得看书的目的，并不是为了写书评或介绍。他们有一种业余消遣者的随便和从容，他们不慌不忙地浏览。每到有什么意见，他们随手在书边的空白上注几个字，写一个问号或感叹号，像中国旧书上的眉批，外国书里的 Marginalia。这种零星随感并非他们对于整部书的结论。因为是随时批识，先后也许彼此矛盾，说话过火。他们也懒得去理会，反正是消遣，不像书评家负有指导读者、教训作者的重大使命。"

我便是这种人当中的一个，既没有去读李贽的全集，也没有仔细地去研究"五四"运动的参与者到底受过李贽的影响没有。反正只是一篇一千字左右的随篇，何必那么认真呢！留给那些大学者就可以了！

鲁迅与孔子以及胡适

孔子先生是保守派的代表，这已经是公认的事实了，因为他不仅在政治制度上要"郁郁乎从周"，就连做梦也要"梦周公"的。而鲁迅先生是革命派的代表，也已经是公认的事实了，因为他不仅参与"文学的革命"，而且还要创作"革命的文学"呢！然而，不论是保守，还是革命，都不是中庸之道，所以他们不免在活着以前或者是死了以后吃些苦头。

孔子说过"攻乎异端斯害也已"，可惜，他自己忘记了。于是，他周游列国之际，怎么也找不到工作。还差点儿在途中丢了性命。鲁迅先生写过，通达之人见面应说"哈哈，今天天气不错……"可惜，他自己也忘记了，总是"继续写些为'正人君子'之流所深恶痛绝的文字"。于是，他的作品常常遭禁，而他又不得不经常地变换笔名了。

即便如此，"攻乎异端"也总有时兴的时候，虽然不能如五代时候的长乐老人冯道一样成为"政治不倒翁"。譬如革命的时候吧，鲁迅先生就要被请出来了，被奉为"革命的导师"和"文化的旗手"，而孔子则只有被"打到孔家店"的份儿；等到革命成功了，鲁迅先生也该"功成身退"了，于是孔子又被抬出来，继续被奉为"大成至圣先师"了，而鲁迅先生不但要"身退"，恐怕还要"作品退"呢！从此之后，我们可以肯定地说，鲁迅和孔子便成了钟摆的两极，要"乱哄哄你方唱罢我登场"了。

那么，有没有像庄周一样"处乎材与不材之间"的人呢？我想，这也只有胡适先生了。他是处于保守与革命之间的。于是，倘若他是偷巧的，便可在保守派面前展现自己保守的一面，在革命派面前展现自己革命的一面。或者在保守派面前表现其革命的一面，表示自己是同情劳工的一派；在革命派面前表现其保守的一面，表示自己是保存国粹的一员。可惜，他又不能取巧儿。只落得保守派嫌他激进，而革命派又嫌他保守。于是，他的《人权与约法》遭到国民政府的毁禁，而毛泽东又说他是"为美国控制的极少数的文人走狗"之一。他就像《伊索寓言》中的那只蝙蝠，鸟类说它是兽类，而兽类说它是鸟类，到处都不受待见。

然而，我们中国人到底是平和的，善于相处的，不仅自己善于与各色人等和睦相处，而且还能使各色人等和睦相处，特别是那些已经死了的人。例如，我们不是就曾经将孔子、老子和释迦放在一间庙宇里面一起供奉吗？既然有这个先例，于是我们便又将鲁迅、孔子和胡适的作品放在同一本教科书里供学生学习。既然儒释道可以是三教同源，那么孔鲁胡自然也可以都是中国文化的代表了。

鲁迅先生的"魏晋风度"

大约是在两年前吧，CCTV–10 频道的"百家讲坛"栏目请了一位著名人士去讲"竹林七贤的故事"。我偶尔看了几集，但是，立刻感觉到：他絮絮叨叨地讲了这么多，竟然比不上鲁迅先生的那篇《魏晋风度及文章与药及酒之关系》，因为那位著名人士根本就不懂魏晋时期的那些放浪形骸的名人。

鲁迅先生特别偏爱魏晋时期的那些人物，还整理了大名士嵇康的作品。跟他同出"章门"的师弟曹聚仁曾经对鲁迅先生说："季刚（指章太炎的大弟子黄侃，字季刚）的骈散文，只能算是形似魏晋文，你们兄弟俩（指鲁迅和他的弟弟周作人）的散文，才算得魏晋的神理。"鲁迅先生笑着说："我知道你并非故意捧我们的场的。"后来，曹聚仁的这段议论传到他们的老师章太炎先生耳朵里，章老师也颇为赞许。

其实，鲁迅先生不但在文章上得"魏晋的神理"，就是在行事上，也颇有魏晋名士的风度。鲁迅先生理发的故事很多人都是知道的。据说：

有一天，鲁迅穿着一件破旧的衣服上理发院去理发。理发师见他穿着很随便，而且看起来很肮脏，觉得他好像是个乞丐，就随随便便地给他剪了头发。理了发后，鲁迅从口袋里胡乱抓了一把钱交给理发师，便头也不回地走了。理发师仔细一数，发现他多给了好多钱，简直乐开了怀。

一个多月后，鲁迅又来理发了。理发师认出他就是上回多给了钱的顾客，因此对他十分客气，很小心地给他理发，还一直问他的意见，直到鲁迅感到满意为止。谁知道付钱时，鲁迅却很认真地把钱数了又数，一个铜板也不多给。理发师觉得很奇怪，便问他为什么。鲁迅笑着说："先生，上回你胡乱地给我剪头发，我就胡乱地付钱给你。这次你很认真地给我剪头发，所以我就很认真地付钱给你！"

无独有偶，在《笑林广记》上也有一个极为类似的理发故事。据《笑林广记·卷一·古艳部先后》记载：

有人剃头于铺，其人剃发极草率，既毕，特倍与之钱而行。异日复往，其人竭力为主剃发，加倍工夫，事事周到，既已，乃少给其资。其人不服曰：

"前次剃头草率，尚蒙厚赐，此番格外用心，何可如此？"此人谓曰："今之资，前已给过。今日所给乃前次之资也。"

我私自揣测，估计鲁迅先生在理发的时候，也恰好想起了这个故事。虽然，两个人的举动一模一样，但是两个人的言辞却大相径庭。《笑林广记》中那位理发者明显有赖账的嫌疑，而鲁迅先生则大有戏谑的味道。而这戏谑的味道也就是魏晋风度的一种了。

妈妈讲过的故事，还在那山里头

2019 年 5 月 23 日，在山东省第二届农民戏剧展演月开幕式邹平市分会场上，邹平歌手秦静静女士演唱的歌曲《黛溪情》以深沉动人的优美旋律、声情并茂的精彩表演，征服了现场的观众，赢来一阵阵热烈的掌声……

据秦静静女士介绍，由商维成作词作曲、她首唱的歌曲《黛溪情》在"邹平在线"发布后，很快风靡邹平大地，问世短短数月，已经先后六次在市内重要活动中被选为主打歌曲。其演唱的频率次数、受欢迎的程度及其形成的社会影响，都是近几十年来所极少见的。就这一"现象"，笔者曾先后与词曲作者商维成先生、歌手秦静静女士等诸友多次交流。在我们的话题中，"家乡"成为出现最多的词汇，亦是彼此笔下不尽的主题。

永远的家乡永远的爱

《黛溪情》词曲作者商维成先生出生在邹平市焦桥镇小魏村的一个革命家庭。早在抗日战争时期，父亲、叔叔及其母亲和婶婶就参加了共产党领导的抗日队伍，与日本侵略者进行过殊死的抗争，他的叔叔商树信就是著名的"钢八连"英雄之一，牺牲时年仅 18 岁……

本来，商维成先生也有可能成为一位职业革命者的，但念书时学校组织的一次文艺活动，激发了他内心深处的文艺细胞，做一个艺术家的梦想从此伴随他的左右。高中毕业后，他参军来到了云南。在部队上，他先后创作发表了《盘江夜歌》《山茶花》，并为《上课的铃声》《青梅子，黄梅子》等歌词作曲，其中《青梅子，黄梅子》经著名歌唱家张也演唱后，传遍大江南北……

几经辗转后，商维成先生的人生之路终于与音乐深深交织在一起。音乐教学、音乐创作、钢琴教育……其作曲的《周村你好》《旱码头恋歌》，作词作曲的《梦回周村》更是风靡周村乃至淄博一带，这个非科班出身的音乐工作者成为其所在地的重量级音乐人。

身在异乡，心在家乡，这大概是所有游子的共同写照。周村与邹平，咫尺之遥，而其出生地，仅仅在六十多年前还同属"长山县"，孝妇河、淄河与其一衣带水，按说商维成不会有如此强烈的家乡情结，况且周村是他功成名就的地方，而且大半生都在这里度过，然而这一切，都无法剔除"身在异乡为异客"的飘零、流浪之感。故土，也许他不可能永久回归，但关注的目光却须臾未离。毕竟，那一片广袤的土地上还生活着95岁高龄的老母亲，还流荡着祖祖辈辈的魂灵，甚至他少时的诸多梦想也还在漂游着。每隔一段时间，他都会驱车回到家乡，或看望老母，或徜徉于小清河、黛溪河岸边，或驻足仰望连绵的长白山……

商维成多次跟我提及，要为家乡写一首歌，这个曾经参加过中越自卫反击战的老兵说："这里有我的亲人，有我儿时的伙伴，还有美丽的山和水，我有责任也有义务为家乡歌唱。"其实他一直在关注着家乡，以自己的方式支持着家乡的发展，他向母校捐献过钢琴，参与过家乡难以计数的各种文艺活动……但他总觉得远远不够。"家乡是我永远的记忆。"他说。

最美的歌儿献给家乡

很快，商维成先生拿出了歌词第一稿。在此之前，商维成先生多次提出与我合作创作歌词，但我并不擅长于此，且写作任务繁重，也无暇于此。如今看到他创作的歌词，我顿时感动了：

清清的黛溪水，静静地向北流；绕过了印台山，流到我的家门口。门前的小石桥，不见人再走，只有童年的记忆，随着水在流。妈妈讲过的故事，还在那山里头。山顶上的那朵云，是千年的问候。曾经想离开你，今又走近你，你在我的梦中是一生的守候。

清清的黛溪水，静静地向北流；流过了岁月的光阴，流到我的心里头。多少苦涩的泪，多少忧和愁，不忘溪边的土地，自古叫梁邹。春风吹过了绿野，原野花儿稠，黛青色的溪水边，人在画中游。轻轻地走近你，深深地望着你，你在我的梦中是一生的守候。

读完歌词，我心里五味杂陈，既有满满的温暖，又有一点难以言明的酸楚和哀伤，仿佛重新回到了欢乐自由的童年时代，摇摇摆摆的风筝，袅袅的炊烟，街巷里嬉戏的身影，婴儿的啼声和母亲轻吟的童谣；人与自然，昨日与今天，怀恋与记忆……通篇没有惊艳的词句，但每一句又都优美如诗，给予内心深深地触动。我不懂音乐，但从这首歌词里却似乎感觉到音符的律动，恰似潺潺溪水，习习晨风，让人陶醉其中。字里行间，处处饱含着对于家乡浓郁的情愫，对土地和山水、对于父母亲人的深深爱恋。

我不仅是这首歌词的第一个读者，还是这一首歌曲的第一个听众。就在我刚刚读完第二遍歌词时，商维成先生突然轻轻哼唱起来："清清的黛溪水……"我惊讶地看着他，只见他微眯着眼睛，一边吟唱，一边双手打着节拍，头颅轻晃着，优美、亲切、感人的曲调如同天籁一般，引领我走向诗一般的远方……当歌声停下来，我突然发现商维成满脸泪水，声音也哽咽了……

商维成告诉我，在这首歌词创作的过程中，曲谱其实也已经形成了。词与曲，如同一对孪生兄弟，情感相通，血肉交融，它们之间应该是最适合的，没有谁可以代替，各自是彼此的唯一。

《黛溪情》创作完成后，商维成找到邹平市实力派歌手秦静静，希望她来演唱这首歌曲。秦静静经常参加各种文艺活动，但很难找到适合自己演唱风格的歌曲，此刻面对《黛溪情》，当即被其优美质朴的旋律打动了，其词其曲像是一位阔别家乡已久的老者对家乡的那种思念和眷恋，如同一幅美丽的画卷，溪水潺潺，风儿吹拂着柳枝，岸边花儿朵朵，草儿青青，令人陶醉……商维成和她一句一句地分析歌词，帮助她领会旋律表达的那种发自内心的情感。并反复告诉她，演唱这首歌一定不要太用力，声音不要放出来，不必唱得太华丽，就像在诉说，娓娓道来。录制过程中，已经完全进入状态的秦静静干脆脱掉鞋子，光脚踩在地上，以最放松的状态完成了演唱……

台上台下竞唱《黛溪情》

差不多是在录制完成后的第一时间，商维成先生就通过微信发给了我，我当即反反复复听了好几遍，虽然之前听商维成先生哼唱过，但此刻听来，其亲切、朴实直抵心头，一如我所了解商维成之为人及性情，歌即如人，人亦如歌，歌人合一，加之秦静静的精彩演唱，我敢相信，这是近几年来，邹平不多见的一首好歌。

果然，这首《黛溪情》在"邹平在线"首播后，当天晚上，各种好评如潮涌来。认识商维成、秦静静的人纷纷通过微信、电话致以祝贺，不认识的人则通过各种渠道，询问此二人为何许人也……《黛溪情》以飞快的速度转发到各个微信群及其他公众号，网络点击率创下了同类节目的新高……

正如笔者所预测的那样，《黛溪情》一经问世，便受到了从官方到民间的欢迎，《邹平报》《邹平群文》分别在第一时间刊登其词曲，邹平市2019年春节联欢晚会上，秦静静再以一曲《黛溪情》唱响邹平。紧接着又在之后短短不到半年时间里，秦静静已经先后应邀在"福满黛溪"2019年邹平市黛溪街道春节晚会、邹平市黛溪办北关村2019年年会、山东省暨滨州市第十六届社会科学普及周开幕式及山东省第二届农民戏剧展演月开幕式上分别演唱了《黛溪情》，许多广场舞队更是纷纷下载此歌，以此作为伴舞音乐，一些大妈说："这是咱邹平自己的歌，唱起来带劲，听着也亲切。"在许多演唱会后，秦静静都一再被要求向大家教唱。"如果评选邹平最受欢迎的歌，我们第一个投票的就是这首《黛溪情》。"很多人这么告诉秦静静。

一首《黛溪情》，写出了创作者们的心声，也唱出了邹平人民的心声。"我们还会为家乡创作更多更好的文艺作品，为美好的邹平高歌。"商维成先生以这句话，结束了这次访谈。我们期待着商维成先生的新作早一天问世。

钱锺书先生为什么"不很喜欢"《浮生六记》

杨绛先生写了《干校六记》，所以钱锺书先生在《〈干校六记〉小引》中自然就提到了沈复的《浮生六记》。让众多喜欢《浮生六记》的读者不解的是，尊敬的钱锺书先生对这本书的评价，却有些让他们失望。因为钱先生说——

《浮生六记》——一部我不很喜欢的书——事实上只存四记，《干校六记》理论上该有七记。在收藏家、古董贩和专家学者通力合作的今天，发现大小作家们并未写过的未刊稿已成为文学研究里发展特快的新行业了。谁知道有没有那么一天，这两部书缺掉的篇章会被陆续发现，补足填满，稍微减少人世间的缺陷。

现在需要赶紧声明的是，对于《浮生六记》，钱先生的原话是："《浮生六记》——一部我不很喜欢的书"；而有的地方却赫然写成："《浮生六记》——一部我很不喜欢的书"。只是因为一个"很"字的位置不同，就是两种完全不同的态度，所以无论是引用这句话的人，还是传播这篇文章的人，都应该慎重些才对。否则，钱锺书先生在九泉之下也会不安的吧。

在喜欢《浮生六记》的众多粉丝当中，据我所知，最铁杆的粉丝，大概要数林语堂先生了吧。他不但自己喜欢，还在演讲（《论读书》）中推荐给中国的青年们。而且，他不但推荐给中国人，还将这部只有"四记"的名不副实的《浮生六记》翻译成英文，推荐给外国人民。由此可见，他对这部书的喜爱程度有多深。

我自己猜测，很多人喜欢《浮生六记》的原因，主要是冲着其中的"第一记"——闺房记乐去的。这当然不难理解，沈复与陈芸的神仙般的生活，是绝大多数中国读书人所向往的。可惜，这种"只羡鸳鸯不羡仙"的生活是可遇不可求的。既然现实生活中不能实现，那就从书中寻找慰藉吧。因此，特别喜欢《浮生六记》的读者，往往是因为羡慕沈陈那样的生活，而自己又得不到。可以说这是一种"得不到葡萄说葡萄甜"的心理。当然，《浮生六记》这颗葡萄确实也是甜的。

而不喜欢《浮生六记》这部书的人大体可以分为两类：一类是非常不喜欢，以至于愤恨的；另一类是不很喜欢，钱锺书先生就属于此类。我想越是婚姻不幸的读书人就越该喜欢《浮生六记》这部书，但是，我们不能忘记"爱之深，责之切"这句话，更不能忘记"由爱生恨"这个词。所以看到有些人特别痛恨《浮生六记》这部书，我不应该对他们怒目而视，反倒应该投以同情的目光。可以说这是一种"吃不到葡萄说葡萄酸"的心理。

　　至于为什么有些人——比如钱锺书先生——不很喜欢《浮生六记》这部书，就比较复杂了。起初的时候，我也不太明白。后来，听了著名翻译家杨宪益先生的关于《红楼梦》的一段议论，我就对钱锺书先生不很喜欢《浮生六记》这部书有点儿明白其中的缘由了。

　　跟一般的翻译家不同，别的翻译家往往把外国的作品翻译成中文，而杨宪益先生和他的夫人戴乃迭却是将中国的作品翻译成外文。其中，就包括中国最伟大的古典小说《红楼梦》。但是，当别人问起杨先生是否喜欢《红楼梦》时，他却令人意外地回答说："不喜欢，甚至有些讨厌。"原来，杨先生的爸爸是一位很有钱的银行家。他从小的生活跟贾宝玉差不多，甚至比贾宝玉还要好。于是，我忽然醒悟到：沈复与陈芸的生活固然令人神往，就像很多人梦寐以求地想做贾宝玉，但是钱锺书先生与杨绛先生的生活，恐怕不仅让很多后人羡慕，甚至沈复与陈芸知道了，估计也是要羡慕的吧。既然，钱杨的生活比沈陈的生活还好，那么钱先生"不很喜欢"《浮生六记》这部书也就不难理解了。

钱锺书先生与陈寅恪先生的"暗"较量

陈寅恪先生和钱锺书先生是公认的学界大师，是知识界的"人中之龙"。身兼陈先生的挚友与钱先生业师两重身份的国学大师吴宓先生曾经跟学生谈起这两人时说："当今文史方面的杰出人才，在老一辈中要推陈寅恪先生，在年轻一辈人中要推钱锺书。他们都是人中之龙。其余如你我，不过尔尔。"由此可见，两人在当时人心目中的地位。

作为晚辈的钱锺书先生对老一辈的陈寅恪先生也是尊敬有加。20世纪80年代，陈寅恪先生的侄子陈封雄先生，在给叔父立碑时，曾邀请钱锺书先生题写"陈寅恪先生之墓"七个大字。但是，钱先生以不善于书法和不敢借给陈先生题写碑文做"标榜之资"而婉言拒绝。从中可以看出钱先生对陈先生的敬重。

可是，学术上从来都不是可以搞霸权主义的地方。况且陈先生在悼念王国维先生的碑文中也说过："先生之著述，或有时而不彰；先生之学说，或有时而可商。"这可谓是陈寅恪先生的"夫子自道也"。而且他也明确提倡"独立之精神，自由之思想"。所以，即便钱陈两先生在学问上有不同的见解，也是很自然的。

例如，陈寅恪先生提出"诗史说"，而钱锺书先生却说"诗史说"是一个偏见；陈先生考证韩愈曾经服食硫黄，而钱先生却不同意这个说法；陈先生曾考证杨贵妃入宫之前是否是处子，而钱先生批评他的考证太琐屑了。这些都无可厚非，因为这是学术上的争论。

但是，钱先生对陈先生晚年的大著作《柳如是别传》的批评，却似乎太过苛刻。他说"陈不必为柳如是写那么大的书"，又说"（柳传）适足令通人齿冷耳"，还说"目盲心苦，竭学之博，思之巧，以成就识之昧"。我们后人面对钱先生对陈先生的苛评，心里想到的，是胡适先生面对别人的批评时的想法："我受了十余年的骂，从来不怨恨骂我的人。有时他们骂得不中肯，我反替他们着急。有时他们骂得太过火了，反损自己的人格，我更替他们不安。"

钱先生对陈先生的这些批评意见，有些是在陈先生生前发表的，有些是在陈先生死后发表的。就是在陈先生生前发表的，他或许也不知道钱先生的这些批评意见。不论怎样，在陈先生生前，对于这些批评，却并没有做出任何正面的回应。可是，陈先生的沉默并不代表他错了，反而会激起别人的不平。尤其是他的家人，大概是不平已甚了吧。

在纪录片《大师·陈寅恪》中，当陈先生的女儿陈美延女士提起陈先生曾经钟爱的学生汪篯时，说道："我父亲喜欢的人是有一个标准的，一定要数学好，汪篯先生的数学特别好。我父亲是非常注重数学的，你们可能不会知道，他对我的要求也是数学要考一百分。思维逻辑一定要清楚，所以他们就可以无话不谈。"

而众所周知，钱锺书先生的数学是不太好的，当年投考清华大学只考了15分，是清华大学校长罗家伦破格录取的。也许，陈美延女士的这一番话，是对钱锺书先生针对陈寅恪先生严苛批评的一种不点名的答复。

也许，陈寅恪先生的侄子陈封雄先生请钱先生题写墓碑，是希望钱先生能冰释前嫌，而陈美延女士的这番话是对钱先生对父亲严苛批评的反击。

扫却腻粉呈风骨

我的新浪博客文字，多是描绘梁邹山水的迷人美景，歌颂故土大地的人情风物，因为这些浅薄文章的字里行间，包含着往昔岁月里熟稔的人事、物件、草木、乡思与亲情等，也抒发着我对家乡近几年来日新月异的巨大变化的一些感悟，所以许多同学、同事、文友，还有部分工作在外地的邹平籍老乡，他们经常关注我的文字。家居淄博的邹平籍作家杨爱武，就是众多热心文友中的一位。

在与杨爱武的交流互动中，我也一直关注她的文字。她侠骨柔肠的干练，快人快语的性格，商海职场的打拼，短小精悍的作品，令我对她产生一种由衷的敬意，我敬佩她为了追逐自己心中的那个梦想，多年来一直坚持写作。在繁忙的工作之余，用凡尘小字，抒发着平凡生活中的酸甜苦辣，记录着心路历程中的点点滴滴，以及她对人生、社会、亲情等诸多的真诚感悟。她的文字中，爱情、人生，见解十分深刻，分析非常透彻，令人们读之动容，望之起敬。我深深懂得，在杨爱武坚强的外壳之下，也有一颗普通女人惯有的柔软之心，从她的亲情文字里面，我已经彻底读懂了善良、怜悯、悲苦和坚强，尤其是母女心心相连，脉脉相通的那份情感，在《母亲节的礼物——女儿给我的信》一文中，可谓纤毫毕现，淋漓尽致。人们常说，先做人，后为文。大善的韧性、母爱的光辉，让我们见识了她作为贤妻良母，必定兰心慧质，相夫教子，自然安静素雅。

当然，她的作品题材很宽泛，并不像传统的散文那样按部就班，更多的是杂感随笔。一个人物抑或一件小事，都能让她细腻多情，敏感尚思，感悟到人生的善良与纯真的美好。例如，其《不能忘却的怀念》一文中，几个生活中的小细节，便将一个萍水相逢却又重情重义的朋友刻画得栩栩如生，长者的关怀，心灵的慰藉，文字如流水一般亲切，感情似行云一般自然。尤其是意味深长的结尾，令人感悟到了生命的弥足珍贵："人的一生有太多无奈，我们不能选择生，不能选择死。但我们可以选择在亲友离世后深深地思念，可以选择在亲友去世后化悲痛为力量，更加健康、快乐地生活。"接触那个

《让我感动的男孩》以后，"相比于小伙子，我不够沉着，更有失风度；他们经理更加显得缺乏职业素养。倒是这个默默无闻的小伙子，在这场两个女人的对峙中凸显了年轻人的责任感和担当，让我们相形见绌……"有对比，有感悟，有提高，在行文的过程中，升华了自己的思想，这才是最重要的。

散文是美文，美在它的多姿多彩，美在它的真挚性灵。杨爱武作品中倾注的是性灵、学养、人品和气质。她要在具体的生活场景中追求审美，既具体真实，又生动熟悉的那种美，融配于这种美中，这仿佛和土地一样的亲切、温暖，融配于这种美中，像一棵树、一株花卉草木那样，她不激烈，却温情。她在《没有父亲的父亲节》一文中曾写道："父亲的顶头上司，很喜欢小时候聪明伶俐的我，想认我做干女儿，父亲回绝了。他这样和母亲商量，领导是好领导，也难得他喜欢咱闺女，但如果认了这门亲，就怕别人误以为咱是巴结领导。"仅仅是这些就足以令人对这位光明磊落、一身正气的父亲肃然起敬。著名散文作家、评论家谢大光先生说过，散文有两大鲜明的特性：一是日常性，即不追求新奇；二是初始性，即要有初始性的语言。杨爱武的作品具备了这两个为文的基本要义，在散文追求新潮、追逐主义、讲究流派的时下，这种文章更显凤毛麟角，更见弥足珍贵。

杨爱武的作品，没有过多地留恋于感怀忆旧里，也没有过多沉浸于儿女情长中。她在《那些被我叫作师傅的人》中写道："时代发展的大背景下，人际关系悄然发生着变化。我们所说的师傅和古人说的一日为师终身为父的师傅已经不是一回事了，直到现在，我依然希望那些被尊称为师傅的人，最起码要对得起人们的信任，因为那些刚刚离校的学生就像雏鸟一样，面对迎面而来的风风雨雨，稚嫩的心灵需要一个港湾……"我在企业工作多年，对这些世事的变化有着深刻的体会，在世风日下，今不如昔的时代中，这样的文章确实已经有了一些批判的味道。还有她的《一笑了之》："后来的日子，我渐渐体会到，因为各自从小所受的家庭熏陶不同，社会教育不同，每个人的处事态度、生活方式肯定不一样，我们必须真诚地为人处世，珍惜相处的缘分，但确实没必要太在意别人对你的看法……"感情细腻，柔肠百转的杨爱武，善于在细微的故事里品味，感悟着生命的真谛。

离开农村多年的杨爱武，不管走得多远，我以为她的身体里始终流淌着农民的血液，她从孩提时就具有的农民德性根深蒂固，永远无法真正地褪去。她的视线也始终没有离开过农村。《舅舅》《我家二奶奶》《秀文大娘》《我的朋大爷》以及《卫东和他的生态庄园》等，仍将关注的目光投向生养她的家乡故土，她悲悯苍生和忧虑天下的情怀，让他们的命运像一幅幅图画从我们面前徐徐而过，有时令人读得凄冷、悲切，有时令人读得欣喜、向往，所有这些，也让杨爱武的文字有了厚度、宽度、深度。在这些文字的背后，钟情文字的杨爱武，只要花开了，她就在吟唱；只要花落了，她就在伤感。风悲雨愁里，自是比别人多一份特殊的感触。杨爱武的所有文章，从不使用生僻冷语，从不故作高深。在别人唱歌、跳舞，或是遛街、做美容的时刻，孤守着一盏心灵，一份孤独，在清冷的屏幕上，敲下一滴又一滴心灵的甘泉。

作家常有一双善于发现美的眼睛，他们的心很细，常能在发现美的同时感悟美。作家李准说，他在河南农村这样的农家小院：看见一个十二岁的小姑娘，坐在自家院内的小板凳上，她身边的石榴树上，挂着一面破了但已用线缠好的小镜子，小姑娘对着镜子拿出梳子，梳她那黑又亮的辫子，她旁边院子里围着一群啄食的鸡，小姑娘哼着歌，一边梳头，一边撒着一把食喂鸡。杨爱武在《我的果园》一文中，也深情地回忆起这样醉人的一幕场景：我忆起了小时候，一个夕阳西下的黄昏，我跟着妈妈去生产队的菜园里分菜，瓜棚的伯伯殷勤地给我摘了一个西瓜。我抱着西瓜走的时候，有别的叔叔伯伯们逗我说要吃我手里的瓜，我抱着瓜左躲右闪，最后不小心脚下一滑，西瓜啪唧摔碎了……我在济南参加一次散文培训班时，散文评论家王兆胜先生曾说过，美好的文字，该是一个美好的人，从美好的内心里，绽放出来的美好的花朵。这些来自生活的文字，就是她从心底绽放出来的美好花朵。

大凡喜文的女子，一旦与文字结缘，一朵花，一叶草，一朵云，或是一棵树，在她们的眼里，都有着异样的风情。亲情，爱情，友情，还有对大千世界的关爱之情。杨爱武的情感散文中，这样的情愫多了，《艺考的感受》中写道："女儿在北京待了三个多月，我的心跟着漂了三个多月。早上我担心孩子吃不好饭；晚上我担心孩子睡不好觉；我担心着孩子的学习，也担心着孩子的安全。我们常常视频聊天，常常通电话，另据女儿不完全统计，这期间我给她发的短信一千九百多条。"天下父母的心是相同的，读着这样温馨感人的语句，我便想起了一位作家所说的那句，诗歌是随心所欲的歌唱，散文是轻声细语的倾诉。《再迷养花》中这样写道："因了那满眼的绿色，我开始爱上了这个小区，爱上了小区里的居民；因了这满眼的绿色，我又开始迷上养花了，这次我要在养花的过程中磨炼我的心性……"凡间女子看世界，情为准，爱为主。渴望真爱，渴望真诚和温暖，这也是一种向上、向善的力量。

《我自豪，我是邹平人》，是一篇激情洋溢的散文作品。她回忆童年，歌咏故乡，并且"从去年开始，我与邹平的文友有了互动，说起邹平的变化，他们如数家珍，我也从他们的文中感受着家乡日新月异的变化，感受着一个全新的邹平"。她对红树青山斜阳古道、桃花流水福地洞天的梁邹山水，充满了向往，家乡的鹤伴山、天地缘、嘉业生态园……一山一水、一草一木都牵动着她的每一条神经。记得我们同游嘉业生态园时，生态园磅礴的气势和摄人魂魄的魅力，给她留下了深刻的印象。树干粗壮，花朵繁盛，放眼远望，人花相映的山水实景让她记忆犹新："这是我第一次见到这么灿烂、热烈、兀自盛放的樱花。依山势而建的道路两旁，五千余株早樱，有的艳若红霞，有的洁白如雪，它们你不让我，我不让你，热热闹闹地绽放着，铺天盖地地妖娆着。置身十里樱花长廊，你左边是樱花，右边是樱花，抬眼前望，缠绕在半山腰，沿山路蔓延的，依然是樱花……"

通读杨爱武的作品，不难见到她像其他女作家那样的渴望爱情、赞美友情、眷恋亲情的篇章，也不难见到她那种"枯荣过处皆成梦，忧喜两忘便是禅"的洒脱，最令人值得欣慰的是她干净、利索的文字里面，看似简单的字里行间却有着深厚的痕迹。她精干、简约的工作作风已经决定了她的文字风格，就如鲁迅在《莲蓬人》一诗中所写的那样：扫却腻粉呈风骨，褪却红衣学淡妆。

彤史千秋享大名

　　民国年间，原齐东县码头乡的李码村，有位很有学问的老先生叫李炳炎，他是民国版《齐东县志》的编纂者之一，曾经写诗《补镌诗稿以赞纪念》："著作谁存绝妙词，孤身检点欲何之。吾乡他日征文献，幸有秋岩一卷诗。"诗中提到的秋岩，著有《秋岩诗集》，是清代齐东县著名的女诗人，秋岩自幼颖悟于书，无所不读，所写诗作，自然流露，纯写性灵，她的一生艰难困顿，崎岖酸辛，却给后人留下了二百多首不假雕饰、自具风华的诗歌佳作。

　　郝秋岩，德州市齐河县表白寺镇孙耿街人，约生于清乾隆四十三年（1778）。其父郝允哲，字圣陪，号镜亭，有《深柳堂诗草》《延绿堂诗稿》等传世；叔父郝允秀，字水村，号寅亭，幼即工诗，十九岁著有《拾翠囊集》；兄竹林，弟餐霞，皆能诗文。郝秋岩出生在这样一个诗书家庭，固家学渊源，亦天性颖敏，自然会受到良好的文学熏陶。弟弟餐霞这样夸赞姐姐郝秋岩："当初命笔，超然名隽"，但不幸的是，秋岩年仅七岁时，她的父亲镜亭先生便去世了，这仅仅是年幼的小秋岩悲苦命运的开端。二十四岁那年，秋岩嫁给了齐东县大张村（今邹平县台子镇大张村）张醒堂做继配，婚后的秋岩"相夫子以持家，奉媚亲而视膳"，《赠醒堂》是秋岩婚后第一首诗："一结同牢义，相期百岁欢。苟菲君不弃，黎藿妾能安"，表达自己的美好希望，既为夫妻，希望安贫乐道，百年好合。结婚不久，他们有了自己的儿子张可观，儿子聪明伶俐，活泼可爱，虽然丈夫在江浙一带做一个小官，但她"五纹刺绣怜娇女，七字吟诗教幼男"，毕竟也与丈夫诗文唱和，琴瑟相谐，确实度过了一段美好的时光。

　　人们常用心比天高，命比纸薄，来形容一个人的命运时常与自己的主观愿望南辕北辙，背道而驰；也有人用红颜薄命、造物忌才来说明一个才华横溢的人，往往会遭受一些人们难以想象的曲折遭遇。少擅诗名、凤耽艺事、德容双绝、伉俪独迟的郝秋岩，与张醒堂感情笃深、酬唱奉和的好日子过了还没有几年，丈夫便因肺病去世了；这对沉浸在幸福之中的郝秋岩来说，是一个多么大的精神打击呀？她在《述怀》一诗中这样写道："窃愿荷天眷，贫贱遂薄志，长幼共怡然，蔬布粗能继，娇女托令门，佳儿得贤俪，一编对晨夕，优悠以卒岁。"她对生活没有更高的要求，老少平安无恙、粗茶淡饭吃饱、儿女们能得到如意的婚事、自己能有书读就是最幸福的事情了。丈夫去世，撇下了秋岩他们与年事已高的婆母，年幼的儿子成了她唯一的精神寄托与生活的支柱，从她的《课子》一诗中，我们丝毫不难看出，"稚男生七龄，从师授四子，授以唐人诗，诵读亦可喜……义方需严训，为山忌自止，愿儿戒嬉游，力学字兹始"。儿子可观懂事上进，学习优异，被当时的齐东县令时铭点拨为童子，这对于凄凉悲苦、孤独无依的郝秋岩，无疑是一种精神上的极大安慰。

丈夫病逝后，郝秋岩一人艰难地维持着整个家庭，嘉庆十三年（1808），年仅七岁的儿子张可观又因病夭折，这天塌地陷般的人生际遇，对柔弱的她是个多么巨大的打击啊！秋岩幼年丧父，继而夫亡子夭，"女子三从不获一焉"，一个旧时代妇女所能依靠的东西都没有了，这时的郝秋岩，简直可以说是肝肠寸断，痛不欲生。儿子的夭折，必定成为她一生的痛。其《天道》是郝秋岩在儿子小可观夭折以后，痛定思痛时的长歌当哭之作："天道茫茫未可图，忍将夭寿问洪炉。髫髫已抱千秋恨，付托终惭六尺孤。早是童年随幻化，何须七月识之无。泉台骨肉如相见，应念人间泪眼枯。"面对残酷的厄运，因为婆母健在，自己不敢作崩城之哭，更不敢作殉死之想。为了侍奉婆母，"却缘白发慈亲在，咫尺黄泉未忍随"。以至孝感天动地，秋岩诗的独特之处在于，她能在人生绝境之时继续赋诗，用诗歌作哀唱，使后人多一份生命感悟，她一生都在理想和现实的矛盾中挣扎。从诗中我们知道她在"良人没而藐孤痴，祖业衰而田产尽"的窘迫中，如何艰难生活？她彻入骨髓的痛苦，有时简直让人不忍卒读。

郝秋岩用毕生心血凝聚而成的《秋岩诗集》，共三卷，收入诗作共计213首。其中《碧梧轩吟稿》卷98首是闺中之作；《蕴香阁诗草》卷75首是嫁后作品；《恤帏吟》卷40首是夫亡子夭后的作品。古祝阿孕育了诗人童年五光十色的梦幻，使郝秋岩的作品的灵魂，永远放射出不朽的光芒，尤其是她的《碧梧轩吟稿》，语言清丽明快，天真尽现，她在《秋桐》中写道："开窗望秋月，坐对双梧影。斜风自西来，落叶满金井。百尺栖凤干，荣落在俄顷。忽忆渊明诗，悚然发深省。"虽写梧桐，但抒发的是人生的感慨，也体现了诗人对季节变化的敏锐感受。这些诗作，多是郝秋岩少女时期的闲适之作，千树万树、如织云锦的田园风光，浓淡相间，令人陶醉的花草林木，在少女郝秋岩的笔下，无一不显现出她知识的学殖丰厚，诗作的立意高雅。其《新栽牡丹》写道："一簇香芽带雨鲜，合泥移致小堂前。柔枝未到浓华日，楚楚丰姿亦可怜。"寥寥数语，便将她对新移栽牡丹的怜爱之情跃然纸上。再如她的《新柳》一诗："睍睆幽簧乍转莺，长条摇曳晓风轻。一湾春水清如境，学画蛾眉犹未成。"更是将春天柳荡依依，婀娜多姿的景色描绘得如诗如画，令人倍添了对春天的无限向往。

从她的闲适之作中，我们还不难看出她的勤奋好学，秋岩从小就非常喜欢读书。她一直在追求着高尚的精神生活，如《雪夜》："积雪满中庭，寒光冷画屏。拨灰添兽炭，欹枕阅茶经。人似梅花瘦，灯如豆子青，夜深斜月霁，竹影上窗棂。"如她的"篝灯夜读书，摊书盈倚桄。披阅未终卷，杳杳闻晨钟"。再如她的"睡鸭香炉袅篆烟，垂帘独坐静如禅。晴窗斜日转槐影，细读南华第一篇"。眼前的秋岩是美丽的，腹有诗书气自华，所以她既有"冷香瘦影清幽甚"的娇弱，又有让人"淡淡丰姿冉冉香"的可人；既有"垂垂素蕊洁於霜"般的冷艳，又有"竹落荷风生夜凉"般的幽怨；秋岩的美丽是天生丽质和书卷气的统一。在《秋岩诗集》里，也有一部分思念亲人、送别友人的诗作，写得多是非常缠绵悱恻，况意高远，情真意切，余味深长，如其《春夜怀九姊二首》之一："碧天悬素月，千里共皎洁。夜静看庭梅，连枝应未歇。"秋岩在怀念中想象着，远方的九姊也许正在和自己一样月下赏梅，还没有休息吧？在她的《早发平原》中，她将回乡祭拜外祖母时的感受和见闻，写得悲怆而感伤："孤城夜未央，相送出华堂。朔气侵征幰，寒星覆女墙。香车今日返，蕙帐昔人亡。追忆初来事，中怀倍感伤。"

更重要的是，郝秋岩的诗作除了少年意气、风花雪月之外，她还能淡泊名利，不慕权贵，身为女性，这些尤为可贵。她在其《贺外叔祖张汝安先生致仕归里》中写道："不为虚名羁却身，忙从宦海觅归津。清风一枕南风卧，的是羲皇以上人。"秋岩真心祝贺外叔祖不受虚名的羁绊，从浮沉的宦海中找到回家的路，沐浴着田野的清风，美美地在南窗下睡一觉，这是多么惬意而闲适的仙境生活呀！而其《题月下垂纶图》中这样写道："蓑笠垂纶傲王侯，浴凫飞鹭共悠悠。五湖烟水三秋月，芦荻花中一叶舟。"秋岩以弱女之身，而能笑傲权贵，是许多文人雅客追求的一种高尚境界，安贫若素，甘愿平淡，是秋岩诗作中贯穿始终的主题，既是她的人生态度，也是她人格魅力的真实写照，这类题材的诗作，在卷二《蕴香阁诗草》中为数不少。秋岩将思想的触角伸向国事史境，类似的"边塞诗"中，借秋之雁飞喻戍边征人之苦，念将士思家之想，如"缥缈云天秋路长，高飞几日到衡阳。哀鸣莫近条侯垒，多少征人欲断肠"。闺中涂鸦之作，便能写得如此情思缱绻，感同身受，不能不令人赞叹她的少年老成。秋岩的《读史》一诗，高屋建瓴地对纷杂的历史发表了自己的独到见解，体现出了一种巾帼不让须眉的气概、心力和胆识。

《蕴香阁诗草》为秋岩婚后所作，郝秋岩自幼命运悲苦，但她情怀博大，这个时期的诗作，较之早期《碧梧轩吟稿》中的颂椒吟絮及怨雨歌风之类的作品，自然多了一些成熟与厚重。首先对与婆婆和丈夫前妻的一双女儿做到仁至义尽，"奉侍惭身薄，优怜托母宽。膝前双弱女，共作掌珠看"。由此我们可以看出秋岩对婆母和前妻两女儿的态度、决心，情真意切，她深明大义、宽厚仁慈，赢得了"相夫子以道，事姑以孝闻"的美誉。她将春花秋月、风霜雨雪、日夜星夕、花前月下、悲欢离合、酸甜苦辣，都写进了她的诗中，展示了那个时代独特的生活。所以她在自序中称："偶焉诗就，敛清怨与臆；漫尔吟成，写哀音于腕底。"夫唱妇随，鸿雁传书中，她对丈夫张醒堂体贴入微，关心倍至，《春日小饮呈醒堂夫子》就是规劝丈夫要淡泊名利，甘于清贫，她是这样写的："庭树鸣禽改，百卉萋以新。君言意不适，欢饮及良辰。村居何所有，烹蔬脍细鳞。齐眉未敬展，报礼劳夫君。乐及哀斯至，箴铭良具陈。愿言保令德，努力安清贫。"她一再规劝丈夫"五侯多自贵，怀刺莫轻投"，千万不要结交攀附那些权势之人。大不了回家种地，"无须怅望貂裘敝，十亩农桑亦足耽"。我们只要夫妻恩爱，就能过上自给自足的农家生活。郝秋岩作为一代才女，以自己的生活体验为基础，对女性生活和女性内心世界，进行了深入细致的描写与刻画。

这段时期，应该说是秋岩过上了相对平稳的幸福生活。她的多数诗作透露出的基本都是知足常乐、寡欲乃安的平淡与清寂。她在《午炊柏根清芬满院因作绝句》中写道："芳薪析古柏，午饭煮黄粱。一饱随缘毕，余烟满院香。"秋岩随遇而安，善于从简单的农家生活中寻找乐趣，做饭烧的古柏根，煮的黄粱饭。既能填饱自己的肚子，又落得满院清香，这是多么美妙而快乐的事情呀！还有其《戏咏榆钱》写得轻松活泼，幽默风趣："宝树灿奇葩，千树垂陇斜。洪炉春鼓铸，绿仄晓纷挐。筐择旧囊满，鼎调新味嘉。万钱谋一饱，讵数五侯家。"春天的田野上，千枝万朵的榆钱像是在一夜之间，被春风鼓风吹旺的火炉铸造出来的，大人小孩儿都带着家什来采摘，整筐整袋都盛满了，在锅内煮成榆钱羹，鲜美的味道简直无可比拟，老百姓花上"万钱"才能谋得一饱，这岂能是王侯权贵之家能够享受得上的？除了秋岩轻松俏皮的生活偶得以外，她诗作中的亲情伤感也自有一种撼人心魄的力量，《送女》诗云："膝下婵娟子，悽悽将适人。谁能亲结帨，不有泪满巾。车骑来何早，笙箫促亦频。追随方昨日，离别在今晨。骨肉怆怀久，丝萝成礼新。工容惭母教，资送苦家贫。善体诸姑意，谨防王母嗔。疏慵勿学我，恃赖北堂仁。"出嫁的尽管不是亲生女儿，但心软仁慈的秋岩将她们视为己出。将诗写得情真意切，催人泪下定是自然而然的事情。

秋岩思亲念故的诗作，也是生动缠绵，感人肺腑。她在《登楼》中写道："偶登池北楼，雪满村前路。晚雁西南飞，祝阿在何处？"言近旨远，发情止礼，从这简单明了的诗句中，我们深深体会到了郝秋岩衣香鬓影、惆怅百结之中的凄清、孤苦、思亲、哀愁以及无奈等复杂情感。《归宁》写得感怀伤心，读来无不令人怆然泪下："兄弟喜相闻，姊妹欢逢迎。相将入旧室，环坐话离情。阿母把手问，缘何太瘦生。忆昨去膝下，母疾体未平。瘦生动母怜，欲泣还复停。母安儿自安，母宁儿自宁。区区寒与饥，那敢陈母听。"秋岩原本期待着"女萝附乔松，相期同岁寒"，但无情的现实将自己的希望击碎，"霜柯不自保，系援空复言"。自己再也不能像庄子那样逍遥达观，也不能像孔子、颜回那样安贫乐道了。所以在给丈夫上坟时，面对死生契阔、阴阳两隔的现实，她仍陷在丈夫病逝的阵阵悲痛中难以自拔，"绣幰雕鞍陌上来，青春白日忆徘徊。三年黄土书难寄，二月东风花正开"。本来是个踏青赏花的季节，秋岩却形单影孤，悲恸哀惋；在家庭的巨大变故之中，诗风开始发生迥异的变化。在儿子去世十年的时候，还是感到了"十年周旋迹已陈，百年惭愧焚中身"。没有了亲人的陪伴，她苦绪难明，媚闺泪堕，"天高不可问，海阔枉拟填。忧端彻天海，风雨夜漫漫"。自己的后半生只能在幽怀莫布，旅梦魂惊中度过了。

郝秋岩的一生命运多舛，她没有像易安居士那样经历山河破碎和社会动荡不安，诗作中自然没有过多地涉及社会、政治、历史的许多重大问题，也很少有揭示人间黑暗与不平的作品，但她笔下那种田园牧歌式的生活情趣，更有一种平凡人生的典型意义所在，在这种精神层面上解读二百多年前的郝秋岩，便有真切自然、原汁原味的乡野气息扑面而来，给人以视觉和情感上的极大冲击。她吟诵过"喜见寒梅发，惊闻早雁归。吃噓对鼎彝，回忆在慈帏"的百转柔肠，亦有"绿绮名原贵，清风兴自深。无妨弹古调，何必有知音"这样傲岸不群的句子。在秋岩的思想性格里，固然有柔弱的一面，正如她的一些诗中所抒发的一样，但是她的性格之中亦有刚健雄浑的一面。秋岩作为生活在社会最底层的一介农妇，虽在乡野田间，但她视野开阔，经常关心时局的变化，如她的《大风雾歌》："闻道西南犹战争，烽火断绝衡襄路"；再如她《读史而感》其一："秦关一百二，郁律何雄哉？始皇冒天险，开国骋奇才。长缨系六王，雄心驰八垓"，秦始皇囊括四海，并吞八荒，在其高压统治下，奢侈豪华的阿房宫照样被毁于战火。在秋岩的《闻西郡警有感》中，她面对百姓哀鸿遍野、苦旱连绵的形势，站在劳苦大众的角度，指责和劝诫当朝官员："厝火置积薪，高卧岂为安。愿言告良牧，戒此前车翻。"

她的弟弟郝餐霞曾在《恤纬吟诗叙》中这样评价姐姐："一家数口，胥邀指上针神；四载双餐，咸赖盉中钗风。"夫亡子夭的艰辛岁月里，秋岩贞心芳骨，坚如玉石，多在深秋冷风瑟瑟、云舞迷蒙的夜晚，伏案提笔，将怨妇的寂寞与惆怅跃然纸上，婉约哀怨，如同丝丝雨露滴在灵魂的深处。清河微波，漾一片清愁；香槐翠叶，舒万卷真情；斑竹点点，缠绵私语；黄花绽放，闭锁孤独。可以说秋岩内心深处的不绝诗情总是踏风而来，脱口而出的是不朽！通览《秋岩诗集》全稿，看得出郝秋岩对秋菊情有独钟，如从"帘卷西风秋自凉，小村景物淡斜阳。山从雨后新添翠，菊到深秋别有香"，到"淡淡丰姿冉冉香，一枝篱落傲秋霜。寿阳公主若相见，反觉梅花是淡妆"；再如从"中庭人静独盘桓，心爱良宵兴未阑。满地黄花秋色晚，一轮素月夜光寒"，到"思向东篱把酒杯，窗前洗盏试新醅。雨师似解幽人意，催使黄花一夜开"；这些诗作，崭新清巧，拟古尤胜，从中我们可以感悟到秋岩落魄不失其态，贫贱不失操节的志向。这在她的《秋柳次章丘邑侯张使君韵》其三中被其抒发得淋漓尽致："秋春如梦不重归，吹絮帘栊事又非。绝代容华原濯濯，经霜态度尚依依。文垂金缕虫须篆，波冷银塘燕末飞。犹有陶公三径在，不妨松菊共寒辉。"

秋岩的诗，前期芝兰带露清香郁，清丽典雅，吟之怡然隽永；后期松柏经霜老气横，哀惋凝重，读之悽然陨泪。无论是她的《碧梧轩吟稿》，还是《蕴香阁诗草》，抑或是《恤帏吟》，她皆希望于自己的诗作，真的像自己想象的那样，能够"千秋传锦字，百叶有孙枝。不妨哀苦意，并许后人知"。令人感奋不已的是，时任齐东县知县的时铭，在其感叹"女史传家学，遗经淑厥躬。才华谢道韫，孝行叔先雄。石破天奚补，鹃啼血已红"之时，道光年间的济阳知县李若琳的母亲与郝秋岩有着同样坎坷的人生经历，一次偶然的邻邑采风，让他得知了齐东才女郝秋岩及其出类拔萃的诗作，自己在感动唱叹之余，决定捐俸付梓刊印其诗，以传于后，并亲自为《秋岩诗集》作序。

后来这个时期印刷的《秋岩诗集》几经辗转多有损毁，经过原齐东县李炳炎老先生的整理，得以在民国年间重新出版。民国版《秋岩诗集》的唯一收藏者王北溟老先生，字化鲲，与我同乡，平易近人且善于言谈，他原在邹平县码头乡政府编纂《码头乡志》，那时只有二十岁左右的我，因为与他同时编纂乡志的一个亲戚的原因，有过几次简单的接触，得知他和我国现代著名散文作家李广田先生既是村庄相邻的老乡，又是关系非常密切的同学，他除了向新编《邹平县志》的编纂者提供了绝无仅有的《秋岩诗集》外，还倾毕生精力创作了长篇小说《唐赛儿》。但非常令人遗憾的是，王北溟先生去世以后，孤本的《秋岩诗集》与他尚未正式出版的长篇小说《唐赛儿》已经杳无踪影。

风格超闲，名语叠出，是《秋岩诗集》的显著特点。民国版《齐东县志》的总纂于清泮说秋岩诗作"雅音哀韵，堪与《断肠集》《漱玉词》并传"，且上升到了"断肠漱玉留芳韵，彤史千秋享大名"的认识高度。近几年来，邹平几位德高望重的文史研究者，做了大量卓有成效的抢救性工作，尤其是郭连贻、王忠修两位先生耗时四年编著的《秋岩诗集校注》一书的出版，让后来者对一代才女郝秋岩其人、其诗有了比较客观、公正、系统的全面了解，也让这笔清新质朴，意蕴丰厚，却又几近湮灭的宝贵文化遗产得以重见天日。我手中原版的《齐东县志》中，有诸多吟咏郝秋岩的诗文，可见她在家乡父老心目中的神圣与高洁。一生喜菊的秋岩，使得我从菊花的娇美与高洁之中，无数次领略到她凌霜傲雪的骨气和超然霞举的风貌。

土地与艺术之美的耕耘者

在邹平城郊的新大村，活跃着一大批农民艺术家，词作家巩建华，剧作家吕宗斌、刘铁成，书画家张志宽、张明善、张丽美、赵俊、张顺业，画鸡名家王泽喜，中国书协会员、山东省书协理事于谋永……这被社会文化的研究者们誉为"新大现象"。

据《邹平报》记者吴晓静女士调查，这一"新大现象"发端于20世纪30年代开展的邹平乡村建设运动，新民完全小学即诞生于此时。因其"以教统政、政教合一"特质，在当时的新民村，社会即学校，生活即教育，男女老幼都是完全小学学员。后来即20世纪50年代末，山东省宣传文化部门为支持邹平"文化县"建设，下放派送来数以百计的文化教育人才，其中就有数人落脚于新大村，他们本来就是多才多艺，办墙报、黑板报、向村民讲授文化知识……那自是易如反掌，再简单不过。然而对于农村人来说，这无疑是一次巨大的机遇。"更多的人有机会对知识进行系统的学习，从而形成了一种浓厚的文化氛围，也培育了更加适宜文化发展的土壤。"新民书画社副秘书长张志宽在接受记者采访时如是说。

张志宽，即是在这一氛围中成长起来的书画家。他对于书画的最早认识是从村里墙报、黑板报开始的，那时候他只有八九岁，虽然因为三年自然灾害的降临，让他屈于生活的重压，对于书画的爱好只能如一粒种子，顽强地埋植于内心深处。直到最困难的时光过去，张志宽才开始拿起毛笔，踏上了漫长而艰辛的书画艺术之路。

然而毕竟是在乡下，毕竟是要靠锄镰锨镢来挣得一日三餐，张志宽的艺术之路，如同大多数乡下文学、书画、音乐等艺术爱好者一样，注定要经历更多的曲折、艰难和坎坷。在乡下，你所有的学习都要在艰苦的农业劳动之后，也许这时手上正磨满了血泡，腰疼得直不起来；在乡下，你无师可拜，无学可求，一切都需要你自己去摸索去探讨，因而你也常常走了无数弯路；在乡下，人们更看重的是你会不会种地，肯不肯下力，有没有持家过日子的能力，如同整个社会共有的特性：只认可、只尊重成功者，如果不成功，你付出牺牲越多，遭受的讽刺、挖苦、嘲笑就会越多。好在张志宽是一个庄稼好手，所有的农活都能拿得起，没有谁敢挑刺敢笑话，所种的庄稼季季大丰收，不比任何人差，这才没有像笔者当年那样狼狈至极，尝尽半世酸辛。

生活在乡下，当然也并不完全一无是处。起码广阔的土地上有无数蓬勃的青枝绿叶，有开不完的野花，有生机盎然的青草，还有晶莹剔透的葡萄，浓艳华美的牡丹……这让远离教科书的张志宽反而更拥有了得天独厚的条件。他以此为突破口，专攻花鸟，兼及山水，紫藤、葡萄、牡丹、梅花、鸡……成为他朝夕相处的伴侣，他不仅熟知这些植物的生长过程，也熟知它们每个季节，甚至每种气候条件下的不同状态。转移在他的笔下，则形神兼备，千姿百态。作为从农村土地上成长起来的书画家，张志宽的画作或许不那么精致高远，却充满灵动情趣和浓郁的生活气息。通过他的画作，我们可以看到张志宽在土地与艺术上的辛勤耕耘，及其独具特色的美的收获。也许正因为这一点，张志宽的书画作品逐渐被认可，屡屡参选各种书画展览，并多次获奖。他本人也被中国书画家协会、山东省书法协会等专业协会吸收为会员。山东省文化厅授予其"山东省农村文化优秀人才"，邹平县委组织部、农业局评其为"乡村之星"及山东省"十佳农民画家"等荣誉称号。

社会的认可，并不等于艺术追求的步伐可以停止。2017 年，66 岁的张志宽北上京城，参加了清华美院第二期高研班。毋庸讳言，此去京城学习，费用不菲，这对于一个乡下人来说，无疑是一笔不小的开支。有很多人不能理解，在他们看来，张志宽年奔七十，又不是以书画为生，又何必要付费求学。张志宽做过几十年的会计，自然算得清这笔账，然而，又有谁知道，张志宽从爱上书画那一天起，就有了成为大画家、大书法家的梦想，希望自己的书画作品流芳百世，传承千古，唯独没有想过的就是以书画作为谋生手段。几十年来，他曾经无数次的梦想过去高等院校深造，但由于经济、工作等的原因，一直无法如愿。如今条件允许了，当然必须走出去，实现自己的夙愿。在别人诧异的目光中，张志宽告别家人，毅然来到北京，并拜写意花鸟画家邢少臣为师，向着艺术的巅峰发起了新的冲锋。

我与张志宽先生相识于最近几年，也受赐过他的大作，但我们交往并不多，对于他的了解自然也多限于皮毛。好在我许多熟识的朋友中，或与他交往密切，或与他同在一村，或多或少的知道些有关他的评说。张志宽低调谦谨，为人厚道，偶尔聚谈，话也不多。此次蒙嘱为其画册写序，实在惶恐之至。仓促捉笔，自有其不当之处，敬请大方之家指正。

闻一多先生和他的《唐诗杂论》

蜜蜂若是多采了一点儿花粉，不免就要酿起蜜来，而人若是多读了几本闲书，不免也要像煞有介事地要一耍笔杆子。在蜜蜂，这不过是动物的本能反应，而在人却往往是自不量力。我现在虽然在一所学校当老师，但是却是"半路出家"，因为在大学里所学的是法学专业而不是教育专业。虽然当时学得也不是很认真，而且现在又不从事跟法律相关的工作，但是到底没有能够将当年所学的法律知识全部忘记。例如，在法律上有一个原则叫"谁主张谁举证"。例如，在上文我说多读过几本闲书的人往往要自不量力地学人家要耍笔杆子。现在我就需要证明我主张的这个观点。其实也不用舍近求远地找证据，我现在写《闻一多先生和他的〈唐诗杂论〉》就是因为重读闻一多先生的这本书的缘故。这不就是一个证据吗？

先说闻一多先生的人吧。我们知道闻一多先生这个人是从教科书上一篇叫《最后的演讲》的课文，并且告诉我们他是一位"民主斗士"。固然单看这篇课文和他生命的结局，他当然当得起"民主斗士"的称号。我佩服"民主斗士"闻一多先生很多年了，不过，近来却忽然从闻一多先生身上对"民主斗士"起了一些疑惑。

敢于去当"民主斗士"，无论是在哪个时代都是值得敬佩的，因为无论在哪个时代都很可能需要付出自由，甚至是生命的代价。但是在做"民主斗士"之前需要明白"为谁去争民主""值不值得为他们去争民主""替他们争得民主有没有用"等问题。俗话说"活要活得明明白白"，其实，死也要死得明明白白，不然即使自己背负着"民主斗士"的名字死掉了，也不过是背着好名声的"糊涂鬼"。

那么什么是"民主"呢？所谓"民主"，是人民自己做自己的主。就以闻一多先生来说吧。他替谁争民主呢？显然不是替他自己。他是国学大师，有很高的社会名望，很多当权者想巴结还来不及呢！恐怕没有谁能将专制加到他头上去。他还是能做得了自己的主的。那么他是为别人、为民众争民主了。那么当时民众如何呢？值得为他们去争"民主"吗？鲁迅先生是我们中国从古至今揭露我们的民族劣根性最深刻的一个文学家。他对中国民众的评价是"哀其不幸，怒其不争"。而其所以"不争"的原因在于他们的愚昧。虽然他们愚昧，但是他们也还有质朴，况且愚昧大部分又是长久的封建统治造成的。所以，闻一多先生为他们争"民主"是值得的。

再就是"替他们争得民主有没有用"的问题。人们在扶贫的时候，总是说"授人以鱼不如授人以渔"。其实，"民主"又何尝不是如此呢？先前的时候，除了闻一多先生，还听说李公朴先生也是"民主斗士"。现在，却一个也没有听说了。后来我发现，也许是只有杀身成仁才能成为"民主斗士"的条件太苛刻了，才使有志成为"民主斗士"的人望而却步了吧。于是乎，"民主斗士"从此绝矣！

据说，中国的台湾地区，曾经出过两个"民主斗士"，一个叫雷震，另一个叫李敖。雷震先生现在已经死了，而李敖先生现在还活着。雷震先生年纪大，吃了几年牢饭，被释放后没几年就去世了。好在后来台湾当局也给他平反昭雪了。李敖先生年纪轻，断断续续吃了几年牢饭后，中途被释放。他倒是没有麻烦别人替他昭雪，因为他自己就把这件事给办好了。当然，现在台湾地区的监狱也并没有"空空如也"，听说又把陈水扁关进去了。不过，他可不是什么"民主斗士"。似乎在台湾地区，"民主斗士"也从此销声匿迹了。这是一件颇让人疑惑不解的事，将来少不了还要请教大方之家。

有时我又会想：当时跟闻一多先生一起被称为"民主斗士"的肯定不止他跟李公朴先生两个人，应该也有别的一些人，大约也有些活人吧。可惜这些活着的人大多"晚节不保"，倒是这两位不幸早逝的先生能永葆这项荣誉。真是古人所说的"死得其所"了！

我读房庆海

认识房庆海先生是在二十多年前，但交往并不多，只知道他在县吕剧团担任舞美设计。那时我对于舞台美术的了解肤浅得很，以为也就是画画布景，与真正的绘画艺术相去甚远。后来接触得多了，特别是建立"梁邹书画网"后，在为房先生设置专版期间，我们有过多次交谈，这才对他的情况有了更多了解。

房庆海先生从事舞美设计四十多年，师从舞台美术家李昌庆（省话剧院）与唐春华（滨州市吕剧团），先后为五十多台剧目设计舞美，且屡获大奖。谈起舞台美术，房先生介绍：舞台美术有"四统一"之说：一是似与不似的统一；二是神似与形似的统一；三是生活真实与艺术真实的统一；四是有限空间与无限空间的统一。舞台美术与绘画本质上相近，但又有较大区别。绘画是一种独立的艺术，作者可以自由表达，而舞台美术只是戏剧的一部分，只能也必须围绕戏剧主题内容而展开。因此在剧团工作期间，房庆海先生虽然也创作了不少绘画作品，但毕竟沉浸舞美艺术几十年，难脱其窠臼，无论笔法还是构图，从中都能够看出舞台美术的模式和套路。加之他曾长期担任剧团领导，亦曾下海涉足工艺美术经营，精力与时间有限，美术创作方面自然难有突破。

直到 2003 年，房庆海先生离开剧团，结束了几十年的舞美设计工作。没有了工作的压力，有了大把的时间和精力，房庆海先生开始全力投入美术创作中。为了打破多年舞美工作形成的用笔、构图习惯，他四处拜师求教，也充分利用电视、网络等多媒体，学习当代名家的绘画技巧，阅读了大量绘画方面的书籍，并通过创作实践，对于传统美术与现当代美术的认知有了新的提高。多年舞台美术在水粉、油彩用法方面所造就的深厚功底，又为他在油画及水粉画创作中发挥了重要作用。同时，他也在国画创作方面着力研习，以八大山人、吴昌硕、齐白石等名家为师，从中国传统绘画中汲取营养，借鉴其技法，着力于意境，这使他在山水和花鸟画创作方面有了质的飞跃。房先生生于山峰连绵的西董，这对致力于山水画创作的他来说，有着得天独厚的优势，山在他的眼里是活的，化而为墨，自然更多了几分灵气，充满动感。水在他的眼里是有生命的，无论是山泉，还是河流，在他笔下则化为鲜活而顽强的生命。如他创作的《山中一夜雨，谷间百重泉》一画，雄浑大气，从中可以看出其笔力、功法的老道沉厚。做客并赏画于"中书堂"，面对"堂主"房先生偏于写实的油画作品和重于意境的水墨作品，忍不住击节叹赏：房庆海先生虽然年逾花甲，却能够在截然不同的中西画作中纵横腾挪，游刃有余。因此，我们完全有理由相信，房先生一定能够创作出更多更好的作品。

艺无止境

与宗学武相识多年，虽然年龄差距大，属于两代人，但一来二往，也有了一些臭味相投。我爱开玩笑，即便是在晚辈面前，也是信口开河，可谓"老而不尊"。学武身高马大，我便常戏谑他："学武学武，你该去疆场挥戈，方不辜负了这个名和这副身骨，咋就偏偏舞文弄墨，成了一介书生呢？"

学武出身农家，父母憨厚老实，他看上去也是虎头虎脑，一副标准乡下娃模样儿。然而人的精神世界竟是如此不可捉摸，在这样一个传统封闭、远离现代文化的农家里长大的宗学武所选择的艺术道路，却是源自西方的油画创作，追求以光与色彩为表现手法的"印象派"风格。即便后来创作具有浓厚中国特点的水墨画，仍可以找得到西方现代绘画的蛛丝马迹。记得第一次看到学武的画，是在某次展览上，四尺整张，整个画面就是一堆线条，横横竖竖，或长或短，或粗或细，或弯曲或笔直……乍看凌乱，凝神观之则充满动感，每一根线条都仿佛有生命，鲜活灵动，彼此构成了无数个形体……当时尽管我也曾迷醉于西方现代文学流派，但还是受到了莫大冲击：画居然也可以这样作！而后来学武赠送给我的第一幅画也是类似风格，是一条条直立且光秃秃的枝干，粗看无序而重重叠叠，细看则似乎清晰明了，每一根枝条似乎充满了鲜活的生命力。因其独特的表现手法和鲜明的艺术风格，我曾经想装裱了挂到书房，可我骨子里又崇尚简单，如此纷繁稠密的画面，就像面对我避之唯恐不及的嚣乱复杂的社会，踌躇再三，我最终还是选择了学武的一幅油画挂到了我书房里。这幅画不大，只有一平尺，是我从学武几十幅大大小小的油画作品中挑选的。画面中是一座颜色沉郁的大山，应该是冬天，山上依稀可见未消融的冰雪。大山前矗立着一方杏黄色的巨石，色彩浓烈，在沉郁的背景下，形成了较强的视觉冲击力。而那一道道凸显的山脊，又仿佛是风中涌动的波浪，立刻让整座沉甸甸的大山鲜活生动起来……

不久前，宗学武创作的油画《雪地山庄》入选山东省"齐鲁风情"作品展。这幅作品创作于近期，是笔者目睹创作全程的作品之一。而同期创作的另一幅油画《蝴蝶》则给了我更深刻的印象：在几株树木的衬托下，一只蓝色蝴蝶翩翩飞舞。其体形硕大，几乎占据了整个画面的四分之三，色彩绚烂，如梦如幻，仿佛触手可及，又遥不可及。这幅画不仅具有极强的艺术感染力，也给人以阔大的想象空间，宗学武丰富的想象力以及浓郁的诗人情怀得到了充分体现。

　　宗学武年纪轻轻就获得了山东省泰山文艺奖，并成为省美术家协会会员，不可谓不成功。但艺无止境，宗学武要走的路还很长很长，可只要义无反顾，勇往直前，就一定能够摘取到艺术之巅的那一束花冠。

我和杨绛先生

　　杨绛先生既不是我的老师，也不是我的朋友，更不是我的亲戚。从杨绛先生一方面说来，她确实跟我没有关系。但是从我这一方面说来，却有点儿关系。伊斯兰教的经典《古兰经》里面曾经有这样一个故事——一位门徒对伊斯兰教的先知穆罕默德说："你能让那座山过来吗？"穆罕默德满怀信心地把头一点，对山大喊一声："山，你过来！"山谷里响起了他的回声，回声终于消失，山谷又归宁静。等呼唤了三次后，山屹立不动，丝毫没有向他靠近半寸。大家都聚精会神地望着那座山，穆罕默德说："山既然不过来，那我自己走过去好了！"而穆罕默德跟这座山的关系，就好比我跟杨绛先生的关系。也就是说，是我走近杨绛先生。更确切一点说，是我走近杨绛先生的作品。

　　国民党的四大元老之一的吴稚晖先生写文章，正是所谓的"嬉笑怒骂皆成文章"。据说他是看到一本叫《岂有此理》的小书，开了窍，从此写文章独成一个格调。其实那小书不叫《岂有此理》，真名叫《何典》。我从杨绛先生这里得到的，不是写文章的方法，她写作的方法，别人实在是学不来。而是学得了读文章的方法。让我开悟的是几段不知道在她的哪篇文章中的几段文字。大意是说：有一次，杨绛先生和几个朋友被革命小将勒令后面的人牵着前面人的后衣襟弓着腰在院子里转圈圈。他们还推选杨绛先生做"领头羊"。她说，她当时并没感觉自己在受罪，而是像孙悟空一样，又幻化出一个自己，跳到半空中，看自己一行人在那里转圈圈。

　　当然，这跟读文章风马牛不相及，但是我却从中悟到读文章的方法。就是每读完一篇文章，要达到也能跳到半空中俯视这篇文章的程度，才算读懂了。否则，继续读下去。一直到能俯视它为止。

　　从前唐朝的书法家怀素说他从公孙大娘的舞剑当中学到了写草书的奥秘。我以前还是将信将疑的，现在从我自身的体验看来，他确实没说假话。古人说："滴水之恩，当涌泉相报。"可是，我却报不了杨绛先生的恩，所以只好将自己受到的恩惠明明白白地展现出来，不敢独自享用。

我们的"绛姐"

——纪念杨绛先生

在我们中国，大凡是一个名人死了，接着而来的便是一大堆的纪念文章。现在，著名的学者、作家杨绛先生还没有去世，但我却想写一篇纪念她的文章。好在我们中国还有另有一个习俗，上了年纪的人，都喜欢为自己准备好寿衣、棺材之类。他们那些上了年纪的人，非但不把这些东西当作晦气，而且还称它们为"喜服""寿材"呢！我想，有这作为先例，也可不算唐突了！

杨绛先生按年龄算起来，当我们的老奶奶都绰绰有余了。可是这足足和我们差了两代人，而我们和她那样亲，这怎么可以呢?！杨绛先生曾说过，她有个叫杨必的小妹妹，和她最亲了，喊她"绛姐"。我们也跟杨绛先生最亲，所以也喊她"绛姐"了。想来，杨绛先生不会怪我们吧！

2001 年的时候，去县二中读高中。在语文的阅读课上，听同学说起钱锺书先生的《围城》。于是，在《围城》简短的《序》中认识了"杨绛女士"，而在《围城》的附录里面的《记钱锺书和〈围城〉》一文中，见到了"杨绛女士"的文章。

于是我便从《洗澡》中认识了姚宓、许彦成和杜丽琳；从《傅雷》中认识了傅雷和朱梅馥——又从傅雷结识了高老头、欧也妮·葛朗台和约翰·克利斯朵夫——在《吉尔·布拉斯》中，见到了吉星高照的吉尔·布拉斯；在《堂吉诃德》中，遇到了"大无畏"的堂吉诃德。而且还顺路认识了"绛姐"的家人，比如爸爸杨荫杭、姑姑杨荫榆、妹妹杨必等，甚至家里的用人，例如，阿福、阿灵，还有林奶奶等。

台湾有一位叫"李敖"的学者，从他的文章中，看到邓小平对"伤感文学"的评价是"哭哭啼啼，没有出息"。当时我便在想，为何在"文革"之后，别人写的是"伤感文学"，而"绛姐"的《洗澡》虽是事关政治运动，却依旧是"春光明媚"，这是为什么呢？"绛姐"曾经说过，她只不过是"大浪潮中的一朵小浪花"，然而"文革"对她——首先，就读于东吴大学，继而到清华大学读研究生，后来到英国和法国留学。与一代国学大师钱锺书先生喜结连理。抗战时期，在沦陷的"孤岛"上海，支撑一家人的生活。——来说，却是她生命"大浪潮中的一朵小浪花"。故而，别人在"哭哭啼啼"的时候，她的天空却依然"春光明媚"。

"绛姐"虽然精通法文，却一直没有读完过世界公认的名著让·雅克·卢梭所写的《忏悔录》，因为"绛姐"嫌这本书太"脏"。其实"绛姐"给我们的，便是一个纯净的世界。在这个物欲横流的世界里，除她之外，再也没有第二个人能给我们一个这样的世界了！在这个世界里，春光明媚，连最枯燥的事也有意义了，连最平凡的人也有风采了。然而就是一个这样的人，就要离开我们了，去到一个不可知的地方。

看到上了年纪的人，在太阳底下翻晒自己为自己准备的寿衣，我们不禁肃然起敬，因为我们知道这个老人就要离我们而去了。现在，当你看到这篇为一个将要离开我们的人写的"祭文"的时候，你是否觉得我们应该珍惜和她共同生活在这个世界上的每一分每一秒呢？在众人呼出的污浊的气体当中，竟还有一缕清新的空气，你感受到了吗？

文人是不时兴准备寿衣和棺材之类的，他们流行写《自祭文》一类的东西。"绛姐"曾经翻译了一首外国诗歌，可以看作她的《自祭诗》：

我和谁都不争

［英］兰德（杨绛译）
我和谁都不争，
和谁争我都不屑；
我爱大自然，
其次就是艺术；
我双手烤着，
生命之火取暖；
火萎了，
我也准备走了。

亦歌亦诗，亦诚亦真

　　记得有人说过，好的歌词同时也是好诗。此真理也，若不信，那就请你来读一首原创歌词：多少次与你相约读黄昏/你说你喜欢朦胧的气氛/看不清表情，也看不见心/你说可以回避我辣辣的眼神/这一次徘徊黄昏到夜深/冷冷的露水打湿了体温/沉默如夜色风吹起暗尘/一片落叶封住我干裂的嘴唇/黑夜是否比黄昏深/淹没了你我曾经的缘分/一路走来看不见脚印/追着你的心思丢了我的魂/黑夜是否比黄昏深/淹没了你我所有的温存/一腔爱恋换一个转身/想着你的背影碎了我的心……（《黑夜比黄昏深》）

　　就韵味、意境、深度而言，此歌词完全具备了诗的要素，值得我们再三品味，仔细咀嚼，那种直达心底的无奈和悲凉，那种贯穿始终的人生况味和命运思索，同样给了我们心灵的撞击。古人写诗，为什么有平仄，为什么用词牌，其实就是演唱和吟诵的需要。我们所熟知的《诗经》《楚辞》《汉乐府》，其他如李煜的《相见欢》（无言独上西楼）、《乌夜啼》（林花谢了春红）和《虞美人》，苏轼的《水调歌头》（明月几时有），范仲淹的《苏幕遮》（碧云天，黄叶地），秦少游的《桃源忆故人》（玉楼深锁多情种），欧阳修的《玉楼春》（别后不知君远近），柳永的《雨霖铃》，辛弃疾的《丑奴儿》（少年不识愁滋味），李之仪的《卜算子》（我住长江头，君住长江尾），岳飞的《满江红》，孟郊的《游子吟》，等等，都曾被历史上无数的歌姬演唱，有的甚至传唱至今。也只有到了当今时代，诗与歌词才被人为地割裂开来，从而形成了两种俨然有别的艺术品类。

　　但真正的艺术家，从来都不会被任何形式上的条条框框所拘囿、所羁绊，因为在他们的眼里，诗也好，歌也好，都属于艺术范畴，只是表现形式有所不同。上面所举歌词毫无疑问更包含着歌词的属性，因为比起诗来，它的节奏感更强，关联性更深，情感表达上也更直白。但很显然，我们从字里行间又处处可感受到诗的存在和诗的味道。"露水打湿了体温……"这充满了美丽而伤感的词句，在柳永的、李煜的以及李清照的诗词里，难道不是似曾相识甚至司空见惯的吗？

这首歌词的作者姓李名金德，是邹平市的一个业余的歌词作者。尽管其作品已经两次获得邹平市范公文化奖，并且年年参加当地春晚，但他在邹平本地的知名度似乎还不如在国内歌坛更高一些。最近几年来，他创作的歌词不仅屡屡登上全国各地的舞台，更被国内许多知名歌手和唱片公司签约买断。歌手如火箭军文工团耿为华（《父母双亲》），陆军文工团宗晓琳（《我以我的方式拥抱中国梦》），著名藏族歌手索南扎西（《索南扎西的舞台》《阿妈的愿望》《一起唱响新时代》等），央视星光大道评委、江苏陆野影视文化董事长兼歌手陆野（《月光倾城》《放下你，非我薄情》《真兄弟》《破茧成蝶》等），全球联盟国十大梅花金嗓子奖暨全球和平艺术贡献奖获得者汪泓（代表作《梦想之巅》，登陆央视《幸福账单》、黑龙江卫视《谢谢你》、湖北卫视《大王小王》等），央视星光大道歌手奔月、章丽（《一家亲》），央视星光大道歌手辣椒炒土豆组合（主打歌《辣椒炒土豆》），藏族班玛扎西（《高原格桑花》）、乌兰图雅（《水漫金山》）、李晓杰（《重拾勇气》）。唱片演艺公司如广州新月演艺公司（签约《站在爱情的背后》《爱依然继续》《草原情话》等）；安徽汉马文化传媒有限公司（《红烛摇》，演唱海洋即胡登茗；《草原之恋》，演唱东方红艳；《爱透明》，演唱陈心蕊等）；北京金翼龙唱片（《路人乙》）；北京京粤世纪文化（签约《一城烟雨》）；重庆九仙女文化（《当爱已成传说》）；辽宁钢炮影视传媒（电影《我是钢炮》片尾曲《兄弟，我挺你》）；等等。

　　当然，李金德原创歌词的成功并不是走了"狗屎运"，而是其歌词的品质成就了他。诗一样的语言，深邃的意境，独特而敏锐的视觉，率真而鲜明的风格，奠定了他歌词的沉稳基调和情感深度。"五体投地路上/把心举到天上/三步等身长头/心灵接近天堂……"（《虔诚》）在这里表现的不仅仅是朝拜的一种现象，更是一种精神的执着追求，一颗纯洁无私的虔诚心灵。一次我打开电视，上面正播放着蒙古族歌手乌兰托娅演唱的《草原情话》，我有个习惯，每次收看歌曲节目，我必定特意看歌词，"草原上说情话/爱不容涂鸦/牵手这一生/生命就升华/你给我朵白云/我还你片彩霞/你我的爱洒满春秋和冬夏"，这简单、明白、看似无华却分明巧妙的词句，一下子就抓住了我的心。之后我用手机搜了搜，不由大为惊喜，词作者竟然是李金德。我虽然早就知道李金德是邹平乃至滨州唯一一位被众多唱片演艺公司签约的歌词作家，我们也算是比较熟悉的文友，但对他创作的歌词却读之甚少。据说作为业余歌词作家的他已经创作了七百多首歌词，大量发表于国家级《词刊》《儿童音乐》以及省级《通俗歌曲》《新歌诗》《徽风》《词泊秦淮》《祝你幸福》《青年歌声》等音乐刊物上，更有近百首被谱曲后登上各级别舞台。我本来就充满了好奇心，近几年也偶尔写一点儿歌词，但因为对音乐及歌词特性的认识不足，迟迟写不出像样的东西。而在我听歌时往往会特别注意歌词的原因之一就是想看看人家歌词怎么写，学习而已。金德是熟人，榜样就在身边，近水楼台先得月，何不向其求教之。但又深知他向来低调谦虚，如果直言，他肯定不会答应，于是便在一次聚会时，索要了他这几年写的比较有代表性的近三十首歌词。细读之下，自是明白了以李金德之身份地位何以屡屡得到国内歌坛众多唱片公司和歌手们签约的原因。题材的多样化，语言的丰富机智，技巧的熟练掌握，特别是对于歌词特性的准确把握，更使他在面对不同题材时应对自如，看似平常却独出心裁。在一首叫作《麻辣小龙虾》的歌词中，通过大家司空见惯的吃小龙虾的场景，却写出了爱情的酸甜苦辣："……爱情就像麻辣小龙虾/以为你是条龙/其实是只虾/开头整得挺大/后面全是尾巴/爽劲过后/嚼得满嘴渣渣渣/爱情就像麻辣小龙虾/你若移情别恋/我就被放假/馋嘴越吃越辣/情感越处越麻/起立转身/我也走得唰唰唰。"在我所看到的李金德的这部分歌词中，爱情歌词的比重更大一些，大约有一大半。缠绵悱恻者有之，歌颂赞美者有之，向往追求者有之，伤感无奈者亦有之。看上去憨憨的文友李金德，能写出如此深刻透彻的爱情歌词，实在是让人刮目相看。当然，对于爱情的这种独到认识，并非李金德生活中的体验，更多是来自对生活对爱情对人生的认真观察和深刻思考。

歌词毕竟不同于诗，它有时更具有时效性、政治性甚至是服务性的特点，它更贴近于时代和民众，与当代生活的关系更为密切。从这一点来说，作为音乐之一的歌曲艺术，其政治属性尤为突出。作为一个时代歌手，李金德显然知道这一点无法也不能排斥和逃避，因此在多年的创作中，他也创作了大量的节庆歌词、行业歌词以及种种应景歌词。在这种不得不为之的情况下，李金德反而更加强化了在艺术层面的精雕细刻，从而创作出了不少佳作。2018年，济南青岛高铁开通，设立高铁邹平站对邹平的经济社会发展，对当地人民的生活无疑有着重要的意义。当年李金德即创作了歌词《有你无远方》，经李志邦谱曲后，在"邹平市2019年春节文艺晚会"上演唱，受到了一致好评。"日出万道光/哪来轻雷响/风驰电掣是你来到我身旁/青山鸟伴舞/绿水船推浪/云点赞/风鼓掌/倾情我献唱/有你无远方/龙行天下你富裕我家乡/悠悠千年往/追梦有方向……"，特别是读到第二段"天蓝万里晴/何来雨两行/喜极而泣是泪汹湿我脸庞……"时，我的心顿时被打动了。我想起了韩红演唱的歌曲《天路》，那种对美好未来的向往，对家乡的挚爱和深情，流溢在字里行间和每一个音符中，直抵人们的心灵……

我对于音乐是门外汉，只是这几年与邹平、淄博等地的音乐界诸多朋友交往甚密，故而受益匪浅，也算是大大加深了我对音乐的喜好。今天，集中读到李金德如此众多的优秀歌词，佩服之余，斗胆写下本文，算是一点儿心得，更是一己之见。我倒是深信，在歌词的创作道路上，李金德必将走得更远。巅峰正在前面等着他，需要他付出更多的努力。

音乐的布道者

最近，新疆、内蒙古、河南等地一些培训机构纷纷打来电话，邀请著名钢琴教育家商维成先生前去为当地的钢琴老师讲课。这已经是他 2018 年内接到的第十次邀请了。在不到一年的时间里，商维成先生的足迹已经遍及长沙、北京、商丘、淮北、大连、天津、兰州、郑州、驻马店、沈阳、泉州、永城及省内临沂、济南、潍坊、青岛、济宁、日照、东营、滨州、枣庄等 20 余座城市，并先后举办了十八期培训班，为数百人讲授钢琴音乐艺术。

商维成先生身处鲁中蕞尔之地的小城周村，着装简朴，满头华发，乍看上去像个普普通通的退休工人，然而就是这个其貌不扬、懒于装扮的六旬之人，在国内钢琴教育界却是大名鼎鼎，用天津一位钢琴学校校长的话说：商维成是国内钢琴教育行业炙手可热的"大咖"。

商维成先生是一个已经退休的中学音乐老师。如此身份却能顶着"著名钢琴教育家"这个头衔走南闯北，着实不可思议。对于这个称号，商维成自然是名副其实、当之无愧的。至今他培养出来的学生已经难以计数，从他那个简陋的琴房里，曾经走出来两个钢琴音乐博士，十余个钢琴音乐硕士，至于本科生则多到无法统计。商维成 4 月份去北京讲课时，主办方老总曾当众坦言：北京是中国文化的中心，同时也是钢琴教育的中心，是中国钢琴教育的高地。如果说从北京请人到全国各地讲学正常不过，但请地方上而且还是个小小县城的中学音乐老师到北京给钢琴老师们讲课，商维成先生是第一个。当日，商维成被聘为北京紫金城国际青少年艺术节评委。

随着经济的高速发展，人们对于音乐的认知得到很大提高，学钢琴的人越来越多，据估计达数百万甚至千万人，从大城市到县城甚至乡镇，钢琴培训学校如雨后春笋，迅速发展起来，由此钢琴老师已经成为一个群体庞大的职业。然而，作为一个新兴的职业，自然也是鱼龙混杂，滥竽充数者当不在少数。正因为如此，钢琴师资力量的充实和提高，成为钢琴教育上的重中之重。商维成先生三十多年前初学钢琴时，只是一个音乐的求道者，但无心插柳柳成荫，短短几年，商维成先生就完成了从求道者到布道者的角色转换，黑龙江、吉林、辽宁、甘肃、内蒙古、浙江、湖南、江西、天津、陕西、河南、江苏、安徽等地的老师们，千里迢迢赶来周村，向商维成先生求艺问道。商维成的琴艺及对音乐教育的独特理解，很快传播于四面八方，全国各地的众多钢琴培训机构、音乐学校纷纷向商维成发出了邀请。

作为钢琴音乐的"布道者"，商维成深知，钢琴教育不单单是培养一种技能，更是人的培养，如心灵的净化，品格的塑造，比一门技艺更为重要。音乐是人们成长的阳光，而身为老师，就是要让这束阳光更绚丽多彩，更灿烂温暖。他每次讲学时都要反复向参加培训的学员强调：培养钢琴学生，主要是培养他们三项基本能力，一是识谱与视奏的能力，二是感受音乐与表现音乐的能力，三是手指弹奏的技术能力。而作为老师，则须具备三条：专业精，有文化，懂教育。他不只一次的谆谆教导：老师最大的梦想就是成就孩子的梦想，作为钢琴音乐的布道者，我们就应该把最美好的品德、最高尚的情操、最高超的技艺传输给学生，这是我们音乐人义不容辞的重要责任。

商维成这样要求着自己的学生，而他也是如此要求着自己。每到一地，他唯一去做的，就是最大限度的给学生授课。他知道自己的时间宝贵，学员们的时间同样宝贵，能多教一点儿就多教一点儿。到任何地方讲学，热情的主办方都会特意安排商维成先生去游览当地的风景名胜。无论是大连的棒棰岛，还是兰州的黄河大铁桥、长沙著名的岳麓书院、郑州的商城遗址、商丘古城……商先生也很想了解当地的文化和风俗民情，但为学员们学习考虑，再加上自己的时间也非常紧张，一次次拒绝了主办方的善意。他在去大连讲学时，主办方本来预留了时间请商维成去游览一下大连的美好风光。对于美丽的大连，商维成自然是名闻已久的，也期待欣赏，但看到学员们如饥似渴的求学态度，商维成先生就放弃了游览计划，几乎是全天候的讲课，甚至晚上还要讲几个小时。在北京讲课时，按计划，商维成每天上午下午各一节课，但中午和晚上的休息时间，学员们围在商维成身边再三求教，反而超过了正常学习的时间，甚至差点儿耽误了火车。

去长沙讲学时，商维成先生正好感冒未愈，嗓子疼，喘气也不畅通，而让他更难受的是，长沙的饭菜非辣不有，让他这个本来就不敢吃辣的北方人，一口饭都咽不下去。可他又不愿意去麻烦主办方，只好买几包方便面和几个面包，到住处偷偷吃。如此一来，本来就感冒未愈的商维成先生身体状况越发糟糕，但即便这样，他还是硬撑着超额完成了讲学任务。

在钢琴音乐教育上，商维成先生非科班出身，但三十多年的钢琴教育，商维成先生已经形成了自己独特而先进的教学理念和教学方法，在理论与实践的结合上，可以说商维成先生毫不输国内任何大学的专业老师。正因为在钢琴教育上的巨大成就，使商维成先生成为全国范围内最受欢迎的钢琴教育家。

英国的戴·赫·劳伦斯

在从前的英国人眼里，戴·赫·劳伦斯就相当于我们中国人眼里的"兰陵笑笑生"；可是，在现在的英国人眼里，也不只英国人，说西方人更合适，戴·赫·劳伦斯却是一位天才的小说家。然而，在我们中国人的眼里，他似乎还是那个戴·赫·劳伦斯，只是他是英国的"兰陵笑笑生"罢了。而且"兰陵笑笑生"只写了一本《金瓶梅》，戴·赫·劳伦斯却写了《查泰莱夫人的情人》《恋爱中女人》《虹》等一系列小说。

我只读过不到半本的《查泰莱夫人的情人》，因为看不懂，所以就放弃了。就跟我读《红楼梦》一样，虽然世界上有那么多的"红迷"，有那么多人说《红楼梦》好看。但是我觉得自己读不懂，所以也放弃了。如果读不懂还要硬读，那只是糟蹋好书罢了。当然硬读下去，固然可以附庸风雅，固然可以在别人面前卖弄一番。可是欺骗别人容易，欺骗自己却很难。

后来，又读过戴·赫·劳伦斯的一本论文艺的书，严格来说是文学批评。其中给我印象最深刻的是，他把人分为两类。当然，不是分为男人和女人，否则也不会给我深刻的印象。他说，严格说来，有一部分人不是人，而应该称为"社会动物"，他们丧失了人之所以为人的本质，戴·赫·劳伦斯称为"人的内核"，也就是人与宇宙相通的"自然本性"，具体来说，就是人的情感、激情等。他们完全被社会化了，因为没有感情和激情，所以他们无时无刻不处在恐惧之中，于是他们只有依靠不断积累的财富来增强自己的安全感。因此财富就是他们的上帝，只有依靠财富他们才能得救。而那些没有完全丧失"人的内核"的人，就是第二类人。可惜，每天都有成千上万的人从第一类人堕落为第二类人。

我不知道他说得是对还是错，不过他自己肯定对这个观点坚信不疑。就因为他有这样坚定的信念，所以他才孤独，他的国家驱逐他，他的读者也只是抱着猎艳的态度读他的书，而不理解他。这不禁使人想起尼采的那句话："更高级的哲人独处着，并不是他喜欢孤独，而是在他周围找不到他的同类。"

又见陈寅恪先生

钱锺书先生说："给别人做传记，其实是给自己做自传。"如此，我们便可以说："给别人写挽词，其实就是给自己写挽词了。"陈寅恪先生在给王国维先生写挽词中写道："先生之著述，或有时而不彰。先生之学说，或有时而可商。唯此独立之精神，自由之思想，历千万祀，与天壤而同久，共三光而永光。"岂非为己所挽乎哉？

我拜谒寅恪先生于孟婆茶庄中。先生是众所周知的国学大师、历史学专家。故而不愿错过求教的机会。我首先问道："我辈后生小子学习历史，所为者何事？"先生道："汝不知乎？"我默而无言。先生道："以铜为镜，可以正衣冠；以人为镜，可以知得失；以史为镜，可以知兴衰。历史者何？正此之谓也！"我又问道："先生何以选择唐史为研究对象呢？"先生道："汝亦不知乎？"我又默而无言。先生道："唐朝有藩镇割据，民国有军阀割据，岂非有相似者乎？"我再问先生道："我辈后生小子如果要研究历史，所从事者，当在何史？"先生道："汝岂不知乎？又何问乎哉？"我再默而无言。先生又道："岂真不知耶？岂可不知哉？"我唯默而无言。先生道："当今之世，如欲研究历史，所首要者，当知目下之种种自何而来。一言以蔽之，今日之中国自革命而来，故当知中国之近代革命史。"

先生最后说道："吾岂不知哉！吾所言者，汝尽皆知之矣！唯欲借吾言而自昂其价而已！若众生亦看重吾所言，吾又有何憾哉！"说完，寅恪先生再三叹息者久之。我说道："谨受教。"

先生端起茶桌上的茶碗，我便也告辞而去。只是自己纳闷道："先生喝下这孟婆汤，岂不将前生所经历之种种和这满腹的经纶都忘却了吗？"忽然亮光一闪，这是从地狱之门射入的阳光。又想道，"纪晓岚在《阅微草堂笔记》中，不是说过吗？凡仙、佛、智、圣魂魄不散，不入轮回。想来这孟婆汤于寅恪先生也是不妨事的吧！"

张爱玲传奇

在这个世界上，真正了解张爱玲的人恐怕只有两个，可惜他们都已经死了。当然，第一个是张爱玲自己；另一个是始则与之私定终身、终却弃之而去的胡兰成。确实，在张爱玲的后半生里，还有一位美国丈夫，名叫赖雅。老赖雅是否了解张爱玲呢？我看未必。张爱玲的英语虽好，但她却是地道的中国旧式才女，具有真正的中国思维。而老赖雅呢？他则是地道的西方人思维。欧美人了解事物，总起来说有两条途径：一条是通过上帝来了解；另一条是通过科学来了解。老赖雅不论通过哪一条途径来了解张爱玲，都与她隔了一层，并且欧美人对上帝和科学还没有完全弄明白呢！更何况张爱玲既不是上帝的选民也不是科学的产物，而是中国式的才女。

恰巧，胡兰成是中国式的才子。他了解张爱玲既没有上帝的隔阂，也没有科学的阻碍，更何况他还有让张爱玲感觉与之相比低到尘埃里的才华。以张爱玲的聪明，要了解她自己，是易如反掌。而在民国的世界里，除了胡兰成没有人能真正了解她。张爱玲是属于民国世界的，即便她后来去了美国，这都无碍她"是民国世界里的临水照花人"（胡兰成语）。

胡兰成说，是张爱玲开启了他的智慧。由此可知，张爱玲是何等的聪明。但是张爱玲的聪明助成了她的高傲，然而并没有使她高到天上去，因为她还会低到尘埃里呢！

除了她的聪明，张爱玲还是残忍的。当抗战胜利后，胡兰成逃难到了乡下。张爱玲就追到乡下，逼迫胡兰成在她和胡兰成爱的另一个女人之间做出选择。结果是张爱玲被抛弃了。其实，与其说张爱玲被抛弃了，不如说是张爱玲逼迫着胡兰成将她抛弃了。何以如此说呢？胡兰成在谈到《红楼梦》中的贾宝玉时说：贾宝玉从来没有想过在林黛玉、薛宝钗甚至还包括袭人和晴雯中间做选择，因为他哪个也不忍心放弃。张爱玲如此地爱胡兰成，竟忍心让他做出选择；被抛弃后，张爱玲依旧不断地接济胡兰成，而竟也忍心从此不再见他的面。张爱玲的残忍使她几乎不近人情，至少不近胡兰成的人情，但这残忍却永远不至于让她做坏事，因为张爱玲的残忍只是高贵性格上的残忍罢了。

张爱玲的确是聪明的，她是近代以来第一名的才女。聪明成就了她在文学上的辉煌，却也毁灭了她最美好的婚姻。胡兰成之所以没有和张爱玲白头偕老就是张爱玲的这份聪明使然。并非仅仅是张爱玲的忌妒就可以概括得了的。因为胡兰成比张爱玲更聪明，而"同行是冤家"。张爱玲也是残忍的，残忍成就了张爱玲，而单单聪明是成就不了张爱玲的。

人们常常因为张爱玲的才华而崇拜她，也会因为她不幸的婚姻而同情她。然而，崇拜她也罢，同情她也罢，如果不是真正地了解她的人，她都会毫不掩饰地鄙视他、嘲笑他，即便是在她最穷困潦倒的境地里。

第二辑 | 文学评论

传承优秀文化，弘扬邹平精神

　　邹平历史悠久、文化源远流长；邹平人杰地灵，古往今来群贤辈出；邹平文明开放，充满生机与活力；邹平自然资源、旅游资源丰富……一页页历史画卷，充分显现了邹平鲜明的文化特质和文化底蕴。邹平县委、县政府带领全县干部群众紧紧围绕"学赶全国前十强，争当全省排头兵"和建设"幸福邹平"的总要求，按照推动社会主义文化大发展、大繁荣的总体要求，充分挖掘邹平历史文化资源，积极传承范公思想，努力弘扬"先忧后乐、创新超越"的新时期邹平精神，审时度势，提出了全力打造"范公故里·山水邹平"的文化品牌。

　　"范公故里·山水邹平"文化品牌的打造，是邹平优秀历史文化的秉承与创新。"创新是一个民族的灵魂，是一个国家兴旺发达的不竭动力。"邹平素有文化大县之称，历史文化悠久，源远流长。从春秋时期传《尚书》的伏生，到魏晋时期伟大的数学家刘徽，到北宋著名政治家、文学家范仲淹，明朝著《鸽经》的张万钟，清朝山水诗人张实居，以至近代大儒梁漱溟，诗人、教育家李广田等，无不在邹平的文化建设中做出了巨大的贡献。他们成为邹平历史文化遗产中最具生命力的部分，成为闪烁在邹平历史天空中耀眼的星星。深厚的文化底蕴让邹平受益匪浅，邹平人秉承文化大家的思想，特别是传承了北宋名相范仲淹"先天下之忧而忧，后天下之乐而乐"的忧国忧民、先忧后乐的民本思想，并将这种思想进行不断创新。勤劳质朴的邹平人民在建设美好家园的奋斗历程中，继承和发扬了范仲淹先忧后乐的思想和苦读不辍的精神，常怀忧患，艰苦创业，勤奋好学，开拓进取，勇于创新，永不满足，塑造形成了"先忧后乐、创新超越"的新邹平精神，成为邹平人民不断创造新业绩、推动新发展、实现新跨越的精神动力。近年来，邹平县以"两大创建"活动为载体，全县总动员，群策群力，创新举措，形成了县委、县政府重视文化，各部门支持文化，全社会办文化的良好局面，经济和社会各项事业迅猛发展，城乡文化活动异常活跃，实现了文化事业与经济建设的同步发展。全县形成了"心齐、气顺、风正、劲足"的县风民风，"先忧后乐，创新超越"的新时期邹平精神得以大力弘扬。

"范公故里·山水邹平"文化品牌的打造，是邹平各项事业和谐发展的有效途径。如今的邹平，已经站在一个新的起点，迎接新一轮挑战，要实现"在全省率先发展、和谐发展"的奋斗目标，靠什么？动力在哪里？那就是文化。文化是一个区域的灵魂，文化是生产力，文化产业完全有担当一个地区或国家支柱产业的能力。一个经济高度发展的社会，如果没有文化的相应发展就没有内涵，就不可能沿着健康和谐的轨道发展。而打造邹平品牌关键在内涵，其本质就是先进的文化。邹平发展的今天呼唤文化的发展，需要文化的支撑和动力支持。县委、县政府围绕"如何建设文化强县，锻造邹平文化品牌"，整合文化资源，繁荣文艺创作，大力提升人民群众的人文素质，增加全县经济社会大发展快发展的凝聚力，适时提出打造"范公故里·山水邹平"文化品牌，随之开展了一系列富有特色的文化活动，使其内涵得以不断丰富和完善，为建设"幸福邹平"提供了精神动力和智力支持，并不断指导邹平经济社会文化各项事业的和谐发展。

"范公故里·山水邹平"文化品牌的打造，是增强竞争"软实力"的重要载体。文化既承载一个地区的理念和价值，又反映一个地区对外的影响力和竞争力，是现代经济的一个重要增长点。只有打造过硬的文化品牌，才能不断扩大对外传播，才能增强文化的生命力、影响力和凝聚力。传承和打造"范公故里·山水邹平"文化品牌，是农村竞争力之所在，对繁荣邹平传统文化，促进旅游业发展，增强竞争"软实力"具有积极的推动作用。"范公故里·山水邹平"文化品牌的打造，必将使其文化内涵深深地扎根、发芽、成长，必将融入全县人民生活的各个方面，必将体现在每一个邹平人身上，体现在每一项事业里，必将促进全县经济社会各项事业又好又快发展。

把握文学的脉搏

中国文脉，多么悠久的名字！读完余秋雨先生的《中国文脉》，我不由得沉浸在感动和震撼之中。文脉，是中国特有的东西。在四大文明古国之中，唯有中国历经时间的考验，延续至今。中国文脉，享尽天时地利，得天独厚，称得上是世间仅有。正因如此，它反映了中国文学的变化。中国文学几千年的发展史，卷帙浩繁，星光璀璨夺目。哪些作品和人物能够经历时间的考验，可以穿越时空成为不朽的经典，皆由这文脉记录。而余秋雨先生站在历史的高度，以他独特的视角，将中国文学的脉络一步步梳理。他运用"减法"的方法，"减而见筋，减而见神，减而得脉"，在他的文学底蕴之上，进行了大胆而又独到的取舍，终得《中国文脉》。

他的《中国文脉》，是中国文学发展史上最高等级的生命潜流和审美潜流。它时断时续，就像那起伏的连山，绵延不断，生生不息，代代相传。正是这起伏的连山让我们看到了文学的天地之大，以及天地之限，并领略了注定要包围我们生命的文化与历史。

等级，是文脉的生命；等级，是由品位决定的。品位决定等级，而等级构成文明。《中国文脉》是中国文学的等级和品位，是精神层面的高低之分，是民族大道，是文学尊严。字里行间，都充斥着对天地古今的感悟和对中国文学的满腔热爱。

从汉字起源，至诗经出现；从魏晋南北，至大唐盛世；从英杰辈出的宋，至文脉衰弱的清，《中国文脉》用诗意充沛的笔墨夹叙夹议，带领我们去亲近百家争鸣的先秦诸子、隐于田园的陶渊明；去敬仰孤傲悲怆的屈原、饱受酷刑仍坚持握笔的司马迁；去了解桀骜多才的魏晋名士、唐诗宋词巍峨顶峰上的诸多身影……那些在历史长河中逐渐模糊的形象，通过这《中国文脉》变得清朗而感性。看着这文学的长河滚滚流过，一股感动、一股震撼油然而生。纵观中国文脉兴衰，我体会到了中国文学的变化。

中国文脉源远流长，有过诸多的辉煌，也有过百年的苍凉。但无论哪个时代，都有着只属于自己的代名词，也就是独特的文学形式。看到这里，我不禁思考，我们所处的现代文学的代名词是什么？在这个百花齐放的时代，文学形式千变万化。可就算如此，无论是哪个形式，都没有出过类似于王阳明一般的哲学家，也没有一个能与曹雪芹比肩的小说家。我们的品位够广，但它还不够深。回归自身，我们平时的学习也是一样。我们每个人都可以做到阅书无数，可有几人能够真正地博采众长？学习广而不精，如同样样普通毫无突出一般，已成为我们生活中的一大弊病。当今的我们太过浮躁，中国文脉，也近乎断裂，而这《中国文脉》却像一捧清水，惊醒众人。

《中国文脉》不仅是一部散文，更是一种宣言，一种思想。它让我们沉静下来，让我们忘记繁华与浮躁，耐心地回顾过去。静静地审视周围，回归自然，找到真我，找到那属于自己的代名词。细细体味书中的优美词句，慢慢感悟文学的品位，在思想不断升华的过程中，终有一天，我们能够真正把握这文脉的兴衰。

给孤独以宽容，给灵魂以自由

"傅雷，字怒安，号怒庵，中国著名翻译家、作家、教育家、文艺评论家，'文革'时遭红卫兵迫害，不堪其辱，于 1966 年 9 月 3 日凌晨吞噬大量毒药自尽……"

一串冰冷的文字，寥寥概括了这个可谓真遇不公之事便"怒发冲冠"的人的一生。傅雷，字怒安，号怒庵，这个人一生也真就像怒雷一般，在民国的历史上炸开了雷的花，若不是最后像孤傲的玉雕的白玫瑰一般"宁为玉碎不为瓦全"和留下来的带着谆谆话儿的家信，也许他只能是天上的雷，人们听见了，却也仅限于听，而不能真正去仔细听，用心去悟雷声；可傅雷他是生长在大地上的雷神化作的花，人们不仅能在雨夜听见花的怒号，也真正敢去采下他，去触摸猛虎心中的柔软，细嗅猛虎身上孤傲的芬芳。

傅雷幼年丧父，童年时母亲对他要求极为苛刻，甚至在傅雷不学习时要把他沉入塘底，傅雷爱他的母亲，可偏偏又青年丧母，苦难让傅雷成长，他不负母亲的希望，成为一代大家。傅雷说"凡是童年不快乐的人都特别脆弱（也有训练的格外坚强的，但只是少数）、特别敏感"，我想傅雷就是那少数，童年时光里不管是丧父后没人庇护让他不得不坚强，还是母亲的严厉让他不得不坚韧，让他这一生都不肯得过且过"和稀泥"，在他眼里，也许没有对错，因为那毕竟很难说，但一定有黑白，傅雷朋友很多，尽管他们有时并不能理解他，不管是杨绛先生看到傅聪、傅敏偷听大人谈话被厉声呵斥，还是没收楼适夷给傅聪买的儿童金笔，大家都觉得傅雷对孩子实在是太严肃且苛刻了。

这样的性格也让他这颗正直高尚的灵魂遭到了污抹，但好在"一颗纯洁、正直、真诚、高尚的灵魂，尽管有时会遭受到意想不到的磨难、侮辱、迫害，陷入似乎不耻人群的绝境，而最后真实的光不能永远湮灭还是要为大家所认识，使它的光焰照射人间，得到他应该得到的尊敬和爱"。

好看皮囊下的丑陋灵魂

　　法国文坛上有颗极闪耀的星——莫泊桑，他的作品多在故事情节中给人启示，正如这篇批判性极强的《漂亮朋友》，读后让我的心情久久不能平复。

　　出身农民、退役后来到巴黎的杜洛阿，凭借两年来在军队中学的胆大妄为、冷酷残忍的流氓生活，利用自己漂亮的外表和如簧之舌，博得上流社会女士的爱慕和青睐，他利用这些倾心于他的"政治工具"，一步步成为上流人士。

　　读完第一遍时，我了解了作者的写作背景。这是莫泊桑1885年时创作的长篇小说，把对法国第三共和国时期上流社会的憎恶全部倾注笔下。他从政治、经济、社交、新闻等多个方面入手，进行了全方位的"轰炸"。杜洛阿是当时所有上流社会人士的缩影。小说以"报纸"为线索，可见作者创作时期，报纸信息尤为重要，也可能是作者每天读报纸时，内容的绝大部分都是描写如杜洛阿这样的"谦谦君子"的事迹，于是心中愤懑不平，才以这种方法写作。

　　"平生第一次穿上燕尾服，镜中的自己俨然是一个仪表堂堂、相貌出众的上流人物。于是他面对镜子像演员练习表情一样研究自己的微笑和眼神、自信，他的仪表能够使他成功""那是因为你没尝过贫穷的滋味"时这是杜洛阿第一次接触上流社会时的表现，和第一个情妇问他为何一心只想向上爬时他的回答。足见他光鲜靓丽的外表下，充满丑态、畸形的心理。即使他最后真的成功了，成为整个巴黎上流社会的红人。

　　作者笔下的种种丑态，其实在我们的生活中也不少见。

　　有的人为了眼前的利益，拿自己的无限前途作赌注，最后，都成了想买后悔药的失败者。被欲望、利益彻底拴住心智，为达到自己虚荣的目的，不择手段地利用一切。例如，陈世美为了追求金钱名利，一心想当驸马，于是抛弃妻子迎娶公主。最后，不仅掉了脑袋，还背上了千古骂名。我看他倒像中国版的杜洛阿；有的人手里拿着芝麻却还想着西瓜，贪婪的结果无非是既没有西瓜又丢了芝麻。例如，此次疫情，美国为了眼前利益，想提高其国际地位，不惜用阴险之计，损害我国声誉。不过他们只得逞了一时，随之而来的是他们维护了多年的大国形象被自己一一击破，谴责的声音也丝毫未减弱。还有的人甚至像小朋友买玩具，即使家里已经有一箱玩具了，可是一见到商场橱窗里的新玩具，还是软磨硬泡地让妈妈给自己买，只不过是为了跟其他小朋友一起玩时，可以炫耀一下，得到小朋友们一阵羡慕的眼光后，便没有后文了……欲望，它像是一个雪球，越滚越大，最后却掩埋了自己；欲望，它也是一个魔鬼，永远都无法满足他的野心。

所以，杜洛阿的例子，不过是千千万万中的一例，其实每个人都是贪婪的，都是可以被利益动摇初心的，可是最后出现两种截然相反的结果的原因是：每个人四周的尺子，能否警醒你，使你从界限边缘醒悟，踏实做自己，努力奔目标。毕竟，纵然想悬崖勒马也并不是所有人都有力量控制住心中的马的。虽然作者写此名著的目的，是为了以杜洛阿的事例为材，对上流社会人们狼狈为奸、追名逐利、虚伪狡猾进行批判、嘲讽。而我却愿大家即使身处物欲横流之中，也能始终保持一颗纯洁美好的心，与温情同在，与人性共存。人的一生不会永远幸运，如果每当遭遇挫折时都以小伎俩应付，终有一天会坠入深渊。有真才实学并把持德行，才是好看皮囊和有趣灵魂并存的人，这样的人，身边也会出现许多真正的漂亮朋友！

一生恰如三月花

猛然间看到了那句"人生若只如初见，何事秋风悲画扇"。哇，世上竟有这么美丽的句子！我从心底叹道。好奇此句的出处，于是便去搜寻，由此真正认识了此诗的作者——纳兰性德。

终于将心心念念的《饮水词》买了回来，这是纳兰性德的诗词集。翻开书页，扑面而来的是崭新的纸墨香气。这本集子在内容上主要是悼念恨别，男女情感，与友人赠答酬唱几个方面，几乎不涉及政治。它的诗真挚自然而又缠绵悱恻，词更是哀感婉艳，情真意切，痛彻心扉，不忍卒读。

这本集子我虽然并未读完，却已被它深深感染。他的词总是散发着淡淡的忧伤，追悼其亡妻的词甚多，有几首甚是闻名。而我最喜欢的确是《浣溪沙·谁念西风独自凉》，秋风吹冷，孤独的情怀，有谁挂念？不忍见萧萧黄叶而闭上轩窗，独立在屋中，忍夕阳斜照，沉浸在回忆中，酒后小睡，春日好景正长。闺中赌赛，衣襟满带茶香。美好的回忆，当时以为寻常不过，如今却物是人非，方觉得彼时珍贵。最后两句是泣心之句，适用于任何人，多少人思念过去，多少人怀念往日，多少人永远活在过去和将来，不会珍惜当下。失去的永远是最珍贵的，存在心中的永远是最美好的。

总有那么几个人让他终生不忘，让他牵肠挂肚，让他午夜回首，让他放不下，成为他心头的朱砂痣。谁知他在夜中思念亡妻，"忽疑君到，漆灯风飐，痴数春星"。他望着物是人非的家，道出"被酒莫惊春睡重，赌书消得泼茶香，当时只道是寻常"。他总是触景伤情，"可奈今生，刚作愁时又忆卿"。他留恋，不舍，"魂是柳绵吹欲碎，绕天涯"。他愿与她重逢，"唱罢秋坟愁未歇，春丛认取双栖蝶"。痴情，算是他的写照。

我能理解当时纳兰的心情，后悔、无奈、怅惘，多少悲情涌上心头，我却体会不到他那种伤悲，以及他挚爱的人逝去，是如何绝望，如何伤情？想起过去与她的点点滴滴，如今沧海桑田，物是人非。再无人嘘寒问暖，再无人同自己一起聊天赏景，空荡的房子没有了生气。

家家争唱《饮水词》，纳兰心事几人知？他自诩是天上痴情种，不是人间富贵花。他本是康熙大帝身边的一等侍卫，有如此荣誉的他词中透露出的却满是无聊哀转。"人生若只如初见，何事秋风悲画扇"，纳兰性德短短三十一年的人生，如梦一般，太美太美，如梦似幻，他的一生也许就是梦与实交替而形成的。梦实交替孕育出了一代多愁善感的清代才子。

他一生畅行无碍，却又坎坷无比，半生潦倒；他少年得志，意气风发，却又几经离别。他有着比别人更细腻的心思，他多情、专一，他能体会到别人无法体会到的感受，因此他的情感更丰富，他也许会因为一点小事而开心，可他更会为一点挫折而伤心欲绝，他的悼亡诗，是《饮水词》中无法逾越的一座高峰。有情人终没能成眷属，一辈子短暂而又飘零。充斥着矛盾，顺境与逆境，梦与幻、虚与实，像破碎又美丽的镜子一般，填充了纳兰性德一生的凄凉与美好，哀伤与幸福，恰如美丽的三月花般，拥有短暂的花期和多彩的经历，来去似烟，冷冷清清。

"一生恰如三月花，倾我一生一世念，来如飞花散似烟，醉里不知年华限，当时花前风连翩，几轮春光如玉颜。清风不解语，怎知风光恋，一样花开一千年，独看沧海化桑田，一笑望穿一千年，笑对繁华尘世间，轻叹柳老不吹绵，知君到身边，相逢若初见。"

从此唱罢《饮水词》，纳兰心事我已知。

原来你是这样的科学家

　　科学家这个词在大多数人眼中都是遥不可及的，他们很厉害，也很神秘，好像天底下就没有科学家办不到的事。但当我读完《数理化通俗演义》这本书时，发现了科学家的另一面，他们也是在重重打击和教皇的威胁之下，才发现了那一个个美丽的定理。

　　说起伽利略，大家可能都不陌生，他在比萨倾塔上同时放下的那两个小铁球，可以说是轰动了全世界。这件事放在科技发达的今天并不稀奇，可放在人人信奉亚里士多德言论的时期，可就不是这样一回事了。在当时，按照亚里士多德的说法应该是重的铁球先落地，由于大家都十分尊敬他，没有人敢出来反驳，大家也就深信不疑。这时伽利略推翻了他的论断，无疑受到了谴责和驱逐，他被赶出学校，被赶出罗马。但热爱科学的伽利略不肯放弃，便又研究起天文来，在威尼斯发明了望远镜，一举成名，回到了佛罗伦萨。没过多久，却又因违反了圣经而被赶到刑场上，他上刑场前对他的徒弟说："不管怎样，我们都在围着太阳转！"

　　那束光，那颗星，那一片黑暗，曾令多少科学家为它们倾注了心血。读完伽利略的故事，我感受到了科学的伟大与人类的渺小，每一个科学家呕心沥血，苦苦奋斗了一辈子，换来的可能是宇宙中一粒微小的"尘埃"。世界之大，宇宙之奥妙，都需要我们去探索、去发现。达尔文，生物进化论的奠基人，他的自然选择学说，被恩格斯赞誉为"19 世纪自然科学三大发现之一"；巴斯德，他做的一个最令人信服的实验是"鹅颈瓶实验"，被称为"微生物学之父"；普利斯特里，证明了绿色植物在阳光下进行光合作用释放氧气；布尔，数理逻辑的奠基人；门捷列夫，元素周期律的发现者；哈勃，星系天文学之父；陈景润，哥德巴赫猜想第一人……科学家们的伟大，不仅仅在于他们那超常的智力与伟大的发明，更多的在于他们艰苦奋斗永不言弃的精神；从爱因斯坦到居里夫人到邓稼先，他们正是用这种精神，为迷茫的人们指引了方向，为浩瀚的宇宙留下了灿烂的文明。

每一个公式，每一个定理都隐藏着一段血与火、泪与汗的历史。这里面有慷慨的悲歌，也有胜利的喜悦。当我们循着科学家的路再走一遍，重温这片故土时，我们就会发现他们伟大而可敬的一面！

愿与草木饮清茶

《诗经》很美的啊，如一坛万年陈酿，无尘世喧嚣，褪尽繁华。那朦胧处有一妙龄女子款款而来，雾中只见她身姿曼妙，娉娉婷婷，美却无法言说。待她走近，我本想一睹芳容，却仍见少女以纱覆面，无法见到真容。

她告诉我，她叫《诗经》。

"三代夏商周，四书风雅颂"。一个朝代的春花秋月都被编录进了一本书里，却不只是记载了宫闱里厚重烦琐的礼教乐章，更有民间的乡野故事。

说实话，初次看到《诗经》时并未感觉到其特殊之处，通俗易懂，很容易理解其表达的情感，甚至认为有些平常了，可经典是需要细细品味的，我抱着这样的心态继续认真地诵读，尝试着带入自己的情感，读起来很是押韵。

我喜欢《诗经》，就是因为它的这份浑然天成和不做作，哭与笑，爱与恨都是痛快分明、一泻千里的。从西周初年到春秋中叶，这500多年前的那些辗转悠扬的歌谣，都是沾着尘粒与草香，一路迤逦。

《诗经》里的小女子虽然没有倾城入骨的媚意，却朴实得可爱。瞧"彼采葛兮。一日不见，如三月兮！彼采萧兮。一日不见，如三岁兮！"是情意绵绵的欢喜，一派暖意融融。这样热烈纯粹的思念，像路旁的小野花，开得芬芳灿烂，这样令人扼腕的美好，才得以流传千古。

《诗经》所述，左右不过一个"情"字。当今这个时代，都把情字当成无聊的谈情说爱，实则不然，人与人，人与自然，自然与自然，都是有情有义的，只有"情"这个字，才能把一段烟火家常过得活色生香。

"隰桑有阿，其叶有难。既见君子，其乐如何。"写下这首民谣的女孩子，一定是一个羞涩的小姑娘，情窦初开的年纪，她喜欢上了一个人，因此心里便有了爱和喜欢，艰辛的劳作似乎也变得轻松起来了，心情也变得好起来，一棵棵再平常不过的桑树，在她的眼里，也有了动人之处。在彼时的她的眼里，万物的身上，都描绘着爱影。

《诗经》，怀着一种虔诚的信仰，为生活许下了一个执着不变的承诺，时而欢喜地在湄水之畔流连，在凄美的月色下踟蹰低回，在茫茫的苍原上传达爱慕与唱和，时而喜欢低吟着来表达爱慕的情意，时而记录着曾与心爱的女子有过的浪漫相遇，时而梦想以后美好的日子，这是需要我们用心去解读，去发掘的。简单质朴，优美深邃。在悠悠苍天广袤的大地上，有采卷耳的姑娘们，有在田园里劳作的小伙子们，他们回忆的是曾经沙洲河上那阵阵的欢声笑语，他们回忆的是时常流淌在梦里的那些美好的人生与理想，就这样揣着一份难言的情愫。他们的语言在古老的河流里辗转反侧，流淌了几千年，誓言传承亘古未变。

丁立梅曾写过一本《诗经里的那些情事》，书里面是她对《诗经》的理解，真挚感人。那悠扬绵长的曲调似乎是一阵微风，掀起了贝加尔湖面的层层涟漪，让人瞧见了一颗颗美好动人的初心。最让人惦念的时光，便是沐浴在秋日午后的阳光里，几两秋风，一本诗经，一壶老酒，愿与草木共饮。

《诗经》很美的啊，她生于尘世之中，带着尘世的烟火气，却又远远的，让人看不真切，也许是时间吧！给《诗经》蒙上了一层朦胧的纱。

超级女生：理性与诗情

在我的印象中，"理科生"一直都是那种埋头于实验与机械中，沉默寡言，且常是一副宽大的黑框眼镜在鼻梁上歪歪斜斜地倚着，好像一个站不稳，就能跌个跟头。更别提学理的女生了。可在那午间，她从容不迫地闯入我的眼帘时——我终发现只是自己的认知太浅薄愚钝罢了。挽起一小巧的发髻，长发及腰，她的唇边勾起一抹羞涩的浅笑。

我目瞪口呆。

书页的封面是她。我再三细细读她的个人简介：陈更，北京大学一般力学与力学基础在读博士生。我立即上网查阅，她真的是一个理科生。当我的视线落在她身上时，于我浅显的认知，她的出现无异于小行星爆炸撞了我的地球大脑（虽然我的脑袋没那么大）。我立刻翻阅开来，书页声中也藏了几分俏皮……几分钟后，我轻轻摇头，喃喃自语道："陈更，超级女生的存在……"

我为什么称她为"超级女生"？

一、工科博士的热爱

陈更 17 岁就以全校理科状元的成绩考入了同济大学，在令人羡慕的自动化专业，她成了一名名副其实的工科女。注重学业的同时，陈更骨子里从未消退的，对诗词歌赋的热爱，再一次被唤醒了。她参加中国诗词大会，更甚，出版了我怀里的这本"宝藏"——《几生修得到梅花》。

二、轻快俏皮的文风

她的文字别具一格。如果提起民谣界的风格歌手，我的脑海里第一想到陈粒。同样，在文学界第一浮现的就是陈更。也许正值女子最曼妙的年华，她写出的文字，不是华丽的辞藻堆积，却透出繁华盛世之感；不是一味枯燥地阐述诗与词的内容，像一脉清泉，汩汩地，冒个小水泡，灵巧极了！

她道"诗仙"李白：他在《蜀道难》里第一次将"一夫当关，万夫莫开"八个字放在一起，我们便有了一个形容难攻之天险的成语；他在《长干行》里描写小男孩儿找小女孩儿玩的场景，说他们绕着井栏奔跑，捡起树上坠落的青梅，你扔向我，我扔向你，以至于人们把这个场景凝固起来，凝成了一个形容情人从小相恋的成语——"青梅竹马"。

不提这词儿，我们甚至连描述一对佳人，都有手足无措之感。瞧瞧，她道的这李白，和寻常点评家道的，又是否有诸多不同？语言朴素，像是一个女孩儿，并未穿雍容华贵的衣裳，可骨子里流出来的活泼伶俐，又怎可藏得住呢？

她还说：范成大，一个想做星星的他。在《车遥遥篇》中，他诉"愿我如星君如月"，这首诗像在以第一人称的口吻讲故事。她的眼睛里仿佛住着星星，目光像星光一样清亮，她娓娓说着心事，嘴角还带着一抹浅笑。"车遥遥，马憧憧。"

我恍惚着，眼前似乎出现了那个少女的背影，单薄又充满希望。我想她的眼里，应该确实有星星发光着，照亮她的心。陈更就是这样，文风轻快又俏皮，看似平凡的字句后，却是一个又一个立体而又生动的人物。

后来，她又听到窗外呼呼的风声，秋天来了，起了西风。她的思念喷薄欲出。如果此前她还是安静地坐着，这时她一定站起来了！她快步走到窗前，看着秋风吹着落叶向东飞，奋不顾身的思念让她异想天开。"安得奋飞逐西风！"她更想让风吹起她，一路向东，一路向东，送到爱人的身边……此刻，我心底涌现的正是那样一个女孩儿，充满思念的她，深深关切远在东方的他啊……心灵的震撼，在胸口凝聚，那是怎样的震撼。诗词流浪的灵魂，在陈更的笔下终于有了归宿。

三、善于发现生活的道理

在文章中，不仅写出诗词的灵魂，陈更会发现生活中的小道理。她说在自己的生活里，有时候会走弯路，弯路一走，就是大半年的时间。每天起早贪黑，满怀期冀地做了很多事，但后来回头看，会发现最开始的一件事就错了，这大半年都白干了。但谁会避免出错呢？我感激自己在发现错误之前没有虚度光阴，在发现错误之后还能继续努力。于是懂了，什么是对生活俯仰无愧。

每每我读到这样对生活的感悟，读到的不仅是道理，更是她对生活的敬畏。在当今这个科技迅速发展的时代，能坚守这份初心又有几人？在这样的弯路里，在这样的醒悟里，获得的是坚韧的性格，能更从容地面对任何际遇。

集理性与诗情于一身的超级女生，她就是陈更！

傅雷先生的个人修养

　　傅雷的个人修养极高，不仅表现在艺术、文学真理上，更重要的是他做了一个好榜样给他的儿子。

　　他告诫儿子："你到别人家里，进了屋子，脱了大衣，留着围巾，常常把手插在上衣口袋里或者裤袋里，这两件事都不合西洋的礼貌。围巾和大衣必须一同脱在衣帽间里，不穿大衣时也要除去围巾。"礼仪体现对别人的尊重，也能赢得别人的尊重，所以傅雷先生教育儿子要注意个人礼仪，可想而知，傅雷也是一个非常谨慎注意细节的人，一个人只有养成了良好的礼仪习惯，具备了基本的礼仪素养，才能赢得别人的尊重和爱戴。

　　傅雷曾在给儿子的信中写道："国内的大水灾害迄今仍极严重，灾害的损失初步非正式估计已达十万亿，人民的生命财产更不知损失了多少。"不难看出他的忧国忧民之情，是一位具有高尚爱国情怀和民族大义的知识分子。

　　傅雷生活经验丰富，他说："人一辈子都在高潮、低潮中沉浮，庸碌的人，生活才如死水一般平静。或者要有极高的修养，方能廓然无累，得到真正的解脱。只要高潮不过分使你紧张，低潮不过分使你颓废，就好了。阳光太强烈，会把五谷晒焦，雨水太猛，会淹死庄稼。"这是一段极富哲学哲理的话，是想告诉自己的儿子：胜不骄败不馁，要理性地看待荣辱成败。

　　为了不让儿子走弯路，以免重蹈覆辙，他对儿子说，一个人唯有敢于正视现实，正视错误，用理智分析，彻底感悟，才不至于被回忆侵蚀。而我明白，只有正视现实的人才能够面对错误和失败，而且有望改正错误走向胜利，最终使自己成熟起来

　　傅雷 20 岁出国，出国前已经订婚，在出国的四年间，对夫人的看法三番五次的改变，动摇得很厉害。他觉得这个例子可以做傅聪的参考，使傅聪做事可以比他谨慎，便作为父亲，以自己的亲身经历告诉儿子，如何正确处理感情的问题，可谓是言传身教，毫无保留，从中也可以看到傅雷先生崇高的个人修养。

　　除此之外，傅雷对自己的要求也极高，他这样写道："学术第一，艺术第

一，真理第一，爱情第二，这也是我为此没有变过的原则。"说明傅雷先生是一个永远把艺术、学问和真理放在最重要位置上的人，希望儿子也能这样，同时也希望儿子能谦虚谨慎，靠实实在在的成绩说话。

傅雷也是个现实主义派，他说："自己责备自己没有现实表现，我是最不赞成的，这是做人的基本作风，不仅是对某人某事而已，我以前经常说的，只有事实才能证明心意，只有行动才能表现心迹。"傅雷希望儿子凡事都要用一系列的实际行动来证明，都要善始善终，心意如何也是应该通过实际行动来证明的。

他还对儿子说，一切做人的道理，你心里无不明白，吃亏的是没有事实表现，希望你从今以后一辈子记住这一点，大小事都要对人家有交代。这是父亲对儿子的期望，他希望儿子做一个行动派，凡事都要有求个结果。

傅雷教给儿子的都是他的生活经验，由此可见，傅雷的确是一个修养极高的人。

我命由我不由天

"我命由我不由天"，合上书，我的脑海里突然就蹦出了这句话。

保尔·柯察金童年不幸，但一直有一个当英雄的梦想，所幸他遇到了朱赫来，在他的引导下，保尔加入了布尔什维克，开启了他的不凡人生。他一次又一次闯过鬼门关，凭借他顽强的毅力生生地挺了回来。后来，哪怕他双目失明、双腿残废、左臂残疾，也从未结束掉他的革命生涯。

保尔十二岁时，没有一口热乎的饭菜，没有一点儿富余的零花钱，没有一句爱的叮咛，也没有美好的校园生活。他生活在苦水中，过着见不着光的食堂童工生活，每天遭受着食堂领导的责骂，他活得很苦，孤孤单单一个人，单薄的身板，却承担着沉重的一切，他也有梦想啊，他和大多数男生一样，在十一二岁的年纪里，他想当英雄，而他又和大部分男生不一样，当他们都被现实击碎梦想时，保尔仍坚定地守护着他的梦想，纯粹、执着，甚至守了一生。

后来保尔加入了布尔什维克，青春的满腔热血洒在了那里，而他也迎来了一次又一次的磨难，头部重伤、伤寒、瘫痪、双目失明……命运一次次捉弄这个眼里有光、坚定不移的年轻人，一次次考验他的赤子之心，可他无所畏惧。他不认命，也不肯在二十几岁的年华低下他高昂的头，尽管命运一次次将他逼上死路，尽管他离死神近了一步又一步，可他以强大的毅力撑过了这一切。是的，不可思议，多强大的内心才会与命运抗争。

我一直觉得保尔是个纯粹的人，当今社会，纯粹是很难得的，可他做到了。他纯粹地将自己的梦想坚持了下去，在利益面前，在命运面前，他仍然是那个第一个冲向火海的年轻人，他守护着自己内心的阵地，守了一年又一年，他的一颦一笑，那么纯粹，像是未经世事的少年，可他已经历了太多。

挣扎、彷徨、痛苦……一切令人绝望的字眼都压在了保尔身上，甚至要压碎他的梦想。经历了两次大灾大难的保尔仍忘我工作、斗争，以致体质越来越差，直至噩耗来临。他瘫痪了，后又双目失明，这会让一个年轻人生不如死，他无法再上战场，病魔夺去了他纯粹的梦想，日日夜夜，饱受打击崩溃，他想一枪了结了自己的一生，了结了现如今这个无用憔悴的年轻人，可"自杀，这是纸糊的英雄主义！"于是，保尔选择了另一种战斗方式，开启了他的写作之路，拿起了他的新武器继续进发！

正如作者所说："钢是在熊熊大火和骤然冷却中炼成的"，保尔历经磨难，终也炼成了钢，无坚不摧。

钢铁之魂

从古至今，素有"生于忧患，而死于安乐"这一道理。困难与挫折可以磨炼人们的意志，激发人们身体里大大的潜能，从而折射出更光辉的人格魅力。《钢铁是怎样炼成的》主人公保尔·柯察金就是个很好的例子。

保尔曾经问过自己："自己是否为争取归队，升华一生，使自己的生命更有价值而拼尽全力了呢?"回答是肯定的。没错，保尔一生中遇到了很多困难，但他并没有因此退缩，而是迎难而上，最终也练成了钢铁之魂!

他一直都在拼尽全力地工作，争取归队，上级派下的任务都会认真且出色地完成。可为此，他却四渡鬼门关，差点儿因为某些原因而丧失生命。可就算他与死神的翅膀交过面，最终也还是成为成功的人。正如他所说："我把整个生命和全部精力献给世界上最精彩的事业了。"这些就是他奋斗的写照!

多少英雄和伟人，都是在熊熊烈火的困难中锻炼出来的，正如"宝剑锋从磨砺出，梅花香自苦寒来"，和保尔·柯察金相比，我既没有他的勇气，也没有他的魄力，更何况我在生活与学习中遇到的困难与他相比实在是微不足道，那我就更不应该去怨天尤人、唉声叹气。不论未来的人生道路上是芬芳的玫瑰，还是悚人的荆棘，我都要向保尔学习，一如既往地坚定自己的理想，用坚强的意志战胜种种困难，为了理想而奋斗，珍惜生活中一点一滴的时光，不让这些大好时光白白溜走，努力地不为虚度年华而后悔，从现在开始，不断付出，我坚信，任何路途中的大风大浪都不会阻止我前进，要永不停下追梦路上的脚步，像保尔·柯察金一样，炼成钢铁，升华自身，让理想不再是一片迷茫，在内心铸就钢铁之魂!

提到这本书，我也会想到这本书的作者奥斯特洛夫斯基，他就是现实生活中的保尔·柯察金。在写作过程中的他，就像保尔一样全身瘫痪、双目失明，可他依旧坚持了下来，这本书的创作就是一场艰难的斗争。他在艰难中逆流而上，不懈努力，终究换来了成功，这也是一种钢铁之魂的体现。无论多难都要微笑着面对，这也是人生中必不可少的心态。

哦，对了，说到梦想与理想，它们是成功之本，也是我们成功路上的关键与根本。人生之路，可以说不平而曲折，在人生路上遇到的种种苦难都需要理想作为动力！

保尔精神伴我同行

一谈起保尔·柯察金，相信每个人都会不约而同地想起《钢铁是怎样炼成的》这本书，作为一本经典的抗战著作，他的主人公保尔·柯察金可谓是传遍了大街小巷，而这名战士在战斗中所表现出来的精神与意志更是如同一颗闪耀的华星，在墨一般的黑夜中熠熠生辉。那么，处于新时代的我们又应该传承他什么样的精神品质呢？

一、勇敢无畏的精神

保尔在战场上无疑是充当着马前卒的角色。面对敌人的枪林弹雨，毫不退缩，用小小的身体为队友指引一条光明大道；面对强权与压迫，不妥协，不放弃，用自己的方式捍卫国家的尊严。我印象最深的就是当水兵朱赫来被一个彼得留拉匪兵用刺刀押着去监狱时，年仅十四岁的保尔那样勇敢地扑上去，猛地夺走了匪兵的枪，和朱赫来一起制服了他，就这样从一个士兵手中救走了朱赫来，原文是这样说的："留着棕黄色小胡子的押送兵走到保尔跟前，保尔出其不意地向他扑过去，抓住他的枪，狠命地往下一按。刺刀当啷一声撞在石头路面上。"多么震撼人心的举动啊！这样一个小小的少年就能做到这种程度，难道我们不能说他是勇敢的英雄吗？

二、坚持不懈的精神

再强壮的身体终究也是肉体凡胎，铁一般的保尔也躲不过病魔的侵扰。有一年冬天，战士们在修建铁路的时候，保尔不幸染上了肠伤寒，在体力的飞速消耗和身体的痛苦变化双重压力下，保尔明明可以选择舒舒服服地躺在病床上，看着队友们继续和大雪作斗争，可是他没有，虚弱的他选择强撑着身体坚持去工地上工，仅仅是不想让本就人员紧缺的队伍少一双干活的手，直到他的能量全部耗尽，这个坚强的少年才放松地陷入沉睡。

三、知错就改的精神

没有人会不犯错误，可关键在你会不会主动承认错误。保尔就曾经陷入迷途，反对党的决定，可是很快，他就认识到了自己的错误，并立即采取行动——在党与反动派的对抗进入白热化的时候，首先站出来，用一次激动人心的讲话，表明了自己对党的忠心与支持，把错误扼杀在了摇篮里，而这样的决定，又需要多么坚强的内心呀！

钢铁的铸造，需要炽热火焰的融化，钢锤石块的磨打，冰冷水流的塑形，才能在蒸腾的热气中显现出坚毅的棱角。

正处于和平时代的我们，又何曾不是在经历着没有硝烟的战争，所以，我们更应该坚守老一辈的高尚精神，从现在做起，用实际行动，努力将自己铸造成一个新时代的保尔·柯察金吧！

我心震撼

春光融融，书香淡淡，我坐在书桌前，细细地品读《钢铁是怎样炼成的》这本书。

书中的"人最宝贵的是生命。生命每个人只有一次。人的一生应当这样度过：回忆往事，他不会因为虚度年华而悔恨，也不会因为碌碌无为而羞愧。临死的时候，他能够说：我的整个生命和全部精力，都献给了世界上最壮丽的事业——为解放全人类而斗争"这段话带给我深深的震撼。

这是何等坚强而伟大的灵魂，我震撼于保尔面对悲惨人生的坚强，震撼于他对生命顽强的执着，震撼于他对革命胜利的坚定信念。

人应该有伟大的理想，有了理想才会有行动，有了行动才会朝目标更近一步，只有尽了最大的努力，人生才不会有遗憾。

面对保尔，我何等的惭愧。曾经的我缺少奋斗的目标，碌碌无为。此刻的我，充满羞愧、遗憾、悔恨，我会把过去的一切变成我成长的催化剂，让自己成熟、睿智。保尔的话深深地震撼着我，督促我朝着自己的理想目标奋力向前！

我震撼于保尔努力为共产主义理想而奋斗，更感动于保尔对革命理想的无限忠诚。

"我在自己的生命里也曾经历过遗弃和背叛的痛苦，可是有一种东西却救了我，我的生活永远是有目的的，有意义的，这就是为社会主义而奋斗。"

在对待集体与个人、公与私、生与死等重大问题上，保尔时刻把党和祖国的利益放在第一位，表现着他崇高的共产主义道德品质。在与冬妮娅分别的时候，保尔坚定地表示自己先是属于党的，一切都会以党为先，党的利益永远高于一切，这就是对革命理想的忠诚。

保尔在历练与考验中成长，无论是战场上的搏杀，感情上的波折还是工地上的磨炼，都没有让他倒下，反而使他更顽强地与命运斗争。这一切不正源于他对革命理想的无限忠诚吗？

保尔即使在伤病让他不得不卧在病榻之上时，仍然没有向命运屈服，而是克服种种困难，拿起笔，以顽强的毅力进行写作，自始至终没有向命运低头。

他缓慢地，一行又一行，一页又一页地写着，他忘却了一切，全身心地沉浸在书中的人物形象当中，也初次尝到了创作的艰辛。有时候那些生动难忘的景象，清晰地重新浮现在他的脑海里。但他无法用笔墨表达，写出来的字句显得那样苍白无力，缺少生气和激情。已经写好的部分，他必须整页整页，甚至整章整章地背诵，因此母亲有时觉得他疯了。

这种超人的顽强意志震撼着我，也时时提醒着我，困难是磨炼坚强意志的法宝。一个人只有在艰难困苦中战胜敌人，战胜自己，才会创造出奇迹，才会成长为真正的钢铁战士！

挫折是成功之本，是一种勉励，是一种积累。在以后的工作生活中，我们也要像保尔那样迎难而上，克服困难，在种种的考验中百炼成钢，蜕变为一名新时代的钢铁战士！

暖阳依旧，书香更浓，我心更坚。

涅槃重生

读完《钢铁是怎样炼成的》这本书已经有一段时间了，但"钢是在烈火里燃烧，高度冷却中炼成的，因此它很坚固。我们这一代人也是在斗争中和艰苦考验中锻炼出来的，并且学会了在生活中从不灰心丧气"。这句话却依旧盘旋在我的脑海中，久久不能散去。

《钢铁是怎样炼成的》是苏联作家奥斯特洛夫斯基的长篇小说，故事的主人公名叫保尔·柯察金，他的人生历程十分坎坷：小时候他因受不了神父平日对他的所作所为，在复活节时往神父的面团上撒烟灰，致使他被学校开除。十二岁时到车站食堂当杂役受尽凌辱，后又参军当兵，在某次战斗中受了重伤，因为种种伤病只能长期住院治疗，最后双目失明。

身为读者的我，对保尔的经历都不禁感到心痛和怜惜，更何况这些苦难的直面者保尔呢？他当时的人生跌入低谷，曾萌生过自杀的念头。然而保尔没有沉浸在痛苦之中不能自拔，而是痛苦过后重新拿起新的武器。

可以说，保尔的一生一直在向不公的命运挑战，向自身挑战！鲁迅先生曾说过："真正的勇士敢于直面惨淡的人生，敢于正视淋漓的鲜血。"保尔便是这样的勇士，在苦难的重重打压下，他最终站立起来，透过苦难的缝隙，他又重新拾起生活的勇气。

"人的一生应当这样度过：回忆往事，他不会为因虚度年华而悔恨，也不会因为碌碌无为而羞愧。临死的时候，他能够说：我的整个生命和全部精力，都献给了世界上最壮丽的事业——为解放全人类而斗争。"看到这段文字，我总会感受到满腔的力量。我为自己所处的和平年代而庆幸，同时又十分敬佩这些为人类解放事业而奋斗的人们。

从青春年少到壮士暮年，保尔一直都在为革命事业而奋斗，他的目标十分明确。我不禁反问自己，我的目标是什么呢，我该做些什么才能让未来的自己不会后悔。

而现在的我却还给不出答案。

保尔的精神值得我们所有人学习。这种精神不仅没有过时，而且应成为当代人所应具有的宝贵品质。在今后的人生中，我们应如保尔一般，拥有坚持不懈的品质，为自己准确的人生目标而努力奋斗，让未来的自己无怨无悔！

致敬"钢与火"的经典

生命不息，奋斗不止，平凡的生命，也能造就不平凡的人生。烈火的洗礼，成就的是钢铁的坚固，布满荆棘的人生路，通往的是冬日的尽头。致敬，这部"钢与火"的经典，也致敬，一位平凡且伟大的英雄。

主人公保尔，一位无私的无产阶级革命者。少年时期，他饱受黑暗社会的不公与欺辱，亲眼见证着一桩桩黑暗的往事却又无可奈何。经过朱赫来的引导，他走上了革命的道路。因为他选择了信仰与理想，所以不止一次地放弃了自己的个人生活与爱情。直至全身瘫痪，双目失明，将自己的身体健康与一切都交付给了理想与革命。他仍不肯停下脚步，用那残破不堪的身躯，继续奋斗着……

"钢是在烈火与骤冷中铸造而成的……"保尔本可以与他人一样，在世界的角落蜷缩着度过一生，但是他选择了那条燃烧着熊熊烈火的路。而这一去，就永不回头。在保尔的身上，我看到了崇高的革命理想，感受到了高尚的道德情操，认识到了忘我的奉献精神。我敬佩保尔，敬佩他不向命运低头的勇气，敬佩他不甘平凡度过一生的决心。

没有人不喜欢平静与安逸，没有人想体会残酷与战争。可当你在那不起眼的角落虚度完自己的一生时，回首往事，你是否感到不甘，是否会愤恨自己为何没在有能力的年龄去造就一些不平凡的事情？不要在最好的年纪选择安逸。像保尔一样，拿出自己全部的勇气，去布满荆棘的路里，闯一闯。即使遍体鳞伤，即使最后没能走到尽头，回首看到已被自己踏平的路，不后悔就够了。

我们应时刻提醒自己，不要停下自己的脚步，应时刻在心中回忆，保尔那永不低头的勇气。

"人的一生应当这样度过：回忆往事，他不会因为虚度年华而悔恨，也不会因为碌碌无为而羞愧。临死的时候，他能够说：我的整个生命和全部精力，都献给了世界上最壮丽的事业——为解放全人类而斗争。"

致敬，这部"钢与火"的经典，也致敬，永不平凡的保尔·柯察金。

钢铁是这样炼成的

钢铁是怎样炼成的？

当我轻轻合上这本苏联名著的时候，我心里便对这个问题有了答案。

炼成钢铁的第一个要素，是敢爱敢恨，敢于质疑。当其他学生都顺从地听着神父关于世界的谬论时，保尔却用偶然间听到的高年级的知识对他提问。尽管保尔后来因为与神父的恩怨被开除，但敢于质疑实在是一种难得的品质。从古至今，多少位伟人之所以能够在历史书上留下美名，就是因为他们不盲从权威、不随波逐流。以这次的新冠病毒感染为例，如果大家能够从一开始就敢于发声、意识到事情的严重性，或许造成的损失就会减少很多。

炼成钢铁的第二个要素，是有目标、有决心、愿意为目标而奋斗。保尔几经生死考验，身上留下大大小小的创伤。若是寻常人，遇到这种情况，早就收拾行李回家享受生活去了。可是保尔偏不，当他的伤寒好些之后，他还是提出了"恢复团籍"的愿望，希望自己尽管不能再上战场，还是可以为党的事业做出一份精神贡献。可见保尔把党的事业看得多么崇高、多么重要啊！我们也应该坚定目标，这样当疲惫不堪或遇到挫折、心力交瘁或烦躁不已时，想到只要再坚持一下，自己长期以来追逐的梦想就会在不远的未来实现，心中就会多一份期待、一份希冀，支撑我们继续前行。不认真对待自己的目标，钢铁怎能成型呢？

炼成钢铁的第三个要素，是拥有坚强的意志，不轻易放弃。在书的最后一章中，保尔已经全身瘫痪，双目失明，却依旧坚持通过无线电广播学习，并克服重重困难创作出了《暴风雨所诞生的》这本书。正可谓是"上帝给你关上了一扇门，定会为你打开一扇窗"，保尔正是凭借顽强的信念有力地推开了这扇窗，披荆斩棘，冲破黑暗，找到了光明的方向。所以，无论学习、工作或生活中遇到多大的风雨，都不能长时间地沉浸在无限悲伤和忧愁中，要成为情绪的主人，而不能被情绪所左右。遇到事情，要努力使自己镇静下来，理性地思考所面对的问题，通过不懈的探索与寻觅找到突破口。我现在已经意识到如果没有坚强的意志，钢铁就不可能被炼成。

对我们每个人来说，所谓的炼钢铁无非是自我修炼、自我提升的过程。"宝剑锋从磨砺出，梅花香自苦寒来。"生命属于每个人只有一次，我们必须好好珍惜，磨砺品质，把自己打磨成钢铁般的巨人。

为了活着，而活着

《活着》，是一本相当"致郁"的书。

看这本书的时候，最好是在深夜，零点左右，身边除了浓郁的夜色和一丝微弱的灯光，什么都不要有。

灯光一定不能太亮，朦朦胧胧的，能看清字就可以。

与灯光相反的，是自己的思维。读这本书，必须要保持高度的清醒，接近于冰冷的清醒，一定不要让你的感性占了上风，作者没有在书中留下一丝一毫喘息的时间。

如果熬不了夜，可以备一杯清茶，越苦越好，但不能换成咖啡——毕竟外国人的东西，品不出中国农民的苦。

有条件的话，可以戴上耳机，听一下《Brave Soul》，我想，这首曲子可以帮你更好的理解《活着》

准备好这一切，就可以开始读书了，不要问我结局是怎样的，我说不出来，非要一个标准的话，大概是最真实的悲剧结局。

故事的主人公是福贵。

他的故事也很老套，就是一个富家子弟败光家产迷途知返但又接连失去了一个又一个亲人却还坚强地活着的故事。

然而这个故事并没有留出让读者喘息的机会，福贵用平淡的像白水的语气对"我"（余华）讲述着他的故事，他自己这一生的故事，从双亲的过世到白发人送黑发人，没有哽咽更没有痛哭，仿佛他只是一个机器人，在给大家播放一个事先录入的文字，仿佛他只是一个旁观者，而不是故事的主人公。

就是这种平淡的语气，像是腊月里在水中浸泡过的铁锤，闷声砸在读者心头，让人喘不过气，又哭不出声。很难想象，富贵用了多长时间才接受这一位又一位挚爱的离去，以至于他可以向每一个想要倾听的人诉说，诉说着一个称得上是悲剧的故事，属于他的故事。

最先离开福贵的，是他的父亲，他这个败家子，把他爹活活气死了。

他爹的一生也很耐人寻味，老祖宗两百多亩地的家业被他败得就剩一百多亩，自己的儿子福贵也继承了这一点，把这一百多亩也败了去。福贵输光了家产回家，他爹没动手打他，可谓上梁不正下梁歪，也许他爹想到了自己，下不去手吧。

他爹临死前对福贵说，徐家出了两个败家子啊。

在他手里，牛变成了鹅，在他儿子手里，鹅又成了鸡，最后到底是连鸡也没了踪影，徐家出了两个败家子啊！两代人输光了祖辈们的家产，想想还真是一个黑色幽默。不过笑不出声来罢了。

然后走的，是福贵他娘。老太太到死都在说，福贵不可能去赌的，这是为福贵说的，也是对家珍说的，她知道自己活不了多久了，可她不想让自己的儿子彻底成了孤家寡人。

老太太没能熬到福贵从前线回来，福贵也没能见到自己母亲的最后一面。

再后来，福贵的儿子也死了，他甚至还没长大。他是为了救县长夫人，被无良医生活活抽干了血而死的。

读完这部分后，我简直不敢相信自己的眼睛，早上还活蹦乱跳的有才，下午怎就成了一具冰冷的尸体？有才死了，死在了医院里，死在了一群医生的面前。没人关心这个孩子的死活，所有人的注意力都在那个县长夫人身上。

读到这里，噙在眼眶里的泪，流了出来。我哭不出声音，便把窗户开开，外面正下着雨，我把手伸出去，觉得我的手比雨水冷。

面前是无尽的黑，厚重的雨幕模糊了色彩与距离，我看到了死亡如魔鬼狰狞着面孔张牙舞爪般的残酷。书中这几句话的描述就平静得如一潭死水，仿佛死的根本就不是自己的儿子，而是一只小猫或小狗。越是平静越能使人压抑。看到那一句'你真是胡闹'后真恨我自己才疏学浅不能将世间万般骂人的话全搜罗来安排到这个医生身上。杀人得偿命！我也想上前揪住医生的衣领，挥起一拳，狠狠砸到那个把人命分成高低贵贱的畜生脸上，他根本不配被称作医生！

福贵的儿子死了，为了救县长的夫人而死，而县长竟然是福贵曾经的战友春生，看到这儿，我都不知道应该露出怎样的表情，只觉得心里像吃了黄连般苦涩。富贵冷静下来后默默地接受了这个现实，撂给春生一句话："春生，你欠我一条命，你下辈子再还给我吧。"他的内心承受了多大的悲痛才能将这一条命换成一句话，我不得而知，不敢猜，更不敢想。换作是我，我绝对接受不了这个事实。

很多人都在想，为什么活着？对于福贵来说，人就是为了活着本身而活着，这位老者见证了太多的生死，也知道什么叫作大起大落，他这一生活得算不上精彩，但他活得清清楚楚。他知道自己阻止不了天灾人祸，所以干脆泰然处之，平静地接受了一切。

余华说，在中国，对于生活在社会底层的人来说，生活和幸存就是一枚硬币的两面，它们之间轻微的分界在于方向的不同。对《活着》而言，生活是一个人对自己经历的感受，而幸存往往是旁观者对别人经历的看法。

我们不需要别人的肯定，每一次呼吸，都在证明着我们自己还活着，努力地活着，还能见到第二天的太阳，还能读好多书，吃好多好吃的，遇到自己爱的人和爱自己的人，毕竟再渺小的希望，在绝望面前都有无限大的可能。

是不是我们想要的太多太复杂，才会认为生活艰难，才会认为自己活着没有意义。也许活着本身就是意义，只要还活着，就会有精彩人生的可能。

浪　子

　　余华在他的自序中说："人是为活着本身而活着，而不是为了活着之外的任何事物所活着。"东野圭吾在《变身》中说："所谓活着并不是单纯的呼吸、心脏跳动，也不是脑电波，而是在这个世界上留下痕迹。要能看见自己一路走来的脚印，这才叫活着。"

　　初读《活着》，我感受到的只有悲伤和凄惨，对浪子福贵只有同情，我认为作者要讲的只是一个单纯的凄惨故事，却不知其背后的深意。

　　再读《活着》已是成年。

　　《活着》介绍的不只是一个故事，更是一种时代的发展。从封建社会到国共内战，又到"文革"，再到改革开放，主人公福贵从富家少爷到穷苦农民。他教会了我两样东西。

　　一是珍惜。珍惜爱你的人，珍惜不爱你的人。我们不知道哪一面是最后一面，所以我们要珍惜在一起的每一段时光。福贵说过："家珍是个好女人，我这辈子能娶上这么一个贤惠的女人，是我前世做狗吠叫了一辈子换来的。"可说这句话的时候已经晚了。当身边的人一个个都消失后，我们才能感受到孤独。当我读到福贵把亲人们都埋到一起时，我不禁泪流满面，他的世界只剩下了他自己，可他还没有让亲人们过一天好日子，他心中留下的是遗憾。当我读到他为了让牛感到不孤单，给凭空想象的牛分别取上亲人的名字时，眼泪又不禁夺眶而出。他不仅是为了让牛不孤单，也是为了让他自己不孤单，更是对亲人们的一种弥补。人生中生离死别是不可避免的，重要的是死亡之前回想自己的一生而不觉得遗憾。

　　二是乐观。在面对一个个亲人的离开，福贵哭过、沮丧过、挣扎过，可他却没有放弃活下去的希望，而是唱着"皇帝招我做女婿，路远迢迢我不去"。读到这儿时，谁都不会想到这是从一个没有家人的老汉口中唱出来的。从他的生活经历中，我读到了心酸，读到了无奈。他从一个浪子变成了一个老实的庄稼人，他经历了很多，这也让他学会了很多：他学会了任何时候都不要放弃活着，学会了任何困难都可以笑着应对，学会了不抱怨。这是最难得的。

现实生活中的富贵并不少，他们有的是与福贵同样的经历，却很少有人有与福贵同样的精神，当我们真正读懂浪子福贵时，我们也就读懂了《活着》。

为何而活

书架上的书纷杂繁多，但唯一能让我重读数遍的，只有这本余华的《活着》。

本书主要讲了福贵坎坷的一生。他所经历的一件件事，失去的一个个人，皆如刀锋刺痛着福贵的心。父亲、母亲、儿子、妻子、女儿、女婿、孙子的相继死去，无疑给福贵的心捅了一刀又一刀。家人如落叶般纷纷飘落，只剩光秃秃的树干，可惜来年再无春天。

初读，我只觉得意味深长，却又觉得这故事略显离谱，家人纷纷离世，如此悲痛的事情怎会接二连三地发生在福贵身上，可这颠沛流离的悲惨身世也着实让我感同身受，我似乎也体会到了这种亲人皆散的悲痛，似爪挠刀削一般痛苦，一次次地折磨着他。他的眼中似乎只有悲观与绝望，令我深表同情。

我又兴致未消地再读了一遍，却发现了些其他的东西：在福贵败光家产后，父亲没有埋怨他，只是让他把钱票换成铜钱去还钱；母亲虽行动不便，但还坚持劳作，还告诉他，"只要一家人天天在一起，穷也不怕"；在福贵纵情享乐、花天酒地时，他怀孕七个月的妻子却跪着求他回家，但受到的只是谩骂；在败光家产后，他的妻子家珍非但没有离去，反而对他说"只要以后不要再赌了就好，不怪你"；在女儿被送走之后，并没有哭闹；在儿子穿着破鞋劳作时，也毫无怨言。如此看来，福贵有个多么幸福的家庭啊！却逐渐支离破碎，这般跌宕起伏，更为福贵伤口上撒了一层厚厚的盐。

在他家道中落之时，他并未一蹶不振；在被抓去充军时，他也未曾怨天尤人；在亲人接连离去之时，他也从未放弃。他始终坚强地活着，他会因为对家庭的负责坚挺下来，不会因亲人离去而放弃剩下的亲人，直至孤身一人，他也从未要放弃自己。

人生哪有什么一帆风顺，坎坎坷坷才叫活着，活着，就是为了自己和家人的那一份信念，为了比个人生命更重要的东西。

平凡人生，却不甘于平庸

  人的一生总是平凡的，每个人都不过是浩渺宇宙中一粒极其微小的尘埃，但人们又总能在短暂又平凡的一生中绽放出绚烂的烟花，让生命不再平庸。

  双水村，黄土高原上的一个小村庄，民风淳朴，这里是孙少安和孙少平的家，平凡而又不平庸的一生便从这里开始。

  少安是个地地道道的农民，本分地在土地上劳作，可他有思想，不同于其他的农民。当年的人民公社化运动使许多家庭得不到温饱，他就对猪饲料地的边边角角动了些想法，偷偷地承包给社员，尽管最后遭到了批斗，可是一队的村民们心中却是对他充满了无尽的敬佩和感激之情。少平跟他哥不一样，他高中毕业并且爱好文学，思考问题更深入，他没考上大学，只好回家种地。可他不甘心呐，他读过书，有文化，知道外面的世界是多么的精彩，他也想去体验。独自离家，他来到了县城，却为了生计被迫当了揽工汉，他没有屈服，而是一次次向命运发起了搏击。

  我们应该学孙少安做个有大爱的人，学孙少平做个有梦想的人。

  这是路遥用了六年时间写的一部长篇小说。整本书用了这么多的文字来指出一个尖锐的社会现象，那就是：贫富差距。润叶之所以没有跟少安在一起，就因如此。润叶是村书记田福堂的女儿，少安却只是农民孙玉厚的大儿子，在当时的社会背景下，润叶应该嫁给吃公家饭的干部，少安应该娶一个精明能干又持家的女子。最终的结果也的确如此，少安的婚礼成了他和润叶爱情的葬礼。在孙少平与田晓霞的感情中，少平最初是自卑的，他是个自尊心很强的人，却家境贫寒。晓霞却是地委书记田福军的女儿。贫富差距，这个现在在我们看来似乎有些荒唐的词语却是一个很现实的问题。就像小说中所描写的，在有些贫民只能扫点观音土充饥的时候，有些干部的饭桌上每顿好吃好喝，吃不完的就倒掉。现在，依然有许多国家和地区连基本的温饱问题都解决不了，有些富二代却拿着钱到处挥霍。

  这又令我联想到了当年资本主义国家的经济危机。一个小女孩站在寒冬的街角，饥寒交迫。有人问她："孩子，你怎么不回家吃饭呢？"她回答说：

"不行，我们家轮着吃饭，今天轮到我妹妹了。"令人心寒的话语，可穷人的生活真是这样子。但在上流社会呢？仅 1933 年一年，美国就活活淹死 640 万头猪。这是资本家为了抬高物价所采取的令人发指的措施，毫不顾忌在死亡线上挣扎的贫民。这种行为的结果是，资本主义国家富人会更富，穷人会更穷，距离只会无限地被拉大，不会缩小。

有时我会想：如果少安和润叶在一起；少平和晓霞在一起；向前的双腿依然健康；红梅没有在毕业那天偷手帕，她和顾养民走到了一起；金波在青海找到了他心爱的姑娘……结果又会是怎样的呢？他们就真的一定会生活得幸福吗？拿少安和润叶举例：少安是生长在土地里的孩子，即使后来他开了砖厂挣了钱，也终归是个农民。可润叶不一样，她是一名教师，她的人生观、世界观、价值观都是不同于少安的。他们的思想不同，生活在一起就一定会幸福吗？答案是不确定的，或许他们的感情依旧会以悲剧告终。还有少平和晓霞，他们工作在不同的城市，又怎能在一起生活呢？小说以洪水中晓霞的牺牲为他们的感情画上了一个句号，美丽的古塔山约会只留少平一人静静守候。其实，这个世界上根本没有正确的选择，我们只不过是在努力奋斗，使当初的选择变得正确。

我们不可以选择人生，因为那是命运的决定，但我们可以通过努力来改变人生。少安通过努力办了砖厂，少平通过努力当了煤矿工人，兰香通过努力考上了大学，晓霞通过努力当上了省报记者……奋斗，可以使人生更有意义。青春就是要勇敢，愿每个奔跑在追梦路上的人都勇于拼搏，敢于担当。

以梦为马，以汗为泉；不忘初心，不负韶华。

活成一束光

假期里迷上了《平凡的世界》，一口气把三部书读完后，仍不过瘾地看完了根据小说改编的电视剧。闭上眼睛，书中的一幕幕在脑海里回荡缠绕，难舍难弃，平静如水的心灵顿时激起层层涟漪。

与其他人不同，我并不青睐主人公孙少平，而是更偏爱其中的配角田晓霞。可以说，她是书中所塑造的最完美的人物形象，从她的出场就可以看出，她与其他女孩儿的不同——"田晓霞外面的衫子竟然像男生一样披着，这让孙少平感到无比惊讶。"她打破了人们对女性的传统印象，风风火火地闯进了少平的生活，成了他生命里的一束光。她敢于批判虚伪的社会现状，敢于打破世俗追求爱情，敢于跳入洪水之中挽救幼小的生命。活泼、率真、洒脱、自由，晓霞活成了所有人想要的样子，正如她的名字一般，温暖如破晓的朝霞，积极向上，充满力量。霞光虽美却也稍纵即逝，晓霞的纵身一跃，将她的生命永远定格在了最美好的年华。

很多读者为晓霞感叹不值，但我却理解并支持晓霞。宁愿轰轰烈烈死，绝不平平淡淡活。生命的意义绝不仅是简简单单地活着，而是应当活出风采，活出价值，活成一束光。

读完整本书，心里一直像有一块巨石压着，闷闷的。书中无论是谁，似乎都没能有一个圆满的结局。晓霞在花一样的年纪离开了人间；少安的砖厂终于有了起色，妻子秀莲却患了肺癌；少平在经历了失去挚爱后又因事故而毁容；润叶终于愿意接受向前，可向前却因为车祸成了残疾人。在这个平凡的世界上，这些再平凡不过的黄原人民经历了一次又一次的磨难，有的人倒下了，失去了对生活的信心；有的人仍然站着，带着饱满的热情拥抱生活。前者永远甘于平庸，后者永不甘于平庸。而平凡不是平庸，它是在普通的日子里活出风采，它是在苦难中坚强不屈向阳而生——少安战胜了苦难，活成了一束坚强的光；少平不甘于平庸，活成了一束刚毅的光；晓霞舍己救人，活成了一束最灿烂最美好的光。他们在那个贫瘠的黄土高原上绽放出万丈光芒，在这个平凡的世界上留下了精彩。

路遥在书中写道："其实我们每个人的生活都是一个世界，即使最平凡的人也要为他生活的那个世界而奋斗。"是的，人可以平凡但不可以平庸。对生活，我们要充满热情，不断追求精神世界的完善；对苦难，我们要充满希望，不断寻求胜利的曙光；对人生，我们要有明确的目标，不断突破自我实现人生价值；对平凡，我们要活成一束独一无二的光。

平凡的世界，不平凡的人生

每每翻开这本书，领略到来自西北人民的"平凡"生活，我的心便为之一震，因为这看似平淡无奇的生活实则一点儿都不平凡，谁都无法预料故事的发展，就如同谁都无法预料将来的人生，在故事中漫游，体会人生百味。

孙少平，一个在上学时候只能在别人饭后才敢去吃黑面馍的人，一个与之有相同遭遇的郝红梅因贫穷而抛离而去的人，一个只有最好的朋友才为他打抱不平的人，一个甘愿吃苦受累甚而下煤矿冒险挖煤的人，凡此种种不幸，他却都抛之脑后，人生道路也因此而丰富多彩。一次偶然机会，他开始读书，从此便有了自己的精神家园。面对哥哥少安砖厂的邀请，这原本是一个富足安定的好机会，他却毅然离家，独自前往县城打工，哪怕活儿更累、钱更少，却义无反顾，只为开阔眼界。"钱当然很重要，这我不是不知道，我一天何尝不在为钱而受熬苦。可是，我又觉得，人活这一辈子，还应该有些另外的什么才对！"这是一个眼界狭窄的"平凡人"所能脱口而出的话吗？而如今，世间纷纷攘攘，人们都在为了钱奔忙，却把"另外的什么"抛之脑后，埋没了梦想，放弃了追求，任凭一次次机遇飞逝，甘愿被埋没在人流中，那这与"咸鱼"有什么分别？

少平的哥哥少安，那个因为贫穷而放弃学业的人，那个因为家庭而放弃自己青梅竹马的人，那个凭一己之力而顶起一个家的人，那个敢于改革创新的人，那个因为多划点猪饲料地为村民谋福利却被批判的人，在白手起家的途中三起三落，却没向命运低头，始终越挫越勇！

"文革"期间，他凭一己之力撑起了一个家，推行家庭联产承包责任制后，机缘巧合，娶到了一个勤劳的妻子，并抓准时机，从无到有，建起了制砖房，正在生意兴旺扩大砖厂之际，却被"师傅"给骗了，一下跌入谷底，但并没就此沉沦，不仅让砖厂之火再度燃起，而且一举收购了县里的砖厂，走向人生巅峰！试问，是什么人能够白手起家？是什么人能够东山再起？这是没有抱负、没有勇气的懦弱之辈所能做到的吗？人的一生不会风平浪静，成功也不会自己找上门来，机遇总是留给有准备的人！

在这个喧嚣浮躁的时代，每一个拥有梦想的人都该重温一遍《平凡的世界》，他让你懂得，尽管命运有不公，尽管社会有不平，但只要自己不屈不挠，艰苦奋斗，勇往直前，那你终能成功！每一个浑浑噩噩虚度人生的人更应该读一读《平凡的世界》，他会让你明白生命的可贵，懂得珍惜！

不一样的田晓霞

　　《平凡的世界》是作者路遥耗时六年写就的巨著，反映了中国社会的发展变迁和劳动人民的生活变化，堪称经典。在路遥塑造的女性角色中，我最喜欢的是田晓霞。

　　田晓霞是那个年代"另类"的一个女子，她个性突出，天资聪颖，小时候就展现出了她不同寻常的思想。有一次，父母带她去逛动物园，她问父母："这个世界上什么动物最残忍？"父母回答："老虎狮子最残忍。"她却一口否决，语出惊人地说："人最残忍，因为人把老虎狮子都关在笼子里。"让她的父母哑口无言，也让我大为吃惊。这样一个小小的女孩子，怎会有如此非凡的思想和见识！

　　田晓霞出身于高干家庭，父亲是一心为民的国家干部，母亲是救死扶伤的医生，在这样的家庭里长大，晚霞所受的教育是普通同学无法与之相比的。与孙少平成为好友后，晓霞的博学多才、见多识广、非凡思想更是体现得淋漓尽致。她是少平精神上的导师和知音，她将父亲书架上的报纸悄悄地带给少平看，与少平一起读经典、谈人生，海阔天空地畅聊。她甚至敢于抨击时事，敢于在父亲面前发表自己的不同看法，她敢想敢做，风风火火，从不畏惧什么，也难怪父亲有时会亲切地称呼她为"假小子"。我不禁又想起了润叶，润叶同晓霞一样美丽、聪慧，但她缺少了晓霞的洒脱与不羁，她被深深禁锢在那个时代女性的模板中，错失了理想中的爱情。

　　高中毕业后，晓霞和少平仍有来往，他们从朋友发展为知己，从知己发展为恋人。她不同凡俗，敢于放下身份、地位等世俗之见，敢于冲破时代的思想羁绊，与揽工汉（后来成为煤矿工人）少平相恋！甚至会因为想念少平，去矿场找他，还不怕脏地下井参观。他们给彼此的世界添上了阳光，他们的爱情是真正跨越了世俗的界限，是两颗心灵的交汇与爱慕。正因此，他们才没有重蹈少安与润叶的覆辙，才有勇气相恋相爱，才会做出古塔山下的约定。这才是真正的爱情，亦是我心目中的爱情。

　　作为省报记者，晓霞是勇敢的、机智的、具有冒险与献身精神的。所以，在突发洪水时，她会二话不说拎起包就跟着吴仲平去了前线；在当地公安局长对不肯撤离的农民无计可施时，她才会当机立断，命人架着枪赶着农民脱离险境；在看到小女孩儿身处险境拼命呼救时，她才会奋不顾身地冲上前去救人，却也献出了自己的生命，造成了她与少平的悲剧。那么我呢？如果我也遇到一个遇难的小女孩儿，我有没有勇气，有没有胆魄像晓霞一样去救人呢？

作者路遥在写到晓霞去世时，也曾痛哭流涕，喃喃自语："田晓霞死了！田晓霞死了！"田福军的眼泪，孙少平的眼泪，也一并流进了我心里，催化出了我的眼泪。我边哭边想，田晓霞怎么会死呢？她怎么能死呢？她明明是那么好的人啊！我甚至一度因为她的死而放下书本，不愿再去阅读后面的悲剧。

这，就是经典的力量。这股力量使读者钟爱书中的每一个人物，以至于为这个美丽生命的消逝而情不自禁地洒下悲伤的泪水，使读者进入书中的世界，与书中的人物一起哭，一起笑，一起经历他们的悲欢离合、喜怒哀乐。我也感谢田晓霞，她教会我善良、勇敢、大方，她让我明白别人的看法、评价不重要，做自己，活出自己的精彩才重要。也是她教会我打破所有的羁绊，勇敢地去追求梦想。这是田晓霞赋予我的力量，是路遥赋予我的力量，更是经典赋予我的力量！

我无比庆幸自己翻开了这本书，翻开了一本本经典名著、一件件文化瑰宝。就让我们继续与经典同行，阅读经典，品味经典，在经典的海洋里遨游吧！

我和一本书的故事

如果说，《钢铁是怎样炼成的》是一首谱写生命之歌的交响曲，《活着》是一首讲述人生的绵延忧郁的二胡曲，那么，《平凡的世界》便是一曲竹笛乐，如温和沉稳的老者，在风轻月圆的夜晚，坐在村里的老树下，摇着芭蕉扇，用朴实到土里土气的方言将生命的波澜壮阔与涓涓细流娓娓道来……

《平凡的世界》是中国著名作家路遥创作的一部百万字的长篇巨著，故事的时间是中国20世纪70年代中期到80年代中期，故事的背景以双水村为主，故事的人物以孙少安和孙少平两兄弟为中心，故事的人物众多，有田润叶、田晓霞、贺秀莲、李向前、郝红梅、孙玉厚……他们代表了当时社会众多普通人的形象。他们性格不同，个性鲜明，对人生具体的追求和信仰不同，但他们的命运都起起伏伏，他们要面对各种选择：情感与理智、面对和逃避、坚强和懦弱、痛苦与欢乐，小人物与社会大背景交织在一起，深刻地展示了平凡的人在历史进程中走过的不平凡的路。《平凡的世界》被誉为"茅盾文学奖皇冠上的明珠，激励千万青年的不朽经典"。

我利用一个多月的时间读完这部长篇小说，感慨万千，歌德说"读一本好书，就是在和高尚的人谈话"，我深有感触，从这部书里我收获很多。

首先，告诉我的是要学会理智的选择，学会割舍，这样你才能得到更适合自己的。像孙少安与田润叶。想当初，看到润叶对孙少安如火般的热情时，我非常渴望"有情人终成眷属"，让润叶与少安走向婚姻的殿堂。但看到孙少安一次次的挣扎，一次次的摇摆，一次次的逃避，直到最后的拒绝，我不禁从心中厌恶他，蔑视他，觉得他懦弱而胆小，犹豫又缺乏浪漫，辜负了田润叶的一片痴情。但当我看到他娶了秀莲，并与秀莲共建烧砖场过起朴实无华的生活时，我的理智开始战胜我的感性，突然明白，当初孙少安没有娶田润叶是正确的选择，润叶与少安，注定不是一路人。如果润叶真的嫁给了少安，追求诗和远方的她可以忍受脏乱而辛苦的烧砖生活吗？有着"铁饭碗"的她能一辈子不嫌弃她的乡巴佬儿老公吗？学历的差距如何补齐？城乡之间的物质和精神的差异在柴米油盐里能经得住考验吗？这些孙少安他都想到了，他爱润叶，才不会让润叶跟着他受苦，他宁愿放她飞，而他落地生活，这是多么深沉的爱，多么理智的选择。同时，我也明白，生活需要热情，但不要被一时的热情与幸福冲昏了头脑，不仅是婚姻，任何事都要理智慎重的考虑，长远打算，选择适合自己的，哪怕放弃一些事物时很难，但这对你的未来是好的。

其次，我明白了失去与获得是相对的。像田润叶李向前。起初，田润叶与李向前的生活并不幸福，不管李向前怎样付出，都不能打动田润叶的心。但当李向前因为田润叶失去了双腿时，田润叶才恍然大悟，明白了李向前对她的心意，从此以后田润叶对李向前的态度发生质的转变，尽管这其中有弥补的意味，但二人却已是情投意合。虽然说李向前为这迟来的幸福付出了肉体的代价，但他却得到了精神上的支持。对一个人来说，精神上的支持比肉体上的满足更重要。

再说孙少平，他为生计付出了无数的辛勤汗水，但最终也靠自己的努力在矿上拥有了一席之地；他虽失去了自己心爱的人——田晓霞，但田晓霞的精神早已感染了他，让他变得更加坚韧、勇敢、积极、无畏、勤奋，他承载着田晓霞的精神勇敢地活下去。还有孙少安。烧砖厂虽已发展起来，秀莲却因病即将去世，而这病是常年在烧砖厂中工作，积劳成疾。

这使我明白，当你痛失掉某一样事物时，不要悲痛欲绝，它只是转化成了一种别的事物，继续留在你身边，或是物质方面，抑或是精神方面，它都会造就一个新的你，更顽强的你。失去与获取其实是对等的，关键在于你怎么看待，怎样用天平去衡量。

一个平凡的小小村庄，小小县城，一个平凡的群体的一段平凡人生经历，如你，如我，却包含了人生中无数的哲理：也许快乐，悲伤，希望，失望；也许被时代的浪潮裹挟着前进，幸福着，纠结着，彷徨着。它们真实的与我们的生活缠绕在一起，交织在一起，将生命的画卷丰富地展开来。人生就如一片海，它不会容你静止，它会推着你，一点点向前，面对未来——狂风暴雨或是朗朗晴天，无论你是否愿意。而那些爱护你的人，便成了光辉，为你点亮前路，化开重重迷雾。

每个生命是真实的，每个生命都是平凡的，但同样也是伟大的。

当时只道是寻常

"北宋以来，一人而已。"

纳兰性德的词风质朴典雅，如雨洗过的翠竹那般清新，似秋天朝起的白霜那般晶莹，若春天嫩叶上正要滑落的雨珠那般讨人喜爱。

纳兰性德生在富贵家族里，但他却在文坛上贡献颇多，政治上反倒不那么积极。淡泊名利，创词写诗是纳兰性德一贯的作风。"一生一代一双人"，纳兰性德的青梅竹马朦胧般的兄妹情转化为淡淡的爱慕，但事与愿违，和小表妹的时光竟似白驹过隙，时光就是这么的无情吗？

不染是与非，怎料事与愿违。记得小时候我与哥哥们玩得不亦乐乎，但现如今尽各奔东西，我抚摸着庭院中的一棵树，树皮是那般的粗糙，枝干又是那般的坚强，小时候也认为会一直无忧无虑下去，可是呢，梦醒时分，世界又是那么干冷。心中的花枯萎，时光它去不回。当时玩得愉悦，却不知往后的日子该如何度过了。独怜少年心明亮，花开花落，梦暗淡，少年时的春天，正是人生的春天。误此时，悔不已。

笋芽般的娇嫩，沐竹般的清新，词风独具一格。纳兰性德结交过几位汉人朋友，仙风道骨，都是文坛上有一席之地的文人墨客，他十岁时写的诗词神韵丰美，也许它正是天上的文曲星下凡吧，王国维的评价，想是极中之极。他的诗词不像诗仙那样飘飘然，不像诗圣那般过于现实。他的词独具一格，清新脱俗，我有意去描摹那一幅画，却又有些犹豫，仿佛自己是俗客，不适合接近仙人的。

纵观纳兰性德一生，既有得又有失。诗词得到康熙的赏识，而陪伴他仅三年的贤妻卢氏仙逝，和妻子在一起的时光是美好而短暂的，昔日长长的小径今日变得清冷，有些怅然若失，和妻子在一起看画，现在画挂着，那看画的人又到哪里去了？人有悲欢离合，月有阴晴圆缺，上天不可能把所有美好的事情都给你，总会有一些美好的事情加一些不好的事情，当心爱的人离你而去时，你会泪流满面，你会怨上天不公，从来没有人用大量的诗词去怀念他，纳兰性德是第一人，"昔日残阳依如见，不知满目泪为谁"，自己的痛苦，有时并不是霎时会烟消云散的，虽然那个人离去了，但她还活在人们心中，则是比较乐观的。

也许当我们认为一件事或东西会永远存在的时候，就会认为它是寻常的。当我们失去的时候便后悔不已。那为什么会感到后悔呢，因为失去并不可怕，可怕的是当回忆起与那个人有关的事情后，心里就会隐隐作痛，"当时只道是寻常"，往往越微小的事情才是我们应该珍惜的。时间就是很微小的，我们往往察觉不到。时间一旦像流水那样大把大把地流失时，就再也挽回不了了。父母的爱也是微小的，当我们泛滥的使用父母的爱的时候，可曾想过父母的爱是短暂的。泛滥的使用对得起父母吗？可曾想过你将来也有当父母的一天呢？尘粒随风扬，叶花随水漂。漂向何处去？无人问津，《纳兰性德词传》不仅是写词，更是在写纳兰性德的一生。

梦醒时分，一片芳华铺满地，一缕花香留人醉，一壶清酒，一轮明月，一个微笑，一个身影都被封在了时光中。读纳兰性德，话人间史事，重情重义，不负时光，不负流年。

"此情已自成追忆，零落鸳鸯。雨歇微凉，十一年前梦一场。"该到梦醒了，人生如此不愧于己，纳兰性德也许并不为常人所知，也是了，烟尘滚滚赋当年。

人心的纯洁与温暖

《穆斯林的葬礼》这本书讲述的是发生在少数民族人物之间的故事。在信奉伊斯兰教的三代人中，我感受到了人心的纯洁与温暖，也看到了世俗的冷酷与悲哀。

令我印象最深刻的有这样几个人物：韩子奇、梁冰玉和韩新月。

韩子奇的一生都是同玉相伴的。在他的眼里，玉就是他的生命，与他的妻子、儿女和一切他所爱的人是同等重要的。为了玉他融入自己的血和肉，融入了他的灵魂，却也正因为如此，他对玉的这份痴迷使他无法衡量玉与亲情、爱情的关系。他为了守住这些玉，抛弃过自己的所爱，甚至在战乱之时离开了他的家。韩子奇为了自己的玉，做了那么多错事，可我却并未对这个人物产生过恨意。我敬佩他，也可怜他。我敬佩他对玉的执着，也可怜他因为这份执着而失去了自己一生的幸福。在那个年代，在那种宗教信仰之下，又如何分得清谁是谁非呢？

韩子奇名义上有一个妻子，便是他师父的女儿梁君璧。可实际上，他真正爱的是梁君璧的妹妹梁冰玉。梁冰玉身上的纯洁灵动以及先进的思想与才华，都深深地吸引着韩子奇。同时，韩子奇的男子汉气概以及待在他身边的安全感也令梁冰玉着迷。梁冰玉是一个对爱情有着美好幻想的女孩儿，她相信爱情会带给她幸福。然而在生下韩新月后，面对"丈夫"的畏缩不前以及骨肉至亲的姐姐梁君璧的绝情，她绝望了，她对爱情的一切美好幻想都破灭了。她依依不舍地同新月分别，从此踏上了漂泊的生活。梁冰玉终是在一场没有结果的爱情下消失无踪。

韩新月从小就是上帝的宠儿，她有着清秀的容貌和过人的智慧，还有一颗纯真善良的心。她不顾"妈妈"梁君璧的阻拦考上了北京大学英语系，认识了年轻的班主任老师——楚雁潮，并在此收获了他们的爱情。可天不遂人愿，韩新月在一次意外中发现自己患有先天性心脏病，并且越来越严重，她不得不放弃自己视为生命的英语。本有望康复的她，却在"妈妈"梁君璧对自己和楚雁潮爱情的破坏以及姑妈的去世中恶化了，且再无康复的可能。最后，躺在病床上的她，在得知了梁冰玉才是她妈妈的真相后去世。

结局正如这本书的名字一样，是以"葬礼"的形式结束的。书中那一个个鲜活的人物——韩子奇、韩新月、梁君璧……都死去了，他们无一不是带着遗憾离开的。合上这本厚厚的书，拭干眼角的泪，闭上眼睛聆听着楚雁潮的琴声——正如书中所说，如清泉淙淙，如絮语呢喃，如春蚕吐丝，如孤雁盘旋……

人生的岔路口

　　轻轻合上书，万千思绪交织在脑海。思考着高加林的抉择，巧珍的善良……

　　本书描写了高加林离开土地又回到土地，再离开土地，再回到土地的人生变化过程，构成了故事的主线。主人公高加林同农村姑娘刘巧珍、城市姑娘黄亚萍的感情纠葛构成了故事发展的矛盾，也促使了高加林的艰难选择。

　　高加林，一个生活在农村的有梦想的年轻人，向往大城市，总想摆脱农村的束缚，去大城市闯荡。在农村他与巧珍相爱了。但他总不甘心一直待在这个村庄，找各种方式去大城市。巧珍虽然知道他去了大城市就不能陪自己了，却依然为加林考虑，认为他这样的人，就应该去大城市，不断鼓励着他。借着马占胜给了他"走后门"的途径，他成功去了他所向往的大城市，在那里找到了好职业，并遇见了他的老同学——黄亚萍。亚萍一直在大城市，见多识广，知识丰富，这深深地吸引着加林与她交流。对于一个一心想去探索新事物的人来说，只会倾诉家长里短的巧珍显得与他很不匹配。在与亚萍相处了一段时间之后，两人也相爱了。

　　这次他选择了亚萍，因为他希望和亚萍一直生活在大城市，而不愿意与那个他眼里没知识没文化的巧珍生活在农村。高加林虽感觉有些对不起巧珍，但还是抛弃了她。在这个岔路口，他的决定后来证明是错误的。一段时间之后，他"走后门"的事被揭发，他与亚萍也被迫分开。

　　重回农村的他，心中涌上一股酸涩。似一场梦，梦醒了，他什么也没得到。他得知巧珍结婚时，终于明白他还是深爱着巧珍的，与亚萍在大城市生活只是他的幻想。巧珍家人想在高加林回来时"惩罚"一下这个负心汉，巧珍得知后，却还竭力为他解释。巧珍那金子般的心啊，终于还是被辜负了。高加林虽一直梦想去大城市，却还是过于理想化，没有仔细考虑自己在岔路口的选择。他的冲动让他选择了亚萍，却没有考虑到实际情况。他与亚萍是否真的合适。德顺老汉说过，他辜负了巧珍金子般的心啊。而亚萍只是一个幻想的生活。在选择时，要考虑实际，而不是一味追求过于理想化的生活，昧着良心走了后门。他最终还是又回到农村，却一无所有了。

他梦想的生活只是彩虹，色彩斑斓；但他把彩虹当成了桥，在人生的岔路口选择了彩虹。

做人当学基督山伯爵

《基督山伯爵》讲述了一个复仇的故事，本来以为主人公基督山伯爵是一个内心被仇恨吞噬的人，然而，他却是一个有学识的人，一个具有牺牲和奉献精神的人，一个内心充满爱和希望的人。我不禁感慨，做人当学基督山伯爵。

那么，基督山伯爵有什么值得我们学习的呢？

一、要有学识

基督山伯爵学识渊博，他深深地了解历史，精通多国语言，对于哲学也颇有研究。因此，他与维尔福夫人谈论时说："查理三世在除掉爱德华四世的两个孩子之后，他的确可以对自己说：'这两个孩子的父亲是杀害生灵的暴君，他们继承了他们父亲的罪恶，但只有我从他们年幼的秉性中判断出来了。'而麦克白斯夫人也这样，是靠着她的良心而得到慰籍的。邓肯被杀之后，麦克白斯夫人如果没有她的良心给予慰藉，那她一定会是非常痛苦的。"

基督山伯爵以他特有的讥讽口吻把这一条又一条令人心惊胆战的历史和令人心悸的怪论谔谔直言，若没有他博古通今的学识，是无论如何也说不出来的。

二、要有牺牲和奉献精神

仇人莫瑟夫伯爵在基督山伯爵的精心策划下身败名裂，莫瑟夫伯爵的儿子阿尔贝子爵不清楚家庭历史，愤怒地要与基督山伯爵决斗，至死方休。阿尔贝的母亲梅赛苔丝，请求基督山伯爵放过自己的儿子。

在经历了一番思想斗争后，基督山伯爵说："既然您已经吩咐了，梅塞苔丝，死也就是义不容辞的了，还要决斗，夫人。只是最后流到地上的，不是您儿子的血，而是我的血。"所幸的是，决斗最后以阿尔贝子爵的道歉而告终，但伯爵那牺牲和奉献的精神还是深深打动了我，毕竟伯爵经历了何等悲壮不公的陷害！但他依旧选择了宽恕。

想起前几年张扣扣的复仇，他无法宽恕仇人，还是以其人之道还治其人之身。如果伯爵也像张扣扣一样，那他可能真的会被仇恨吞噬。

三、充满爱和希望

基督山伯爵最终明白，自己的复仇之路走得太远了。他想以自杀来赎罪，但伯爵心中的爱却救了他。他拯救了仇人的女儿瓦恨蒂娜，使她与爱人永不分离，伯爵自己也爱上了埃黛，他说："在这世界上，我的心中只有你一个人，埃黛。有了你，我又开始热爱生活；有了你，我又能感受到痛苦；有了你，我又能感受到幸福。"

基督山伯爵把财产全部赠予瓦恨蒂娜作为结婚礼物，自己和埃黛乘船远走高飞。他留下一封信，写着："人类的全部智慧，可概括为以下几个字：等待和希望！"

我们每个人如果能像基督山伯爵一样有学识、有牺牲和奉献精神、充满爱和希望，那么，美好将会不期而至。

一个人的寂寞

若说《红楼梦》里最"闹"的人物，当数王熙凤了。"粉面含春威不露，丹唇未启笑先闻"的出场，便将那"闹"字深深地烙在了心间。

她的出身是"闹"着的。"东海缺少白玉床，龙王请来金陵王"，她出生于"龙王请来"的金陵世家王家，地位之显赫，平民百姓难以企及。

她的长相是"闹"着的。"一双丹凤三角眼，两弯柳叶吊梢眉，身量苗条，体格风骚，粉面含春威不露，丹唇未启笑先闻。"

她的行事做人是"闹"着的。林黛玉初见她时，正坐在贾母身旁，小心翼翼地陪着话，"一语未完，只听后院中有笑语声"，她肆无忌惮的笑声，着实让林黛玉心中狠狠地一惊，纳罕道："这些人皆敛声屏气，恭肃严整如此，这来者系谁，这样放诞无礼？"

她的穿着打扮亦是"闹"着的。"头上戴着金丝八宝攒珠髻，绾着朝阳五凤挂珠钗；项上带着赤金盘螭璎珞圈；裙边系着豆绿宫绦，双衡比目玫瑰佩；身上穿着缕金百蝶穿花大红洋缎窄裉袄，外罩五彩刻丝石青银鼠褂；下着翡翠撒花洋绉裙"。整个人，就是一朵灼灼的牡丹花，气焰华美得近乎嚣张。

她在贾府的地位更是"闹"着的。贾府上上下下，里里外外，竟没有一个不是听她的，一大家子吃穿用度，全让她管着，被她打理得服服帖帖。

这样一个脂粉红尘中的能人，多么得意啊！没有她摆不平的事，什么事她说行就行，也从来不信什么妖魔鬼怪报应。在表面上，别人眼中只见她的风光、她的泼辣，可是谁又知道，表面上她有多"闹"，心里就有多寂寞。

想象一下，她初进贾府时的情景。那时候，她应该只有十六七岁吧？心思单纯，心中满是对新生活的憧憬。一顶花轿，悠悠地将她抬进了贾府。红盖头掀起的那一霎，想来她一定没有失望吧？贾琏生得好，风流倜傥，英俊潇洒，情窦初开的少女没有理由不喜欢的。我想，那一刻她心里的花一定哗啦啦的全都开了，她的愿望一定是和这个帅气的男子天长地久吧？

可惜，她的愿望落空了。这个男人，并不是个专情的，整天拈花惹草。于是，她防贼似的防着他，把他管得密不透风。尽管如此，他还是三天两头的弄个绯闻、染个桃花，给她添堵。她只能自己一次次的像个母老虎一样跳起来，捍卫自己二奶奶的尊严，用强悍的外表来掩饰自己脆弱的内心。结果呢，她反倒落得一个"母夜叉"的坏名声。她只能打碎了牙齿往自己肚子里咽，不能和其他人诉说。看似疼爱她的贾母和王夫人最多也只是用三言两语风轻云淡地安慰安慰她，甚至还会抱怨她小题大做、小肚鸡肠、不够大气。宝玉、黛玉等人，是将她视为另类的，他们的风雅，她走不近。身边唯一的心腹是平儿，可从某种程度上来说，平儿也是她的情敌，是她要防着的。

她也曾有过闺密，那便是宁国府的少奶奶秦可卿。我想，她们两个人的亲密应是两个寂寞的灵魂间的惺惺相惜吧，她们两个人都有一个花心的丈夫，表面上大方自然，释然洒脱，而实际上内心却十分的压抑。她们的苦无处诉说，只能在心里暗自憋着，守着自己的寂寞，而当遇到对方时，就如同看到了另一个自己一般，心中的寂寞终于有了依靠，寂寞与寂寞依偎在一起相互取暖。

但是后来，秦可卿的寂寞终以死来解脱。王熙凤去探望卧病于床的秦可卿，几次红了眼眶，无比哀愁：自己的寂寞又没了依靠。当秦可卿的魂儿悠悠荡荡来与她告别时，她出了一身冷汗，怔了好一会儿，在这一恍惚间，她的心应该已经变得空荡荡的了，能够握住的，也只有那一人的寂寞。

原来，人们看见的繁华，埋藏着的，竟是这么深这么深的孤独和寂寞。她心里，该生出多少绝望，这只有她自己才知道。剥开她那层层的"闹"，剩下的，竟只有她一个人的寂寞。

再读《李清照传》，心起波澜

"她，温婉含蓄，绮丽柔情，以婉约之词道尽世间儿女缠绵；她，坚韧刚毅，雄心豪放，用零零之志抒发内心万丈豪情……"

而我就在这本书中遇到了她——"千古第一才女"的柔情与哀愁。

第一眼，无疑是惊喜的。线装的书身上，一盆开得茂盛的水仙傲然挺立，静静的映衬着身边的女子：一位清瘦、端庄的人儿身披长裙，宽大的衣袖松松的搭在纤细的手臂上，摆好纸，提起笔来，似乎想在泛黄的书卷上写些什么……没错，她就是李清照，而这书就是《李清照传》。

在读这本书之前，我对李清照的认识，仅仅停留在《渔家傲》的"天接云涛连晓雾"、《如梦令》的"常记溪亭日暮"里，老师的课外拓展中。直到翻开它，我才看到了一个更为真实的易安居士。

一代才女生长在一片茂林修竹、溪深水静的绣江，自幼陪伴着她的，是碧水蓝天，是墨瓦红墙，是静谧小院内的那棵名曰西府海棠的高大老树。除了这片心灵净地，还有开明的父亲、善文的母亲、博学多才的老师。在这样的生活环境下，一首《如梦令》轰动京师，《如梦令》中的她看着惊起的鸥鹭，看着碧绿的荷叶、粉红的荷花，少女发出快乐的笑声。是啊，在这样的环境中，自然而然地养育出一位热爱自然、质朴纯真、满腹诗书的少女。

赵明诚的一个"奇绝芝芙梦"将这对才子佳人的美好爱情故事拉开了帷幕，也就有了李清照初见赵明诚的"和羞走，倚门回首，却把青梅嗅"的娇羞，以至于"袜划金钗溜"。成婚之后，两人的生活无疑是十分幸福的，他们都热爱金石字画，哪怕节衣缩食也要买回家来珍藏；偶尔，她也会向丈夫撒娇，将市集上买来的花儿簪于云鬓，"徒要叫郎比好看"；更有了夫妻擅朋友之胜的"赌书泼茶"之趣。哪怕后来赵明诚不幸病逝，李清照也从未忘记他，坚持创作了两人共同完成大半的《金石录》。

她有女子的柔情，更有如男子一般的果敢与坚定。

李清照有着一身傲骨。二嫁时错付张汝舟，还遭其打骂，生活苦不堪言。可她又怎是逆来顺受的人呢？以舞弊之罪告发张汝舟，宁愿坐牢也要获得自由！是了，寻常女子怎么在兵荒马乱的年代独自携带文物漂泊？又怎会写下"生当作人杰，死亦为鬼雄"的豪迈诗句?!

可就是这样一位女词人，晚年却那般孤独，在风景秀丽的杭州悄然辞世。

透过《李清照传》上密密的文字，我看到了怎样的一个跌宕起伏的人生！书中细腻真挚的描写，仿佛带我们穿越到她所在的时代，感受她从青春活泼到孤独沉寂的巨大转变。

正如书封面上写的——

"她是一枝乱世中的寒梅，面对命运的戏弄，将曲折的一生精彩完成。"

"伟大的人生没有一帆风顺，只有看过世界的人，才懂得认真过这一生。"

烟雨无痕，岁月无恙……

平沙漠漠夜带刀

　　《稻草人手记》的故事虽长，但都要由一个"江洋大盗"奔向撒哈拉大漠说起。

　　我们的三毛，走啊走的，走到撒哈拉大漠去了。那片贫困与饥饿交织的大陆，在人们看来是用"落后"都无法形容的，可正是这样才使人们都保留了淳朴善良的本质。大漠之中，我们的三毛一向独立，可一不小心就被大胡子荷西拐去当了太太。他们没有一般情侣的山盟海誓、轻怜蜜爱，也没有隆重的婚礼和华贵的钻戒。只是在遮阳帽上别了一把花椰菜，在荷西的紧张与催促中匆匆结束了婚礼。没有亲朋好友的见证，只有每一粒沙子伴着风为他们歌唱。

　　平沙漠漠一只手挥刀红海，游走大海中的七颗钻石，流浪到金苹果的隐匿之地。我喜欢三毛只为她爱流浪，即使是婚后生活的鸡飞狗跳，在她看来也妙趣横生。我喜欢三毛只因她正直善良，会为邻居送食物，为素不相识的老人垫付药费，当荷西问那到底是谁时，我们的三毛斩钉截铁地说："管他呢！在我都是一样。"我喜欢三毛因为她像少女一样精灵古怪，用指甲油为邻居补牙，客串郎中，开车飞驰在大漠中，只留下飞扬的滚滚尘烟。读三毛的书，总会看到她张牙舞爪开怀大笑的无拘无束的样子，自在快活的日子也不过如此。三毛说，这样的日子叫作流浪。

　　她过着平沙漠漠夜带刀的生活，过着愁苦一日三餐吃什么的普通日子，她搞怪荷西，骗他丝粉是"尼龙绳"，骗他紫菜是"复写纸"；她会去出海捕鱼，去澡堂洗澡，去国际餐厅潇洒；她喜欢小玩意儿，插在花瓶里的花也能让她开心一整天。

　　流浪，流浪，别问我来自何方。自由自在流迹天涯，天真烂漫随风飘曳。不知怎样形容我们的三毛。工作、学历、家庭几乎完美的她，为何义无反顾地奔向大漠？我问她，她呵呵一笑说，感受到了前世的召唤。

　　读三毛的书总会想起她撒开脚丫飞奔的身影，可放下书便会有种惆怅的茫然若失。

我们的三毛，走啊走的，失去了踪影，不晓得她有没有找到心中的自由。走啊走的，我们的三毛找不到了回家的方向，只好一直走下去，走到生命的尽头，我们喊她停下歇会儿，她在夜色中露出以往的微笑，她说，她要一直流浪。

自古忠孝两难全

俗话说："自古忠孝两难全"，《四世同堂》中的瑞宣便是这样的人。

祁瑞宣受过高等教育，也颇有些理想与抱负，但心中的远方始终无法与现实相抗争，他的性格如同外在一般，儒雅而纯朴，却又有着文人的缺点——软弱。生活中他处处妥协，向父母的"泪眼与愁容"妥协，向自己对家庭与学校的责任妥协。即使到了亡国的紧要关头，他也不得不迫于肩上的重担而"舍忠尽孝"。

北平沦陷，全城一片死寂，瑞宣却像个热锅上的蚂蚁。作为一个有知识、有思想的公民，他应当走，他必须走，离开自己的亲人，踏上抗日救国的道路。但同时，在这动荡不安的时期，作为一家之主，全家老小的吃穿用度仰仗着他，他不能走，车轴一旦抽去，整个家也就散了。"走来走去，走来走去，他想不出好主意。"

当三弟决定离家出走，毅然决然地参加抗日革命时，我想，此时他的内心应该感到既高兴又悲哀。一方面，他痛恨自己因对家庭的责任而无法革命而感到羞愧与悲痛；另一方面，他激动于三弟的一腔热血，对于瑞全的决绝离开，他感到羡慕，但对于家庭的桎梏，他也绝不抱怨。老三身上寄托了他的远大志向，是他精神的依托。于是，老三去"尽忠"，他只得来"尽孝"了。

如此"委曲求全"的瑞宣，心中却依然有着"一股气"，有着爱国忧民的一股气，正是这股心气儿，使他在面对窦神父的冷嘲热讽时，立即决定辞职；使他在看到手足兄弟的自私无情时，悲愤地叫他"滚"。虽然表面平静，但对于祖国，他的热爱不曾有过分毫消减，对于敌人，他同那些投身革命的热血青年一样深恶痛绝。

文中描写他的篇幅并不多，但在老舍先生的笔下，我看到了一个渺小而血肉饱满的小人物，一个家庭中的主心骨，一个尽职尽责的教书先生，一个颇有才能却优柔寡断的知识分子，一个对命运叹息的可怜人。

从瑞宣身上，我们看到了特定时代下部分知识分子的妥协性、软弱性，想得多，做得少。如今的我们应当吸取教训，不但要有一个坚定的志向，更应为实现目标不懈努力，勇于同命运抗争。

再读《基督山伯爵》

你又回到你的作品之中，它们光彩夺目、数不胜数、各式各样、丰富多彩、令人快活：它们闪耀着光辉。

——雨果（评大仲马）

你可曾爱上一本书？

这滋味，比青梅般的暗恋要甜美几分，比红酒般的热恋要醉人几分，比清茶一般的白头偕老更要醇厚馨香，可以说，爱上一本书，就爱上了一个世界，那个世界里有一群你熟悉的人，他们的悲欢离合、缠绵纠葛将你的心织成一块幕布，上面的每一道皱褶都因他们而起，一拉幕布，你会吃惊地发现，故事结束后再无音信的他们躲在幕布后，为你这唯一的观众上演永不完结的剧本。

我爱上的那本书，叫《基督山伯爵》。

爱德蒙·邓蒂斯，一个前程似锦，携着如花美眷的幸福青年，被三个嫉恨他的小人所陷害，在结婚当天被捕，审讯他的检察官发现他被诬陷的事与自己的父亲有关，怕影响自己的前途，一声令下，将青年关入牢狱，青年在迷茫无助愤怒等待中日渐绝望。与此同时，他结识了一名被他人称为"疯子"，自称有不尽财富的神父。神父教给他知识，教会他识别人心，并替他分析出陷害他的人。二人结成忘年交，神父死时告诉了青年宝藏埋在基督山，于是青年在成功越狱后在基督山寻得宝藏，成为亿万富翁，化名"基督山伯爵"又"水手辛伯达"。但几十年过去，陷害他的人早已飞黄腾达，平步青云，帮助过他的人都穷困潦倒，病痛缠身。他觅得契机，步步为营，在巴黎社交界占得一席之地，一步步揭露那些人所做的丑恶事件，并使他的恩人与恩人的后代过上幸福美满的生活。最后，他与他心爱之人海蒂，乘着白帆消失于海浪之间……

这本书主体看似简单，快意恩仇，这是我第一遍读的感想，但再一次重读，我有了更深的感悟。首先，是那个政权动荡、民心不安的年代，故事背景是从拿破仑称帝失败，路易十八重回法兰西宝座开始的，拿破仑势力尚存，路易十八党羽犹在，今日拿破仑卷土重来，明日路易十八高唱凯歌，保王党与波拿巴党明争暗斗，众人皆若墙头草，烽火连绵不息。在这一次次政局洗牌之下，多少英雄好汉被迫背上骂名，再机智多谋的人也被关进牢狱，称作"疯子"。更可笑的是今天你还是将军宰相，明天就成了窃国盗贼。总而言之，就是什么荒唐事都会发生。于是，爱德蒙·邓蒂斯就成为政治斗争中一个无辜的牺牲品。更令人愤怒的是，他的父亲失去他后，活活地饿死在了家中！战争与政权的颠覆，最先遭殃的终是百姓，这更加让我们看到了和平年代的可贵。

其次，就是对逆境中不屈的精神的理解。在监狱中，爱德蒙·邓蒂斯遇见了一个决定他一生的人——法里亚神父。如果说爱德蒙·邓蒂斯在监狱中绝望的心境是正常反应的话，那么法里亚神父则绝对不正常。被监禁，被关押，也许每时每刻都有被拉出去斩首示众的危险，可是他却一直在写书，写他自己的书。他撕碎自己的衬衣作纸，用自制的墨水配细木棒书写，他从未惧怕死亡。他像一个战士般视死如归，却又如慈父一般教给爱德蒙·邓蒂斯他所有的知识。他绝不坐以待毙，他想尽办法要逃出囚牢追寻自由，却不愿为追求自由而杀死一个看守他的狱卒。在我眼里，他就是上帝的化身，也许爱德蒙·邓蒂斯也是这样想的吧。再读一遍，我恨不得钻进书里替爱德蒙·邓蒂斯受牢狱之苦，好离这位可敬的老人再近一点儿。再多了解一点儿他的故事，多挖掘一点儿埋藏在他头脑里的宝藏。

再次，是我对母性的敬佩。梅赛苔丝，爱德蒙·邓蒂斯的未婚妻。她是一个懦弱的女子。在爱德蒙·邓蒂斯入狱后，在诬害爱德蒙·邓蒂斯的人的追求下，她放弃了爱德蒙·邓蒂斯而嫁给了这个人，这也成了她的心病。她无时无刻不在思念爱德蒙·邓蒂斯。她眼睁睁看着爱德蒙·邓蒂斯的父亲饿死，这也令她痛苦。她背负着这样沉重的心事做了母亲，将她的儿子养育成人。当爱德蒙·邓蒂斯用另一个名片来到巴黎时，虽早已物是人非，她却一眼就认出了他。但她不敢相认，她的懦弱与悲伤让她一步步与她朝思暮想的人远离。但令人矛盾的是这样一个懦弱的女人，却是一个坚强的母亲。她本性是高傲的，却愿意为了她的儿子去向爱德蒙·邓蒂斯求情。当她得知自己丈夫所做的一切事情后，她毅然选择放弃自己的社会地位和钱财，而带着自己的儿子与丈夫断绝关系，只为了让儿子的履历上不沾染上任何污点。当儿子要去非洲当兵时，她忍着母子分离的痛苦向儿子表示祝福，断了儿子的顾家之虑，让儿子无后顾之忧地奔向战场，她的眼泪又有谁能看见？女性本弱，为母则刚，这句话完美地诠释了莓色苔丝，而我也因她而热泪盈眶，她让我看见了一个真正的母亲，我眼前依稀出现了我母亲的身影，马上就是母亲节了，在此，我要向全天下的母亲说一声：节日快乐！

最后，我深有体会的是爱德蒙·邓蒂斯的宽恕，试想一下，你被几个小人葬送了十几年的青春——在监狱中度过，这段光阴可以带来多少幸福，多少财富，多少人生价值！他怀着一颗被风霜浸染的心脏逃出监牢，用冷酷无情武装自己，但却无法掩盖善良高贵的本性。他更像一个审判官，宣读他们的罪恶，让他们偿还代价，却不肯殃及无辜，不肯对他的仇人进行打击报复。他的三个仇人的下场也充满了诙谐之趣：金融界巨头的丹格尼尔最后彻底破产；爱炫耀身世的费尔南最后身败名裂；以冷酷无情著称的维尔福最后以杀人犯的名头上了被告席。是天乎？是命也？抑或，只是报应。

纵观整篇小说，是极富戏剧色彩的。它不仅复仇这个主线故事，还穿插着不少小故事，如罗马附近出没的绿林好汉，狂欢节的绑架，维尔福夫人的投毒……情节复杂却又足够紧凑。尤其令我感到构思精巧的是维尔福夫人为了金钱而投毒害人，最后却镜花水月一场空，而索雷儿一家不重金钱最后却大有收获，让我明白，金钱重要，但永远低于人性。而大仲马所写的小说社会面也极广。上至宫廷，下至监牢，都能够写得栩栩如生，突出其各自特点。同时，他写的东方异域风情，令我不禁心驰神往，充满了浪漫色彩，我仿佛透过文字，就看见了海蒂公主的美丽容颜。

大仲马，被誉为法兰西民族作家，撑起了 19 世纪浪漫主义的一方天空。其长篇小说的可读性和通俗性无人超越。风行全球 200 年，影响巨大。他就这样用一本书，收买了我的灵魂。

"在上帝肯向人类揭示未来之日到来之前，这两个词就涵盖了人类的全部智慧：等待和希望！"也许伯爵想要告诉我们，在绝望中怀揣希望和等待，总有一天会迎来黎明。再读《基督山伯爵》，我心雀跃。

敬守那份神圣

广袤草原之上，劲风中狼嚎深沉，高傲的狼古老而圣洁，是草原之信仰，也是蒙古人心中之图腾，是草原人敬守的那份神圣。

不知何时开始，狼成了奸诈狡猾的代名词，在我们的心中也变为了邪恶的象征，但将狼认成如此形象的人却从未了解过狼的高贵、圣洁和在草原上那崇高的信仰。《狼图腾》，展示了一幅不一样的狼与狼性的图腾画卷，完美地阐述了草原上的人们对狼那最神圣的崇敬，还有那因人类的无知自大而渐渐逝去的那曾经圣洁的草原。

《狼图腾》以一只小狼的一生而作。纵使小狼很小之时便被人带回了家中，曾吃过人喂养的食物，也曾放心地与人玩耍，但它是狼，有狼的天性和本能，它享受自己野性的狼嚎，渴望月色下山上狼群的回应，无法忍受被束缚的感觉。它向往自由，向往狼群，在屈辱活着与高傲死去之间，它选择了后者，它没有辜负"狼"这个高贵的身份。

或许，这便是狼与狗最大的差别，也是蒙古人敬畏狼的原因吧。狼的身上，有我们无法预料和掌控的一切，人的统治欲不可能在狼的身上得到满足。它们有自己的信仰，有自己不可卑贱的傲气。狼性，是草原的象征，是草原人一生的追求。

狼，也并非书中那般令人厌恶。它们从不会去主动攻击人和牲畜，纵使有那么多心狠手辣的猎手窥视已久。或许，人才是最贪得无厌的生物，是书中所描写的"狼"。它们有超常的智慧，会在被围困于羊圈时踩着羊的尸体翻出羊圈；它们也有无法想象的耐心和毅力，会为了猎食黄羊而施计和等待黄羊一夜。蒙古老人曾说过："蒙古猎人是狼的徒弟。"狼的智慧和毅力，我们怎能想象。狼，在蒙古人心中是有神守护的，所以每当狼遇到危险时，总能顺利脱险。狼，是草原的神。

对啊，草原上的狼我们无法知道它们的一切，无法知道它们的神秘，但我们知道，它们有一种宁死不屈的性格，是狼性。成吉思汗的铁蹄能够扫荡千军万马，横跨亚欧大陆，只因为他骨子里有草原狼的狼性。它们有温柔的爱，狼群内尽是团结，也从不钩心斗角；它们有纯真的心，可以很简单地信任一个人，也从未想过去伤害一切；它们有自由的追求，它们向往奔跑与撕咬，那才是它们的天性；它们有神明的守护，它们也是草原的守护者，高傲又平凡的守护者……

但我们却从未懂过那种狼性，甚至还在恶毒地去磨灭那种令人敬佩的狼性，杀狼、骂狼、囚禁狼。草原荒漠，飞沙四起，向远处去望，那高傲着看天的狼群，只留下了一个若隐若现、如此遥远的背影。草原人费尽心血守护的草原与狼，却也是败在了人的手中。好在，还有无数的人在各地守护着那神圣的狼性。期望有一天，人们将读懂那份狼性，中华大地上，狼那自由英勇的影子，显现在每个人的身上。

草原之上，蒙古人在守护他们的图腾，也在与其共同守护着自己的家。狼图腾，是他们心中最高的信仰，最圣洁的心。

草原上狼嚎依旧，草原人敬守那份神圣。

不固执念，行者无疆

一本可以旅行时阅读的书，一本可以阅读时旅行的书。

——题记

《行者无疆》是余秋雨先生的名作，毫不夸张地说，这本书就是一支精神上的旅行团，是一辆心灵上的观光车。文章用清新脱俗的文字将一个又一个遥远的西方国度描绘在眼前，细读，别有一番滋味在心头……

那是一个淅淅沥沥的小雨天，我捧起《行者无疆》，厚实庄严的黑色封面好似一杖封印，徒增几分神秘。余先生从庞贝古城出发，我亦追随他的脚步，游览了南欧、中欧、西欧和北欧。每一座古堡都令我惊叹，每一片森林都让我神往，每一座城市的历史都引我着迷！我想，东西方文化都是一座辉煌的宝殿，而其各有独特之处，可能就在于各自的固守吧。当两座宝殿突破文化的壁垒相互映照、相互交融时，也就实现了"无疆"。

行至罗马，我对这座城充满了好奇。都说罗马是一座永恒之城，经过悠久的历史沉淀，虽岁月蹉跎，但仍有比肩其他文明的"傲气"，它的底蕴从每一块古城墙的砖瓦中透出，从每一幅艺术作品中映出，从每一条青石板小路上传出……罗马静静地屹立在世界一角，留一束纯粹的象牙白，作为"永恒之城"永恒的象征。若印象中，罗马仅仅是一座肃穆的古城，那就是管中窥豹了，电影《罗马假日》为这座古城增添了浓郁的浪漫气息，古城好似"空城"，古老与新生、宁静与灵动、拘谨与自由浑然天成。

再次踏上旅程，一路向北，每到一处，都可以领略到独特的异域风情和艺术文化。我乘船畅游河道盘根错节的"水城"威尼斯，探索精致的瑞士手表中的秘密，沉浸在奔放的德国慕尼黑啤酒节中……法国人对食物的诚恳令我敬佩，英国独特的庄园让我陶醉，"北欧童话"背后的心酸使我感到惋惜……余秋雨先生说过："文化如远年琥珀，既晶莹可鉴又不能全盘透明。一定的沉色、积阴，即一定的浑浊度，反而是它的品性所在。"我想，观一座城，就是品一方文化，如同赏一块琥珀，无论亮丽与否，都应用心去鉴赏。

城，有历史；文化，有固守。生活在城中的人，也必然有固守，这挥之不去的固守，便成为意识难以打破的"文化疆界"。它会限制我们的眼界，影响我们的感知。或许，作为一个中国人，我此时还不能真正读懂罗马，不能读懂西方文化。未来的日子里，像余先生一样用心灵去触摸，用脚步去丈量。我想行者无疆，便是如此吧。

　　不应带着根深蒂固的文化枷锁和桎梏去审视异域文化，要突破文化疆界，以一个行者的身份去探索和欣赏未知，余先生给予我的便是如此。不必固守执念，因为——行者无疆！

永远的兔唇男孩儿，永远的真善美

"没有虚矫赘文，没有无病呻吟，只有精练的篇章，细腻勾勒家庭与友谊、背叛与救赎，作者对祖国的爱显然与对造成它今日沧桑的恨一样深。故事娓娓道来，轻笔淡描，近似川端康成的《千纸鹤》。"这是《华盛顿邮报》对《追风筝的人》的评价。的确如此，爱、恐惧、愧疚、赎罪如同几丝星辰，引领着黑夜，点亮这死气沉沉的黑暗；如同几颗碎石，轻轻地，却在人们心中荡开千万层波澜；又如同几道闪亮的流星，迅速划过天际，在不经意间触动你的心灵，便又无影无踪。

这本书讲了一个背叛与救赎的故事。阿米尔本与哈桑情同手足，却在一场风筝比赛后，两人关系恶化，背叛了哈桑的阿米尔最终在自责与痛苦下逼走了他。20年后，身处美国的阿米尔想要弥补他在20年前犯下的大错，却又经历了一系列磨难，还受到了极大的心理打击，最终收养了哈桑的儿子索拉博。留给他的，也就只剩下一段美好却又扎心的回忆，以及那个让他泪流满面的"为你，千千万万遍"。

"为你，千千万万遍。"这是一个令人赞叹不已的誓言，但少年阿米尔却背叛了哈桑。河水纵然清澈美好，可当河底妖怪兴风作浪时，它却足以吞噬生命；春风纵然令人心旷神怡，可当它肆无忌惮的横行霸道时，却会破坏美好；星空纵然奇幻无比，可当浓厚的乌云遮住明月时，却能让所有人陷入沉默。从此，他的心就如同被一条风筝线——被他对哈桑的愧疚——紧紧绑住，被捆的血肉淋漓，他也为此走上了救赎之路。

"'不。'我喘着气说。……'不！天啦，不。'……但我所能做的，只是一次又一次低声地说着：'不。不。不。'"阿米尔在听到拉辛汗说出哈桑被迫害时变得惊慌失措。我想，这是情同兄弟之间的感情吧。在那个动荡无比的时代里，哈桑只是一粒沙子，随风漂泊，等风停了，阿米尔却永远找不到哈桑了。而这时，风筝也只能代表那不可磨灭的回忆了。对于阿米尔来说，与哈桑交往的时光，不只是那段短暂的烟火，而是一幅褪色后才让人读懂的画卷。于是他渴望被哈桑惩罚，但哈桑已不在了。但他终于在阿塞夫这里得到了他渴望已久的惩罚。于是，当肋骨一根接一根被阿塞夫打断时，当上唇被打裂，其位置和哈桑的兔唇一样时，他心里无比畅快。当他被打得接近昏迷时，他也最终明白了哈桑当年的忠心耿耿。这，就是救赎。

"我追，一个成年人在一群尖叫的孩子中奔跑。但我不在乎。我追，风拂过我的脸庞，我唇上挂着一个像潘杰希尔峡谷那样大大的微笑。我追。"故事就这样结束了。我合上书，沐浴着窗外洁白的月光。起风了，我仿佛听见风筝在空中沙沙的声响，看到在皎洁的月光下，一个蓝色的风筝安安静静地独自在空中飘浮着。我追，这个简单的话语，却让我看见了阿米尔的舒心，他仿佛想为那个兔唇男孩儿付出一切，为了现在他眼前的这个，也为了那个永远住在他心里的 20 世纪 70 年代的孩子。也许，他不过只想向哈桑道歉，但当他看见索拉博脸上的微笑时，他真的如释重负了，他得到了兔唇男孩的原谅。

我躺在床上，"为你，千千万万遍"一遍又一遍地划过脑畔。我们仿佛被困在生活这张蜘蛛网中，一次又一次地想挣脱，最后却无力挣扎，但总有那么一些人，即便筋疲力尽却仍然不停的想帮助我们逃脱，千方百计地帮助我们，我们却始终不理解他们，即使无力面对了，却还在做最后的挣扎。而勇气，也许就是他们心中的那个风筝吧。

其实每个人心中都有一个风筝，给我们指着方向。它如同一块洁净透明的水晶，教会我纯洁；如同一棵枝繁叶茂的大树，教会我乐于助人；如同一片雪花，教会我默默无闻；如同一枝傲梅，教会我坚强。无论这张风筝意味着什么，我们都应该勇敢地追。

为你，千千万万遍……

我心哀伤

作为一名诗人，他像暴风雨一样轰鸣在世界上，唤醒人们心中一切美好的事情……他教导一切人爱生活、美、真理和法兰西。

——高尔基

而"他"就是雨果，高尔基说的那个人。雨果是法国浪漫主义作家的代表人物，他的《巴黎圣母院》我读了多遍，仍无法做到再读时内心毫无波澜。我发自内心地为爱斯梅拉尔德和加西莫多的遭遇而感到不幸、心痛，为那些虚伪、险恶的统治者而厌恶。

爱斯梅拉尔德是一位美丽善良的姑娘，但其结局又是可悲的。她不仅有迷人的外貌，更有一颗纯洁善良的心灵，她救下了那个落魄的诗人，对自己的山羊不离不弃，对伤害过她的加西莫多，送上水和怜悯，她身上、心灵上没有污垢。可是，这个天使一样的姑娘，却被所谓的上流社会排斥和嘲讽，被抛弃、被诬陷。最后成了无辜的牺牲品；当这位身穿白色长裙的天使在绞刑架上被绞死时，我真为她感到伤心。

加西莫多长相奇丑，他这一生都太不如意，悲凉，让人同情。他生活唯一的一点儿光，可能就来自那位穿红衣的女子吧。在她喂他水的那一刻起心里就有了那个女子。他想保护她，护她天真无邪，护她一世安宁。可是，他护得了吗？当他抱着自己心爱的姑娘的尸体死去，身躯化为灰烬的那一刻，我感到无限的伤感和惋惜。

两个人的一生从某种角度上看，不尽相同，你又怎可否认他们不是悲哀的。在那个黑暗统治下，谁又能真的幸福，教会人士的阴险卑鄙、宗教法庭的野蛮残忍、贵族阶级的荒淫无耻和王权的专横暴虐，哪一个不是他们的催命剂，哪一个不是终结他们生命的帮凶，哪一个不是隔绝他们希望的壁垒，哪一个又会是他们的希望？谁告诉我？！

加西莫多虽然外表丑陋，但内心善良，深爱着爱斯梅拉尔德。可她没有发现，到死也没有发现，究竟是加西莫多的爱藏得太深了些？还是爱斯梅拉尔德只看外表的华丽，而忽视了糖心是否苦涩？若有来世，我愿他俩重逢，或化为蝴蝶，比翼双飞；或化为星月，两两相守；或出生在平凡、没有战乱的年代，过男耕女织的生活，有着世上只为你的心。

　　希望吧！

爱在乱世中飘摇

得不到的永远在骚动，被偏爱的都有恃无恐。米切尔洋洋洒洒一本如砖头一样厚的书，告诉我们在爱与被爱之间的抉择意味着天差地别。

她沉甸甸的耳坠挂在长长的金链上，从整整齐齐网着的卷发中垂下来；她的眼睛像碧波荡漾的湖水，两片褐色的叶子从湖水中映入眼帘；她是南方庄园主的女儿斯嘉丽，在父亲的溺爱下养成了高傲、叛逆、倔强和贪慕虚荣的性格。她热衷于盛大的舞会，喜欢穿着夺人眼球的漂亮衣服成为舞会的中心。她在众男子之间穿梭，任凭男人拜倒在她的石榴裙下，扬扬自得，欲拒还迎。

但她得不到艾希礼。她把男人玩弄于股掌之中，却在艾希礼这里出了差错。艾希礼温文尔雅、文质彬彬，让斯嘉丽春心荡漾而情根深种。当得知艾希礼将与媚兰结婚时，她慌张、不安，但仍追求不舍。她热情、不做作，不知道害怕也不逃避残酷的现实；她勇敢、坚强，在战乱时期一人担起全家的生计。但她同时也任性、自私、冷酷，为了报复艾希礼抢朋友的未婚夫；她为了自己的利益可以不顾他人感受，为了生计抢妹妹的未婚夫。她糊涂又固执地守着一份没有结果的爱情，认为只要她紧紧抓住这段情感，一切就都不会变。斯嘉丽这个人物争议极大，她叛逆、自私自利却又自强不息；她在那个年代的勇气、能力与作为让人佩服，但她的前两次婚姻都只是权宜之计，为了利益，为了生存。她当得起"乱世佳人"这四个字。

其实有个人看透了斯嘉丽的一切——男主瑞德。瑞德是我真真正正的意难平。他们骨子里是同一种人，豪放不羁、聪慧果敢。瑞德表面玩世不恭、花天酒地，但却有着深不可测的强大而坚硬的内心。他处理事务游刃有余，分析行情头头是道；他敬佩宽容谦和、外柔内刚的媚兰，于是尽自己所能给予帮助；他对斯嘉丽的爱与其说是追求，不如说是守候。他爱得热烈而深沉，眼睁睁地看着斯嘉丽前前后后结了两次婚，目睹着斯嘉丽为了艾希礼神魂颠倒。瑞德那么骄傲的一个人却爱得如此卑微，他对斯嘉丽既念念不忘又不甘屈尊以求，最终收起飘忽不定的情感，把满腔的爱转移到他与斯嘉丽的小女儿玛拉身上。随着玛拉的夭折，他的爱最终也没有等到结果。他倦了，退出了这场感情，当斯嘉丽认清了艾希礼回头寻他时，他的爱已经被失望消磨殆尽。

"我向来不是那样的人，不能耐心地拾起一些碎片，把它们黏合在一起，然后对自己说这个修补好了的东西跟新的一模一样。一些东西破碎了就是破碎了，我宁愿记住它最好时的模样，而不想把它修补好，然后终生看着那些碎了的地方。"这句敬瑞德的爱而不得。

"美貌并不能使人高尚，衣着也并不能使人尊贵。"这句敬斯嘉丽，告诫贪慕虚荣不可取。

"也许上帝希望我们在遇到那个对的人之前遇到一些错误的人，因此，当我们最终遇到那个人的时候，我们才知道如何感恩。"这句话敬我们自己，愿在以后的生活中，温柔坚定，感谢遇见。

我心雀跃

"晨曦熹微，小巷清幽。早起的人们偶尔从她身旁擦肩而过……"伴随着清新优美的句子，我再次回到那个玉的时代，那个凄美，但又幸福的时代。

一个穆斯林家族，六十年的兴衰，三代人的命运沉沦，又再次呈现在我的脑海中。这部发生在两个时代，有着不同形态却又交替扭结的爱情悲剧再一次涌上我的心头。这部五十余万字的长篇，以独特的视角，真挚的情感，丰厚的容量，深刻的内涵，冷峻的文笔，深情回顾中国穆斯林漫长而艰难的足迹，在特定的时代氛围中对人生真谛的困惑和追求，着力塑造了一系列栩栩如生的人物形象，让人深陷其中，无法自拔。

再读这本书，我会为梁亦清的死而感到惋惜，会为韩子奇的成长及成就而感到骄傲，会为梁君璧的苦守而感到心痛，会为韩新月与楚雁潮之间的爱情而感动，也会为梁冰玉的回归而感到欣慰……书中的各种场面、各种情节，句句入眼，场场入心，每一个情节总会勾起我的心情，使平静的像湖面一样的心泛起圈圈涟漪，虽不能说是感同身受，却也是深有体会。

作者曾写道："我觉得人生在世，应该做那样的人，即使一生全是悲剧，也是幸运的，因为他毕竟完成了对自己心灵的冶炼过程，他毕竟经历了并非人人都能经历的高洁、纯净的意境。人应该是这样大写的'人'。"作者是一个有自己美学观的人，她在写作中净化自己的心灵，才能写出这样宏伟的书章。作者对此书结构的安排也别具特色，作者在这一章写当今，而后一章又开始着重写过去。就如此的一环扣一环的。这样的一种构思方式首先引起了我的强烈兴趣，使我开始对小说写作的一些结构、布局方式产生了浓厚的学习兴趣。作者还善于运用环境描写，以景衬情，情景交融，以环境的描写来烘托主人翁的思想情感，衬托出当时的社会环境。

读这本书，会让我感到自己的心静了下来，自己真正地融入了书里，我的心也会跟着它们跳动，就好像我在其中一样。读这本书，就如同走进一个完全新奇的世界。我被书中美丽的言语和措辞深深地吸引了，不管是对于景物的描写，还是对于环境的衬托，作者运用的词语都那么恰到好处，让人忍不住拍案叫绝。

　　《穆斯林的葬礼》一书，含蓄蕴藉，如泣如诉，以细腻的笔触拨动读者的心灵，曲终掩卷，荡气回肠，是一本难得的好书。再读这本书，我心雀跃。

时来运转在自强

"楚王虽雄，难免乌江自刎；汉王虽弱，却有江山万里……盖，人生在世，富贵不能移，贫贱不可欺，此乃天地循环，终而复始者也。"

先生笑吟吟地立于九方台上，执扇而立，是说不尽的风流，四方听客，痴笑俱落，长衫一袭，词句无错。他这一番话语，说得我是心潮澎湃。

开扇尽风流，负手语还休。孟鹤堂先生的这一番《时运赋》，竟是听得我有落泪的冲动，不由拊掌大叹，便又去读一遍《时运赋》，才体会到先生讲的激昂错落的感觉。

吕蒙正作此《时运赋》正是经历了从幼年落魄到被人青眼相待。乃感叹天道无常，人情冷暖之作。以前读着只觉得寒凉感慨，现在读着却另有一番滋味。文章写得不是多么励志，却很意味深长：世间万物如逢时运不济必定不能舒展才能，有的人胸怀大志却一辈子不得赏识与施展，而有的人落魄愚钝，到最后却能够得福禄，这些都是时运所致，需以平常心对待，人各有时运，早不来也晚不了。

这么一总结，似是有点佛系，还有些丧气，幼年环境所致，这是无可厚非的。但它更想表达的是，面对生活中的不幸和落差，我们除了坦然面对、坦诚接受之外，剩下的只有不断地努力，不懈地坚持，还有不停地奋进。

如果《时运赋》作者吕蒙正的本意是消极的听天由命的观点，那么他也就不会从"吾昔寓居洛阳，朝求僧餐，暮宿破窑，思衣不可遮其体，思食不可济其饥，上人憎，下人厌"的穷秀才转变成"今居朝堂，官至极品，位置三公，身虽鞠躬于一人之下，而列职于千万人之上，有挞百僚之杖，有斩鄙吝之剑，思衣而有罗锦千箱，思食而有珍馐百味，出则壮士执鞭，入则佳人捧觞，上人宠，下人拥"的堂堂宰相，更不会"以正道自持，每论时政，有不允者，必不强力推行"。

《时运赋》不是听天由命，更不是一篇宿命论。它想告诉我们的是时来运转在自强，是人道我贱，非我弃也，是寒窗苦读，少年登科，莫忘他年苦寒乐。

与经典同行

　　苏轼，是大家都熟知的诗人，可是在林语堂眼中，苏东坡有许多种身份。"苏东坡是个秉性难改的乐天派，是悲天悯人的道德家，是黎民百姓的好朋友，是散文作家，是新派的画家，是伟大的书法家……"这是林语堂写在《苏东坡传》的序，但是这些，却不能勾画出苏东坡的全貌。我最喜欢最敬佩的诗人就是苏东坡，因为他是一个有天真烂漫赤子之心的人。"酒酣胸胆尚开张，鬓微霜，又何妨。"苏轼自己的这句诗，就是他赤子之心的真实写照。

　　苏轼的青年时期，才气便显露无遗。他在开封参加殿试之时，文章便被欧阳修等考官传阅，激赏数日。这足以显示考官们对苏轼的认同和肯定，这篇文章却因此闹了个笑话。欧阳修对这篇文章十分喜爱，认为必然是他的朋友曾巩写的，为了避免招人批评，便把这列为首卷的文章改为了二卷，结果苏东坡这次的考试成绩是并列第二。当时他才二十岁，便获此殊荣，自然的，他以全国第一流学者知名于天下。

　　苏轼的后半生，却不那么顺了。因为反对王安石变法，苏轼被朝堂上的小人弹劾，甚至被刻进了元祐党人碑。但苏东坡始终没有屈服于淫威，始终站在百姓这边。这不得不使人敬佩，所谓"威武不能屈"正是如此。况且苏东坡一向是对事不对人。后来他被诬陷，有了历史上著名的乌台诗案，好在最后又被释放，被贬去了黄州，出监狱的当天夜里，又提笔写了两首诗，还自嘲是不可救药。苏东坡后半生为百姓做了不少实事，虽然一直被贬，但也一直在为百姓谋幸福。黄州、颍州、惠州、琼州，他对人民的心从未变过。或许我们应该感谢乌台诗案的发生，这让我们又有了几首不可多得的好诗好词美文。

　　苏东坡遇到不惬心意的事，总觉得"如食中有蝇，吐之乃已"。他能狂妄怪癖，也能庄重严肃，能轻松玩笑，也能郑重庄严，无论对谁，都不加掩饰自己的情绪。佛教的否定人生，儒家的正视人生，道家的简化人生，他将这三种观念融会贯通，形成了他自己的独特的人生观，呈现给世人一个独一无二的东坡居士。

苏轼肉体虽死，但他的精神却永远存在了万千星河之中，熠熠生辉。当代青年，应该像苏东坡一样，不求富贵荣华，但求精神不朽。希望我们都能做一个有思想、有担当的美好的人。

万古不朽的清风

四月末的一个下午，我轻轻地合上书，抿一口已有些发凉的绿茶，闭上干涩的双眼。苏东坡的故事在我的脑海中又一次地完结。

苏东坡，一位千古奇人。相比他在文坛、政坛上的成就，他一生的经历显得是那样曲折坎坷。若用一个字来形容他这一生，也许就是"贬"字了吧。苏东坡这一生被贬数次，但人世间的琐事并没有将他的赤子之心污染。他的心，纯如一块无瑕的玉，清如一盏淡淡的茶，更妙的是，这纯与清之间也不乏苏东坡那铮铮铁骨。仿佛他置身于人世，却又超凡脱俗。

苏东坡犹如政坛风暴之海燕。政治上的钩心斗角、厉害谋算与他的人品是格格不入的。他一直卷在政治旋涡之中，但却光风霁月，超越于狗苟蝇营的政治勾当。虽然皇上、皇后都与苏东坡交好，但苏东坡并未"扶摇直上"，反而走上了被贬谪的"不归路"。在文坛上，苏东坡有如"天之骄子"。世人爱他的文章，只因为他写得是那样的美、那样的真。生动中不乏力量，不羁中也不缺诚恳，全然是"心之所感，文之所至"。"欲把西湖比西子，淡妆浓抹总相宜"，这样的美文怎能不爱？苏东坡的文章或是即兴之作，或是有感而发，自然流露、顺乎天性。对于诗文招惹的后果他一概不管不顾，也从来不惧怕，不改犀利的词风。"独鹤不须惊夜旦，群鸟未可辨雌雄"正能体现这一点。除了会写诗词，苏东坡也是一名资深的"吃货"。"雪沫乳花浮午盏，蓼茸蒿笋试春盘。人间有味是清欢。""长江绕郭知鱼美，好竹连山觉笋香。"还有那"大名鼎鼎"的东坡肉，都是苏东坡当年的"心头好"。

纵使苏东坡一生坎坷，他依旧活成了一股清风，时时保持他的干净、淳朴，终生不渝。就在那一瞬，我随历史的长河逆流而上，与苏东坡展开了一次心灵的接触。我敬佩他处处行善事、助百姓；也欣赏他那"大江东去浪淘尽"的洒脱与豪迈；更惊叹他身处逆境不觉痛苦，脚踏荆棘不觉悲凉的乐观与豁达。他习惯了淡薄，学会了坦然，沉淀下来的是人生的哲理，就像"人有悲欢离合，月有阴晴圆缺，此事古难全。但愿人长久，千里共婵娟"。苏东坡将他的诗词化为他情感的载体，做到了千载有余情。

苏东坡的肉体早已成为宇宙中的微粒，他的力量也在死亡封闭了他的那一刻停止，但绝不是消失。他的精神化成星、化成雨，指引世世代代的人前行。时势造英雄，英雄造时势，苏东坡已然活成了一段传奇，一段宛如清风般的传奇。

用读书所得去生活

轻轻抚摸着纸上一个个跳跃的文字，我觉得纸张也是有温度的。

初读林清玄先生写的散文时，我只觉得语句优美，仅仅几笔就勾勒出了一幅生动的画面。当把整本书读完时，我更欣赏林清玄的那份文人情怀。

"外祖母手植的莲雾树不在了，我只好把它种在心里。在这个转变的时代，任何事物只有放在心中最保险，我把它种在心灵果园的一角，这样我可以随时采摘，并且时刻记得，在这片土地上曾生长过绿如翡翠的莲雾，是别的品种不能取代的。"初读这段话时，我养的小狗刚因一场车祸而离开。那个天天在门口等我回家，那个喜欢在我怀里撒娇的身影，再也看不见了。我整天郁郁寡欢，感觉哪里都是它的影子。

那段话，让我封闭的心房中积郁着的情绪找到了出口，那些飘浮着无处安放的情感也有了归宿。我把那只小狗妥善地安放在心的一角。它从未离开，因为它一直在我心里。

"每次我听着风铃感知风的存在，这时就会觉得我们的生命如风一样地流过，几乎是难以掌握的。因此我们需要心灵的风铃来觉知生命的流动、观察生活的内容、感动于生命与生命的偶然相会。"很长一段时间，我仿佛失去了感知世界美好的能力。在一万次的心动面前，我蒙上了眼，捂住了耳朵。读了林清玄先生的散文之后，我尝试观察生活，努力寻找点滴的美好。

我坐在书店的一角，身侧是一扇巨大的落地窗。起初，雨只是淅淅沥沥地落下，后来，便一发不可收拾。我讨厌雨天，因为每次雨天上学时总会把鞋和衣服弄脏，再上一整天的课，心情实在郁闷。今天，我却心血来潮地望着窗外的雨。它们急不可耐地奔向地面，留下一个个水花，便结束了生命最精彩的时刻。突然，我想到了小时候写作文常用的比喻："雨像在跳舞。"写了这么多年，直到那天，我才真正理解了这个比喻。外面的倾盆大雨，就如一场绚丽的舞蹈。

"一心一境是疗治人生的波动、不安、痛苦、散乱最有效也最简易的方法，因为人的乐受与苦受虽是感觉真实，却是一种空相，若能安住于每一个当下，苦受就不那样苦，乐受也没有那么乐了。"我有时很浮躁，经常被自己打得头破血流。

"这个世界上最美好的事，都是语言文字难以形容表现的。就像我们站在雪中，什么都不必说，就知道雪了。"我是庆幸的，庆幸我还没错过太多美好。我是激动的，某一刻，真正体会到了书中的那句话。

用生活所感去读书，用读书所得去生活。感谢这本书，它让我再一次学会了，如何"生活"。

敢于尝试，勇敢追梦

"你的地图是一张白纸，所以即使想决定目的地，也不知道路在哪里。"

这是一家早已废弃的杂货店，一扇破旧的铁门，一个盖得紧紧的牛奶箱，一个难以辨认的招牌。三个深夜闯入的小偷开启了这段故事。这是一家神奇的杂货店，在晚上将写了烦恼的信丢进铁卷门的投递口，隔天就能在牛奶箱里拿到回信解答。

五个故事，五种人生——女运动员静子在陪伴身患绝症的爱人与参加奥运会的梦想中徘徊；鱼店音乐人克朗愁苦于继承父亲苦心经营的鱼松店还是坚持自己的音乐之梦；少女绿河在是否应该生下有妇之夫的孩子而苦恼不已；少年浩介在经历家庭巨变后挣扎在对父母的信任与对未来的迷茫之中；女孩儿晴美为了赚钱报答恩人烦恼于日常工作还是继续陪酒。而这个穿梭了时空的牛奶箱的那头，是三个心有良知却又为前路而深感迷茫的小偷。

"如果把来找我咨询的人比喻成迷途的羔羊，通常他们手上都有地图，却没有去看，或是不知道自己目前的位置。"

每个人这一辈子如果是一条路，一生就是从起点到终点，那这一路上定会有许多岔路口，分岔的两条路一条平坦但是乌云密布，另一条明媚但布满荆棘。而书中五个故事的主人，就正处在这样的岔路口。就在这时，他们选择了求助，让他人给自己出主意，替自己做决定。他们信任浪矢杂货店，他们把自己内心深处的苦恼倾诉给了一个陌生人。

我认为《解忧杂货店》这本小说，是充满着爱的，晓子对浪矢的爱使她建立了丸光园，浪矢对孩子的爱使他开始"解忧"，他认真地回答对那时的孩子有了很大的影响；翔太、幸平、敦也心中的爱使他们没有对跨越时空的求助信视而不见。是爱，让静子放弃了自己的梦想，让绿河义无反顾地生下了孩子。

很多时候，咨询的人心里已经有了答案，来咨询只是想确认自己的决定是对的。

来咨询的五个人，他们都有着对前路的迷茫，都站在了那个人生的岔路口。他们向杂货店咨询，他们收到的答复可能正如他们心之所想，可能与他们心中所想正好相反，他们在最后都做出了选择，这可能与杂货店给出的建议截然不同，但他们都不后悔。

"浪矢杂货店"一直在做的并不是解忧，而更像是一种指引，如果这个指示牌指引的方向与咨询人心中的方向一致。那这种指引更坚定他的信心；如果相反，那不妨再思考一下自己的选择是否正确，是否是自己内心的声音，如果是，那就义无反顾地走下去！

这本书中写的，不仅仅是两个时空的通信，是丸光园与杂货店的渊源，是各个故事的主人公之间的微妙又紧密的关系，更是一次心灵的对话。翔太、幸平、敦也在给他人解忧时也认清了自己，每个咨询者也在这里读懂了自己的内心，而浪矢对白纸的解答，点亮了三位少年原本乌云密布的心中之路。

在一个阳光明媚的清晨，在一个寂静无声的夜晚，在学习工作生活累了之后，在充满迷茫之时，轻轻捧起这本书，看着书中的人情世故，看着一个个跌宕起伏却又十分治愈与温馨的故事，我们自己仿佛也会被某种温暖的光包围，那是一种淡淡的却又给人无声的希望与鼓励的光。我想，这就是这本书想要带给我们的吧——在人生的这条路上，有的事情并不是一定要有一个指引，并不是一定要手持地图才肯大步往前走，我们可以先走走看，在路上，我们会创造出一份更好的地图！我们要做的，就是敢于尝试，勇敢追梦！

"可换个角度来看，正因为是一张白纸，才可以随心所欲地描绘地图，一切全在你自己，对你来说，一切都是自由的，在你面前是无限的可能。"

永远的狼图腾

　　月亮升起，它将皎洁的月光洒在额仑草原上，一群群穿河而过的黑影被照得原形毕露。它们井然有序地在草原上奔跑，动作迅猛有力，并时不时地回首观望这美丽的故乡。最后纵身一跃，跨过边境线，逃到了安详和宁的蒙古国。在汉人的驱赶之下，狼群被迫撤退于荒漠之中，再也不敢回到养育它们的草原。

　　草原上的人和狼，在一起共处了几千年。一直以来，蒙古人将狼视为精神上的图腾，甚至将其当作神灵的化身，不敢赶尽杀绝，狼才得以在草原上站稳脚跟，繁衍生息。它们战斗的本领、智慧、能力，与人类不分上下，在谋略方面甚至超过了人类，成为蒙古人的生存榜样。让这个游牧民族在原始落后的状态下，日趋强大，与狼一般征服过东方，打垮过西方。几度成为汉、印、欧等地区令人惶惶不可终日的强大敌人。但转念一想，人口稀少的蒙古人能取得这样大的成就，必是以狼为教材，在生活中不断揣摩、考虑、实践它们的行为，而后掌握了其战术，才获取这么多的军事才华，成长壮大起来的。人与狼共同作为草原上的强者，他们之间相互学习，相互斗争，似乎已成为常情。但到了"文革"时期，这一切就开始改变了。

　　汉人来了。先是从知青开始，陆续转移到蒙古草原上来，借着学习实践，实则揭开了草原神秘的面纱，使其对外界打开了大门，但毕竟青年们尚有觉悟之心，能被草原文化熏陶，理解狼在牧民眼中十分重要的原因，未做出有损于草原的事情，但随着越来越多的农耕人挤入草原，情况便开始恶化。毁草原，垦荒地，即使土地沙化心也不犹豫；打旱獭，灭狼群，纵使断狼之根本还欢歌载舞。完全不顾蒙古人民的悲愤之情，只知享受快乐，就像欧洲列强掠夺中国一般凶狼。一代狼群，只得在白狼王的带领下，离开了草原，逃往了没有汉人践踏的蒙古国，在饥寒交迫中，苟且偷生。

　　没有了狼，蒙古人民精神上就出现了伤痕，不敢接受现实，草原失去了狼，也再无先前的生机活力。遭受如此挫折，牧民心中的狼图腾，失去了现实中的指导作用，以后也只能化作虚幻的、精神上的支柱。愿其能一直传承下去，永不断绝。让真正的狼文化，流传在蒙古人的心中，并发扬光大。

贺知章《回乡偶书》（其一）——对比手法

中国传统的写作手法有"赋""比"和"兴"三种。关于这三种写作手法，宋朝的朱熹先生解释说："赋者，敷陈其事而直言之也。比者，以彼物比此物也。兴者，先言他物以引起所咏之辞也。"用现代的话说：所谓"赋"就是开门见山，打开天窗说亮话，有什么说什么；所谓"比"类似于现在的比喻；所谓"兴"就是要说这件事，先说另一件事作为话头。

其实，除了这三种写作手法，还有一种写作手法也经常被用到。那就是"对比"手法，通过强烈的对比使作者要表达的主题更加深刻。今天，我们就以贺知章的这首《回乡偶书》为例子，来谈谈对比手法。

老规矩，先来看看这首诗。

回乡偶书（其一）

贺知章

少小离家老大回，乡音无改鬓毛衰。

儿童相见不相识，笑问客从何处来。

贺知章是唐朝时候越州永兴人，也就是现在的浙江萧山人。他在三十七岁中进士，但是却在这之前就离开了家乡。天宝三年（744），他辞去朝廷官职，回到阔别五十年的故乡。此时他已经八十六岁。《回乡偶书》（共两首）就是在这样的背景下写作的。

在这首诗中，作者运用了三组对比写作的手法。其中，前两组是"明用"，而最后一组是"暗用"。"少小离家"和"老大回"是第一组对比；"乡音无改"和"鬓毛衰"是第二组对比；儿童口中的"客人"身份和作者实际上的"主人"身份是第三组对比。

这三组对比写作手法，所体现的强烈变化，从作者角度看，前两种变化是主动的，而最后一种变化则是被动的。从"少小"变为"老大"，从"黑头发"变为"鬓毛衰"，这是作者自己的变化；而从先前实际上的"主人"变为儿童口中的"客人"则是被动的变化。

发生在诗人自己身上的变化是极其缓慢的，有时甚至缓慢到连诗人自己都察觉不到。但是，自己在故乡儿童口中一下变成了"客人"，却会使诗人突然意识到那些曾经在自己身上悄悄进行着的缓慢的变化。因此，这首诗的创作过程很可能是，先有了后两句诗——"儿童相见不相识，笑问客从何处来。"然后，诗人就思考儿童称呼自己为"客人"的原因，并最终意识到在自己身上发生的那些曾经被忽略的变化，才有了前两句诗——"少小离家老大回，乡音无改鬓毛衰。"只不过在写作时，将它们的顺序调整了一下而已。

　　另外，"儿童相见不相识，笑问客从何处来"这两句诗，不禁让我们想到欧阳修《采桑子》里的两句词："归来恰似辽东鹤，谁识当年旧主人。"

贺知章《回乡偶书》（其二）——物极必反

昨天谈了贺知章《回乡偶书》的第一首，今天再来谈谈《回乡偶书》的第二首。老规矩，还是先来看看这首诗。

回乡偶书（其二）

贺知章

离别家乡岁月多，近来人事半消磨。

惟有门前镜湖水，春风不改旧时波。

人是不能长久地处在伤感之中的。贺知章的《回乡偶书》（其一）全是伤感的调子。所以，他就不得不再写一首诗，使自己从这种伤感中挣脱出来。但是，只有"物极"才能"必反"，只有"否极"才能"泰来"。从"少小"到"老大"，从"黑头发"到"鬓毛衰"，从"主人"到"客人"，这些还都不是伤感的极致。只有生死才真正是伤感的极致。

诗人离开家乡已经有半个世纪之久，而最伤感的事莫过于"物是人非"。此时，他忽然发现自己的亲友已经大半离世。所谓"近来人事半消磨"是也。

这句诗——"近来人事半消磨"——在艺术上还有它的独到之处。本来"生老病死"是再平常不过的事情，没有必要大惊小怪。可是，这件事对诗人来说，却有着与常人不同的感受。虽然诗人的一大半亲友也是一个个相继离世的，但是，对于数十年奔波在外，而且长期与他们消息隔绝的诗人来说，仿佛这大半的亲友是突然一起离世的。于是，诗人就难免有杜甫所谓"访旧半为鬼，惊呼热中肠"的感受。

到此时，诗人的伤感已经达到极点。因此，"物极必反""否极泰来"自然就是预料之中的事。虽然"人非"，但是终究还有"物是"。门前的镜湖水，在春风吹拂之下，不是还依旧荡漾着往日的波纹吗？似乎一切都变了，但是它却没有变：惟有门前镜湖水，春风不改旧时波。

这从来没有改变过的"镜湖水"，最容易使人联想到从"绿林大学"毕业的朋友们的那句名言："青山不改，绿水长流。"虽然我们觉得这些朋友不免有些粗鲁，但却不能否认，他们这句名言到底有些豪迈。

　　虽然似乎一切都改变了旧时的模样，就连亲友也是"一代新人换旧人"。可是，到底还有不变的东西在。于是，门前的这一湖不变的春水就使诗人从伤感之中挣脱了出来。

贺知章《题袁氏别业》——不差钱

今天跟学生们一起学习英国著名作家奥斯卡·王尔德的童话《巨人的花园》。花园的主人巨人将在花园里玩耍的孩子们驱逐出去。于是，孩子们被赶走了，春天也不再光临花园了。最后，巨人幡然悔悟，孩子们终于又回到了花园，春天也随之而来。

然而，春天到底不是孩子们的"跟屁虫"，不会孩子们走到哪里，它就跟着走到哪里；也不会孩子们回到哪里，它也跟着回到哪里。童话到底是童话，到底不能信以为真。但是，这个不太可信的童话，却让我想起了贺知章《题袁氏别业》这首诗的前两句——"主人不相识，偶坐为林泉。""袁氏别墅"的主人倒不像"花园的主人"驱逐到那里去的游客。

今天，我们就来谈谈贺知章的这首《题袁氏别业》。不过，主要不是谈这首诗的前两句，而是它的后两句。

老规矩，还是先来看看这首诗。

题袁氏别业

贺知章

主人不相识，偶坐为林泉。

莫谩愁沽酒，囊中自有钱。

诗人并不认识这座别墅的主人，但是看到里面山林里的泉水，便情不自禁地来小坐一会儿。可是，常言道："阎王好见，小鬼难缠。"别墅的主人就像清朝的袁枚对待他的别墅——"随园"一样："放鹤去寻三岛客，任人来看四时花。"然而，这座别墅的看守却因为诗人衣着简朴而瞧不起他。于是，诗人就在别墅的墙壁上题写了这首诗。"莫谩愁沽酒，囊中自有钱。"那意思就是说：小子嗳，你不要以为我没钱，告诉你，咱"不差钱"！

其实，以貌取人的事古今中外都有。据说，曾经有一个外国人到一户阔人家里去参加宴会。就因为他衣着寒酸，于是阔人家的门房就将他拒之门外。于是，他立刻回家换了一身体面的衣服。在宴会上，他将这身衣服脱下来，放在旁边的一个座位上，毕恭毕敬地对它说："亲爱的衣服先生，请您享用美餐。人家今天请的不是我，而是你！"

贺知章固然是"不差钱"，但是却也有"差钱"的诗人。比如"诗仙"李白就曾经拿自己的貂皮大衣和宝马坐骑来抵酒钱。他在《将进酒》中，就说："主人何为言少钱，径须沽取对君酌。五花马，千金裘，呼儿将出换美酒，与尔同销万古愁。"当然，有东西抵酒钱也还是不错的。有的诗人甚至连换酒钱的东西也没有！比如"诗圣"杜甫就没有抵酒钱的东西，所以他只好赊账。他在《曲江》（其二）中，自己坦白承认："酒债寻常行处有。"

后来的文艺理论家又发现了"差钱"和诗歌创作之间的关系，这就是著名的"穷能工诗"理论。金钱在现实生活中让诗人吃尽了苦头，而在诗歌创作上又给予他们极大的帮助，也算是将功补过，或者说是戴罪立功了。

李白《早发白帝城》——"抄袭"还是"暗合"?

李白的《早发白帝城》——又叫《下江陵》——是唐诗七言绝句里的"绝唱"。今天,我们就来谈谈这首有名的诗。

老规矩,还是先来看看这首诗。

早发白帝城

李白

朝辞白帝彩云间,千里江陵一日还。

两岸猿声啼不住,轻舟已过万重山。

这首诗的写作背景是,李白受到永王李璘谋反案的牵连,被判刑流放到夜郎去。当他走到白帝城的时候,接到朝廷大赦的消息,在乘船回江陵的途中写下了这首脍炙人口的七绝。

中国的地势是西高东低,白帝城在现在中国西南部的重庆市奉节县的白帝山上,可以说是"高峰上的高峰"。因此白帝城的高度就可想而知了。估计跟云彩的高度也相差无几。因此,李白乘船沿江而下,才说"朝辞白帝彩云间"。

如果读者注意诗文之间的比较,就会发现:李白的这首《早发白帝城》跟郦道元在《水经注》中对三峡的描述,竟然有惊人的相似之处。我们不妨试着比较一下。

郦道元说:"至于夏水襄陵,沿溯阻绝。或王命急宣,有时朝发白帝,暮到江陵,其间千二百里,虽乘奔御风,不以疾也。"而李白说:"朝辞白帝彩云间,千里江陵一日还。"然而,之所以能够"千里江陵一日还",就是因为"轻舟已过万重山",速度太快了,就连骑快马,甚至是"御风而行"都赶不上。

郦道元说:"每至晴初霜旦,林寒涧肃,常有高猿长啸,属引凄异,空谷传响,哀转久绝。"而李白又说:"两岸猿声啼不住"。

如此看来,不仅仅是相似,简直就是相同。于是,我们不禁要发一个疑问：李白的这首诗跟郦道元对三峡风景描写的关系，是抄袭呢，还是暗合呢？

从李白一生酷爱游览名山大川的性情来看，郦道元的这部文辞优美的地理学名著《水经注》自然难逃他的法眼。所以，似乎他的这首诗很有些抄袭的嫌疑。

然而李白这次从白帝城到江陵，又恰好亲身经历、目睹了郦道元在《水经注》中对三峡风景描写的那些景物。或许这就像《同一首歌》中唱的那样："同样的感受给了我们同样的渴望，同样的欢乐给了我们同一首歌。"只不过，郦道元的"歌"是散文的形式，而李太白的"歌"是七绝的形式。所以，他的这首诗跟郦道元对三峡的记载的相似，好像更应该看作暗合。

齐白石先生曾发表关于绘画的宏论说："画妙在似与不似之间。"对于李白的这首诗跟郦道元的记载的关系，我也只好鹦鹉学舌般说，"这首诗在抄袭与暗合之间。"

李白《望庐山瀑布》——灵感与酒

李白的《望庐山瀑布》是他最重要的代表作之一。现在，就连幼儿园的小朋友都能倒背如流，就连小学生也能明白它的意思。可以说，要从这首诗里品读出什么新的意思来，恐怕比登天还要难。但是，我们却不难从这首经典的七言绝句中窥伺李白在诗歌创作上的特点。

下面还是让我们来重温一下这首大家都熟悉的《望庐山瀑布》吧。

望庐山瀑布

李白

日照香炉生紫烟，遥看瀑布挂前川。

飞流直下三千尺，疑是银河落九天。

从这首诗，我们不难看出，李白诗歌的第一个特点就是，大开大合，一会儿是"前川"，一会儿是"银河"。可以说，李白的诗是"粗线条"的豪放派，而不是那种"细腻委婉"的婉约派。

李白诗歌的第二个特点就是，虽然是"粗线条"的豪放派，但是，却不失灵动，简直就像"龙舞九天"。用闻一多先生的话说，"李太白不是一个雕琢字句、刻画辞藻的诗人，跌宕的气势——排奡（'矫健'的意思）的音节是他的主要的特性"。这首《望庐山瀑布》恰好可以作为此论断的一个注脚。和它比起来，那些"细腻婉约"的诗句，都不免有纤细的毛病。

豪放是容易的，但是既豪放又不失灵动却是极为困难的。李白之所以能做到这一点，完全得益于他得天独厚的"天赋"，也就是他独有的灵感。闻一多先生曾说过，李太白是一位专仗着灵感作诗的诗人。

灵感这东西，可不是说来就来的。就像要招来"金凤凰"，先得栽下梧桐树一样，要想灵感光降，似乎也得先准备点儿什么才行。《围城》里面那个"学贯中西"的方鸿渐恰好给我们提供了一个参考，"古代诗人向酒里找灵感，近代欧美诗人都从鸦片里得灵感"。杜甫也说过"李白斗酒诗百篇"的话，这算是一个旁证。而李白的"举杯邀明月，对影成三人""兰陵美酒郁金香，玉碗盛来琥珀光""人生得意须尽欢，莫使金樽空对月"等诗句，就算是李白的自供状了。

然而，灵感这东西，既不像侍从那样召之即来，有时却屡招不至；又不像侍从那样挥之才去，有时又不辞而别。就算是文思泉涌如李白，想必也有头脑不灵光的时候。所以，闻先生又说："像李太白这样一位专仗着灵感作诗的诗人，粗率的作品，准是少不了的。"虽然我们不愿意相信，但是这恐怕是事实。

因为李白写诗专仗灵感，而杜甫写诗多靠苦吟，所以后人才说"杜甫可学，而李白不可学"。当然，也有专爱学习李白的，比如我们伟大的领袖毛泽东同志。所谓"上有好者，下必甚焉"。于是，郭沫若先生就专门写了一本《李白与杜甫》来"扬李贬杜"。不过，豪放的架子容易学，而天赋的灵感却着实不易学，所以，我们敬爱的领袖也不免只是学到一些"豪放的粗线条"而已。

李白《长相思》——谁思念谁，这是个大问题

前面我们已经谈了好几首以相思为题材的诗，其中，光是李白的就有两首：一首是《玉阶怨》；另一首是《怨情》。现在，我们再来谈谈李白的另一首以相思为题材的诗——《长相思》。

老规矩，还是先来看看这首诗。

长相思

李白

美人在时花满堂，美人去后余空床。

床中绣被卷不寝，至今三载闻余香。

香亦竟不灭，人亦竟不来。

相思黄叶落，白露湿青苔。

当然，说得确切一点，这首诗该属于艳情诗一类。但是，今天我想要谈的不是它属于艳情诗的这个层面，而是想谈谈这首诗跟其他的以相思为题材的诗的不同之处。

仅在唐代的诗歌里面，以相思为题材的诗歌，比如"宫怨诗""闺怨诗"就屡见不鲜。别的诗人不说，单说李白吧，除了《玉阶怨》和《怨情》之外，还有《长干行》《春思》等作品。

但是，这首诗跟它们的最大不同点在于：那些诗——不论是李白的还是别人的以相思为题材的诗——都是作者以"妇人思念丈夫"的口吻来写的，而这首《长相思》却是以"男子思念女子"的口吻来写的。

按照常理来推论，这些以思念为题材的诗歌，男诗人们最直接的感受，就是对妻子或者对心仪的女子的思念。那么，他们为什么偏偏要绕个弯来写"妇女思念丈夫"呢？

要弄明白这个问题，或许我们可以从另外一个问题当中得到启示。在《聊斋志异》中，作者所描写的爱情故事的男主角，往往都是书生。那么，我们不禁要问：为什么爱情故事的男主角往往都是书生，而不是农夫、工人或

商人呢？这里面最重要的原因，也就是问题的关键在于，写作这部书的作者蒲松龄，就是一个书生。

明白了这个问题，我们也就不难明白，为什么在以相思为题材的诗歌里，往往都是"妇女思念丈夫"，而以"男子思念妻子或者是思念心仪的女子"为题材的诗却不算太多。这是因为，这些男诗人们，总是希望女子思念自己，或者是思念自己的同类人。比如杜甫那首著名的《月夜》，明明是自己在外思念妻子，却偏偏要写妻子在家思念自己。

像李白这首《长相思》，是直接描写男子对女子思念的诗歌。在这首诗之前也曾经有，最著名的当属《诗经》的第一篇——《关雎》；在这首诗之后也曾经有，最著名的当属戴望舒的《雨巷》。而在中国古代漫长的诗歌历史上，更多的却是以"妇人思念丈夫"为题材的诗。

总之，直接写男子对女子的思念的诗歌，是比较健康的诗歌。当然，妇人对丈夫的思念也是人之常情，但是如果单单将它当作相思诗的唯一的或者是绝大多数的题材，就不免显得有些病态了。

胡令能《小儿垂钓》——什么是"生动"?

昨天谈了什么是"形象",今天再来谈谈什么是"生动"。我个人认为,所谓文学上的"生动"就是将"无形"的或者是"有形"的事物,通过文字的描述,在读者心目中留下一个栩栩如生的印象。

事物可以分为"有形"和"无形"两大类,而"有形"的事物又可以分为"静态"的和"动态"的两大类。根据所要描述的事物的不同,所谓的"生动"也随之不同。下面我们就以不同的诗词为例,分别对这三种情况下的"生动"进行分析。

当"有形"的事物处于"动态"时,所谓的"生动"就是将"动态"的事物进行忠实地描写,也就是通常所说的"白描"。比如唐朝诗人胡令能的《小儿垂钓》:

小儿垂钓

胡令能

蓬头稚子学垂纶,侧卧莓苔草映身。

路人借问遥招手,怕得鱼惊不应人。

从诗的后两句——"路人借问遥招手,怕得鱼惊不应人",我们仿佛看到了路人正在跟垂钓的小儿问路,而他却害怕说话声会吓跑鱼儿,赶忙招手制止路人的活动画面。诗人通过白描的手法忠实地传达了当时的情况,这是"生动"。

又如清朝诗人袁枚的《所见》:

所见

袁枚

牧童骑黄牛,歌声振林樾。

意欲捕鸣蝉,忽然闭口立。

也是从诗的后两句——"意欲捕鸣蝉,忽然闭口立",我们仿佛看到那个牧童为了捕捉正在鸣叫的蝉，忽然闭上嘴巴，停止了歌唱，而且迅速地从牛背上跳下来，站立在地面上，专注地看着那只蝉的一系列活动画面。诗人也是通过白描的手法忠实地传达了当时的情况，这也是"生动"。

当"有形"的事物处于"静态"时，所谓的"生动"就是作者通过各种写作手法，将"静态"的事物转化成"动态"的事物。比如宋朝词人张先的名句——"云破月来花弄影"。本来，花是静态的，但是作者却巧妙地借用"月移花影动"的道理，实现了花从"静态"到"动态"的转变，从而使花的形象更加生动。又如宋朝诗人王安石的诗句——"月移花影上栏杆"。他同样是巧妙地借用"月移花影动"的道理，使花的形象更加生动。再如宋朝诗人苏轼的诗句——"只恐夜深花睡去，故烧高烛照红妆。"诗人通过拟人的写作手法，将花拟人化，我们仿佛看到了一树的海棠花正在打哈欠、伸懒腰。这样海棠花的形象就生动了许多。

当事物"无形"时，要想使它"生动"就必须同时使它"形象"。于是，此时的这个"无形"的意象往往既生动又形象。比如南唐李煜的名句——"剪不断，理还乱，是离愁，别是一番滋味在心头。"这"无形"的离愁不但似乎确有其物，而且还有"滋味"。又如李清照的名句——"此情无计可消除，才下眉头，却上心头。"这"无形"的"此情"不但似乎确有其物，而且还能上下运动。这都是既形象又生动的例子。

总之，优秀的作家，既能重现"动态"事物的神韵，又能使"静态"的事物活动起来，从而使它们生动起来，而且还能使"无形"的事物既形象又生动。

李白《春思》——无语怨东风

今天想来谈谈李白的这首《春思》。老规矩，还是先来看看这首诗吧。

春思

李白

燕草如碧丝，秦桑低绿枝。

当君怀归日，是妾断肠时。

春风不相识，何事入罗帏。

这首诗的开始一联就很有特色。"燕草"是指燕地的野草；"秦桑"是指秦地的桑树。从表面看来，是说两种植物。但是，实际上却是用这两种不同地方的植物来分别代指这两个不同的地方："燕草"代指丈夫出征的燕地，是唐代东北边防要地；"秦桑"代指妻子所在的秦地。于是，这首诗的主题，便隐含在这两种植物下面，即内地妻子对出征在外的丈夫的思念。

第二联更有意思。这位妻子不但自己思念丈夫，而且还想象丈夫也在思念自己，所以她说"君怀归"。可是，她又觉得无论丈夫怎样思念自己，都比不上自己思念丈夫厉害，自己因思念丈夫，几乎到了"断肠"的地步。因此她又说"当君怀归日，是妾断肠时"。这是中国古代诗人惯用的对比手法。不过，在这里却是在"想象"基础上的"对比"。

有人认为，这一联——"当君怀归日，是妾断肠时"——是将"同一时间、不同地点"的两个画面"组合"衔接在一起，是电影学上的"蒙太奇"手法。我看不太像。"同一时间"倒是没有问题。但是，这两个场景却不是"'不同地点'的两个画面"，而是这位妻子自己的亲身感受（"妾断肠"）和她的想象（"君怀归"）的两个画面。

连作者包括在内，李白揣摩想象这位独守空房的妻子的思夫之情，而这位妻子又揣摩想象自己的丈夫的思妇之情。这不像"蒙太奇"手法，倒是很像"阳羡鹅笼"这个故事。

"春风不相识，何事入罗帏"，这一联就更有意思了。因为这位妻子思夫心切，所以留心一切有关丈夫将要归来的好兆头。《吴声歌曲》之一的《子夜四时歌》说："春风复多情，吹我罗裳开。" 从此之后，不论是春风吹开妇女的衣裳，还是吹开她的帐子，都被看作丈夫将要回家的好兆头。现在，春风也吹开了这位妻子的帐子，但是她的丈夫却迟迟没有回来。于是，她就怨起这不守信用的春风来，嗔怪它为什么无缘无故闯进自己的帐子里来。正所谓"人生自是有情痴"，虽然"此事不关风与月"，可是，无奈她却偏要"无语怨东风"。

李白《关山月》与《子夜吴歌》——蒙太奇手法

　　所谓"蒙太奇手法"，是指将"同一时间、不同地点"的两个画面组合衔接在一起的方法。这种表现手法在现在的电影中经常会用到，但是，在古诗当中却很少运用，因为诗歌短小精练的特点实在是不适合这种手法的运用。可是，虽然在单首的诗歌中难以利用这种表现手法，但是有时将两首相关联的诗歌对照着读，却会意外地发现"蒙太奇手法"。比如，今天我们要谈的李白的两首诗——《关山月》与《子夜吴歌》。

　　老规矩，还是让我们先来看看这两首诗。

关山月

李白

明月出天山，苍茫云海间。

长风几万里，吹度玉门关。

汉下白登道，胡窥青海湾。

由来征战地，不见有人还。

戍客望边邑，思归多苦颜。

高楼当此夜，叹息未应闲。

子夜吴歌

李白

长安一片月，万户捣衣声。

秋风吹不尽，总是玉关情。

何日平胡虏，良人罢远征。

　　两首诗一首写"征夫"，一首写"思妇"，一呼一应，密切相关，契合无间，真可谓珠联璧合；合在一起，就是所谓"蒙太奇手法"。

　　"明月出天山，苍茫云海间。"一轮明月从巍峨的昆仑山上慢慢地升起来，缓缓地穿行在苍茫的云海之间，倾泻下一片银白色的光辉。这一轮明月，既是照耀着边关的"关山月"，又是照耀着长安的"一片月"。

秋风吹个不停，横跨数万里，从长安一直吹到征夫戍守的边地玉门关。思妇虽然十分想念戍守边疆的丈夫，但是却无可奈何，只得将自己的思念赋予秋风，随它一同到达边关。

丈夫戍守的边关是个什么地方呵！"汉下白登道，胡窥青海湾。由来征战地，不见有人还。"汉朝的汉高祖刘邦曾经亲自带领军队在白登主动出击匈奴，现在唐朝的军队又在玉门关被动防御来犯的吐蕃军队。从汉朝到唐朝，玉门关一直都是兵家必争之地。古往今来，还不知有多少出征的将士"一去不复返"呢！也许，他们早已是白骨累累，但是却依然是妻子们的"春闺梦里人"。

另外，"汉下白登道"这句诗的典故，虽然实有其事，但是在这首诗里却是"虚写"。它只是起到衬托玉门关这个边疆要塞的作用。不然，一首写玉门关的诗，忽然写起白登之围来，就让人有点摸不到头脑了。

出征戍边的将士，望着边关苍凉的夜色，怀乡思归之情使他们无不愁眉紧锁，现出愁苦的面容。而家中的妻子们此时也正盼望着他们早日凯旋——"何日平胡虏，良人罢远征。"戍边的将士望着"苍茫云海间"的月亮，不禁想："此刻的妻子大概在高楼上，独自望着这轮明月，她应该也叹息不止吧？"可是，他们却不知道，她们并没有登楼望月，而是正借着月光"捣练"（捣洗煮过的熟绢），为远征的丈夫们赶制寒衣。"捣练"之声，在清冷的月光下此起彼伏，一直持续到深夜……

李白《下终南山过斛斯山人宿置酒》
——酒向知己饮

今天，我们来谈谈李白的这首五古（"五言古诗"简称"五古"）《下终南山过斛斯山人宿置酒》。

老规矩，还是先来看看这首诗。

下终南山过斛斯山人宿置酒

李白

暮从碧山下，山月随人归。

却顾所来径，苍苍横翠微。

相携及田家，童稚开荆扉。

绿竹入幽径，青萝拂行衣。

欢言得所憩，美酒聊共挥。

长歌吟松风，曲尽河星稀。

我醉君复乐，陶然共忘机。

这是李白在长安供奉翰林时写的一首诗。诗歌的意思很明白，不需过分解释。但是，每句诗却都能让人浮想联翩。下面就让我们分别看一下每句诗。

"暮从碧山下，山月随人归。"我们的歌词是"月亮走，我也走"；但是，在李白这里却是"山月随人归"。我们在月亮面前是被动的，而李白在月亮面前却是主动的。或许，主动与被动的区别，就是"仙"与"人"的区别。

"却顾所来径，苍苍横翠微。"从一"顾"字，就可看出诗人对终南山的情意。在诗人眼里，万物皆有情。如果说人的性情是由"感性"和"理性"组成的话，那么诗人的性情肯定是感性多于理性，所以他们的感情才格外丰富。因此，他们不仅对有生命的东西有感情，就是对无生命的东西也有感情。

"相携及田家，童稚开荆扉。"从"相携"两字便可知道，在这两句诗前面省略了作者与斛斯山人在山路上相遇的一幕。清朝人在评价左丘明的《左传》的写作风格时说："左氏叙事、述言、论断，色色精绝，固不待言，乃其尤妙在无字句处。"中国的古诗，是最精练的语言，所以读古诗更需在"无字句处"下功夫。另外，"无字"和"有字"也是虚实相结合的一种。

"绿竹入幽径"的正常语序该是"幽径入绿竹"。"却顾所来径，苍苍横翠微"，是诗人对终南山有情；而"青萝拂行衣"，却好似是青萝对人有情。前后交相辉映。

"欢言得所憩，美酒聊共挥。长歌吟松风，曲尽河星稀。"所谓"酒逢知己饮"，此时岂能无酒？酒助谈兴，然而"言之不足，故嗟叹之。嗟叹之不足，故歌咏之"。于是，两人一起唱起《风入松曲》。曲尽之时，已是银河星稀。

"我醉君复乐，陶然共忘机。"酒醉之后的快乐，也许只有陶渊明的两句"此中有真意，欲辨已忘言"才能形容得了。

古人说："言有尽而意无穷。"李白的这首五古就可以做一个证明。

杜牧《长安秋望》——以我观物

长安秋望

杜牧

楼倚霜树外，镜天无一毫。

南山与秋色，气势两相高。

"楼倚霜树外"的正常语序，该是"倚楼霜树外"。而那个"倚楼"的人，当然就是作者自己。深秋的天，就像一面澄澈的镜子，没有一丝云彩。

"南山与秋色，气势两相高。"其实，气势高的，不只是"南山与秋色"，还有作者自己！

王国维《人间词话》说："有有我之境，有无我之境。'泪眼问花花不语，乱红飞过秋千去''可堪孤馆闭春寒，杜鹃声里斜阳暮'，有我之境也。'采菊东篱下，悠然见南山''寒波澹澹起，白鸟悠悠下'，无我之境也。有我之境，以我观物，故物皆著我之色彩。无我之境，以物观物，故不知何者为我，何者为物。"

"南山与秋色，气势两相高"，乃"有我之境也"，是"以我观物"，"故物皆著我之色彩"。所以说，气势高的，还有作者自己。

杜牧《山行》——古人"出世"
与"入世"情结

山行

杜牧

远上寒山石径斜，白云深处有人家。

停车坐爱枫林晚，霜叶红于二月花。

这首诗是典型的"倒叙手法"。正叙为：

山行

杜牧

停车坐爱枫林晚，霜叶红于二月花。

远上寒山石径斜，白云深处有人家。

在中国的传统文化中，有一种隐士文化。就是到今天，据说在陕西省的终南山上，还住着五百多名隐士呢！

中国人，特别是中国古人，的确是有隐士情结的。不过，真正的隐士并不多，只有像陶渊明和林和靖那样的，才是真正的隐士。而很多隐士都是将隐居当作做官的捷径，所谓的"终南捷径"是也。据说古时候，当官有两条捷径：一条是"土匪—招安—当官"；另一条是"隐居—出名—当官"。

杜牧的"停车坐爱枫林晚"，不是真的想去隐居，而是在仕途上受挫之后，见到美丽的景色，有这么一种想法。对于绝大多数从政不顺的中国古人来说，隐居仅仅是他们的一个并不太强烈的期望，或者是暂时的调剂。这种思想，是从孟子"穷则独善其身，达则兼济天下"来的。

杜牧的爷爷杜佑当过宰相，而他也很有政治才能，同时对自己的政治才能也相当自负，对于三国时候火烧赤壁的周瑜"一点面子也不给"，曾经给过周郎"时无英雄，遂使竖子成名"的评价。因为他的诗歌写得好，所以人家夸他是"小杜甫"。其实，他更愿意让人家夸他"小杜佑"。可惜，他仕途一直不顺，只能打打茶围，喝喝花酒，"十年一觉扬州梦，赢得青楼薄幸名"。

中国古人这种仕途不顺的时候就想去隐居的心理，发展到后来，特别是民国时期军阀混战的时候，每逢军阀或者政客下野，他们就立马信奉出世的佛教思想，等到再上台，立马又改信入世的儒家思想。再发展，就变成了信佛的老太太的持斋，从这月的十六到下月的十四吃荤，十五一天吃素，然后接着吃荤。就像信基督教的人，做了错事就跑去找"主"忏悔，忏悔完接着再去做坏事。

杜牧之所以有这次"山行"之旅，我认为是他在仕途不顺的情况下，由心里暗暗滋生的隐居心理促成的。至于有人说，他是想到山上投宿，就有点不靠谱了。要投宿最好去驿站或者是客栈，至少也要去有村子的地方。"白云深处有人家"，那是杜牧偶然碰见的。要是抱着这种撞大运的心理去投宿，估计他非得露宿荒山不可。

张谓《早梅》——"梅花二弄"

昨天用白居易的一首被"腰斩"的《赋得古原草送别》谈了一下"唐诗"和"宋诗"的问题。今天，趁热打铁，再来继续谈一下这个问题。这一次作为谈资的是唐朝诗人张谓的《早梅》和宋朝诗人王安石的《梅花》。我戏称今天的这篇文章为"梅花二弄"。

老规矩，还是先来看看这两首诗。

早梅

张谓

一树寒梅白玉条，迥临村路傍溪桥。

不知近水花先发，疑是经冬雪未销。

梅花

王安石

墙角数枝梅，凌寒独自开。

遥知不是雪，为有暗香来。

这两首诗从表面上看起来，很相似：两位诗人都将梅花看作是雪花，但是同时又都知道不是雪花而是梅花。可是，一首是"唐诗"，而另一首却是"宋诗"。就如在上一篇文章所说，"唐诗"和"宋诗"的划分，不是按照诗人所处的朝代，而是根据诗的风格。

张谓知道那是梅花而不是雪花，因为梅花"近水花先发"；王安石也知道那是梅花而不是雪花，因为雪花没有香味，而梅花却"有暗香来"。但是，张谓的"不知近水花先发，疑是经冬雪未销"强调的是梅花似雪花的自然景象，而王安石的"遥知不是雪，为有暗香来"强调的却是雪花无香、梅花有香的道理。两相比较，张谓侧重于描写自然风景，而王安石则侧重于讲道理。因此，我们说张谓的《早梅》是"唐诗"，而王安石的《梅花》却是"宋诗"。

然而，王安石的"宋诗"有他自己的特点，跟其他人写的"宋诗"也有不小区别，好比一个人因为遗传和环境的关系，跟他家族的人在脾气性格上有很多相似之处，但是却也有他自己的特殊癖好。钱锺书先生在《宋诗选注》上评价王安石的诗歌特点时，曾经说过："他（指王安石）自己的作品大部分内容充实，把锋芒犀利的语言时常斩截干脆得不留余地、没有回味的表达了新颖的意思。"他的这首《梅花》诗，就完全可以给钱锺书先生的这个论断做一个注脚。

王昌龄《出塞》——互文

在前面的文章中，我们借着祖咏的《终南望余雪》这首诗，探讨了一下通感这种比较独特的描写手法。今天，我们要借着王昌龄的这首《出塞》来探讨一下另一种比较独特的描写手法——互文。

这首七言绝句《出塞》是王昌龄的代表作，也是唐诗中七绝的压轴之作。让我们先来看看这首诗。

出塞

王昌龄

秦时明月汉时关，万里长征人未还。

但使龙城飞将在，不教胡马度阴山。

我们先来看看这首诗的意思。

所谓"秦时明月汉时关"，并不是说"秦朝的明月"和"汉朝的边关"，而是说"秦汉时的明月"和"秦汉时的边关"。这就是互文的描写手法。"秦时明月汉时关"是说士兵们"出塞"保卫边关从时间上来说，是那么的悠久，从秦汉时期就已经开始了。一直到诗人生活的唐朝，士兵们依旧继续"出塞"，继续去保卫边关。

"万里长征"是说士兵们"出塞"保卫边关从空间上来说，是那么的遥远，要经过"万里跋涉"才能到达戍所。到那么遥远的地方去戍守边疆，生还的希望是很渺茫的，往往都是"壮士一去兮不复还"。但是诗人不说"人不还"，而说"人未还"。诗人用他那饱含同情的笔触，为那些守望在家里，没有得到丈夫或儿子确切死讯的妇女们也保留了一丝渺茫的希望。诗人可谓"菩萨心肠"矣！

"但使龙城飞将在，不教胡马度阴山。"所谓"飞将"是指汉朝的"飞将军李广"。据《史记·李将军列传》记载："（李）广居右北平（太守），匈奴闻之，号曰'汉之飞将军'，避之数岁，不敢入右北平。"这两句诗的意思是批评当时唐朝边关的守将无能。其实，批评人有两种方法：一种是直接批评他无能；另一种是通过夸奖跟他同一行当的另一个人，来间接地批评他无能。这两句诗从表面上看，似乎是在夸奖从前的"飞将军李广"，实际上却是在批评眼前的唐朝边关守将。这种间接的批评方法，既达到了批评的目的，又符合诗歌婉转含蓄的要求。真可谓是"一举两得"！

说完了这首诗的意思。我们再来说说互文这种描写手法。互文是中国古代文学作品——特别是诗歌中特有的一种描写手法。因为这种描写手法是为了专门适应有字数限制的文学形式而产生的。除了王昌龄的这首《出塞》，还有杜牧的《泊秦淮》，以及《乐府诗集》里的《木兰诗》，都运用了互文的描写手法。下面分别来说一下。

《泊秦淮》中说"烟笼寒水月笼沙"，并不是说"水汽笼罩着寒水""月光笼罩着白沙"，而是说"月光和水汽一起笼罩着寒水和白沙"。同样的道理，《木兰诗》中说："雄兔脚扑朔，雌兔眼迷离"，不是说"雄兔只是脚扑朔而并不眼迷离，而雌兔只是眼迷离而并不脚扑朔"，而是说"雄兔既脚扑朔又眼迷离，而雌兔也既脚扑朔又眼迷离"。

现在随着旧体诗逐渐地丧失文学形式的主流地位，互文的描写手法也不再被常常用到，但是要想欣赏古代的旧体诗，这种描写手法还是需要有所了解的。

韩翃《寒食》——古诗中为什么用典故

今天想借着韩翃这首《寒食》来谈谈"古诗中为什么用典故"这个问题。老规矩，还是先来看看这首诗。

寒食

韩翃

春城无处不飞花，寒食东风御柳斜。

日暮汉宫传蜡烛，轻烟散入五侯家。

这首诗的前两句——"春城无处不飞花，寒食东风御柳斜"——是对寒食时节，唐朝都城长安的自然景色的白描，所以，不需多言。诗的后两句——"日暮汉宫传蜡烛，轻烟散入五侯家"——是借用汉朝的典故来表达作者对当时政治的意见。

在解释这个典故之前，我们先来说说，为什么在古诗中要用典故这个问题。古诗中之所以使用典故，有两个原因：一个原因是艺术的需要。关于这个原因，朱自清先生曾经在《〈唐诗三百首〉指导大概》中说："典故多半只是历史的比喻和神仙的比喻，用典故跟用比喻往往是一个道理，并没有深奥可畏之处。不过，比喻多取材于眼前的事物，容易了解些罢了。广义的比喻连典故在内，是诗的主要的生命素；诗的含蓄，诗的多义，诗的暗示力，主要是建筑在广义的比喻上。"另一个原因是现实的需要。关于这个原因，钱锺书先生曾经在《宋诗选注》中说："在旧社会里，政治的压迫和礼教的束缚剥夺了诗人把某些思想和情感坦白抒写的自由。譬如他对国事朝局的愤慨、在恋爱生活里的感受，常常得指桑骂槐或者移花接木，绕了个弯，借典故来传述；明明是时事，偏说'咏史'，明明是新愁，偏说'古意'，甚至还利用'香草美人'的传说，借'古意'的形式来起'咏史'的作用，更害得读者猜测个不休。"

由此看来，诗人若考虑到诗歌在艺术上的优美和本人在现实中的名誉或者是人身上的安全，在古诗中运用典故是必不可少的。就算现代人写旧体诗，典故也是必不可少的。倒是现在流行的白话诗丝毫没有安放典故的空隙，因此只靠比喻来顶门立户。于是，那些冗长的白话诗就像《红楼梦》中的林黛玉，瘦削、苍白，一副病恹恹的样子。这就是古诗当中之所以要用典故的原因。

现在再来说说这首诗里的这个典故。"汉宫"表面上是指汉朝的皇宫，而实际上却是代指唐朝的皇宫。关于"五侯"却有不同的解释。有人认为，所谓"五侯"是指汉桓帝时，同日被封为侯的五个宦官。《后汉书·宦者传·单超》："五人同日封，故世谓之'五侯'。"又有人认为，所谓"五侯"是代指受宠的达官贵族。因此，一直以来都莫衷一是。

但是，我们若从用典故的原则来看，这个问题却并不难解决。唐朝中期自唐代宗以来，开始宠信宦官。于是，唐朝的宦官与汉朝的宦者正好遥相呼应。既然前面是汉朝的皇宫——"汉宫"，后面自然就应该是汉朝的宦者——"五侯"。自然，在实际上，诗中所指的也并不是汉朝的宦者，而是唐朝的宦官。

另外，唐代制度，到清明节（寒食节是清明节前一两天）这一天，皇帝宣旨取榆柳之火（钻榆木或是柳木取火）赏赐近臣，以示皇恩。也就是说，在汉朝不见得就有"皇帝清明赐火"这样的事，但是诗歌的创作却不同于历史的写作，允许诗人有合理想象的自由。

贾岛《暮过山村》——写作顺序的调整

昨天谈了贾岛的一首《题李凝幽居》意犹未尽。今天索性再来谈一首贾岛的诗——《暮过山村》。

老规矩，还是先来看看这首诗。

暮过山村

贾岛

数里闻寒水，山家少四邻。

怪禽啼旷野，落日恐行人。

初月未终夕，边烽不过秦。

萧条桑柘外，烟火渐相亲。

这首诗读起来让人感到晦涩难懂，这并不是因为里面有生僻的字眼，也不是因为里面有难懂的句子。其实，每句话的意思都很明了，但是我们从头到尾地读下来，却发现每一句的意思都是零碎的，不能形成一个连贯的意象。这是为什么呢？原因是作者把这四联诗的顺序打乱了。按照事情发展的先后顺序，这首诗应该是这样的：

暮过山村

贾岛

初月未终夕，边烽不过秦。

怪禽啼旷野，落日恐行人。

数里闻寒水，山家少四邻。

萧条桑柘外，烟火渐相亲。

除了在诗句的顺序上，诗人做了调整之外，在第四句诗和第八句诗中，诗人也要了一下滑头。在第四句中，为了保证诗歌的对仗，诗人故意把"行人恐落日"说成是"落日恐行人"；在第八句中，明明是诗人自己去亲近"烟火"，而他却偏偏说"烟火"来亲近自己。诗人为什么这么写呢？如果说自己去亲近"烟火"，那么自己就是被动的；而如果说"烟火"来亲近自己，那么自己就是主动的。主动的就相当于主角，而被动的就相当于配角。"暮过山村"的是诗人自己，他是主角。所以，诗人才这样写。

按照还原回来的顺序，这首诗的大意该是：夕阳还没来得及落山，月亮就迫不及待地升上来了。诗人在去都城长安的路上经过平安静谧的秦地，感慨边疆的烽火幸好还没有蔓延到这里来。在暮色苍茫的旷野上，有几只奇怪的禽鸟正凄厉地啼叫。眼看夕阳就要下山了，赶路的诗人很担心找不到投宿的地方。忽然，诗人听到数里之外传来潺潺的秋水声，再走了一段路，便远远地望见山中有一户孤零零的人家。总算是找到投宿的地方了，诗人不觉舒了一口气。越走越近，在萧条的桑树后面，山家烟囱里的炊烟也好似赶来欢迎自己。

我主要是想借贾岛的这首诗来谈一下关于文章句子顺序调整的事。在这首诗中，贾岛之所以将诗句的顺序打乱，甚至不惜使诗的意思变得晦涩难懂，是他迁就律诗对仗的要求而做出的不得已的让步。

其实，通过调整句子的顺序，不但可以使诗句符合古诗在格律方面的要求，而且还能使原来的文章变得更加流畅、更加优美。民国时期的著名散文家陈西滢先生在《西滢闲话》一书的《法郎士先生的真相》一文中，就曾经描述过法国著名文学家法郎士先生是怎样修改文章的。他说：

法郎士的散文像水晶似的透明，像荷叶上露珠的皎洁，是近代公认一时无二的。他的功夫可大了。李封（Buffon）的名言"天才是无限的耐心"，法郎士虽然对白郎教授谈话的时候竭力地否认，他自己的作品就是极好的证据。他同李崔生说他同雷南（Renan）一样，每篇文章得改六七遍，才像他自己的作品。他说："想象力我是没有的，耐心我可不是没有的。""我很少得到灵感的助力。我的笔没有报情的力量。它不会跳，只会慢慢地沿着道儿走。我也从不曾感到过工作的陶醉。我写东西是很困难的。"他写了一些东西便付印，付印后得校对五六遍，先修改它的字句，再去掉一切多余的字句，然后他用剪子把所有的句子都剪破了，再"好像玩着练耐心的玩意儿似的"，把一句句的句子来配刈，配好了又拆散，又找另外的匹配，单一节文章他就造起了三十遍。末了他喊道："胜利了！收尾的句子现在变成开头的了。"（引者注：本段中画横线的部分，都是人名。）

除了句子的调整之外，段落的调整也同样会使原先的文章变得更加流畅、更加完美。著名现代作家王小波在《用一生来学习艺术》一文中，提到自己的创作经验时，说道：

叙事没有按时空的顺序展开，但有另一种逻辑作为线索，这种逻辑我把它叫作艺术——这种写法本身就是种无与伦比的创造。我对这件事很有把握，是因为我也这样写过：把小说的文件调入电脑，反复调动每一个段落，假如原来的小说足够好的话，逐渐就能找到这种线索；花上比写原稿多三到五倍的时间就能得到一篇新小说，比旧的好得没法比。

同样是对文章的句子或者是段落顺序进行调整，贾岛这首诗的效果跟法郎士先生和王小波提到的那种因调整句子或者是段落顺序而带来的效果却是截然不同的：贾岛这首诗的效果，仿佛是一个女人为了符合美的标准而去整容，弄得浑身都是人工雕凿的痕迹；而法郎士先生和王小波提到的那种效果，却好像是医生将一个女人错位的五脏各归其处，于是她的美便自然而然地显现出来了。

崔护《题都城南庄》——异曲同工之妙

近来偶读赵嘏的《江楼有感》，发现这首诗竟然跟崔护的《题都城南庄》有异曲同工之妙。

先来看看崔护这首诗。

题都城南庄

崔护

去年今日此门中，人面桃花相映红。

人面不知何处去，桃花依旧笑春风。

再看看赵嘏的这首诗。

江楼有感

赵嘏

独上江楼思渺然，月光如水水如天。

同来望月人何处？风景依稀似去年。

两首诗的主题思想相同，都是写"物是人非"之感，而且所写的时间跨度也相同，都是去年与今年之际。除此之外，在诗文的结构布局上，也有着惊人的相似之处。

下面分别来说一说。

"去年今日此门中，人面桃花相映红。"这是作者崔护在今年今日故地重游时，因风景依旧，追忆的去年今日的风景。"独上江楼思渺然，月光如水水如天。"这也是作者赵嘏在今年故地重游时，因风景依稀，竟然不能分辨眼前所见之景色，是今年之景色，还是去年之景色。

风景不殊，而故人不再，最容易使人产生"物是人非"的感慨。所以，崔护说"人面不知何处去，桃花依旧笑春风"，而赵嘏也说"同来望月人何处？风景依稀似去年"。

虽然这两首诗有异曲同工之妙，但是它们却是"暗合"，而非"抄袭"。

生活中我们或者都有过这样的体会，两个没有任何血缘关系的人，他们的长相却酷似，这就是"暗合"。而有些人虽然偶尔跟别人有些相似之处，于是就刻意去模仿别人，模仿别人的发型，模仿别人的服饰，甚至模仿别人的说话，这就是"抄袭"。

这两首诗虽说都是表达"物是人非"的感慨，但是他们所感慨的对象却很不同，所以同样是"物是人非"之感，也自然有所不同。崔护的《题都城南庄》大有"物是人非事事休"的怅然若失。而赵嘏的《江楼有感》却大有"微斯人，吾谁与归"的无限惆怅。

杜甫《春夜喜雨》——不一样的"春雨"

常言道："人心不同，各如其面。"其实，何止是"人心"和"人面"，世界上所有的东西都不是完全一样的。德国的哲学家莱布尼茨不是说过"世界上没有完全相同的两片树叶"吗？就算是同一个东西，在不同的时候，它也是不一样的。古希腊的哲学家赫拉克利特不也说过"人不能两次跨过同一条河流"吗？"春雨"也是如此，并非所有的春雨都是一样的。今天，我们就来谈谈杜甫的这首《春夜喜雨》。

老规矩，还是先来看看这首诗。

春夜喜雨

杜甫

好雨知时节，当春乃发生。

随风潜入夜，润物细无声。

野径云俱黑，江船火独明。

晓看红湿处，花重锦官城。

常言道："春雨贵如油。"此时下起了春雨，自然让关心民生疾苦的诗人杜甫欣喜不已。在这首诗的前两联——"好雨知时节，当春乃发生。随风潜入夜，润物细无声"——中，诗人采用了拟人的写作手法。第一联的"知"字和第二联的"潜"字，生动地将"春雨"拟人化。而且，这两联中的"好"字、"雨"字、"春"字和"夜"字又分别点明了这首诗的题目——"春夜喜雨"。

另外，第二联——"随风潜入夜，润物细无声"——这两句诗值得我们联系实际地说一说。在这两句诗中，"春雨"是"做好事不留名"。从我们人的立场上来看，至少我们中国人在做好事上，在近一段历史时期以来，经历了三个阶段：第一个阶段是真的"学雷锋，做好事，不留名"，怕人家来感谢自己；第二个阶段也是"学雷锋，做好事，不留名"，但是却要千方百计让人家知道好事是自己做的；第三个阶段也还是"学雷锋，做好事，不留名"，但是却是怕被帮助的人倒打一耙、反咬一口，自己"受了辛苦，不落人"，甚至有的人干脆就不敢做好事。当然，第三个阶段中的这样的人毕竟是极少数，就像败坏我们党的名声、给党的脸上抹黑的党员，毕竟只是极少数一样。

就因为"春雨贵如油"，诗人知道它的好处，所以格外怕它"虎头蛇尾"，趁着茫茫的夜色逃跑了。因此，诗人就时不时地跑到屋外来看看春雨。"野径云俱黑"，说明天上的云彩很厚，看来这场春雨一时半会儿不会"临阵脱逃"。"江船火独明"是用反衬的手法，来说明雨夜的黑。就像古人用"鸟鸣山更幽""蝉噪林愈静"来以"声"衬托"静"一样。

因为这首诗的题目是《春夜喜雨》，所以我们知道"晓看红湿处，花重锦官城"是作者想象明天早晨的情境。实际上，"随风潜入夜，润物细无声"跟"晓看红湿处，花重锦官城"这"亲见"和"想象"之间，是有着因果联系的。正因为"润物无声"，所以才"红湿花重"。

当然，并非所有的春雨都是这般"温和"的。李清照《如梦令》中的春雨就要猛烈一些，不然海棠花就不会"绿肥红瘦"；孟浩然《春晓》中的春雨就要更猛烈一些，不然也不会"花落知多少"；而王驾《雨晴》中的春雨，要算是最猛烈的，不然春花就不会全部凋零——"雨前初见花间蕊，雨后全无叶底花。"然而，这些春雨虽是猛烈，却并不凄苦。像李后主《乌夜啼》中所说"林花谢了春红。太匆匆。无奈朝来寒雨晚来风"就有些让人不忍卒读了！

李后主有亡国灭家之恨，故而有这样的凄苦之语。杜甫虽然身逢安史之乱，但是叛乱到底已经有渐次平定的势头，而他自己也在成都的"杜甫草堂"安顿下来，所以才有这样闲适的心情。"晓看红湿处，花重锦官城"的"重"字，仿佛让我们看到了红花含雨频低头的样子，又不禁让我们想起徐志摩的那句名诗——"最是那一低头的温柔！"

杜甫《孤雁》——物我一体

在中国古代有一种很奇怪的现象，一种事物除了它本身的意义之外，人们还往往给它附加上别的含义，有时甚至附加的含义还不止一种。比如说大雁吧。在中国古人的眼里，大雁绝不仅仅是一种飞禽。古人又给它附加了另外三层含义：自从秦朝末年陈胜说出那句著名的"燕雀安知鸿鹄之志哉"之后，大雁（也就是"鸿鹄"）就成了"有志者"自喻的对象了；自从出使匈奴的汉朝使者骗单于说"天子（汉昭帝）射上林中，得雁，足有系帛书，言（苏）武在某泽中"之后，大雁就又成了"航空信件"的"邮递员"；又因为大雁是群居的飞禽，所以孤雁又成了孤独的代名词。

今天，我们就来谈一首跟大雁有关的唐诗，杜甫的《孤雁》。在这首诗中，杜甫既以大雁自喻，又以孤雁自伤。老规矩，还是先来看看这首诗。

孤雁

杜甫

孤雁不饮啄，飞鸣声念群。

谁怜一片影，相失万重云？

望尽似犹见，哀多如更闻。

野鸦无意绪，鸣噪自纷纷。

《孤雁》这首咏物诗作于大历初年，杜甫旅居夔州期间。因为杜甫的好朋友成都尹兼剑南道节度使严武去世了，所以杜甫在成都生活不下去，只得"漂泊西南天地间"。或许诗人当时真的看到过一只独自飞行的孤雁，或者是他在脑海中想象出了一只单飞的孤雁，但是无论如何，这只孤雁并不完全就是诗人的化身，有时诗人跟这只孤雁合二为一，有时诗人却跟这只孤雁一分为二。下面我们就来对这首诗的每一联分别进行分析。

在首联"孤雁不饮啄，飞鸣声念群"和尾联"野鸦无意绪，鸣噪自纷纷"中，都是单单写这只孤雁。但是，首联却不禁让我们想起了那句名言——"吃饭是为了活着，而活着却不是为了吃饭。"有些事情还是比喝水吃饭更重要些。尾联通过写"野鸦"不知"孤雁"的孤苦，只顾"自己纷纷鸣噪"，而诗人却能体会到"孤雁"的孤苦，来说明诗人内心也有同样的孤苦。

在颔联"谁怜一片影，相失万里云"和颈联"望尽似犹见，哀多如更闻"中，不仅写了单飞的孤雁，还写了孤独的诗人。"谁怜一片影，相失万里云"既是写这只孤雁，更是写诗人自己。"谁怜一片影，相失万里云"恰好可以跟杜甫《月夜忆舍弟》中的"戍鼓断人行，边秋一雁声"相互对照：一是写"影"，一是写"声"。都表现出诗人因故交零落和兄弟分散的失意之感和哀伤之情。

而诗中的"望尽似犹见，哀多如更闻"又恰好可以与李白《黄鹤楼送孟浩然之广陵》中的"孤帆远影碧空尽，唯见长江天际流"相互对照：因为李白与友人是"人我两分"，所以"孤帆远影碧空尽"之后，他只见到"长江天际流"。而杜甫因为"物我一体"，所以孤雁的影儿虽然已经看不见了，而他却仿佛"似犹见"；孤雁的哀鸣声已经听不见了，可是因为诗人自己的哀愁实在是太多了，因此他对孤雁的哀鸣声仿佛"如更闻"，就像我们常说的"言犹在耳"。

白居易《惜牡丹花》——秉烛夜游看残花

《古诗十九首》中说："昼短苦夜长，何不秉烛游？"今天我们就来谈几首秉烛夜游的诗：一首是白居易的《惜牡丹花》，另一首是李商隐的《花下醉》，再一首是苏东坡的《海棠》。

我们先来看白居易的这首《惜牡丹花》：

惜牡丹花

白居易

惆怅阶前红牡丹，晚来唯有两枝残。

明朝风起应吹尽，夜惜衰红把火看。

白居易的诗历来都是以明白易晓著称，所以这首诗也无须解释。只不过，自从白居易的这首诗出来之后，效仿之作比比皆是。好比流行的服装款式一出来，立马就有冒牌的；又好比畅销书籍一出来，立马就有盗版的。在众多的仿作之中，最著名的要数李商隐的《花下醉》和苏东坡的《海棠》。仿佛当年李白的《登金陵凤凰台》虽然完全是模仿崔颢的《黄鹤楼》，但是却能"青出于蓝而胜于蓝"。

下面我们就来看看这两首诗。

花下醉

李商隐

寻芳不觉醉流霞，倚树沉眠日已斜。

客散酒醒深夜后，更持红烛赏残花。

在李商隐这首诗当中，唯一需要注释的就是"流霞"一词。流霞，仙酒名。葛洪《抱朴子·祛惑》中说："项曼都入山学道，十年而归。家人问其故，曰：'有仙人但以流霞一杯与我，饮之辄不饥渴。'"虽然，流霞是一种酒，但是它却有传说中的"辟谷丸"的功效。

下面再来看苏东坡的这首《海棠》：

海棠

苏东坡

东风袅袅泛崇光，香雾空蒙月转廊。

只恐夜深花睡去，故烧高烛照红妆。

对于以上这两首诗，清朝人马立在《秋窗随笔》中，有极为精到的论述："李义山（李商隐字义山）诗'客散酒醒深夜后，更持红烛赏残花'，有雅人深致；苏子瞻（苏东坡字子瞻）诗'只恐夜深花睡去，故烧高烛照红妆'，有富贵气象。二子爱花，兴复不浅。"

李商隐和苏东坡的这两首诗，之所以能"青出于蓝而胜于蓝"，其根本的原因是，我们中国古人对于花草树木都有一种感情在，而并不是仅仅将它们当作一株株植物罢了。且别说这些个花草树木吧，就是那些连生命也都还没有的东西，我们中国古人对它们也都有一种感情在。譬如说扇子吧，在《红楼梦》中"撕扇子作千金一笑"那一回里，贾宝玉就对晴雯撕扇子发了一篇奇怪的议论："比如那扇子原是扇的，你要撕着玩也可以使得，只是不可生气时拿它出气。"他甚至更说到杯子和盘子："就如杯盘，原是盛东西的，你喜听那一声响，就故意的碎了也可以使得，只是别在生气时拿它出气。这就是爱物了。"如此看来，这不就是《论语》上所说的"不迁怒"吗？

又如还是在《红楼梦》中，这次是在晴雯病逝那一回。贾宝玉看到怡红院阶下的那株西府海棠忽然死了半边，忽然又对袭人说了一番痴话："你们哪里知道，不但草木，凡天下之物，皆是有情有理的，也和人一样，得了知己，便有极灵验的。若用大题目比，就有孔子庙前之桧，坟前之蓍，诸葛祠前之柏，岳武穆坟前之松。这都是堂堂正大随人之正气，千古不磨之物。世乱则萎，世治则荣，几千百年了，枯而复生者几次。这岂不是兆应？小题目比，就有杨太真沉香亭之木芍药，端正楼之相思树，王昭君冢上之草，岂不也有灵验？所以这海棠亦应其人欲亡，故先就死了半边。"后来，晴雯果然死了。汉朝的儒者爱说"天人感应"，在这里竟是草木皆有灵验了！

然而，要想让草木皆能有灵验，还需要人先成为它们的知己，对它们有情。据说，古时候的行脚僧在外出云游的时候，从来不在同一棵树下住宿三个晚上，以免对这棵树有情。我们中国古人对树尚且有情，何况是对花呢？如此看来，也就无怪乎白居易要"夜惜衰红把火看"、李商隐要"更持红烛赏残花"、苏东坡要"故烧高烛照红妆"了！

崔颢《黄鹤楼》与李白《登金陵凤凰台》
及薛莹《秋日湖上》

—— 家事·国事·天下事

一、家事

记得我读书的时候，老师还不会将一篇介绍名胜古迹的课文，说成是带着同学们到那里去旅游。随着多媒体技术的进步，老师带着学生在课堂上去外地旅游的水平也大大提高了，学生们从过去的"耳听为虚"发展为现在的"眼见为实"，因为几年之前学生们还只能无奈地听着自己老师喋喋不休地充当免费导游，现在却可以通过多媒体技术看到那名胜古迹的图片了。也许，这是世界上最经济实惠的旅游了。但是，它同时也造成了我们中国人对旅游的消极态度。于旅游业的蓬勃发展甚为不利。于是，把在家看风景区的图片当作旅游的有之，以为旅游就是照相的也有之。

今天，我们就来谈三首跟旅游有关的唐诗——崔颢的《黄鹤楼》与李白的《登金陵凤凰台》及薛莹的《秋日湖上》。也许我们许多人都没去过武汉，但是几乎所有的人都知道那里有一座黄鹤楼。大概我们的语文老师都曾经带着我们在课堂上到那里去旅游过了吧。

老规矩，还是先来看看崔颢的这首《黄鹤楼》：

黄鹤楼

崔颢

昔人已乘黄鹤去，此地空余黄鹤楼。

黄鹤一去不复返，白云千载空悠悠。

晴川历历汉阳树，芳草萋萋鹦鹉洲。

日暮乡关何处是，烟波江上使人愁。

唐朝是中国历史上最开放的朝代。那时候的读书人也最浪漫。其实，那时候的读书人比现在的大学生的就业途径要多一些。为什么这么说呢？现在的大学生毕业后，无论是去当公务员、教师或医生，还是去工厂打工之类都属于"入世"。古时候，特别是唐朝的时候，读书人不但可以"入世"——应科举当文官，或者到边疆做武官，而且还可以"出世"——当道士求长生，或者是当和尚求来世。

崔颢就是一个有点儿"出世"倾向的大诗人。他在另一首七律《行经华阴》中就曾说过："借问路旁名利客，何如此处学长生？"所以当他登上武昌蛇山黄鹤矶上的黄鹤楼时，他自然就立刻想到道教里那个"驾驭"黄鹤的有名仙人。相传古代有个叫子安的仙人曾经"驾驭"着黄鹤经过这里，因此这里就以"黄鹤"为名，既有了黄鹤矶，也有了黄鹤楼。这就是前两联——"昔人已乘黄鹤去，此地空余黄鹤楼。黄鹤一去不复返，白云千载空悠悠"——的由来。

另外，崔颢的这首《黄鹤楼》诗，还用前两联跟后两联相对照。前两联的意思说，从天上来的仙人驾鹤回到了天上，那么从家乡出来的自己，自然也该回到家乡。

既然诗人现在羁旅在外，不能即刻还乡，那就且看眼前的风景吧：隔江远眺汉阳江边的绿树，历历在目；俯身近看江中的鹦鹉洲，芳草萋萋。为了对仗，第三联的两句诗在写作顺序上做了适当的调整，现在把它们还原回来，该是这样：汉阳晴川树历历，鹦鹉洲芳草萋萋。（川，就是平川，江边平地。）

也许诗人看到鹦鹉洲上芳草萋萋，又忽然想到了《楚辞·招隐士》中的那句"王孙游兮不归，春草生兮萋萋"，故而又起了思乡之情。因此才有了最后一联诗——"日暮乡关何处是，烟波江上使人愁。"

总之，这首记游诗最后归结到日暮烟波，望乡生愁上来。记得著名画家黄永玉先生曾给他少小时当过士兵、后来偃武修文、死后归葬湘西凤凰的表叔沈从文先生墓地附近的一块石头上刻了一行字："一个士兵，不是战死沙场，就是回到故乡。"大概死去的沈从文先生与当时活着的诗人崔颢有同样的乡愁吧。

二、国事

其实，除了上文提到的那个关于黄鹤楼的神话故事之外，还有一个关于这首《黄鹤楼》的真实故事。据《唐才子传》记载："崔颢游武昌，登黄鹤楼，感慨赋诗。及李白来，曰：'眼前有景道不得，崔颢题诗在上头。'无作而去，为哲匠敛手云。"

因为崔颢这首《黄鹤楼》受到"诗仙"李白的推崇，所以这首诗的名头就更大了，大有现在明星代言的效果。而李白之所以推崇这首诗，据已故著名学者周振甫先生研究称："李白的赞赏，可能跟他不喜欢写格律诗有关。这首诗前四句打破了格律诗的束缚，像第一、第三句打破了平仄限制，第三、第四句打破了对偶限制，因此李白要模仿这种写法。"李白曾经模仿崔颢的这首《黄鹤楼》写过一首《鹦鹉洲》，但是为一般人所不知。而为我们大家所熟知的，是他模仿这首诗写的《登金陵凤凰台》。

下面，我们还是先来看看这首《登金陵凤凰台》：

登金陵凤凰台

李白

凤凰台上凤凰游，凤去台空江自流。

吴宫花草埋幽径，晋代衣冠成古丘。

三山半落青天外，二水中分白鹭洲。

总为浮云能蔽日，长安不见使人愁。

李白的这首《登金陵凤凰台》虽然是模仿之作，却几乎跟崔颢的《黄鹤楼》一样出名。究其原因，大概是因为李白的这首《登金陵凤凰台》只是模仿了崔颢《黄鹤楼》的形式（韵脚也相同），而其中具体内容的精神却完全不同。

黄鹤楼因为传说仙人子安曾骑黄鹤经过此地而得名，而金陵（现在的江苏省南京市）凤凰台也因为传说有凤凰飞临此地而得名。据《江南通志》记载："凤凰台在江宁府（现在的南京市）城内之西南隅，犹有陂陀，尚可登览。宋元嘉十六年，有三鸟翔集山间，文彩五色，状如孔雀，音声谐和，众鸟群附，时人谓之凤凰。起台于山，谓之凤凰山，里曰凤凰里。"台自然就叫"凤凰台"。所以崔颢《黄鹤楼》的前两联——"昔人已乘黄鹤去，此地空余黄鹤楼。黄鹤一去不复返，白云千载空悠悠"——与李白《登金陵凤凰台》的第一联——"凤凰台上凤凰游，凤去台空江自流"——非常相似。这是两首诗相同的地方。

但是，崔颢的《黄鹤楼》最后归结为"思乡"，而李白的《登金陵凤凰台》最后却归结为"离忧"（所谓离忧者，因离开君主而生忧愁）。所以，

《黄鹤楼》的重点在思念家乡，而《登金陵凤凰台》的重点却在忠君爱国。

这首《登金陵凤凰台》是李白在天宝年间，被权贵排挤出长安后漫游金陵时写的一首政治讽刺诗。金陵曾经是三国时期东吴的首都，又是后来东晋王朝的首都，所以在这首诗的第二联才会出现"吴宫花草"（东吴修建的宫殿里的杂草）和"晋代衣冠"（东晋时期掌权的豪门世族）。这一联是诗人在凤凰台上远眺所看到的情景。

因为对仗的缘故，原本正常顺序该是"（河）水中分白鹭洲（为）二"，这句诗被写成了"二水中分白鹭洲"。这里的"水"是指将白鹭洲一分为二的秦淮河。而"三山"也并不是三座山，而是一座山，名字就叫"三山"。"三山"又名"护国山"，因为这座山上有南北相接的三座山峰，故而人们也叫它"三山"。

总括这首诗的第二联和第三联来看，大概诗人的意思是说，就连当初吴国的宫殿和东晋的豪门世族所在的地方，或者被杂花野草和幽僻小径所掩盖，或者竟然变成了墓地，只有半落晴天之外的三山和被秦淮河一分为二的白鹭洲还依旧存在。就更不要说现在在朝廷里得意一时的小人们了，不久之后他们终究也会烟消云散。

在最后一联——"总为浮云能蔽日，长安不见使人愁"——中，诗人用"日"来比喻君主，也就是当时的唐玄宗；用"浮云"来比喻蒙蔽君主的小人。陆贾《新语·察征》上说："邪臣之蔽贤，犹浮云之障日月也。"虽然如同天上的浮云不能长时间地遮蔽太阳和月亮一样，小人们自然也难以长久地蒙蔽君主，但是诗人却因为君主短时间地被蒙蔽而忧愁不已。

也许就是因为李白如此的忠君爱国吧，所以有些人就天真地以为若是像李白这样的人能据高位，当时的政治状况一定会有不一样的局面。殊不知，像李白这样的人，根本不可能据高位。政治是一门妥协的艺术。作为一个臣子，既要与同事妥协，也要与皇帝妥协。但是，李白却既不会跟同事妥协，在《梦游天姥吟留别》中，他就直言不讳地说："安能摧眉折腰事权贵，使我不得开心颜"；也不会跟皇帝妥协，杜甫在《饮中八仙歌》中，替他说道："李白斗酒诗百篇，长安市上酒家眠。天子呼来不上船，自称臣是酒中仙。"而且，他也不擅长跟皇帝身边得宠的人周旋，他不是曾经让唐玄宗的宠妃杨贵妃给他捧墨，让唐玄宗的宠臣高力士为他脱靴吗？

除此之外，他又有隐居癖。在《宣州谢朓楼饯别校书叔云》中，他狂呼道：“人生在世不称意，明朝散发弄扁舟。”他还有求仙癖和旅游癖。在《庐山谣寄卢侍御虚舟》中，他又大叫道：“我本楚狂人，凤歌笑孔丘。手持绿玉杖，朝辞黄鹤楼。五岳寻仙不辞远，一生好入名山游。”当然，还有他最为人熟知的嗜酒癖。如果说《月下独酌》是对李白一个人喝闷酒的白描，那么《将进酒》就是李白与朋友纵酒狂歌的写照，而杜甫的《饮中八仙歌》里所列举的包括李白在内的“八仙”，简直就是“酒鬼群英会”！

当然，李白自然是忠君爱国的，而且在政治上也有他不凡的抱负。比如在《行路难》中，他就曾经自比为姜尚和伊尹：“闲来垂钓碧溪上，忽复乘舟梦日边”；也曾经自比为宗悫：“长风破浪会有时，直挂云帆济沧海”。然而，当天下太平的时节，李白似乎总是被他那众多的“不良嗜好”所引诱；而当天下大乱的时节（指安史之乱），在别人都忙不迭地逃离皇子夺嫡的政治旋涡时，他却又稀里糊涂地卷到了“永王李璘叛乱”的案子里去，还被判刑流放夜郎。幸好后来遇赦而还。可见，李白虽然有一腔忠君爱国的热情，政治抱负也非同一般，但是政治水平却实在很一般。所以，我们切不可将诗人的爱国热情等同于他的政治能力，以为如果他当政，便会如何如何。也许，古往今来的爱国诗人都当作如是观吧。

三、天下事

同样是“日暮烟波生愁”，但是崔颢在《黄鹤楼》一诗中所生的是“日暮乡关何处是”之愁，而薛莹在《秋日湖上》一诗中所生却是“浮沉千古事”之愁。

《秋日湖上》是晚唐诗人薛莹的一首五言绝句。老规矩，我们还是先来看看这首诗：

秋日湖上

薛莹

落日五湖游，烟波处处愁。

浮沉千古事，谁与问东流？

薛莹的“落日”“烟波处处愁”恰似崔颢的“日暮”“烟波江上使人愁”，但是两人所愁之事却并不相同，已如上文所说。正所谓“无独有偶”，薛莹的这首诗不仅与崔颢的《黄鹤楼》有相似之处，而且与李白的《登金陵凤凰台》也有相似之处。前文在谈李白的《登金陵凤凰台》时曾经说过，"三山"不是三座山，而是一座山。恰巧，在薛莹的这首《秋日湖上》中，"五湖"也不是五面湖，而只是一面湖。"五湖"是现在江苏省的太湖，也叫"震泽"，还叫"雷溪"。

诗人秋日游于太湖之上，转眼之间已是日落时分。只见太湖之上烟波浩渺。此地曾为春秋时期吴王夫差所有。遥想当年，不可一世的吴王夫差一定也曾在这湖上游玩过吧。后来吴国被越王勾践所灭，此地又为越王勾践所有。遥想当年，称霸吴越的越王勾践也一定在这湖上游玩过吧。然而，后来越国也被楚国所灭。回想千年之间，诸国兴亡、朝代盛衰，岂独吴国与越国哉？想到此处，诗人的愁绪犹如湖上的烟波浩浩荡荡连绵不绝。也许，这些兴亡沉浮的千古遗事，只有"滚滚东逝水"曾目睹过。可惜，流水已逝，无处可问。即便它不曾逝去，也少有人向它询问那些当年的往事。

薛莹的这首《秋日湖上》与李白的《登金陵凤凰台》最大的不同之处在于，李白所愁者，乃是眼前之事——"总为浮云能蔽日，长安不见使人愁"；而薛莹所愁者，乃是千年以来之事——"浮沉千古事，谁与问东流？"李白所愁者，乃是一国之事，而薛莹所愁者，乃是天下之事。在中国传统文化中，有"国"与"天下"的分别。顾炎武的名言"天下兴亡，匹夫有责"说的是"天下"，而不是"国家"。那么"亡国"跟"亡天下"有什么区别呢？用顾炎武自己的话来说，就是："有亡国，有亡天下，亡国与亡天下奚辩？曰：易姓改号，谓之亡国；仁义充塞而至于率兽食人，人将相食，谓之亡天下……保国者，其君其臣、肉食者谋之；保天下者，匹夫之贱，与有责焉耳矣。"由此可见，"国"与"天下"不同。李白所愁的是李唐王朝的安危，而薛莹所愁的是千年以来历史兴亡、朝代盛衰，而不是李唐王朝一姓一族的兴亡。他更在乎的是在中国仁义道德文化下形成的这个"天下"的兴亡衰替。

为什么会有这么大的差别呢？难道晚唐时期，没有什么事值得诗人薛莹去担忧发愁吗？然而，事实却恰恰相反。晚唐时期的社会，不是没有什么事值得发愁，而是整个的社会已经烂到不可收拾的地步。影响到诗歌的创作上，就使诗人们对于现实往往采取"王顾左右而言他"的态度。已故著名学者朱东润先生在他的《中国文学批评史大纲》中，谈到晚唐时期另一位诗人司空图的《二十四诗品》的创作动机时说道："及于表圣（司空图字表圣），时则大乱已成，哀歌楚调，同为无补，于是抹杀现实而另造一诗人之幻境，以之自遣，《二十四诗品》之作，盖以此也。"也许，朱东润先生这段精辟的论述，可以为薛莹的这首《秋日湖上》的创作背景做一面镜子。

唐朝自从安史之乱以后，地方藩镇割据势力渐渐形成。而李唐王朝后期的皇帝或是宠信宦官，或是迷信长生，于是整个社会便自然走到了不可收拾的地步。政治家对于这样的社会局面都已经感觉到回天乏术，更何况是舞文弄墨的文弱书生呢？大概他们此时也只能寄希望于"大乱之后必有大治"了吧。也许他们只好等待孟子所谓的"一治一乱"的中国历史早日"触底反弹"了吧。

既然眼前的事已经无可奈何，那就不如或者憧憬一下美好的未来，或者回忆一下美好的过去。憧憬未来的，比如"戊戌变法"失败之后的康有为专心致志地著述《大同书》，憧憬着未来的"大同世界"；又如在"护法运动"中没有实权的孙中山辞去大元帅之职，到上海一心一意地写作《实业计划》，为未来的中国勾画"改革开放"的蓝图。回忆过去的，粗鄙的如鲁迅先生小说《风波》里的"九斤老太"，一直叹息"一代不如一代"；文雅的如薛莹在《秋日湖上》一诗中所感叹的："浮沉千古事，谁与问东流？"

总括这三首诗——崔颢的《黄鹤楼》、李白的《登金陵凤凰台》和薛莹的《秋日湖上》——来看，诗人们都饱含着消极忧愁的情绪。其中薛莹的《秋日湖上》最甚，简直可以说是"颓废"或者是"颓唐"了，而崔颢的是对隐逸生活的向往，李白的是政治失意的愤慨。由此看来，愁也能使诗人工诗。而"愁能工诗"也不过是"穷能工诗"推演之后的结果，因为"愁"就是由"穷"导致的直接后果！

刘禹锡《游玄都观桃花》与《再游玄都观》
——傲骨与愁肠

俗话说："日有所思，夜有所梦。"记得读初中那会儿，总是在梦里做数学题，既有代数题，又有几何题。因为近来一直在读唐诗，所以昨天夜里竟在梦中想到了刘禹锡游玄都观写下的那两首诗。今天，就来谈谈这两首诗吧。要谈这两首诗，还得从刘禹锡步入仕途谈起。

唐德宗李适贞元九年（793），二十一岁的刘禹锡与柳宗元同科考中进士，而且他在同年又考中了博学鸿词科。真可谓是少年得志。十二年后，唐德宗李适去世，他的儿子李诵即位，是为唐顺宗。正所谓"一人得道，鸡犬升天"。曾经当过太子李诵侍读的王叔文也乘机主持朝政，并积极倡导政治改革，史称"永贞革新"（永贞是唐顺宗的年号）。刘禹锡也积极地参与其中，并任考功员外郎之职。而且王叔文对于刘禹锡的建议几乎是言听计从。

可惜好景不长。唐顺宗李诵因为生病不能打理朝政，皇帝还没当上一年。就被他的儿子唐宪宗李纯抢走了皇位，被迫当上了太上皇。正所谓"一朝天子一朝臣"。唐顺宗下台之后，王叔文领导的"永贞革新"也寿终正寝，唐宪宗上台的第二年就把王叔文赐死了，而支持革新运动的刘禹锡、柳宗元等人也被贬到偏远的地方去当官。

当时，刘禹锡被贬为朗州（今湖南常德）刺史，不久又被贬为郎州司马。而柳宗元先是被贬为邵州（今湖南邵阳）刺史，还没来得及到任，又被贬为永州（今湖南零陵县）司马。

光阴闲处易过。转眼之间十年过去了。这时朝中的大佬们又想起了十年前那两个才华横溢的年轻人。于是，他们就奏请唐宪宗李纯，把他们重新调回京城长安，意欲留他们在京做官。可是，面对朝廷里物是人非的人事安排，刘禹锡愤懑不已。于是，他就趁着到都城长安郊外的玄都观观赏桃花的机会，写下了这首著名的政治讽刺诗《游玄都观桃花》：

游玄都观桃花

刘禹锡

紫陌红尘拂面来，无人不道看花回。

玄都观里桃千树，尽是刘郎去后栽。

刘禹锡本来就是诗歌名家。这篇新作出来之后，自然是人人传唱。但是，传到朝廷新贵们的耳朵里，就惹出了麻烦。"玄都观里桃千树，尽是刘郎去后栽"，这里所说的"桃千树"不就是指他们这伙人吗？所以，他们就跑到唐宪宗那里给刘禹锡告状。既然他们是"桃千树"，那么唐宪宗自然就是"种桃道士"了！这样一来，这简直就是诽谤君上的大罪了。因此，那些原本同情刘禹锡的人也都只好噤若寒蝉了。

这些新贵们不仅看刘禹锡不顺眼，就连跟刘禹锡一起被召回的柳宗元他们也看不顺眼。于是，他们决定把这俩人贬到更远的地方去，让他们"哪儿凉快，上哪儿待着去！"刘禹锡这次被贬为播州（今贵州省遵义市）刺史。当时的播州属于极度蛮荒偏远之地。而当时的刘禹锡还有八十多岁的老母亲需要奉养。她老人家肯定是经不起跟随他上任的长途劳顿的。这下可愁坏了刘禹锡。

而柳宗元此时被贬为柳州刺史。柳州虽然也是偏僻荒蛮之地，但却比播州稍好一些。柳宗元因为刘禹锡有八十多岁的老母亲需要奉养，所以主动给唐宪宗写奏章提出跟刘禹锡对换任所，让刘禹锡到柳州去，而他自己到播州去。结果，当时的朝廷大臣很多受到感动。最后，唐宪宗在大臣裴度的劝谏下，表示顺应大臣们的呼声把刘禹锡改为连州（今广东省连县）刺史，而柳宗元继续到柳州去赴任。

转眼之间，又是十二年过去了。早先替刘禹锡求情帮他改任连州刺史的大臣裴度当了宰相。于是，在裴度的运作之下，刘禹锡再度被召回了都城长安。于是，在一个暮春时节，他又兴致勃勃地到玄都观去故地重游。结果发现，不但从前繁花似锦的桃花没有了，就连"种桃道士"也死了。于是，他又写下了这首政治讽刺诗《再游玄都观》：

再游玄都观

刘禹锡

百亩庭中半是苔，桃花净尽菜花开。

种桃道士归何处，前度刘郎今又来。

　　展现在诗人眼前的是，从前惹得众人"无人不道看花回"的桃花已经不见了，就连"种桃道士"也死了，只剩下随处乱开的菜花。而且因为长久无人光顾，就连玄都观的庭院里也长满了青苔。与此相映成趣的是，在朝廷里，从前的那些新贵们也不见了，就连提拔他们的唐宪宗也死了。可是，他刘禹锡却依然还在！

　　看到这两首诗，想到这期间发生的故事，我们不禁要想到徐悲鸿的那句名言："人不可有傲气，但不可无傲骨。"然而，这只是刘禹锡"傲骨"的一面，他还有"愁肠"的另一面呢！当年，刘禹锡因为《游玄都观桃花》这首诗第二次被贬时，先是被贬为播州刺史后来又改为连州刺史，继而又从连州刺史被贬为夔州刺史。最后，再从夔州刺史改任为和州刺史。当他到和州上任之际，曾经返回洛阳，恰好在扬州遇到从苏州回洛阳的白居易。在席间，他们饮酒作诗相互唱和。白居易先作一首《醉赠刘二十八使君》，刘禹锡接着作一首《酬乐天扬州初逢席上见赠》。刘禹锡的那首诗是这样写的：

酬乐天扬州初逢席上见赠

刘禹锡

巴山楚水凄凉地，二十三年弃置身。

怀旧空吟闻笛赋，到乡翻似烂柯人。

沉舟侧畔千帆过，病树前头万木春。

今日听君歌一曲，暂凭杯酒长精神。

　　从"凄凉地""弃置身"与"沉舟""病树"这些"自喻"的词中，我们可以体味到诗人刘禹锡在二十三年的贬谪生涯中的凄苦心境。诗人心中竟好似有段段的"愁肠"！这与两首跟玄都观桃花有关的政治讽刺诗留给我们的印象完全不同。我们在看到诗人刘禹锡有铮铮"傲骨"的一面时，也不要忘了他还有寸寸"愁肠"的另一面。不然，就像只看到钱币的一面而不见其另一面，这样便不能完全认识这枚钱币。同样的道理，也就不能完全认识刘禹锡这个诗人。酒席宴上的诗人刘禹锡让我们觉得可怜，而玄都观里的诗人刘禹锡却让我们觉得可敬！

张泌《寄人》——不受女子待见的诗人

现在有很多人喜欢"鬼故事"，其实古代的时候，也有许多"鬼故事"。不过，古代的人不管它们叫"鬼故事"，而管它们叫"怪"——就是"子不语：怪、力、乱、神"的那个"怪"，而管记载它们的那些书统一叫作"志怪书"。比如清朝就有两本最著名的"鬼故事"书：一本是纪晓岚的《阅微草堂笔记》；另一本是蒲松龄的《聊斋志异》。尤其是蒲松龄《聊斋志异》所记载的故事，可算是正儿八经的"鬼故事"。

在蒲松龄的《聊斋志异》中有一个特别的现象：故事里面的男主角一定是个书生，而且不光是漂亮的女子喜欢他们，就连女鬼或者是狐狸精也喜欢他们。这是为什么呢？分析起来，大概有两个主要的原因：一是因为作者本人就是一个书生；二是鬼故事——按照题材来说，它属于小说——是可以虚构的。而在现实生活中，却并不都是如此。比如近代的大诗人戴望舒特别喜欢小说家施蛰存的妹妹施绛年，可惜人家却根本不爱他，最后嫁给了一个冰箱推销员。

其实，不光是近代的诗人遭到这样的冷遇，就连古代的诗人有时也不能幸免。比如，我们今天要谈的张泌的这首《寄人》。

老规矩，还是先来看看这首诗。

寄人

张泌

别梦依依到谢家，小廊回合曲阑斜。

多情只有春庭月，犹为离人照落花。

这首诗大概是诗人因为自己喜欢的女孩子没有给他写信，于是，他就写首诗寄给她，并且埋怨她的无情。而他心爱的女子之所以长久以来音信全无，很可能是因为人家另有所爱。否则，如果诗人知道她是爱自己的，就算长久以来没有音信，也不会用埋怨的口气写这样一首诗寄给她。

所谓"日有所思，夜有所梦"。诗人因为太思念心爱的女子，所以就做梦到她家——也就是诗中的所谓"谢家"——去，并希望跟她在梦中相见。为什么要把女子的家说成是"谢家"呢？有才华的人，往往会爱上自己理想中的人物。于是，在他们的眼里，自己所喜欢的女子，往往不是那个女子本身，而是他们理想中所爱的女子的化身。大概，在作者的心目中，晋朝的才女谢道韫是很符合他的理想的。所以，他会将自己心爱的女子看成是谢道韫的化身，而女子的家自然也就成了"谢家"。

谢道韫的那句"未若柳絮因风起"不知迷倒了多少人。据《世说新语》记载：

谢太傅（安）寒雪日内集，与儿女讲论文义。俄而雪骤，公欣然曰："白雪纷纷何所似？"兄子胡儿（谢朗）曰："撒盐空中差可拟。"兄女（谢道韫）曰："未若柳絮因风起。"公大乐。即公大兄（谢）无奕女，左将军王凝之妻也。

大概诗人在暗用这个典故的时候，忘记了谢道韫是不喜欢她的丈夫王凝之的。否则，他一定不会暗用这个典故，因为他自己就很有王凝之的嫌疑。《世说新语》又记载：

王凝之谢夫人（谢道韫）既往王氏，大薄（王）凝之；既还谢家，意大不悦。太傅（谢安）慰释之曰："王郎（王凝之），逸少（王羲之）之子，人身亦不恶，汝何以恨乃尔？"答曰："一门叔父，则有阿大、中郎；群从兄弟，则有封（谢韶）、胡（谢朗）、遏（谢玄）、末（谢渊）。不意天壤之中，乃有王郎（王凝之）！"

然而，诗人虽然做梦到了心爱的女子家里，却只看到"回合"的"小廊"和曲折的"栏杆"，而没有见到心爱的女子。诗人真是不幸啊！不但在现实中失望，就连在睡梦里也不能如愿！

女子虽然无情，但她家院子里的月亮，却好似有情，为远离的诗人照见飘零到地上的落花——"多情只有春庭月，犹为离人照落花。"看来，终究是"落花有意流水无情"。只不过，这次诗人是"落花"，而那个女子是"流水"。

常建《题破山寺后禅院》
——诗人的"迂回战术"

无论做哪种学问，都不可闭门造车，都应该参考前人的研究成果。英国著名科学家艾萨克·牛顿所说的"如果说我看得远，那是因为我站在巨人们的肩上"就是这个意思。这是前人做学问的方法，也应该是我们后人做学问的方法。就以解读唐诗为例吧，我们就应该参考前人对这首诗或者是这个诗人的评价。前日购得朱东润先生《中国文学批评史大纲》一书，其中谈到唐朝诗歌的时候，曾经引用殷璠《河岳英灵集》中对唐朝诗人常建诗歌特色的评价。我由此再重新读常建的《题破山寺后禅院》一诗，便有一种从前不曾有过的豁然开朗。今天就来谈谈这首诗。

老规矩，还是先来看看这首诗。

题破山寺后禅院

常建

清晨入古寺，初日照高林。

曲径通幽处，禅房花木深。

山光悦鸟性，潭影空人心。

万籁此都寂，但余钟磬音。

殷璠在《河岳英灵集》中对常建诗歌特色的评价是："（常）建诗似初发通庄，却寻野径，百里之外，方归大道。"这首诗是常建的代表作。我们不妨用这首诗来检验一下殷璠的论断是对还是错。

"破山"在现在的江苏省常熟市，"寺"是指兴福寺。一位有极高的文学造诣的诗人到寺庙里来，绝不会像普通的愚夫愚妇那样，是来求神拜佛，而一定是来跟高僧探讨佛理的。第一句诗——"清晨入古寺"——恰像殷璠所说"（常）建诗似初发通庄"，也就是说，常建的诗歌一开始就开门见山像踏上通庄大路一样。但是，他却没有按照一般人的习惯，急匆匆地进到大雄宝殿去，而是转入了通往"幽处"的"曲径"——又恰像殷璠所说"却寻野径"。然而，我们却无须担心，诗人并没有忘记他此行的目的——跟高僧探讨佛理。诗人在野径中一番穿行之后，来到了花木掩映中的"禅房"——道行高深的禅僧的居所。这才是探讨佛理的好地方！这也就是殷璠所谓"百里之外，方归大道"。常建的这种写作方法，好似兵法上的"迂回战术"，虽然不是直插敌人心脏，却是殊途同归。

从以上的分析看来，殷璠对常建诗歌特色的评价可谓是恰如其分。

"山光悦鸟性，潭影空人心"是典型的倒装句法。正常的语序应该是"鸟性悦山光，人心空潭影"。"山光"从何处而来呢？就是这首诗第二句所说的"初日照高林"。原来，这句诗——"初日照高林"——是一个伏笔，也就是兵法上说的"伏兵"。用澄澈的"潭水"来祛除心中的杂念，是信仰佛法的人常用的方法，也是诗人们诗中常见的素材。王维在《过香积寺》中不是也说"薄暮空潭曲，安禅制毒龙"吗？

在花木掩映的禅房里，万籁俱寂，只听到禅僧敲击钟磬的声音。"万籁"指的是什么声音呢？就是第五句——"山光悦鸟性"中以"鸟鸣"为代笔的山林中的各种声响。诗人在这里又设下一个伏笔，又埋下一股伏兵。

"钟磬音"既是禅僧修行时的"伴奏音乐"，也是开始探讨佛理时的信号，同时还是探讨佛理结束时的"尾声"。于是，看似简单的"钟磬音"也具有了多重的含义。

被胡乔木奉为"一代词宗"的夏承焘先生曾说："读了外国人的诗，才知道中国诗的好。"读了常建的这首诗，我也似乎有同感。

韦应物《寄全椒山中道士》——诗人的狡黠

眼见二十四节气中的"小雪"已过,"大雪"就要来了。虽然英国诗人雪莱的那句"冬天来了,春天还会远吗"足以使我们心里感到短暂的温暖,但是依旧抵挡不住屋外阵阵的寒冷。所以,今天我们干脆就来谈一首跟"冷"有关的诗——韦应物的《寄全椒山中道士》。

老规矩,还是先来看看这首诗。

寄全椒山中道士

韦应物

今朝郡斋冷,忽念山中客。
涧底束荆薪,归来煮白石。
欲持一瓢酒,远慰风雨夕。
落叶满空山,何处寻行迹。

"全椒"是指唐朝时候滁州的全椒县,也就是现在安徽省东部的全椒县。"山"是指全椒县西三十里的神山。唐朝建中二年(781)韦应物做滁州刺史,这首诗就是当时他寄给全椒神山中的那位道士朋友的。

"今朝郡斋冷"有两层意思:一是指因为"风雨"的缘故,造成的天气的寒冷;二是指诗人现在在滁州任职的公务之余,并不像后来他在苏州当刺史那样"嘉宾复满堂",自己一个人"凄凄惨惨戚戚",感到孤独冷清。诗人因为自己在"郡斋"之中都感到寒冷,于是"推己及人"想到全椒神山中自己的那位道士朋友也一定很冷吧。又因为自己的心里感到孤独冷清,更想与自己的那位道士朋友畅叙一番,以排解心中的孤寂之情。

接着诗人就想象自己的那位道士朋友现在如何呢?大概他此刻正在神山的山涧里捡柴火吧——此所谓"涧底束荆薪"是也。然后,回家来既取暖又煮饭。不过,人家这位道士朋友煮的可不是一般的饭,而竟然是石头——此所谓"归来煮白石"是也。这并不是说诗人的那位道士朋友真的煮石头吃,这只是道士煮饭吃的文雅说法罢了。这个典故出自《晋书·鲍靓传》:"(鲍)

靓学兼内外，明天文《河洛书》。尝入海，遇风，饥甚，取白石煮之。"虽然对于韦应物的这个用典，我们没有任何异议，但是对于这个典故本身，我们却不免有些疑问。若是当时出海的鲍靓先生事先想到自己会在海上饿肚子，那么他就该带点儿干粮上船才是，而不是带白石。若是他当时忘记了带干粮，那么他又怎么会记着带白石呢？而假设这白石不是他上船时候特意带上的，那么在茫茫大海之上，他又到哪里去找白石呢？就算他不知从哪里找来了白石吧，这白石又不是红薯，不知他煮了之后，是怎样一个吃法？是如同吃红薯似的一口一口咬着吃呢？还是跟猪八戒吃人参果似的囫囵吞下呢？总之，我们实在不敢十分相信这个典故的真实性。但是，道家煮石头吃的说法，也不是一点影儿也没有的事。鲁迅先生就曾对魏晋时期有名的"五石散"做过一番研究，他说："'五石散'是一种毒药，是何晏吃开头的。汉（朝）时，大家还不敢吃，何晏或者将药方略加改变，便吃开头了。'五石散'的基本，大概是五样药：石钟乳、石硫黄、白石英、紫石英、赤石脂；另外怕还得配点别样的药。但现在也不必细细研究它，我想各位都是不想吃它的。"或者鲍靓先生所吃的"白石"就是"五石散"中的"白石英"也未可知。

既然诗人这样的"推己及人"，那就应该用行动表示一下自己对朋友的关心才是。所以，他自己也说"欲持一瓢酒，远慰风雨夕"。可是，他嘴上是这样说，实际心里却并不是真的想去。正所谓"君子动口不动手"。然而，嘴上既然说自己想去，而心里又是不想去的，所以只得找个借口，于是他就说什么"落叶满空山，何处寻行迹"。那意思是说，现在山中到处都是落叶，自己实在没法"按图索骥"——此处的"图"，是指朋友的脚印——地找到朋友的所在。其实，只要在朋友山中的家里等他，他是一定会回家的。正所谓"跑了和尚跑不了庙"。诗人自己不也说，他的朋友要"归来煮白石"吗？可见，最后这一联诗——"落叶满空山，何处寻行迹"——完全是一个借口！由此可见，虽然诗人多是性情中人，但有时也是狡黠的，他们的诗有时也靠不住，不能完全相信。

姜夔《扬州慢》——"唐诗"改编

无论中外，在没有影视技术的古代，优秀的小说往往被改编成戏剧或者是歌剧；在影视技术发达的今天，优秀的小说往往被改编成电视剧或者是电影。其实，这种改编并不开始于小说，至少在宋代，就有人将唐诗改编成宋词。今天，我们就来谈谈姜夔的一首改编自杜牧的诗的宋词——《扬州慢》。

老规矩，还是先来看看这首词。

扬州慢

姜夔

淮左名都，竹西佳处，解鞍少驻初程。过春风十里，尽荠麦青青。自胡马窥江去后，废池乔木，犹厌言兵。渐黄昏、清角吹寒，都在空城。

杜郎俊赏，算而今、重到须惊。纵豆蔻词工，青楼梦好，难赋深情。二十四桥仍在，波心荡、冷月无声。念桥边红药，年年知为谁生。

这首词是年轻的姜夔在南宋淳熙三年（1176）路过而且是初次到扬州时，有感于一代名城毁于金兵战火而创作的。

这首词的上阕写了作者眼中看到的残破不堪的扬州城。因为是描写自己目睹的景象，所以只有一句出自杜牧的诗。下阕是作者想起这座城市的"历史人物名片"——杜牧，而发的一番感慨。所以，不仅杜牧的名字"榜上有名"，而且他曾经描写扬州的一些诗句也被作者化用。

下面就具体来说说。

上阕里的"春风十里"一词，出自杜牧的《赠别》（其一）："春风十里扬州路"。下阕的"豆蔻"一词也是出自杜牧的《赠别》（其一）："豆蔻梢头二月初"；"青楼梦好"出自杜牧的《遣怀》："十年一觉扬州梦，赢得青楼薄幸名"；"二十四桥仍在，波心荡、冷月无声"出自杜牧的《寄扬州韩绰判官》："二十四桥明月夜，玉人何处教吹箫"。

宋诗的作者除了爱讲道理之外，还特别喜欢借用前人的诗文，就好比前清的候补官员，不事生产，专靠借账过日子。从这一点上说，这既是宋诗的一个缺点，也可以说是宋词的一个特点。在这首《扬州慢》中，姜夔一味搬弄杜牧的诗文，就仿佛是颟顸的劫匪认准一家去打劫，而对于别的富户都"过其门而不入"。

总体来说，姜夔这首词对杜牧诗歌的改编还是相当成功的。但是，创作这种以掉书袋为特色的词也有相当的危险：对于那些不熟悉这些典故的读者来说，他们读起这样的词来可能会一头雾水，甚至不知所云；而对于那些熟悉这些典故的读者来说，这样的词很可能使他们的注意力从词本身转移到典故的出处上来，好比跟阔人家的小姐结婚的人往往把注意力放在小姐的出身上，而不是小姐本人身上。使用这样繁多的典故和招引这样货色的女婿都无异于"引狼入室"。

论《何典》之源流

记得在五四新文化运动的时候，有一班饱学之士提倡用新文学来代替旧文学。其中有一个叫周作人的，写过一个小册子叫《中国新文学的源流》，来说明新文学的前世今生。而已故著名学者钱锺书先生，曾经以中书君的笔名写过一篇关于此书的书评，讥刺这本书是为中国的新文学认祖归宗。虽然钱先生的批评不无道理，但周作人的让新文学认祖归宗也不是空穴来风，因为世界上没有乍兴的事物。

也就在这同一时期，在社会上流行起来一本幽默小说叫《何典》。据说是当时的北大教授刘半农先生在书摊上发现并校订出版的。而关于这本《何典》还有一则典故。话说当时的国民党四大元老之一的吴稚晖先生，原就是一个饱学之士，但在早年的时候，所写的文章并不是如后来的"嬉笑怒骂皆成文章"，而是在偶然之间得了一本据他说叫《岂有此理》的书，从此作文便得了真传、开了窍门，"下笔如有神"了。而这本叫《岂有此理》的书，其真名叫《何典》。

我因为在别的书上见到这则典故，又在学校的图书馆里寻到此书，所以也做了它的忠实读者。后来因为里面有许多的吴语（上海附近的土话），所以就发愿要将里面的土话变为普通话，这倒像信仰佛教的人把文言文的某本佛典翻译成白话文的一样，以便于后来的读者。因为这个缘故，今天我也愿意做与周作人一般的工作，将《何典》的前生今生研究一番。我们从海上餐霞客给《何典》写的《跋》里面可以得到一些关于作者的信息，现将《跋》抄录于下：

跋

《何典》一书，上邑张南庄先生作也。先生为姑丈春蕃贰尹之尊人，外兄小蕃学博之祖。当乾嘉时，邑中有十布衣，皆高才不遇者，而先生为之冠。先生书法欧阳，诗宗范、陆，尤劬书；岁入千金，尽以购善本，藏书甲于时。著作等身，而身后不名一钱，无力付手民。忆余龆龄时，犹见先生编年诗稿，蝇头细书，共十余册。而咸丰初，红巾据邑城，尽付一炬，独是书幸存。夫是书特先生游戏笔墨耳，乌足以见先生？然并是书不传，则吉光片羽，无复留者，后人又何自见先生？爰商于缕馨仙史，代为印行，庶后人借是书见先生，而悲先生以是书传之非幸也。光绪戊寅端午前一日，海上餐霞客跋。

从《跋》里面，我们可以知道，《何典》的作者是张南庄先生，他是乾隆嘉庆年间的上海人。他博学多才、著作等身，可惜除却《何典》之外都毁于战火，而《何典》只是他的游戏之作。我们从中，能得到的信息便只有这些。

今之人犹古之人。我们从吴稚晖先生的文章中知道，他是一个极幽默的人，而我们从《何典》中知道，张南庄先生也是一个极幽默的人。同样的，吴稚晖先生虽是一个有幽默感的人，但要做起幽默的文章来，还需要启发。吴稚晖先生便是受到《何典》的启发。那么，张南庄先生是受到什么人或者什么书的启发呢？

如果是什么人启发了他，那么现在是不可考证了。如果是什么书启发了他，那么现在也不可进行确切的考证了，但可以索隐和附会。如钱锺书先生在《围城》的《序》中所说，"但是有考据癖的人也当然不肯错过索隐的机会、放弃附会的权利的"。今天，我就愿意来索隐一番、附会一通。

近来，我在看吴敬梓先生写的《儒林外史》，看到里面的几个片段，仿佛是在哪里见过的，是了，在《何典》当中有似曾相识的场面。在第十回"鲁翰林怜才择婿　蘧公孙富室招亲"里面有这样的场景：

"须臾，坐定了席，乐声止了。蘧公孙下来告过丈人同二位表叔的席，又和两山人平行了礼，入席坐了。戏子上来参了堂，磕头下去，打动锣鼓，跳了一出《加官》，演了一出《张仙送子》、一出《封赠》。这时，下了两天的雨才住，地下还不甚干。戏子穿着新靴，都从廊下板上大宽转走了上来。唱完三出头，副末执着戏单上来点戏。才走到蘧公孙席前跪下，恰好侍席的管家，捧上头一碗脍燕窝来，上在桌上。管家叫一声'免'，副末立起，呈上戏单。忽然乒乓一声响，屋梁上掉下一件东西来，不左不右，不上不下，端端正正掉在燕窝碗里，将碗打翻。那热汤，溅了副末一脸；碗里的菜泼了一桌子。定眼看时，原来是一个老鼠，从梁上走滑了脚，掉将下来。那老鼠掉在滚热的汤里，吓了一惊，把碗跳翻，爬起就从新郎官身上跳了下去，把簇新的大红缎补服都弄油了。众人都失了色，忙将这碗撤去，桌子打抹干净，又取一件圆领与公孙换了。公孙再三谦让，不肯点戏。商议了半日，点了《三代荣》，副末领单下去。"

紧接着，又有这样的一个场景：

"须臾，酒过数巡，食供两套，厨下捧上汤来。那厨役雇的是个乡下小使。他跐了一双钉鞋，捧着六碗粉汤站在丹墀里，尖着眼睛看戏。管家才端了四碗上去，还有两碗不曾端。他捧着看戏，看到戏场上，小旦装出一个妓者扭扭捏捏地唱，他就看昏了，忘其所以然，只道粉汤碗已是端完了，把盘子向地下一掀，要倒那盘子里的汤脚，却叮当一声响，把两个碗和粉汤都打碎在地下。他一时慌了，弯下腰去抓那粉汤，又被两个狗争着，咂嘴弄舌的，来抢那地下的粉汤吃。他怒从心上起，使尽平生气力，跐起一只脚来踢去。不想那狗倒不曾踢着，力太用猛了，把一只钉鞋踢脱了，踢起有丈把高。陈和甫坐在左边的第一席，席上上了两盘点心：一盘猪肉心的烧卖，一盘鹅油白糖蒸的饺儿。热烘烘摆在面前，又是一大深碗索粉八宝攒汤。正待举起箸来到嘴，忽然，席间一个乌黑的东西滴溜溜地滚了来，乒乓一声，把两盘点心打得稀烂。陈和甫吓了一惊，慌立起来，衣袖又把粉汤碗招翻，泼了一桌。满坐上都觉得诧异。"

在第十二回"名士大宴莺脰湖　侠客虚设人头会"里面，又有这样的场景：

"将及一月，杨执中又写了一个字去，催权勿用。权勿用见了这字，收拾搭船来湖州。在城外上了岸，衣服也不换一件，左手捎着个被套，右手把个大布袖子晃荡晃荡，在街上脚高步低地撞。撞过了城门外的吊桥，那路上却挤。他也不知道出城该走左首，进城该走右首，方不碍路。他一味横着膀子乱摇。恰好有个乡里人在城里卖完了柴出来，肩头上横捎着一根尖扁担，对面一头撞将去，将他的个高孝帽子，横挑在扁担尖上。乡里人低着头走，也不知道，捎着走了。他吃了一惊，摸摸头上，不见了孝帽子。望见在那人扁担上，他就把手乱招，口里喊道：'那是我的帽子！'乡里人走得快，又听不见。他本来不会走城里的路，这时着了急，七手八脚地乱跑，眼睛又不看着前面。跑了一箭多路，一头撞到一顶轿子上，把那轿子里的官几乎撞得跌下来。那官大怒，问是什么人，叫前面两个夜役一条链子锁起来。他又不服气，向着官指手画脚地乱吵。那官落下轿子，要将他审问。夜役喝着叫他跪，他睁着眼不肯跪。这时街上围了六七十人，齐铺铺地看。"

在第十四回"蘧公孙书坊送良友　马秀才山洞遇神仙"又有这样一个场景，里面的语言与《何典》何其相似：

话说马二先生在酒店里，同差人商议要替蘧公孙赎枕箱。差人道："这奴才手里拿着一张首呈，就像拾到了有利的票子，银子少了他怎肯就把这钦赃放出来？极少也要三二百银子。还要我去拿话吓他：'这事弄破了，一来与你无益；二来钦案官司，过司由院，一路衙门，你都要跟着走，你自己算计，可有这些闲钱陪着打这样的恶官司？'——是这样吓他，他又见了几个冲心的钱，这事才得了。我是一片本心，特地来报信。我也只愿得无事，落得'河水不洗船'。但做事也要'打蛇打七寸'才妙，你先生请上裁！"马二先生摇头道："二三百两是不能。不要说他现今不在家，是我替他设法，就是他在家里，虽然他家太爷做了几任官，而今也家道中落，那里一时拿的许多银子出来？"差人道："既然没有银子，他本人又不见面，我们不要耽误他的事，把呈子丢还他，随他去闹罢了。马二先生道："不是这样说，你同他是个淡交，我同他是深交，眼睁睁看他有事，不能替他掩下来，这就不成个朋友了。但是要做的来。"差人道："可又来！你要做的来，我也要做的来！"马二先生道："头翁，我和你从长商议，实不相瞒，在此选书，东家包我几个月，有几两银子束修，我还要留着些用；他这一件事，劳你去和宦成说，我这里将就垫二三十两银子把与他，他也只当是拾到的，解了这个冤家罢。"差人恼了道："这个正合着古语：'瞒天讨价，就地还钱。'我说二三百银子，你就说二三十两，'戴着斗笠亲嘴，差着一帽子'！怪不得人说你们'诗云子曰'的人难讲话！这样看来，你好象'老鼠尾巴上害疖子，出脓也不多'！倒是我多事，不该来惹这婆子口舌！"说罢，站起身来谢了扰，辞别就往外走。

马二先生拉住道："请坐再说，急怎的？我方才这些话，你道我不出本心么？他其实不在家，我又不是先知了风声，把他藏起，和你讲价钱。况且你们一块土的人，彼此是知道的，蘧公孙是甚么慷慨角色，这宗银子知道他认不认，几时还我？只是由着他弄出事来，后日懊悔退了。总之，这件事，我也是个旁人，你也是个旁人，我如今认些晦气，你也要极力帮些，一个出力，一个出钱，也算积下一个莫大的阴功；若是我两人先参差着，就不是共事的道理了。"差人道："马老先生，而今这银子，我也不问是你出，是他出，你们原是'毡袜裹脚靴'，但须要我效劳的来。老实一句，'打开板壁讲亮话'，这事，一些半些几十两银子的话，横竖做不来，没有三百，也要二百两银子，才有商议。我又不要你十两五两，没来由把难题目把你做怎的？"

马二先生见他这话说顶了真，心里着急，道："头翁，我的束修其实只得一百两银子，这些时用掉了几两，还要留两把作盘费到杭州去。挤得干干净净，抖了包，只挤得出九十二两银子来，一厘也不得多，你若不信，我同你到下处去拿与你看。此外行李箱子内，听凭你搜，若搜出一钱银子来，你把我不当人。就是这个意思，你替我维持去，如断然不能，我也就没法了，他也只好怨他的命。"差人道："先生，像你这样血心为朋友，难道我们当差的心不是肉做的？自古山水尚有相逢之日，岂可人不留个相与？只是这行瘟的奴才头高，不知可说的下去？"又想一想道："我还有个主意，又合着古语说'秀才人情纸半张'，现今丫头已是他拐到手了，又有这些事，料想要不回来，不如趁此就写一张婚书，上写收了他身价银一百两，合着你这九十多，不将有二百之数？这分明是有名无实的，却塞得住这小厮的嘴。这个计较何如？"马二先生道："这也罢了，只要你做的来，这一张纸何难，我就可以做主。"

当下说定了，店里会了账，马二先生回到下处候着。差人假作去会宣成，去了半日，回到文海楼。马二先生接到楼上。差人道："为这件事，不知费了多少唇舌，那小奴才就像我求他的，定要一千八百的乱说，说他家值多少就该给他多少，落后我急了，要带他回官，说：'先问了你这好拐的罪，回过老爷，把你纳在监里，看你到那里去出首！'他才慌了，依着我说。我把他枕箱先赚了来，现放在楼下店里。先生快写起婚书来，把银子兑清，我再打一个禀帖，销了案，打发这奴才走清秋大路，免得又生出枝叶来。"马二先生道："你这赚法甚好，婚书已经写下了。"随即同银子交与差人。

差人打开看，足足九十二两，把箱子拿上楼来交与马二先生，拿着婚书、银子去了。回到家中，把婚书藏起，另外开了一篇细账，借贷吃用，衙门使费，共开出七十多两，只剩了十几两银子递与宣成。宣成赚少，被他一顿骂道："你奸拐了人家使女，犯着官法，若不是我替你遮盖，怕老爷不会打折你的狗腿！我倒替你白白的骗一个老婆，又骗了许多银子，不讨你一声知感，反问我找银子！来！我如今带你去回老爷，先把你这奸情事打几十板子，丫头便传蘧家领去，叫你吃不了的苦，兜着走！"宣成被他骂得闭口无言，忙收了银子，千恩万谢，领着双红，往他州外府寻生意去了。

《何典》里的幽默与遣词用句是和《儒林外史》里的这几个片段一脉相承的。它里面的幽默是与别个不同的。在中国的幽默里面，有古典式的《笑林广记》的幽默，这幽默多是荤笑话的成分；有现代式的林语堂的幽默，不过据郁达夫说，"林语堂的幽默有牛油气，算不得正宗的中国式幽默"。而吴敬梓和张南庄的幽默，却是板起面孔来写幽默，自己一本正经的而别人却忍俊不禁起来，颇像西方演的滑稽戏，但西方的滑稽戏是在剧院里，而他们两位所写的却是主人公在一本正经的生活中的事。现在，这样的幽默已经不见了，剩下的只是些荤段子罢了。让正人君子看了，肯定要说："成何体统！"

如此看来，即便《儒林外史》不是《何典》的唯一来源，也是主要来源吧！（《儒林外史》的第二遍还没有看完，或许还有这样的幽默场景，容以后再续吧！）

谈谈《哥儿》

《哥儿》是日本著名作家夏目漱石具有代表作性质的一篇中篇小说，也有人把它翻译为《少爷》，全文也不过六万字多一点儿，描写了一位正直而坦率的少年人。关于他的性格，小说开始便举了几个例子：

我为了生性莽撞而吃尽了亏。

记得念小学时，我从学校校舍的二楼跳下来，弄得整整一个礼拜起不来。也许有人奇怪，我为什么会做这种莽撞的事，其实说开来也没什么了不起，只不过因为当时有位同学，看我在新建的二楼往窗外探头，便开玩笑地对我说：

"你这个胆小鬼，再神气也不敢从二楼跳下去。"

他有意戏弄我，我却真的跳了。

当工友将我背回家时，父亲睁大了眼睛，讶异地说：

"那有人从二楼跳下而站不起来的。"

我回答说：

"下次我跳时，会站起来给你看。"

一位亲戚送我一把西洋刀，这刀在美丽的阳光下，闪闪发光，我的朋友看了说：

"亮是亮啦！可惜不利。"

"怎么不利，什么东西都切得下，我可以表演给你看。"

"好吧！那就切你的手指头看看。"

我不服气地说：

"手指头算什么，我切给你看。"

于是，我就真的伸出自己的手，在拇指的指甲上切了下去，幸亏刀子小，手指的骨头又硬，所以这节拇指至今还留在我手上，但是这疤痕却永远无法消失。

他的正直和坦率固然是好品德，但不免被人看作呆傻，小说里的人这样看待他，书外的人也不免这么看待他，虽然我们也称赞他的好品德。据说，《哥儿》这本小说在日本一直很畅销，而且，日本人爱将其中的少年人的正直而坦率的性格作为日本民族的美德。这说法固然很动听，恐怕没有几个日本人将这美德作为金科玉律在生活中身体力行吧！

正直的人是往往不免要与他人格格不入的，而坦率的人又是往往不免受人欺侮的。如果不幸兼有这两种良好的品德，其悲惨的命运就是不言而喻的了。我们看看他的学生是如何捉弄他就知道了

有个晚上，我在大町散步时，在邮局旁边发现一家标着"面（东京）"的招牌，我一向喜欢吃面，在东京时，每次路过面店闻到香味都禁不住驻足，很盼望进去吃一碗。这些日子来，被数学和古董占去了心思，没有想到面，如今，看见这招牌，就不能不停下来吃一碗，于是就走进那家面店。没想到店里头不像招牌所标示的，既然标榜"东京"，里面的设备应该像样一点儿才对，不知道老板是否没见过东京，还是没钱的关系，店里一片脏乱，榻榻米都变了色，上面还沾满沙尘，摸起来令人起鸡皮疙瘩，墙上也被煤灰铺得黑乎乎的，天花板原就低矮，又被油烟熏得脏兮兮的！让人禁不住要缩起脖子。只有写着漂亮的"面"字，和下面的价格是崭新的，大概刚买下别人的旧房子，两三天前开始营业的吧！

标价上面第一行写的是"天妇罗面"，我就高声点了一碗"天妇罗面"，这时，角落里有三个人聚在那儿，不知道在那儿吃什么，同时望向我这边，因为店里光线太暗，一时没注意，现在仔细一瞧，才知道是学校里的学生。他们向我招呼，我也回了礼。因为很久没吃面了，觉得特别好吃，一口气吃了四碗"天妇罗面"。

隔天，我和平常一样到教室，看到黑板上写了斗大的字"天妇罗老师"，学生们看我进来就哄堂大笑，我觉得非常无聊，便问："吃天妇罗面就这么好笑吗？"一位学生回答说："可是，吃了四碗实在太多。"我想，吃四碗或五碗也是花我自己的钱，与他们何干？于是，很快地讲完课就回休息室去了。

过了十分钟，到另一教室上课时，黑板上写"一天妇罗四碗也，但不可笑"。上一节我没生气，但这一堂我恼火了，玩笑过度就成了恶作剧，像桁穆烤焦了一般，没有人会称赞的，乡下人就是不懂分寸，以为这样闹下去无所谓，说来可怜，这些人在这么一个狭窄的地域里生活，成天无其他事可干，才会把区区"天妇罗面"事件当成日俄战争一样大肆喧嚷，这些可怜的家伙从小就受这等教化，才会如此乖戾，像盆栽里的枫树，总是比该有的尺寸小很多（小人也）。要天真地和他们一起笑成一团也可以，不过，那算什么，小小年纪就那么恶毒。我板起面孔，一句话不说地将黑板上的字擦掉，说：

"这种恶作剧好笑吗？这是卑鄙的玩笑耶！何谓卑鄙，各位可知道？"

这时，有个学生回答：

"自己做事，惹人笑话而恼羞成怒者，是卑鄙也。"

真可恶，想到自己远由东京来这个鬼地方教这群讨厌鬼，心里就很窝囊。最后，我说：

"闲话少说，用心上课。"

下一堂到另外一班上课时，那班的黑板又写"吃了天妇罗面就会说闲话"，真拿他们没办法。一时火大，就决定不教那帮傲慢的家伙而转头回住处了。据说那群学生还因为不用上课而兴高采烈呢。这会儿，比起学校，古董要好得多了。

回来睡了一晚后，对天妇罗面事件就不那么气了。隔天到校，学生也都来了，我有点莫名其妙，此后三天，一切平安无事，第四天晚上，我到住田去吃汤圆。住田是一个有温泉、有城堡的地方，步行约三十分钟，坐火车要十分钟，那里有餐厅、温泉旅馆、公园，也有剧院。我去吃的那家汤圆店就在剧院门口，大都说那家汤圆好吃，所以我泡完温泉回来就去那家吃。这次，没遇到学生，想必没人晓得。哪知道，隔天第一节课走进教室，赫然发现黑板上写："汤圆两盘七分钱"。我的确吃了两盘汤圆，付了七分钱，这批家伙真麻烦，我想下一堂一定还会有什么花样，果然，第二节，黑板上又写"剧院的汤圆好吃好吃"。这群小鬼真叫人讶异。

汤圆事件就此结束，然而，红毛巾事件却接踵而至。何谓"红毛巾"，说来无聊，请听我从头细说：

自从来此以后，我每天到住田去泡温泉，虽然这儿什么都比不上东京，温泉却值得夸赞，既然就在住处附近，就趁每天晚饭前去泡温泉，顺便当作运动。每次去时都不忘在腰间吊着一条西式大浴巾，这条浴巾的红色条纹经温泉水濡染，红色条纹褪散开来，远处乍看，像整条浴巾颜色都是红的。我来回不论徒步或搭火车，腰间常挂着那条毛巾，听说因而被学生取了"红毛巾"这个绰号。住在这个芝麻小的地方，有些事情实在令人伤脑筋。

我们知道正直与坦率是美好的品德，却并不希望自己以及自己的亲人有这样的美好品德，因为有这样美好品德的人不免要常常吃亏。譬如，我们看电视剧里面的土匪造反时，总恨他们除恶不尽，但是，我们却根本不想自己去做替天行道的土匪。

《哥儿》固然是一本好书，但我们看了却不免要替世界灰起心来；"哥儿"固然是一个好人，但我们却不可学他，否则也只有四处碰壁罢了。

温暖的期待

历史是一个情感的富矿，有时候，当我们循着某一个线索，将目光、听力、心思停留在这一富矿的某个部分时，你会感觉，从时光缝隙中渗透出来的某种爱、某种力量和某种光线，镀着一种古铜色的光彩，从而触动了我们纤细的灵魂。

影片《周恩来的四个昼夜》的背景色，有些深重，有些压抑。荧屏上的窄巷、石房、破的衣袖和脏的脸，是贫穷，让这位诗人梦一直醒着，是一位伟人，使得这位瘦弱的诗人目光有了闪亮，随之一首朴素的诗歌也有了温暖的核。

这个朴素的核，温暖了一个小小的村落，继而是整个广袤的中华大地；这个真诚的核，温暖了一个年代，继而又穿过历史的土壤，从松软的土粒中、交错的根须里，顺着大地的呼吸以及无数紧贴大地的生命脉管，传达给我们。

周恩来总理，在我们这一代人的眼里，更多的是一个抽象的伟大的符号。影片则以短短的四个昼夜的时光为经，以系列微小的细节为纬，将我们心里这个伟大的符号形象化、具体化。深重的眼神，忧虑的表情，哀伤的叹息，不眠的夜晚，因为心系群众，忧虑天下，所以群众在他心里占据了太大的比重，使他忽视了自己的肠胃，忽视了自己的味蕾，忽视了自己的睡眠。

贫穷的群众是可敬的。可敬得有些傻。为了不让总理为这个革命老区担忧，为了不让日理万机的毛泽东主席牵挂，伯延乡的支书思前虑后想封住老百姓的口，隐瞒因吃大锅饭所带来的部分人挨饿的真相。可是，总理已从担水人缄默的表情里，从孩子吐真言的话语里，从早产妇女衰弱的身体里感受到其中的端倪。他和一人养着四个娃的中年汉子谈心，试图帮他带孩子，用自己所剩无几的工资尽力去资助他们；暴雨如瀑的夜晚，他和群众一起奋战在抢救薯苗的现场，闪电的亮和夜色的黑在他的脸庞交替，勾勒出刚毅的雕像神态；他和百姓同喝菜叶汤，同吃薯面和豆面做成的不拉屎的馍……

真诚的情感，是化解隔阂的最好良药。总理爱民的心，是无声却最有说服力的表达。情感的互通，使倾诉成为尽情流淌的河水，百姓你一言，我一语，将内心的苦楚倾诉给眼前的亲人，将一切的希望寄托在身边的总理身上。

这些言语被总理牢记在心，之后在他的心房梳理、过滤，然后借助于老花镜、夜晚的灯光、钢笔、小本本，凝固成一个个的文字符号。这些小小的文字符号，探触的不只是蜿蜒在伯延的条条石巷，敲开的不只是逡巡在伯延之夜的深色梦境，它们已传到了每个中国农民饥肠辘辘的肠胃，已亲吻了中华大地每个红砖青瓦房的门楣。

周总理在伯延乡的第四个昼夜，则是以一串诗意的电话铃声开启的。那一时刻，灯光下的小窗子内，正孕育着一首意蕴深厚的散文诗。这篇散文以什么方式打开，又以什么方式而结束，牵动的不只是门外那些神情凝重的背影。

乖巧的电话线，把总理小本本上的字一个个传到电话的那头。

之后，吃大锅饭的生产劳动模式被打破。伯延乡人，以及所有和他们一样穿着补丁衣裳、嚼着树叶团子的中国农民，包括我们的祖父祖母，都开始了一种全新的生活方式。

双腿残疾的大娘，听闻总理到来，托孩子给总理送信来见她。总理来到的时候，她皱褶的老脸开了花。温馨的往事从泪光中外溢，涌动的激情使她敞开嗓子唱落子。总理听得入神，大娘唱得尽兴。多么可亲的总理。为了让总理吃一口亲手做的拽面，大娘舍了自己的棺材本买来一袋白面，让人抱到灶台跟前，对着沸腾的开水锅，兴奋地和面、揉面与抻面，面煮熟了又让人端着送到总理的面前。如果不是深厚的感情使然，谁会有把一碗普通拽面送到国家总理面前的底气？

无论是总理到来还是离去，都是伯延村的一大轰动。轰动的不是总理的官职，而是可以亲眼见到日夜想念的亲人。总理一到，那些和总理见面的愿望，就开始在伯延村每个村民的心里蠢蠢欲动，总理在这儿每待一天，这愿望就更加强烈；总理的离去，却使小小的伯延村伤感不已。狭窄的小石巷上，挤满了送行的人群。噙满泪花的眼睛凝视着总理，总理被可敬的乡亲们包围着，他和亲爱的乡亲们一一握手告别，用"我会再来看你们的"安慰着父老。那一刻，我也成了众乡亲们中的一员，从拥挤的人群中抢着把手伸向总理，我感觉到了总理伸过来的手掌的暖度。从我眼里流出的泪水，也滴落到了那些打着补丁的衣襟上，也飘飞在了那条封存在历史深处的伯延乡的小石巷里。

历史封存了那些眼泪，正如它曾定格住那些感人的细节；亲情成为陈年久酿，正如春天的脚步正向我们走来。

影片《周总理的四个昼夜》，让我们感动，更让我们向往：碧水蓝天之下，我们也挽着总理的手，一起畅谈心中所想，共同倾诉心中所愿。

从王安石《读孟尝君传》到张南庄《何典》

—— 我的一种文学观

我曾在语文课本以外阅读过王安石的《读孟尝君传》，并做了笔记。现将《读孟尝君传》原文与所做笔记抄列于下：

读孟尝君传

王安石

世皆称孟尝君能得士，士以故归之，而卒赖其力以脱于虎豹之秦。嗟乎！孟尝君特鸡鸣狗盗之雄耳，岂足以言得士？不然，擅齐之强，得一士焉，宜可以南面而制秦，尚取鸡鸣狗盗之力哉？鸡鸣狗盗之出其门，此士之所以不至也。

笔记："吾学也陋，故不知王安石此文之出于何年何月何日也。然吾知王安石此文必出于其变法失败之前，否则不会有如此之气魄。

"自来文章固有其本来之意也，然亦有天之意加于其上者焉。读王荆公（安石）此文，愈是豪壮之语愈有悲凉之意。盖上天借荆公变法之失败，特于其本意之上更加深意焉。"

我的意思是说，我们读一个人的文章除了把当时的时代背景和其个人遭遇作为这文章的底色外，还往往把作者的整个历史——不论是文章写作之前的还是文章写作之后的——投射到文章本身上来。虽然与文章原意有所出入，但是文章的意思确实更加饱满了。这便是我所说的"自来文章固有其本来之意也，然亦有天之意加于其上者焉"。我们也并不是有意要这样做，恰恰是在无意之间这样做罢了。这大概与我们生在作者之后，并且知晓作者的历史有关。而且对于作者的历史，我们越是知道的详尽，便会向他的文章上面投射越多的文章原意之外的东西。

同样的道理，在读了"海上餐霞客"的关于《何典》作者张南庄的《跋》之后，特别是看了"庶后人借是书见先生，而悲先生以是书传之非幸也"一句后，再从头重读《何典》，越是原先以为作者有才华的地方、写得神采飞扬的地方甚至会在阅读时笑骂"这家伙，真是鬼头鬼脑，亏他想得出来"的地方，越是感慨，竟至不忍卒读。竟会突然明白：原来他的嬉笑怒骂都是和着血与泪写的。当然，自己的顿悟可能早已离了文章的本意十万八千里。

岂止中国书如此，就是外国书亦然。我们在读外国书时，早已在文字底下投上了浓浓的外国底色，即使我们不了解外国的风俗人情，也早已把书上的描写当作理所当然了。否则，恐怕就是外国名著，我们也很少有心思读下去。试想，如果有哪位中国作家依照外国人的方法写中国书，哪怕他写得跟列夫·托尔斯泰、高尔基、莎士比亚、歌德、雨果等外国著名作家一样好，甚至有过之而无不及，那么你可以想象得到国人会有什么评价，如果他能引起国人兴趣的话。我想一定有这样的评价："放屁，放屁，真是岂有此理。"外国书只好投上外国底色，如果要求国人以读外国书的方法来读外国式的中国书，怕没有人会真正喜欢。当然，这倒是合了外国人的脾胃。这也就是为什么林语堂先生是世界知名的小说家，而在中国只能算作幽默家的原因了。

即使如此，在中国的翻译界亦有异数存焉。他们是严复、林纾、傅雷、杨绛等优秀的翻译家。因为他们的翻译不仅仅是翻译，还有创造的部分。在他们翻译的文字下面，我们可以投上外国底色，同时也可以投上一些中国底色。外国底色使我们感到兴趣，而中国底色使我们觉得亲切。

此为我的一种文学观。

我们为什么学习历史

人们不论是在学校里面上历史课，还是闲来无事看历史方面的著作，都会首先遇到这样一个问题：我们为什么学习历史？当然，绝大多数人对于这个问题只有刹那的关注，之后也就漠不关心了。如果我们拿这个问题去考问学生们，他们的答案往往斩钉截铁："为了考试"；如果我们拿这个问题来询问大人们（当然是有时间看历史方面著作的大人们），他们的答案或者是"消遣"，或者是"以增广见闻"。当然，"消遣"也可以看作历史的一个作用，但是却好比拿牛刀来杀鸡，难免大材小用；而用历史"以增广见闻"呢，虽然也是极风雅的事，但是至多成为一只"两脚书橱"罢了。至于，学习历史只是为了应付考试，就更不对了。考试只是手段，既是督促学生学习历史知识的手段，也是检测学生是否掌握了相应的历史知识的手段。如果将手段等同于目的，就是"驴唇不对马嘴"了！可是，人们为什么学习历史呢？或者说，我们学习历史的目的是什么呢？

我们从古代典籍，特别是史学著作里面，看是否能够找到相应的答案。熟悉中国古代文史知识的人都知道，中国自古有这样一种说法："迁光史、李杜诗、韩柳文、苏辛词。"也就是说，要想学习写词，就得模仿苏（轼）辛（弃疾）；要想学习写文章，就得模仿韩（愈）柳（宗元）；要想学习写诗，就得模仿李（白）杜（甫）；而要想学习写史书，就得模仿迁（司马迁）光（司马光）。

司马迁的传世之作就是被鲁迅先生誉为"史家之绝唱，无韵之离骚"的《史记》；司马光的传世之作就是被清代学者王鸣盛称作"此天地间必不可无之书，亦学者必不可不读之书"的《资治通鉴》。那么，作为中国古代最富盛名的历史学家，他们是为什么而著史的呢？我们从司马迁写给他朋友任安的《报任安书》中可以看到，司马迁对于《史记》著述的初衷是"欲以究天人之际，通古今之变，成一家之言"。关于《资治通鉴》的著书目的，我们从这部著作的名字之由来，便可窥其一斑。宋神宗以其"鉴于往事，有资于治道"，命名为"资治通鉴"。然而，这些都是他们著书的目的，而不是我们学习历史的目的。

既然求助于别人无效，我们只好自己来思考。我们可以试着推想一下，我们之所以学习历史，一定是因为历史的学习对于我们的现实生活有一定的积极意义。这种对于现实生活的积极意义，概括起来不外是在两个方面给予我们经验或者教训。哪两个方面呢？我们可以借用英国著名女小说家简·奥斯汀的一部小说的名字来说明，即《理智与情感》。在情感方面，我们通过对民族历史的学习，可以增强我们的民族感情；在理智方面，我们通过对历史规律的学习，可以增加我们的理性。

只有情感而毫无理性，则与原始人无异，且必然形成狭隘的人生观与狭隘的民族主义情怀，必不能游刃有余地生存于当今之世界民族大融合的社会；而只有理性而毫无情感，则与机器无异，且必然形成麻木不仁的性格，也必不能游刃有余地生存于当今之人性化社会。故而，对于历史的学习必以此为鹄的，而且不能偏废，需要两者兼而有之方可。

相似文章"连连看"

假如你也在陌生的人群中穿梭过，也许你也会有同样的感受：在他们当中，也会发现一个或是几个既熟悉又陌生、既陌生又熟悉的人。因为他（她）或是他们（她们）在长相上，与你曾经熟悉的人竟然有着惊人的相像。然而，他（她）或是他们（她们）却又是些陌生人。

其实，读文章的时候，也会有相同的感觉。有些文章在某些方面竟然也有着惊人的相似之处。比如《左传》中的《曹刿论战》与《阅微草堂笔记》中的一则故事，还有《世说新语》中的另一则故事，就有着惊人的相似之处。

我们先来看看《曹刿论战》：

十年春，齐师伐我。公将战，曹刿请见。其乡人曰："肉食者谋之，又何间焉？"刿曰："肉食者鄙，未能远谋。"乃入见。问："何以战？"公曰："衣食所安，弗敢专也，必以分人。"对曰："小惠未遍，民弗从也。"公曰："牺牲玉帛，弗敢加也，必以信。"对曰："小信未孚，神弗福也。"公曰："小大之狱，虽不能察，必以情。"对曰："忠之属也。可以一战。战则请从。"

公与之乘。战于长勺。公将鼓之。刿曰："未可。"齐人三鼓。刿曰："可矣。"齐师败绩。公将驰之。刿曰："未可。"下视其辙，登轼而望之，曰："可矣。"遂逐齐师。

既克，公问其故。对曰："夫战，勇气也。一鼓作气，再而衰，三而竭。彼竭我盈，故克之。夫大国，难测也，惧有伏焉。吾视其辙乱，望其旗靡，故逐之。"

曹刿指挥弱小的鲁国军队战胜强大的齐国军队，恰像《阅微草堂笔记》中守备刘德指挥弱小的"国军"战胜强大的叛军一样。《阅微草堂笔记》中记载道：

戊子昌吉之乱，先未有萌也，屯官以八月十五夜犒诸流人，置酒山坡，男女杂坐。屯官醉后，逼诸流妇使唱歌，遂顷刻激变，戕杀屯官，劫军装库，据其城。十六日晓，报至乌鲁木齐，大学士温公促聚兵，时班兵散在诸屯，城中仅一百四十七人，然皆百战劲卒，视贼蔑如也，温公率之即行至红山口，守备刘德叩马曰：此去昌吉九十里，我驰一日至城下，是彼逸而我劳，彼坐守而我仰攻，非百余人所能办也。且此去昌吉皆平原，玛纳斯河虽稍阔，然处处策马可渡，无险可扼。所可扼者，此山口一线路耳，贼得城必不株守，其势当即来，公莫如驻兵于此，借陡崖遮蔽，贼不知多寡，俟其至而扼险下击，是反攻为守，反劳为逸，贼可破也。温公从之，及贼将至，德左执红旗，右执利刃，令于众曰：望其尘气，虽不过千人，然皆亡命之徒，必以死斗，亦不易当，幸所乘皆屯马，未经战阵，受创必反走，尔等各擎枪屈一膝跪，但伏而击马，马逸则人乱矣。又令曰：望影鸣枪，则枪不及贼，火药先尽，贼至反无可用。尔等视我旗动，乃许鸣枪。敢先鸣者，手刃之。俄而贼众枪争发，砰訇动地，德曰：此皆虚发，无能为也。迨铅丸击前队一人伤，德曰：彼枪及我，我枪必及彼矣。举旗一挥，众枪齐发，贼马果皆横逸，自相冲击，我兵噪而乘之，贼遂歼焉。温公叹曰：刘德状貌如村翁，而临阵镇定乃尔。参将都司，徒善应对趋跄耳。故是役以德为首功，然捷报不能缕述曲折，今详著之，庶不淹没焉。

曹刿的老乡嘲笑曹刿多管闲事，又恰像《世说新语》中的张孝廉的"老乡"和"同事"嘲笑张孝廉自不量力一样。《世说新语》中记载道：

张凭举孝廉，出都，负其才气，谓必参时彦。欲诣刘尹，乡里及同举者共笑之。张遂诣刘，刘洗涤料事，处之下坐，唯通寒暑，神意不接。张欲自发无端。顷之，长史诸贤来清言，客主有不通处，张乃遥于末坐判之，言约旨远，足畅彼我之怀，一坐皆惊。真长延之上坐，清言弥日，因留宿至晓。张退，刘曰："卿且去，正当取卿共诣抚军。"张还船，同侣问何处宿，张笑而不答。须臾，真长遣传教觅张孝廉船，同侣惋愕。即同载诣抚军。至门，刘前进谓抚军曰："下官今日为公得一太常博士妙选。"既前，抚军与之话言，咨嗟称善，曰："张凭勃窣为理窟。"即用为太常博士。

这三篇相似的文章，自然也有不同之处。其最显著的，便是题材的不同。《左传》是历史著作，故而注重准确简洁；而《阅微草堂笔记》与《世说新语》则是笔记小说，所以《阅微草堂笔记》中便多一些议论，《世说新语》中便多一些前后呼应。

再谈鲁迅先生的《中国小说史略》

与民国时期军界的头目多是中国"当地土产"相比，民国时期学界的领袖多是留学生。这不可不说是当时学界的一大特点。此时为数众多的留学生与当时国内的土产学者相比，固然有新旧之分；而就是留学生之间，亦有新旧之别。

此一时期的留学生根据留学国家的不同，可分为留日派和欧美派两大类。不消说，两派相较而言，自然是留日派为旧，欧美派为新。单就服装而言，留日派归国的学者多是长袍马褂，而欧美派归国的学者多是西装革履。而其最大的不同，还主要表现在治学方法的不同上。

就整体而言，留日派学者治学方法较本国土产学者为新，而欧美派学者治学方法又较留日派学者为新。此是就大概而论，非是就个别而言。

在欧美派之中，现今名头叫得最响而且确实有真才实学者，当属钱锺书先生。其治学方法是"旨在打通东西方文化"。其留学英、法归国后，曾执教于西南联合大学。据其当年的学生回忆，钱锺书先生曾教授"西方文学史"一门课，"虽名曰'西方文学史'，实是西方思想史"。从中，我们可以窥见钱锺书先生的治学方法。

在留日派当中，最为我们熟悉的当属鲁迅先生了，虽然他不是正宗的留日学生，而且所学又非文学之类而是医学，更何况他的学医也是半途而废。可是，鲁迅先生治文学的能力和成就是我们谁都不能忽略和忽视的。

然而，无独有偶，单就鲁迅先生治中国小说史的方法来看，虽然他的《中国小说史略》名曰"小说史"，但其实质却是"中国思想史"。

去年购得鲁迅先生的《中国小说史略》一书，本拟每日读一章，不意中道而废。今年忽又念及，始接前次所读，竟有如许之发现。真乃不亦快哉！

中国文化的最大特色

毫无疑问，我们都是自诩爱国的。但是，怎样才是爱国呢？或者，应该说，怎样才能爱国呢？首先，若要爱国必须先了解你要爱的这个国是个什么样子的，有什么特色？如果阁下连这个国是个什么样子的，有什么特色都不知道，也就谈不到爱国了！

那么，我们中国有什么特色呢？一个真正的国家，它必然表现为一种文化的存在。有着五千年文明史的中国，自然有它的文化，而且是一种不同于其他民族的特殊文化。那么，我们便不禁要问：中国文化的最大特色是什么呢？

已故著名红学家周汝昌先生，在提到自己对《红楼梦》的认识时，说过：《红楼梦》是打开中国文化的一把钥匙。而他说到《红楼梦》的特点时说，整部《红楼梦》的创造是曹雪芹把他曾经经历的人生诗化了。这种诗化，不仅是把他早年所经历的一段繁华生活诗化了，而且也一定把他后来所经历的一段艰辛生活诗化了。这种"把生活来诗化了"便是中国文化的最大特色！除了曹雪芹的《红楼梦》这个最典型的代表以外，我们还可以从废名（原名冯文炳）的田园小说中看到，他把他所经历的下乡生活诗化了。这样的例子还有沈从文笔下的湘西。我想不仅如此，更深层次的原因是中国文化的特色就是把生活来诗化。如此一来，我们就不难明白，为什么中国会产生伟大的唐诗宋词。

文学上的诗化表达的根基是由中国人的诗意化的生活情调所决定的。若是曹雪芹没有诗意化的生活情调他便写不出《红楼梦》，同样的，废名、沈从文也成就不了名垂千古的文学著作。

当然，中国也不乏焚琴煮鹤之徒，但是一种文化的特色是由那些最先进的知识分子所代表的，而不是那些过屠门而大嚼之流。

分析古诗词曲中蕴含的爱民思想

摘要：古诗词曲是中华文化非常重要的组成部分之一。许多的古诗词曲的内容都是贴近生活，大胆地针砭时弊、反映社会现实，例如，古诗词曲中所蕴含的爱民思想。本文将从各阶段有代表性的古诗词曲出发，来分析其中所蕴含的爱民思想。

关键词：古诗词曲；百姓生活；爱民思想

古诗词曲在中国有着深远悠久的历史，历来为人们所喜爱。其中蕴含着作者丰富的思想、豪迈的气概，亦表达了纯朴、可贵的爱民思想。这种爱民思想的表达也成为古诗词曲中一道绽放异彩的风景线。

一、《诗经》中蕴含的爱民思想

《诗经》作为我国历史上的第一部诗歌总集，其中有非常多表达农民对于压迫、剥削的不满和反抗的作品。

《诗经》中《豳风·七月》一诗，细致地描写了春秋时期农民们一年到头所要从事的各项劳动，如耕种、采桑、养蚕、纺织等，表现出了农民繁重的劳动和悲惨的生活状态。

春秋时，各国诸侯争霸，战乱频发、民不聊生；不合理的徭役制度和连年的饥荒让农民的生活十分悲惨。《诗经》中有很多作品从不同方面反映了农民的怨愤和反抗。如《魏风·伐檀》中写道："坎坎伐檀兮，置之河之干兮。河水清且涟猗。"这是反映当时的农民伐檀运木的劳动场景，当时的技术落后，伐木运木完全依靠人力，是一项非常繁重的工作。农民在繁重的劳动中不禁发出"不稼不穑，胡取禾三百廛兮"的诘问。他们不满统治者的压迫，痛斥统治阶级是吸血鬼。这首诗词直接反映出了当时农民被统治者剥削压迫的怨愤不满，体现了农民心中的反抗意识。

而《魏风·硕鼠》中则写道："硕鼠硕鼠，无食我黍！"直接称呼这些剥削压迫阶级是贪婪可恶的老鼠，并以命令的语气发出不要啃食我们粮食的警告。老鼠形象丑恶，喜好偷吃，用来比喻贪得无厌的统治阶级，充分体现了诗人对其的愤恨之情和对当时农人的同情。

二、唐诗中爱民思想的表达

唐诗是中国诗词曲文化中分量极重的一个组成部分，许多诗人都怀着悲天悯人的情怀，把对农民生活的关注和自己爱民的思想融入诗句中，杜甫就是其中非常有代表性的一名爱民诗人。生活在唐朝战乱时期的杜甫，看多了农民的颠沛流离、饱受压榨，他用诗句记录了这些悲惨的景象，对当时的社会现实进行了非常深刻的批判。

（一）"朱门酒肉臭，路有冻死骨"

这是杜甫《自京赴奉先咏怀五百字》中的诗句。诗人目睹富贵人家的酒肉多到食用不完，放置着腐烂并发臭；而穷人们却没有吃的，在街头因受冻挨饿而死去。这种贫富之间的鲜明对比刺痛了杜甫的心，他在诗中写道："谁能久不顾？庶往共饥渴。入门闻号啕，幼子饥已卒！吾宁舍一哀，里巷亦呜咽。所愧为人父，无食致夭折。岂知秋禾登，贫穷有仓卒。生当免租税，名不隶征伐。"具体地描述了普通百姓的苦难生活，表达了自己对压迫阶级过度剥削农民的不满和对穷苦人的深切同情及其爱民情怀。

（二）"安得广厦千万间，大庇天下寒士俱欢颜"

这句诗出自杜甫的《茅屋为秋风所破歌》。杜甫晚年旅居四川，生活困顿，此时他更加能够体会农民的生活状态。在自己的茅屋被风雨摧毁之后，他更是发出了"安得广厦千万间，大庇天下寒士俱欢颜"的呼喊。他期待能够有"广厦千万间"，让"天下寒士"避风遮雨、居有其所。这也表达了杜甫同情百姓疾苦的伟大的爱民情怀。

三、宋词中爱民思想的表达

谈起宋词中的爱民思想，首先要提及的就是北宋大文豪苏轼。苏轼接受的是儒家学派民本思想的教育，在做官时政绩斐然，深受百姓的拥戴。他的诗词中也体现出他的爱民思想。

"日暖桑麻光似泼，风来蒿艾气如薰。使君元是此中人。"

苏轼任徐州知州时，所管辖的地区遭遇严重旱情，他在去石潭求雨时写下了《浣溪沙》组词五首。词中曾发出"何时收拾耦耕身"和"使君元是此中人"的感叹，表达了自己虽身在官场，却不忘自己是农夫出身，希望能够回归乡间生活的心情。可见苏轼虽然身处庙堂之上，却从未忘记关心百姓生活，体验百姓疾苦的爱民之心。在这组词的另一首中，还写道："麻叶层层苘叶光，谁家煮茧一村香。隔篱娇语络丝娘。垂白杖藜抬醉眼，捋青捣麨软饥肠。问言豆叶几时黄。"详细地记录了在田间地头所见之景象，描绘了农家生活的片段和细节。从中可以看出苏轼对底层人民的关心和他的爱民之情。

四、元曲中爱民思想的表达

提到元曲中的爱民思想，首先想到的就是散曲家张养浩，他曾经两度为官，看遍世间疾苦，因而他的作品悲悯劳动人民，心系苍生，有着很深刻的爱民之情。

"兴，百姓苦；亡，百姓苦。"这首曲是张养浩登临潼关的时候所作。面对繁华过后的废墟，他发出了"宫阙万间都做了土"的悲凉叹息。百姓付出血汗甚至是生命所建的工程，就这样湮灭在时间洪流中；而伴随着一个新政权的兴起，他们又要继续付出血汗乃至生命。并且无论政权产生了怎样的更替，等待他们的都是无尽的辛劳和压迫。此情此景，使张养浩发出了"兴，百姓苦；亡，百姓苦"这样的感叹。底层劳动人民千百年来的悲惨生活被一语道尽，强烈地抒发了作者对受苦受难人民的深切同情。这里，将张养浩爱民的思想提升到最高处，此时他心中的悲愤之情已经到了顶峰，同情和悲愤交织，此情此景，只有一声哀叹。

五、结束语

爱民思想是从远古延续至今的中华民族优秀传统，是民族得以传承繁荣的重要思想依托。古诗词曲中的这种爱民思想的表达，是诗人们关怀百姓生活的体现，也是古诗词曲能够传承至今，不断散发魅力的重要原因之一。

参考文献：

[1] 马士远. 试论《诗经》民本思想对后世文学的影响 [J]. 济宁师范专科学校学报，2002，23（1）：53～57.

[2] 向俊. 论苏轼诗歌中的民本思想与人文关怀 [J]. 襄阳职业技术学院学报，2017（6）：126～129.

分析中国古诗词艺术歌曲的古代衍变与近代发展

摘要： 中国自古以来以特有的古诗词享誉古今中外，并且为人类精神财富以及文化库藏作出了巨大的贡献，同时也是当代教育资源当中不可或缺的一部分。因此，为了能够使中国古诗词在人们口中得到代代相传，古往今来，多少名曲家以及作曲者为中国古诗词以艺术歌曲的方式进行谱曲且传唱，使得中国古诗词在朗朗上口的歌声当中得到充分地交流与传承，并且从中汲取了丰富的精神文化以及艺术享受。所以，在本文的研究当中，将会对中国古诗词艺术歌曲在古代的衍变历程以及在近代的发展做出详细地阐述与分析，望能够对中国古诗词艺术歌曲的传承与发展起到更好的积极作用。

关键词： 中国古诗词；艺术歌曲；古代演变；近代发展

在《毛诗序》当中曾提道，"正得失，动天地，感鬼神，莫近于诗"。诗词当中有一种强大的兴发感动力量，这种力量可以让读者感受到诗人内心深处的情感，并且触动读者的内心，从而引发精神与灵魂的共鸣。而古诗词的传承，在古诗词艺术歌曲的口口相传当中得到了良好的传承，因此，研究中国古诗词艺术歌曲，能够帮助我们更好地理解古诗词那种独特的艺术与引发心灵共鸣之魅力。

一、中国古诗词艺术歌曲的古代衍变

众所周知，中国古诗词在历史当中有着极其深远的历史意义，而古诗词艺术歌曲，同时也有着非常久远的历史。结合古籍资料，我们不难看出，人们普遍只知道仓颉造字的典故，却很少有人知道伶伦制律的故事。早在黄帝时期便有着多种民间歌谣，并且在当时社会已经产生了"诗乐一体"的现象，这是中国古代文学史上最为古老的现象之一，同时也是中国古诗词艺术歌曲最早、最原始的形式，之所以没有普遍传承下来是因为在当时能够利用文字记载事物的方式极少，所以导致那时候的歌谣并没有得到良好的发展。

《诗经》，作为我国最早记录较为完整的中国古诗词艺术歌曲的诗歌总集，在春秋时期得到了繁衍与发展，并且每一篇皆取自于民间诗歌精华，诗经的艺术风格以及独特的"诗、乐、舞"一体的魅力，标志着我国古老的古诗词艺术歌曲当中的典型形式。

在战国时期，《楚辞》的出现，为中国古诗词诗歌的发展带来了很好的传承作用，并且其中不乏多种包括《离骚》等经典之作，《楚辞》结合当时楚地独特的音律形成特有的歌曲形式，并且在一定程度上展现了我国古诗歌逐渐向艺术歌曲转变的过程。

汉乐府诗，我们都知道诸多经典传世之作，比如《孔雀东南飞》《木兰诗》，是我国古诗歌的发展史当中继《诗经》及《楚辞》后又一大代表阶段。汉乐府诗以独特的现实主义手法将当时汉代的民间生活描绘得淋漓尽致，并且促进了我国古诗歌民谣形式的良好发展。

直到唐宋时期，诗歌与诗乐在其中得到了非常流行的发展，并且促进了"以诗配乐"的文化风尚，唐诗宋词同时也对"诗乐"的发展起到了丰富的奠基作用，从宋代开始，主流风尚便由诗变为词，并且促进了当时"曲子词"的广泛发展，使得诗词与音乐形成了高度的吻合，同时也代表了我国古诗词艺术歌曲的发展迎来了新的春天。在元明时期，开始出现了元代散曲以及明清俗曲，元代散曲多以口语化的形式使散曲出现了非常鲜明的地方特色以及民间艺术风范，而俗曲的形式类似于说唱，并且配以丰富的乐器与伴奏，使中国古诗词艺术歌曲的发展得到了非常丰富饱满的形式。

二、中国古诗词艺术歌曲的近代发展

由于在清末时期，大批人才开始留洋，并且在西洋文化与东方文化的共同碰撞中，中国古诗词艺术歌曲的发展开始出现东西结合的独特魅力，中国古诗歌艺术歌曲在 20 世纪出现了空前盛大的发展。经笔者整理后，当时的发展分为以下三个阶段：

（一）近代发展开端

近代中国古诗词艺术歌曲发展的开端，便是从 20 世纪 20 年代开始的。由于新文化运动的影响，在当时我国的音乐创作中，新型音乐的发展开始展露顽强的生命力，而古诗词作为我国独特的经典艺术与文化，使当时许多作曲家纷纷为古诗词谱曲，著名的作曲家青主所谱写的《大江东去》，将东方的宋词文化以及西方的音乐作曲做了一次非常典型完美的融合，并且为我国近代古诗词艺术歌曲的发展提供了良好的开端。

（二）近代发展创作高峰

从 20 世纪 30 年代开始，逐渐出现了著名的作曲家与音乐家，其中以冼星海、谭小麟为典型代表，他们以中国古诗词中的各种体裁诗词为基词，将西方乐曲以及美学进行了巧夺天工的融合，开始出现诸多如《花非花》《点绛唇·赋登楼》等代表音乐作品，使中国古诗词艺术歌曲在近代的发展达到了空前的创作高峰。

（三）近代发展的成熟完善

直至 20 世纪 40 年代，国难当头，战争暴发，许多人开始为能够将民族力凝聚为一体，并且将每个人的爱国情怀激发出来，从而无数人开始将近代中国古诗词艺术歌曲的创作进行了一次全方面的革新，使得艺术歌曲更趋向体现民族凝聚力的形式，其中的典型代表为谭小麟的《彭浪矶》，这首歌曲以我国宋代时期爱国主义诗词为曲词。融合近代独特的民族风格，为近代中国古诗词艺术歌曲的发展作出了重大贡献。

三、结束语

总而言之，近代史上中国古诗词艺术歌曲的发展，可谓空前盛大，并且其以东西结合的大胆创作形式，为现代音乐的雏形提供了奠基作用。而研究古诗词艺术歌曲的发展，能够使我们更好地理解其中的创作性思维，并且使古诗词文化在现阶段仍旧能得到更加坚实的传承作用。

参考文献：

［1］蒋鸣．浅析中国古诗词艺术歌曲的古代衍变与近代发展［J］．音乐创作，2017（6）：93～95.

［2］蒋鸣．中国古诗词艺术歌曲的现代复兴与保护传承［J］．音乐创作，2017（9）：95～96.

古代文化艺术的审美理念与现代审美观念的对比研究

摘要： 中国传统文化源远流长，创造了无数文化艺术，艺术审美也是传统文化的重要内容之一。无论是篆刻、书法、文学还是绘画，都是古代重要的文化艺术形式，其艺术审美丰富多彩，蕴含着独特的中式审美意象。随着时代发展，艺术形式发生转变，现在审美观念也出现了变化，与古代审美理念存在差异与联系。基于此，文章立足文化艺术，对古代审美理念与现代审美观念进行对比研究，旨在通过研究探讨古代文化艺术的审美理念与现代审美观念的异同。

关键词： 古代文化艺术；审美理念；现代审美观念；对比

法国文学家波德莱尔在《现代生活的画家》一文中提出美由两部分构成：一部分是永恒性；另一部分是可变性。永恒性指的是美是从具体事物中产生的，具有永恒形式，具有客观性，可超越时空限制。可变性指纯形式的美需要依赖具体事物才能展现，需要以具体事物作为美的载体。载体是可变化的，因此美是具体的、可变的。文化艺术具有独特的美学意象，在时代发展浪潮中实现不断变化，因创作形式、审美观念的变化而存在差异，以差异性显示独特之美。

一、中国传统文化艺术的审美观

我国传统文化艺术立足"天人合一"理念，强调自然，突出了人与自然和谐共生的理念。从艺术形式看，无论是绘画、文学、音乐等，都充分展现了"天人合一"的审美理念，突出了古代审美理念中内敛、含蓄的情感表达，更加注重意象和意蕴的表达，旨在通过文化艺术传递人文情怀和哲理。

（一）古代文化艺术的审美特点

1. 表现形式多样性

文学是古代文化艺术的主要形式，古代文学以诗、词、曲、文等形式呈现，展现了独特的审美形态，通过融合音乐、舞蹈等，进行了艺术创作的创新，给予人美的享受。

2. 内容深邃思辨

古代文化艺术作品种类丰富、形式多样，蕴含丰富哲理，反映了创作者对社会、对人性的思考，深入探究了伦理道德，蕴含丰富的哲理思想。

3. 人与自然和谐共生

古代审美理念强调人与自然的和谐共生，文化艺术创作多立足于自然景色，通过绘画、诗歌等对自然景色进行描绘，实现美的传递，让鉴赏者有深邃的情感体验。

（二）古代文化艺术意象艺术的表达方式

在艺术领域，意象艺术突出了"天人合一"概念，具有宇宙的人情化特点，展现了独特的中式美学。文化艺术存在主观性，不同创作者所传递的情感皆有差异，但人与人的情感存在共性，意象艺术的表达能让人与人产生情感共鸣，虽表达形式不同，但存在情感共性。

1. 从诗歌中体现

诗歌是文化艺术的重要内容，诗歌与意象相辅相成，诗歌是传递审美理念的载体，意象是灵魂所在。意象表达蕴含着主观情谊，展现了人们对生活的共同期盼，来源于生活、高于生活。以李商隐《锦瑟》中的"庄生梦蝶""杜鹃啼血"这两个典故为例，通过诗词的描绘，营造了如痴如醉的意象画面，传达了主人公的抑郁之情，表达了在茫茫人海中的缥缈之感。通过模糊的意象表达，创作者充分展现了自己内心情感，传达了悲愤之情，将绝望与痛苦表露无遗。这一创作方式，充分展现了庄子美学的思辨，实现了细腻情感的传递。

2. 从美学中体现

意象美是中式美的独特体现，在东方绘画界被广泛应用，以自然美、精神美的表达，描绘了独特意象，体现了与西方文化艺术的差异，如庄子的"天地有大美而不言"。在中国古代文化艺术中，自然是一切艺术创作的根本，"天人合一"是美学理念的核心。通过文化艺术作品，可充分展现精神、境界与意象的统一，突出人与自然的和谐状态。在古代文化艺术的审美理念中，人和万物的情感归一是根本，通过欣赏美能达到精神上的愉悦，通过意象美能感受"无言之美"，本质上是情绪的起伏、跌宕。在意象与人的情绪结合时，观赏者能充分产生情感共鸣，能充分感知创作者所传递的情感。何为美本质上是由人规定的？从形式上看，文化艺术的美是永恒的，诗句有抽象性；从具体层面看，美是变化的，审美观念和审美理念是存在差异的。

（三）现代审美观念的特点

基于时代变迁，在社会经济不断发展的背景下，人们的审美观念逐步发生转变，对美的获取方式更为多元、文化艺术内容更为丰富、审美格调更加新颖，具体表现如下。

1. 获取方式多样化

当前，随着科学技术的进步，互联网时代信息呈爆发式增长，信息传播渠道逐步增加，人们获取信息的方式更为多元。基于这一背景，大量文化艺术作品得以传播，公众可通过互联网平台搜索、查看文化艺术作品、进行文化艺术创作等，美的创造方式和美的获取方式变得更为多元，也进一步改变了人们的审美观念，人们对美的追求呈多元化。

2. 内容丰富多元

随着审美观念的改变，古代文化艺术内容的单一性已无法满足人们对美的追求。基于此，文化艺术作品在传统基础上实现了不断的创新与发展，文化艺术内容和形式趋向多元化，所传递的情感更为丰富，能让观赏者获得更良好的情感体验。

3. 格调风格新颖

现代审美观念进一步展现了美的独特性，审美风格更加新颖，表现形式更为多元。古代文化艺术在现代得以不断创新，艺术形式突破传统限制，在绘画、诗歌、音乐等方面都有了极大突破，展现了更具现代审美的格调，突出了现代审美的特点。

二、古代文化艺术审美理念与现代审美观念的对比

（一）古代审美理念与现代审美观念的差异

对比研究古代文化艺术审美理念和现代审美观念能更进一步探究不同时代审美观念的特点，更充分地了解文化艺术所蕴含的审美意义。在不同时代背景下，审美观念有不同特点，审美观念本质上反映了时代发展特点，体现了不同背景文化。但不可否认，现代审美观念的形成是立足在传统审美理念基础上的，是对传统审美理念的批判与超越。

1. 审美对象的差异

从审美对象看，古代审美理念的立足点是自然，强调人与自然之美，突出人与自然的和谐相处。在传统审美理念下，文化艺术作品更加注重人与行为的美，更加强调意象之美。传统美学研究范围较为局限，多以文学、绘画为主，形式较为单一，蕴含着人们的道德追求。反之，现代审美观念更具独特性，更加开放、包容，美学研究范围更加广泛，涉及日常生活、文艺设计等，审美对象更为多元。

2. 审美标准的差异

从审美标准看，古代审美理念与现代审美观念的审美标准有所差异。古代审美理念注重规则、秩序，更加单一和刻板，对美有较为统一的标准。以古代建筑和绘画艺术为例，古代建筑更加强调比例规则，注重物体的方正、规范。反之，现在审美观念突出个人体验，强调审美的独特性，更加注重个人的情感体验，审美标准更为多元。

3. 审美经验的差异

从审美经验看，古代审美理念更加强调客观性，注重审美的统一性，通常会建立一套普适的审美标准，以审美标准约束个人审美。反之，现代审美观念强调风格的独特性和新颖，突出审美的主观性，鼓励不同观赏者给予作品不同反馈，审美经验的积累是在与作品的互动中获取的。

4. 艺术创作主题与内容的差异

从艺术创作主题与内容看，在传统审美理念下，文化艺术作品的主题更为单一，类型较少，更加追求历史与传统的纯粹。与之相反，在现代审美观念下，文化艺术创作主题更为丰富，题材更为多元，人们对多元的美的接受程度更高。基于此，文化艺术作品的创作也更具创新性，更能表达时代价值。

5. 艺术创作目的与意义的差异

从艺术创作目的与意义层面看，在传统审美理念下，文化艺术创作更加注重作品的哲理启发与伦理道德，注重对观赏者的教育，强调对社会规范的塑造，对社会价值的传递。反之，在现代审美观念下，文化艺术作品的创作更具主观性，更注重个体的情感体验，更注重个人情感的表达。

6. 艺术创作手段与展示的差异

在传统审美理念下，文化艺术创作对工艺技法的要求更高，注重工艺技法的传承，创作工艺技法具有标准化特点，以青铜铸造为代表。反之，在现代审美观念下，大众审美更为多元，审美观具有开放性和灵活性，进一步助推了文化艺术创作的发展，为文化艺术的创新奠定了基础。同时，在包容和开放的审美观念下，文化艺术作品的展示方式也出现转变，艺术展示方式更为多元，自媒体、互联网都成为文化艺术作品展示和传播的重要途径。

（二）古代审美理念与现代审美观念的联系

古代文化艺术审美理念与现代审美观念虽然存在诸多差异，但二者具有共性，现代审美观念的发展和变化始终立足于传统审美理念，是对传统美学的延续和创新，因此二者具有紧密联系。首先，现代审美是对传统美学的批判与继承，充分借鉴了传统美学的批判思想，无论是对美的表达还是美的创造激发，都具有一致性。其次，古代审美理念与现代审美观念本质上都在追求真、善、美，核心价值具有一致性，均强调了个体精神境界的提升。

由此可见，无论是审美对象、审美标准、审美经验还是艺术创作，古代审美理念与现代审美观念都存在一定差异，但从审美本质看，古代审美理念与现代审美观念也具有共性，都注重真、善、美的统一。

三、结束语

综上所述，对比研究古代文化艺术的审美理念与现代审美观念发现，古代审美理念与现代审美观念存在共性与差异。从审美观念特点看，古代审美理念更强调美的标准化、规则性，现代审美观念则注重美的多元性和个性化；从审美标准看，古代审美理念标准更为单一，现代审美观念则更注重个性化的表达，二者存在差异与共性。由此可见，不同时代背景下，审美观念的美学意义与审美价值都呈现不同特点。

参考文献：

[1] 李婷婷. 传统和现代美学观念对艺术铸造创作的影响 [J]. 铸造，2023，72（9）：1221~1222.

[2] 徐磊. 略论民间艺术审美表现的意蕴 [J]. 山东师范大学学报（社会科学版），2023，68（3）：141~148.

[3] 徐磊. 略论民间艺术审美表现的意蕴 [J]. 山东师范大学学报（社会科学版），2023，68（3）：141~148.

古诗词对当代文学创作的影响分析

　　摘要： 古诗词因其洗练的词句、深刻的意境、充沛的感情而成为浩瀚文学宝库中后世文学创作取之不尽的灵感来源。当代文学创作既继承传统，又不断吸收古诗词的营养，从而使文学得到革新和发展。古诗词之于当代文学创作既表现为语言艺术之继承，也表现为精神内涵之现代转化。当代作家通过对古诗词美学价值与文化意蕴进行深度发掘，不仅能够丰富文学表现力，也能够扩展文学作品思想深度与人文关怀。

　　关键词： 古诗词；当代文学创作；影响

　　古诗词因其特有的艺术魅力与丰厚的文化底蕴而成为当代作家写作中的一种重要资源。全球化背景下，当代文学创作不仅要面对外来文化的影响，而且要肩负起传承民族文化的使命。古诗词是中华文化之瑰宝，其对当代文学创作的影响并不限于文学领域，而是扩展到文化认同与民族精神塑造等方面。所以，探究古诗词在当代文学创作中的作用有着重大的理论意义与实践意义，能够推动文学创新与文化传承。

一、古诗词概述

　　古诗词是中华民族传统文化之中的重要组成部分，其有着优秀的历史、文化底蕴，古诗词具有语言精练、意境深远、感情充沛等特征，字里行间都流露着古人的智慧以及审美趣味。

　　从形式上进行分析，古诗词是由诗、词、曲各种体裁构成的，每一种体裁又有着自己特殊的格律与表现手法。诗重平仄对仗、词重音律和谐、曲多叙事与抒情。这些流派在古代文学的发展过程中互相影响，互相参照，共同组成一幅绚丽的古诗词艺术图景。从内容层次进行分析，古诗词涉及山水风景、家国情怀、人生哲理、爱情友谊等诸多领域，体现古代社会风土人情与文人精神世界。透过古诗词可以窥探古人的生活方式，价值观念以及审美情趣等，进而对中华民族传统文化与精神特质有更深刻的认识。

古诗词因其特有的艺术魅力与深厚的思想内涵而成为传承中华文化的重要媒介。在现代社会中，对古诗词的研究与鉴赏既是文化传承之需要，也是提高个体文学素养与审美情趣之重要手段。所以我们要珍惜这一文化遗产，使古诗词在现代社会不断弘扬其魅力。

二、古诗词起源与历史发展

古诗词是中华文学中一颗璀璨夺目的明珠，它的源头可以追溯到上古时期。最早的诗歌形式，如《诗经》里的风、雅、颂，就已经初显出韵律之美和意境之深了。之后，古诗词历经几个发展阶段：先秦诸子百家思想的激荡，为诗歌创作奠定了丰厚的哲学基础。楚辞的出现，标志着诗歌创作进入了一个新的高峰，它有独特的艺术风格和深刻的思想内涵。唐宋时期古诗词出现前所未有的兴盛。唐诗因结构严谨、韵律优美、意境深远而成为后人望尘莫及的楷模。宋词又在唐诗的基础上进一步扩展诗歌表现领域，凭借精致的情感描绘与特殊的音律美获得普遍好评。元明清之际，古诗词不断发展，虽然受戏曲、小说等新的文学形式的影响，但是地位仍然牢固。这一时期的诗人在继承前人传统的基础上不断创新，为古体诗注入了新的活力。

纵观古诗词历史的发展过程，可以发现古诗词无论从形式上、内容上还是风格上都发生着不断的变化与创新。这些变化与创新不仅反映出各个时期的社会风貌与文化特征，而且显示出中华民族博大精深的文化底蕴与无限的艺术创造力。

三、古诗词对当代文学创作的影响分析

（一）影响当代文化创作技巧与形式

古诗词凭借高超的语言艺术以及丰富的表现形式深刻地影响着当代文化创作中的手法和形式。古诗词的平仄、对仗、押韵等修辞手法给当代作家带来了珍贵的语言资源，使作家在创作中更重视语言的音乐性以及节奏感。与此同时，古诗词当中的意象、典故等文化元素在当代文学作品当中得到了广泛应用，给作品添加了浓厚的文化底蕴。例如，当代作家描写自然景色，往往借用古诗词里的山水意象，以精妙的笔法、生动的刻画，把读者引入如画般的境地。这一古诗词创作技法的借鉴和整合，使当代文学作品的表现形式更加绚丽多姿，更富有艺术魅力。以余光中《乡愁》为例，这首诗形式上取古诗词押韵、排比之法。通过回环往复，一唱三叹，诗人把思乡之情抒发到

了极点。这一古诗词创作手法的娴熟运用，使《乡愁》成为当代文坛上别具一格、极具民族特色的精品。

（二）影响当代文学美好人性塑造

古诗词蕴涵着丰富的人性之美，被当代文学作品广泛继承与发扬。古诗词所表现出来的爱国主义感情、亲情友情爱情题材、忠孝勇敢的优良品质给当代作家们提供了大量的写作材料。他们通过塑造作品中具有这些美好品质的人物形象，引导读者向善向美，提升人们的精神境界。以当代长篇小说《平凡的世界》为例，作家路遥通过对小说的描写，塑造出一系列素质优美的人物形象。尽管这些角色都处在一个普通的世界里，但是他们有着不同寻常的精神追求，各种人物形象的刻画无疑是受古诗词对美好人性的影响，从而使这部小说成为当代文学极具思想与艺术价值的作品。

（三）利于当代文化意境营造

古诗词深邃的意境与细腻的情感表达为当代文学意境营造提供了灵感。在追求作品深度与韵味的过程中，不少当代作家都从古诗词中学习，汲取古诗词特有的艺术手法。例如，当代小说创作往往采用古诗词意象叠加、比喻象征来强化小说艺术氛围与情感张力。如，苏童小说《妻妾成群》在对江南水乡风土人情的描写中，将古诗词意境营造手法巧妙融合。苏童通过精妙的笔触、生动的刻画，把读者引入如画般的江南世界中，从而使小说在情感表达上更深刻、更真挚。又如，余秋雨文化散文亦受古诗词影响颇深。他常引用古诗词创造出深邃，幽远的情调，通过诠释与重建这些情调，抒发自己对历史、文化与生活的深刻反思。古诗词对促进当代文学意境营造、情感表达等都起着不可忽视的作用。当代作家对古诗词艺术手法进行了借鉴与创新，使得作品在情感表达上更深刻真诚，在意境营造上更"多姿多彩"。

（四）利于当代文学传承文化

古诗词是我国文化的一个重要部分，对我国当代文学的传承与发展有着非常重要的作用。当代作家对古诗词的引用与化用，将传统文化元素融入作品之中，既传递出文学价值又起到传承文化的作用。这一文化传承既对弘扬中华优秀传统文化发挥着重要的作用，又增强了读者对文化的自信与对国家的认同感。以莫言小说《红高粱家族》为例，这部作品在讲述故事中大量引用古诗词、民间歌谣等，使得作品地域特色明显，同时也彰显出中华民族深厚的历史文化底蕴。除此之外，在科幻小说领域，许多作家尝试将中国传统神话故事与现代科技融合，塑造出独具特色的故事情节、人物形象。如此一来，不仅能够丰富现代文学作品创作的内涵，也能够拓展读者对传统文化的认识。

（五）利于激发作品创作灵感

古诗词为当代作家提供了丰富的创作灵感，它以独特的艺术魅力与深邃的思想内涵而闻名于世。当代作家通常会从古诗词当中得到启发，在创作过程当中不断地解读古诗词，重构古诗词，由此产生风格独特的作品。这一借鉴与创新在强化作品艺术价值的同时，推动着当代文学不断创新与发展。

以贾平凹长篇小说《废都》为例，该作品受古诗词影响较深。作者对古诗词进行巧用与创新，寓传统文化元素于现代都市生活之中，写出具有时代特色与深刻思想内涵的优秀作品。《废都》不但是一部独具魅力的当代文学精品之作，而且它还见证了古诗词在激发当代作家的创作灵感方面起着举足轻重的作用。

（六）深化当代文化创作主题表达

当代作家往往从古诗词里得到启示，吸取他们特有的抒情方式与深邃的哲理思考以增强作品主题的深度。这种借鉴不是单纯地模仿，它是对古诗词本质的深刻认识与创新应用。通过寓古诗词的感情和哲理于当代文学创作之中，当代作家可以更深刻地开掘作品的主题思想，使之更鲜明、更有深度，以引起读者强烈的共鸣。与此同时，古诗词丰富的意象与优美的语言又给当代作家们提供了有价值的创作资源，让作家们在表现主题时能更鲜明、更生动，使读者在读的过程中，感受更浓厚的文化氛围，获得审美享受。依据古诗词深化主题的表达方式，既反映出当代文学对传统文化的继承和发扬，又表现出当代作家创作上的特殊思维和艺术追求。比如当代小说《青春之歌》，在对革命斗争的描写上，就吸取了古诗词"壮志饥餐胡虏肉，笑谈渴饮匈奴血"之豪情壮志，加深作品革命者的英雄形象和坚定信念。又如现代诗歌，在表现爱情主题的时候，常常引用古诗词"曾经沧海难为水，除却巫山不是云"这一意境，让爱情描写更缠绵动人。

7. 拓宽当代文学创作视野

古诗词因其丰厚的历史文化底蕴与开阔的人生视野为当代文学创作扩大创作视野提供了珍贵的资源。当代作家对古诗词进行深度阅读时，既能够体会其蕴涵的历史韵味与文化气息，又能够从中找到全新的创作思路与创作灵感。古诗词中历史上的人、事、景往往是当代作家写作的材料与背景，经过巧用与再创造，作品才有了更多的历史文化内涵。与此同时，古诗词对人性深刻的刻画与哲理思考也给当代作家带来了更宽广的创作空间。当代作家进行创作的时候，可借用古诗词对人性的多维度展现来深挖人物心灵的复杂与丰富，从而让作品更有深度与广度。例如，当代历史小说中描写古代社会风貌的时候，便常引用古诗词还原历史场景，如"烽火戏诸侯""醉卧沙场君莫笑"之类的诗句，既丰富小说历史文化内涵又扩大读者想象空间。又如现代散文在论述人生哲理的时候，常常会引用古诗词里的名句来画龙点睛，再如"人生得意须尽欢，莫使金樽空对月"之类的诗句引用使得散文意境更深远，哲理更耐人寻味。

四、结语

古诗词对于当代文学创作产生了深刻且多维的影响，它不仅给当代文学带来了丰富的表达资源，而且还发挥了语言层面的重要功能，同时，它又在精神上指引当代文学走向。当代文学创作经过古诗词的创造性改造与创新性发展，在保持民族特色的同时，彰显时代精神与全球视野。

参考文献

[1] 齐彩虹，王晴. 古诗词在中国当代文学创作的意象表达浅议 [J]. 青年文学家，2020（9）：61~62.

[2] 常树鑫，吴卓峣. 浅析当代文学的现状与问题 [J]. 作家天地，2020（6）：10~11.

[3] 徐璐. 赓续、新变与可能——"当代文学创作与新文学传统"国际学术研讨会综述 [J]. 扬子江文学评论，2020（1）：110~112.

探究网络影视评论的现状及生态构建

摘要：改革开放以来，随着社会主义市场经济的发展，新媒体时代发生着风起云涌的历史大变革。资本的快速进入，使得网络新媒体领域焕发了又一次生机与活力，其表现出来的主要特点是可选择互动性。在新媒体的冲击下，传统的媒体已经土崩瓦解，特别值得注意的是评论群体的更新换代，现如今的文化艺术评论朝着更高的标准迈进。当今，大众喜闻乐见的文化中最重要的是影视评论文化传媒。本文旨在对新媒体时代的影视评论现状进行探究，对具体实践中的生态模式进行讨论学习。在社会主义多元化文化的发展下，网络新媒体的运营也必须紧跟时代的潮流，体现中国韵味，在社会主义核心价值观和"中国梦"的指引下，反思影视评论中的影视文化和产业生态链。

关键词：影视评论 现状 建构

"仁者见仁，智者见智。"这向来都是新媒体时代网络艺术评论人的自由。特别是在当下，在社会主义核心价值观的影响下，我们的网络影视创作人呕心沥血，用自己的艺术灵感与点滴汗水创作了许多脍炙人口的作品。其中的一些影视作品的人物形象已经深入人心。网络影视评论文化也是艺术的一种，其源于生活中的一颦一笑，辗转反侧，感动瞬间都是很好的创作素材。总的来说，网络影视评论是对某些影视作品的二次审阅，是对作品的反复咀嚼后的思绪陈述。在对网络影视作品的评论中我们应该遵从自己内心的声音，用实际行动去阐述自我理念。

一、网络影视评论文化现状

20 世纪 80 年代以来，中国内地迎来了电影电视的巨大发展。伴随而来的是，电影电视的评论狂潮，那时各个地方影视评论板块的报纸与杂志都刊登着最新上映电影的影评，影视名家和媒体人的点评往往成了一个又一个噱头。在国家大力发展教育的大背景下，艺术高校和专门的影视院校也如火如荼地发展着。早期的毕业生是最早的中国影视艺术的开拓者，是中国先进影视文化道路的领导者，是中国影视评论的开发先驱。正是在他们的不懈努力下，中国影视创作有了一套自己独有的理论。中国评论群体的不断扩大也为影视评论行业注入了新的力量，即使在国际舞台上，他们也闪烁着自己的光芒。在改革开放的大浪潮影响下，国外的一些理论进入中国，他们的一些优秀电影和影视评论也在当时的中国影响巨大。

调查显示，现在的网络影视作品除了剧本创作与演员工资以外，其广告宣传与作品营销费用巨大。一个影视作品要想实现经济价值的最大化，必须牢牢关注消费市场与消费群体的变化。因为资本的大量介入，新媒体时代的网络影视评论还能否保持原来的意境？答案是不容置疑的。即使是这样，新媒体时代也应能实现商业文化与评论文化的有机结合，也应能实现经济价值与文化价值的有机统一。新时代的评论者虽然面临着来自各个方面的巨大挑战，但保持初心，让自己的所学与积极的态度相结合，必然能做出最客观真实的评价，写出大众喜闻乐见的文化艺术评论。

二、影视评论的特点

影视评论不是简单的对作品的重复，而是精神层面的升华。不论评论者站在什么样的角度，运用什么样的视角，评论是否犀利可为，都需要评论者深度剖析作品的主旨含义。在理解作品原创者的意图基础上，进行自我意识层面的深加工，从社会文化的宏观角度去深层次理解。例如，使用科学的实践态度，在表文达意、创新创作、社会观念等方面对网络影视剧的受众们进行指引，从而使大部分观众有了影评的思想借鉴。在这一基础上，受众根据一些影评人的理论化影评有了自己的独到见解。不论是影评家还是普通的影评人或是基础的受众，每个人心中都有一杆秤，对每一个当代的网络影视化作品必须得出一些基本的共识。这就要求所有的参与者都有主心骨的意识，在中国特色社会主义文化的指导下，在社会主义核心价值观的引领下，阔步前进。规避一些不良的风气影响，或是"金钱诱惑"，或是"流行庸俗文化"，这些与社会主义核心价值体系背离的东西必然会被抛弃。

三、新时代，新媒体，新思想，新理念

在新时代影视评论的构建中，作为新时代的评论人需要紧跟党中央、国务院的政策方针，在进行理论评论中明确自我的使命，树立一种新高度，做

到"凝神聚气，强心固本"。加强自我理论的学习与研究，提升自己对作品内涵的本质认识，将自己的理论知识充分运用到实践中。值得一提的是，对作品内涵的深入认识需要我们与作品原创者进行灵魂的深度交流。以自己的想法和生活实践去反思作品的意味，影视评论说到底是一种自我精神价值的见解，在与作品原创者的思想碰撞中体味人生百态。新思想需要新理念的支持，这就要求我们增强自身的历史使命感与社会责任感。自己的评论可能就是一面铜镜，映射的是作品本身的韵味，反映的是那个时代的作品独有的风貌与时代沧桑感。

四、网络影视评论文化的构建

网络影视剧的大发展必然是网络影视评论的大跨越，大进步。但令人感到疑惑的是，当今的理论研究院所和理论研究高校却极其罕缺。网络影视评论已经成了影视文化的重要组成部分，因此，我们要在明确自身文化价值的基础上，建设一个良性互动发展平台，为更多的影视评论人提供多元化、专业化、市场化的发展机制体系。通过我们共同的努力，让网络影视评论艺术蓬勃发展，熠熠生辉。

五、结语

网络影视评论的长足发展需要我们共同的努力，需要更多人的支持与帮助。特别是在市场化发展的当下，要想网络艺术评论在百舸争流中夺彩，不仅需要专业的人才库作为核心的保证。更重要的是建立一种体制机制，用制度去约束人。例如，可以建立一个组织管理机构，成立专门的理事会，形成制约。及时的监督管理，构建健康的影视评价标准和管理规范，促进影视产业的多元化发展。

参考文献

[1] 李技．影视评论的立场与现状分析 [J]．牡丹江师范学院学报（哲学社会科学版），2010（6）．

[2] 王蹲，许鞍华．新浪潮进行时 [J]．收获，2008（1）．

[3] 张元侬，姚冬梅．浅谈影视评论的标准 [J]．新闻传，2007（9）．

文艺评论中的审美观与价值观

摘要：文艺评论成为社会科学评鉴的基本动力和精神驱动力量，具有独特的社会功能和巨大的历史性作用。而现代文艺评论的效能及其突出的审美价值的实现，归根结底依赖于其他文论所具备的特殊思想品质、文化精神内涵、时间节奏和独特社会科学特色。因此，应该努力倡导文化，并全面提升繁荣的文艺评论队伍的职责，同时也要求评价这个队伍必须赋予足够的独立承担重要任务的精神品质意识和担当能力，这就要求文艺评论人员在积极履行历史使命时，必须保持高尚的学术品质和文化素养，同时要持之以恒地总结提高、传承发展、探索创新。基于此，本文就文艺评论中的审美观与价值观进行分析探究，仅供参考。

关键词：文艺评论；审美观；价值观

文艺评论活动的兴盛无疑是新时期文艺蓬勃发展的体现之一，作品的多样化要求文艺评论运动的持续开展。然而，文艺评论并非仅仅是纯粹的文艺理论研究的替代品，也不是理论创作研究的附属。当代文艺评论作品的历史性是马克思主义自主性价值理念的深刻体现，既强调关注社会主义现实价值创造，又强调紧跟社会时代精神，在坚守个人价值观、巩固社会主义文化自信的同时，还需要平衡市场意识与传统文化意识的关系，兼收并蓄外部知识并传承创新传统，理解并掌握经典对艺术传统和社会主义大众文化艺术的影响和接收规律，这些方面都需要有清醒而准确地理解和认识。

一、文艺评论价值观

通常情况下，核心价值观是描述客观功能与主体需求之间的逻辑对应关系。只有当客观功能适应其他主体的内在需求时，才能被认为具有一定的价值。否则，这个客观功能的真实存在价值将变得没有实际意义。相同原理，文学评论家的核心信念实际上是社会主义时代的文学评论家对社会主义文学现象和文学作品的本质价值进行内在评估和个人主观选择的判断立场。文艺评论的研究对象需超越表面，涉及文艺活动的组织和发展、创作和鉴赏等各方面。同时，还需深入作品内部，探究其美学目的、形式、内容和风格特点等方面的表达。

1. 以为人民服务为第一中心宗旨的价值观

坚持中华民族传统文化的根本体现，是马克思主义史学观的核心价值。中国历史文化是全体人民通过劳动创造的，而且，文艺创作史和文学评论史也是由全国群众创作的。文学作品如果远离了群众，就失去了存在的价值和意义。鲁迅首先坚决反对脱离群众的写作方式，他认为这种方式只专注于个人微小的悲欢，并且只局限于个人世界而不关注整个世界。毛泽东思想在《新民主主义论》中明确提出"为中国工农兵提供工作"的文学思想与习近平在《文学研讨会上的重要讲话》中所说，"如果远离群众，文学就会沦为无根的浮萍、无病的呻吟、无魂的躯壳"种种论述，无不表明文艺评论家和一些作者必须坚守以中国人民意志为基本中心的社会价值观。若按照陈旧的社会历史观再从事创作，最终必然会陷入社会历史虚无主义的境地，从而看不到人类未来生存的光明前景。当然，这也将无法真实描绘出一个拥有"自由并全面蓬勃发展"的社会历史文化人物形象。

2. 坚持和弘扬具有中华古典美学精神内涵的价值观

中国自 20 世纪 80 年代以来，面对国外西方文学观念的调整，确定了一种基本的文艺评论价值观，即"发扬中华美学精髓"。在国内学界，早就有人明确提出了这个新概念。评论作为一种被广泛接受的文艺观念，在习近平总书记关于文艺座谈会的总结讲话中第一次明确强调了加强文艺评论教育工作的重要性，这是中央首次明确提出的。那么，中华古典美学的核心价值体现了哪些思想内涵呢？仲呈祥在对《继承和弘扬中华美学精髓》进行研究和总结时提出以下观点："中华美学思潮、学说和文化精髓具有鲜明的人类意识和民族学理标志。总结起来，首要的是体现了天人合一、道法自然等调和宽容的理念，诗意写意的人格既融入了世俗之中，又超越了尘世的情感和创造意境。"中国文艺评论的价值观应该从艺术家个人所承担的文化社会责任和个人对家国的情感表达出发，重新审视人类审美心理活动的整体。就"诞生"来说，文学评论也应该注意从类似庄子所谓的无言之美和无忧之美的视角观察人类日常的社会文化和审美心理。要从自然界生命本身的内在规律出发，全面审视这些活动。在"诗性意蕴"方面，仲呈祥指出，这种创造出美丽意境的方式与写意美术的风格不同，同时也与西方现代和中国古代常规社会文化中重新诠释现实的意义不同。中华古代美感的核心是重新演绎意境，而不是简单地描绘形象。因此，可以认为"美在意象"的空间是中华古代美感精神追求的最终目标。

中国国画以"似与不似"之间的巧妙表现为特色，中国戏曲以歌舞来演绎故事，运用虚实替代和程式化手法，创造意境，追求诗意的品格和超越精神。中华美学注重写意，孕育了情趣、境界、气质、韵味、品位等具有民族特色的美学概念。所谓的"诗性意蕴"不是指文体上的"诗庄词媚"，而是一种寄托的诗意。这种"诗意"，是生产主体和接受主体无法分割的审美约定，是各民族审美习惯的"各有所美"。国画中的留白、书法中的飞白、音乐中"在无声处听到惊雷"以及"此时无声胜有声"的休止、戏曲中"三五步大江南北，七八声人间悲欢"、舞蹈的内涵和能够容纳万物的舞台设置等。以上所述，是中华民族文艺创作者和欣赏者独有的审美特质，同时也是文艺评论家评价作品时所依据的价值标准。

二、文艺评论中的审美观

审美观是一个复杂的概念，它涉及许多方面。首先，审美观是对美的认识和价值的一种观点。包括对美的本质、特点以及价值的理解。在不同的历史时期和文化背景中，人们对美的认识和追求有所差异，从而形成了不同的审美观。其次，美学观是关于美的赏析和创造的方式，其是在赏析和创造美的过程中形成的一种心理倾向和行为方式。最后，美学观是关于美的品位和兴趣的评价准则，是人们在评价美的过程中所遵循的一种原则和标准。

1. 指导评论家的价值判断

在文艺评论中，评论家进行价值判断时，审美观扮演着重要的角色。不同的审美观导致评论家对作品有不同的评价。举例而言，以人本主义为核心的审美观强调个体的精神和个性的价值。因此，在这种审美观下，评论家可能更注重作品所呈现的个体的精神世界和个性特征。相比之下，形式主义作为审美观念的核心，注重作品的形式和技巧。因此，在这种指导下，评论家可能更关注作品的形式结构和技巧运用。

2. 影响读者的理解和欣赏

审美观念不仅会影响评论家的价值评判，还会影响读者的理解与欣赏。不同的审美观念可能会引发读者对同一作品产生迥然不同的感受与理解。例如，自然主义审美观念的核心在于强调作品的真实性与客观性，因此，在此审美观念指导下的读者可能更加注重作品所体现的社会现实与真实生活。与浪漫主义密切相关的审美观念则关注作品的情感和想象。因此，在这种审美观念指导下的读者往往更注重作品所传达的情感世界和想象力。

3. 促进文艺创作的多样化

在文学创作中，不同的审美理念会引导作家运用不同的创作途径和呈现方式，进而使文学创作展现出多元化的特色。这种多元性不仅充实了文学作品的内涵与形式，也增加了其艺术价值。以现代主义为例，前卫艺术最为强调创新与实验。在现代主义审美观念的引导下，艺术家们开展着新的创作尝试，以抽象派、立体派等形式展现着新颖的表现方式。正是这些新兴艺术流派重新定义了文艺创作的领域，将人类的文化积淀进一步丰富。

三、文艺评论中的审美观的特点

1. 多样性

由于人类社会和文化的多样性，导致了文艺评论中审美观的多样性。不同的民族、不同的时代、不同的文化背景和不同的艺术流派都拥有各自独特的审美观。这种多样性为文艺评论提供了丰富的理论资料和实践基础，也使文艺评论具有更广泛的容纳性和开放性。

2. 时代性

随着时代的演变，审美观也在不断发展和变化。在不同的历史背景下，人们对美的认识和理解，艺术作品的审美价值、功能、过程和标准等观点都会受到时代的影响而有所改变，因此，文艺评论中的审美观具有强烈的时代色彩。

3. 相对性

由于受到时代、文化和艺术流派等多个因素的影响，因此在文艺评论中，审美观常常呈现出相对性。不同的评论家、观众以及书评家，对同一部艺术作品可能会有不同的审美体验和评价。这种相对性使文艺评论具有更加丰富的内涵和更广泛的意义。

四、结束语

在文艺评论中，审美观与价值观是一个复杂而重要的话题。这两个方面相互影响、相互作用，共同塑造了评论者对艺术作品的评价和理解。为了解决审美观和价值观之间的冲突和矛盾，文艺评论需要采取一系列策略，包括尊重差异、容纳多元，提升修养和增加知识，注重实践和勇于创新，进行交流互动，共同促进发展。通过实施这些措施，可以更好地理解和评价艺术作品的价值和意义，从而推动艺术的发展和进步。

参考文献：

［1］金永兵．文艺评论的范式创新与文艺高峰的时代生成［J］．求索，2022（3）：43～52.

［2］刘俐俐．文艺评论价值体系建设论纲——兼及重大项目组织和致思方式呈现［J］．山东师范大学学报（社会科学版），2022，67（1）：91～106.

［3］董耀鹏．新时代民族文艺评论：价值遵循、现实挑战与实践路径［J］．中国文艺评论，2021（11）：21～31.

［4］何紫薇．论豆瓣评分在网络文艺评论场域的价值认知偏差［J］．文化创新比较研究，2023，7（2）：64～67.

［5］赵建新．当下文艺评论的三个特征——兼及文艺评论的"创新"与"守旧"［J］．云南艺术学院学报，2021（3）：5～10.

印象派美术对现代艺术的影响与启示

摘要：印象派是 19 世纪后期西方美术主要艺术流派，印象派主要以突破传统绘画观念、技法而闻名，又被称为"外光派"，主要代表人物有莫奈、马奈等。结合现代艺术，可发现不少艺术作品上都有着印象派美术的影子，由此也可发现印象派美术对现代艺术产生了较大影响。

关键词：印象派美术；现代艺术；影响；启示

印象派艺术家试图捕捉瞬间的光影与色彩变化，强调主观感受、感情表达并存，不再追求完美的细节描绘，而是应用快速、自由的笔触、鲜明的色彩等表达，展现自身对现实世界的感知、认知情况。在当时，此种新颖化的表现方式在一定程度上引起了受众争议，但也为后来的艺术家开创了新的艺术道路。

一、印象派美术对现代艺术的影响

（一）色彩运用

印象派艺术家以鲜明、纯净的色彩表现光线、色彩瞬间变化，在实际创作中，他们会在画布上直接放置纯净的颜色，此时，观看人员能更为直接地感受到光线、色彩强烈对比效果，该种新颖、具有突破性的绘画方式，与传统绘画观念形成了较为鲜明的对比。此外，印象派艺术家往往选择应用色彩明暗变化表现光线效果，在日常生活中，他们会观察自然景物等，结合色彩层次、渐变展现理想化的美术创作效果，此种光影变化效果、表现方式等在立体派、野兽派等后来的现代艺术中广泛应用。印象派艺术家在运用色彩创造过程中不仅仅描绘物体外观，一般还会结合色彩表达情感及个人主观感受，运用不同的色彩、色调表述自己对景物、主题的情感态度，此时，人们一般可透过画作，直视艺术家内心世界，这也对后续流派分流造成了较大影响。

（二）艺术观念

印象派艺术家在创作过程中，一般试图捕捉瞬间的印象、感觉，将自己的情感、观察直接融入作品中，当时，此种艺术观念与传统艺术观念形成了较为鲜明的对比，达到了创新发展目的。在以往的艺术创作之中，艺术家可能仅客观描绘外在世界，但在印象派艺术家的创造演绎下，艺术成为表达个人情感的重要载体。印象派艺术家追求更为真实的艺术世界，拒绝传统的细节描绘，突破完美主义所带来的束缚，往往会更注重捕捉瞬间印象、感受，借助快速、松散的笔触、运用合适的色彩，试图以一种真实的方式呈现自然生活本质，在该种印象派艺术家的创作影响下，后续的艺术家开始关注个体经验、社会问题，并探索个人思想意义，结合自身观察、感知创作艺术作品，突破传统规则限制。虽然该种主观视角、审美自由化的艺术观念，在当时有较响的反对声音，但也为现代艺术家提供了新的创作方式，展现了新的审美标准。

（三）绘画技法

印象派艺术家喜欢应用快速、松散的笔触描绘物体、场景，放弃了传统艺术中精细化的描绘方式，注重捕捉瞬间的印象，结合迅速有力的笔触，生动地展现光线、色彩、形式变化。此外，他们一般也注重光与影的融合表现，结合快速、松散的笔触、鲜明的色彩，表现光线在物体上的变化效果，着重观察光在不同时间、环境下的变化，并在画面中直接展现，这为现代艺术家提供了新的视觉体验、感知方式。印象派艺术家虽然放弃了传统的精细化描绘，但在创作过程中，他们仍然会在一定程度上依靠素描构图，并有序规划画面，以此有效地捕捉瞬间印象、感受，素描在此过程中也起到了框架、基础作用，促使艺术家更好地组织、表现画面结构、形式。

二、印象派美术对现代艺术的启示

（一）摆脱传统束缚

传统绘画作品中，一般会将历史、神话等高雅题材纳入画作之中，但结合印象派画作，印象派艺术家开始深入基层，逐渐关注日常生活中的平凡景物、自然风景，将街道、公园、船只、人群等日常生活中常见的场景纳入绘画创作表现范围，真正摆脱了传统画作中题材的限制，促使绘画内容朝着多样化方向发展。传统绘画创作中，有一套较为规范的构图、透视、色彩理论等技巧，但印象派艺术家挑战了这些规则，应用了非传统的色彩，主要追求光线、氛围，打破了传统绘画的规范、约束，这也在一定程度上激发了现代艺术家创新、突破的勇气。印象派艺术家将自己对周围环境的感受融入绘画中，不再追求客观真实的描绘，更为关注个人情感、主观体验，启发了现代艺术家将艺术与自我表达、情感与思想相结合的创作表现方式。此外，在整个创作过程中，他们也很少追求完美的形式、精确细致的细节，而是更关注瞬间的印象、感受，该种转变下，促使艺术形式变得更为自由，具有个性化特点。

（二）注重个人情感表达

印象派艺术家强调表达个人情感，追求与对象直接接触的真实性，将自己置身于大环境之中，感受景物、人物、场景所带来的情感，并将该情感直接转化为绘画作品中的形象，以色彩等形式表现，该种创作观念在一定程度上给予了他们鼓励，提高了他们表达内心世界、情感状态的自由度，使他们创作出来的艺术作品更真实、生动。印象派艺术家注重展现个人独特性，寻求不同的表现风格，结合个人情感、景物观察等方式，达到打造自己独特的艺术语言的最终目的，并努力寻找适合自己的艺术特点，转变当前现有的艺术创作风格，这种观念风格实际上更强调人的本质，引导展现不同个体的独特性，鼓励艺术家发展自己的作品风格，而不是一味地模仿创作，从而使艺术作品拥有更高的辨识度，提高作品独特性。印象派艺术家表达个人情感，真正意义上更愿意追求与观赏者之间的情感共鸣，希望观赏者能透过自己创作的艺术作品，从中感受到自己所表达的情感，该种共同参与的理念应用下，也为现代艺术家提供了一种新的思考方式，鼓励他们创作具有普遍共鸣力的作品，通过该种方式与观赏者建立更为密切的情感联系。

（三）探索光影效果

印象派艺术家在创作过程中，认识到光线在各个场景中的重要性，他们观察、描绘光线变化，包括反射、折射等现象，强调运用光线创造独特的氛围，提高整体表现效果，着重捕捉自然光的颜色、明暗变化，光线对物体的影响等，从而使绘画更生动，具有较强的真实性。印象派艺术家较为擅长快速记录瞬间的光影变化。在整个创作过程中，他们不再追求完美的细节，一般不会刻意地控制描绘的精确度，而是选择应用迅速、松散的笔触捕捉光线的瞬间变化，在该种方式应用下，快速记录促使画面呈现动态化发展，且给人强烈的生命力体现，更贴近日常生活，给人真实的观察体验感受。在不同光线下，物体的颜色会发生变化，色彩也会出现较大反差，在此背景下，印象派艺术家运用明亮的色彩能更好地表现不同光照条件下的物体，创造出丰富多样的色彩效果。在整个创作过程之中，印象派艺术家一般也会比较注重表达光线所营造的氛围、情感，结合光线运用、色彩创造，营造出不同场景中的特定氛围、情绪，在此捕捉光线变化、光影效果的过程中，观赏者能明显地从画面光线中感受独特氛围。

三、印象派美术在现代艺术中的应用

（一）绘画艺术中的应用

印象派艺术家在创作中，描绘光线、色彩时，更能创造出丰富多彩的光影效果。而结合现代艺术家的绘画作品，能明显发现，他们在绘画中也广泛运用了该种技巧，更为注重色彩创造，积极地表现光影，从而展现出场景的独特气息。印象派艺术家拥有快速记录的技巧，在该种技巧应用下，可促使画面具有动态生命力，而现代艺术家也正巧借鉴了该种方式，结合快速、激进的笔触，抽象的形式，表现出场景的流动性，从而使画面变得更生动有趣。印象派艺术家打破了传统的画风和技法，追求自由和个性。现代艺术家也从中受到启发，大胆尝试新的形式、表现方式，展现出更加独特、个性化的艺术风格。此外，印象派艺术家一般会选择应用简化抽象形式，表现对自然景观的印象，现代艺术家也借鉴了此种表现方式，从而有效地表现出内心的情感，阐发自己的思考。

（二）雕塑艺术中的应用

印象派艺术家注重光线、色彩表现，在雕塑中运用此种技巧，创造出以光影、色彩为主题的雕塑作品，此外，在整个雕塑过程之中，他们也擅长快速记录瞬间的光影变化，并将其运用于雕塑中，结合光影变化，促使雕塑的姿态、造型表现出更强大的生命力。此外，印象派艺术家打破了传统的画风、技法，追求个性化创作发展。现代雕塑家也从中受到启发，大胆尝试新的手法，运用新材料，展现出更加独特的艺术风格，并在作品之中强调表现情感、意境，现代雕塑家更是借鉴了此种表现方式，结合雕塑反馈自身所思所想。

（三）摄影艺术中的应用

印象派艺术家注重光线、色彩在作品之中的表现，他们在摄影中也将该种技巧运用于其中，创造出以光影、色彩为主题的摄影作品。此外，结合当前的摄影艺术作品，可发现部分摄影艺术家在拍摄作品时，也没有按照固定形式的摄影方式获取作品，而是选择突破常规，即借鉴了印象派艺术家打破传统的画风、技法的方式，追求更具魅力的摄影作品。现代摄影师从印象派作品之中受到启发，大胆尝试新的构图，应用更合适的拍摄方式，展现出更

加独特的摄影作品。与此同时，现代摄影师也尝试着应用抽象、简化等构图方式，转变传统模式下的拍摄视角，表现出对自然景观的印象，将现代艺术与印象派作品模式相结合，展现作品独特魅力。

综上所述，印象派美术对现代艺术产生了较为深远的影响，打破了传统绘画流派所带来的束缚，使艺术家能更自由地表达自己的情感、主观感受，并广泛地在现代艺术中融入印象派笔触、色彩，以此为后续艺术家创作提供了无限可能，成为维系艺术与现实世界的纽带。

参考文献：

[1] 沈语冰. 论印象派的视觉机制 [J]. 中国美术，2021（3）：7~21.

[2] 白菊，陈玮. 论后印象派的发展 [J]. 大众文艺，2019，（24）：66~67.

[3] 林自栋. 跨文化语境中的美术现代性 [J]. 社会科学战线，2019（11）：259~263.

[4] 陈旭光. 论新时期现代主义美术批评的重启 [J]. 中国文艺评论，2016（1）：47~53.

影视评论中影视文化与影视语言探析

摘要： 随着人们生活水平的提高，逐渐开始追求精神上的满足，影视艺术作为文化的一部分也日益繁荣，影视作品的数量逐渐增加。因此，观众无法在有限的时间内静心欣赏每一部影视作品，此时，他们就会通过阅读已有的影视评论来决定自己是否会细心欣赏这部作品。所以，对于一部影视作品来说，观众的影视评论极其重要。本文以影视文化和影视语言为出发点，对影视评论进行分析。

关键词： 影视评论；影视文化；影视语言

伴随着影视作品数量的增加，影视评论成为观众了解影视作品的重要来源。收视率是衡量影视作品价值的重要指标，而影视评论又深刻影响着观众的点击率。因为在文化大爆炸的时代，观众无法欣赏全部的影视作品，只能通过阅读影视评论来决定是否有必要详细观看该部影视作品。因此，影视文化和影视语言作为影视评论的重要组成部分深受观众的关注。

一、影视文化评论

文化内涵是一部影视作品的核心，与之相对应，文化评论可以让观众在短期内了解该部影视作品的文化和社会背景。文化评论是观众对影视作品文化内涵的个性化表达。随着影视作品的逐渐成熟，研究方向由传统的"高深理论"不断倾向于大众文化。虽然近年来影视文化评论的质量有所提高，但是在其不断发展的过程中仍然暴露出一些问题。影视文化评论要想起到引导观众价值导向的作用，就必须站在观众的角度去考虑和做好书写影视文化评论的准备环节。

1. 充分的准备工作

高质量的影视文化评论是以充实的知识准备为基础的。因此，作为观众，在观看影视作品时，应该对作品的主要情节、人物形象塑造方式、作品的艺术特色等内容进行记录，从中选取自己擅长的角度对影视文化进行评论。

例如，在影视作品《放牛班的春天》中，记录的是音乐老师马修在怀才不遇的情况下，在辅育院里用音乐去感化一群被大人抛弃的孩子，用音乐去感化众多不幸儿童的故事。从文化的角度去分析，马修所代表的是一个勤勤恳恳工作的教育群体，将那个时代的人文和博爱情怀体现得淋漓尽致，成为不幸儿童心灵的归宿。通过音乐去进行心的交流，消除人们之间的隔阂。对于这一部影视作品，观众可以从时代背景的角度去分析，马修和皮埃尔所处的社会环境和代表群体，也可以从人物形象塑造的角度去分析皮埃尔形象的塑造方式。人物形象的塑造贯穿整个影视作品，观众在进行影视文化评论时应该做好影视作品的细节记录工作，从而提高影视文化评论的影响力。

2. 观众所处位置

影视作品评论关系到电影文本、作品整体和受众认知，因而，一部好的影视作品应该具有明确的市场定位。观众的点击率是提高作品收视率的重要条件。只有观众真正的从内心接受该部影视作品，才能写出具有参考价值的影视文化评论。影视作品的工作人员应该在电影投入市场之前，明确市场定位，通过积极的引导模式，让观众从内心接受该部影视作品。只有得到观众认可，才能写出具有内涵的影视评论。

例如，著名影片《龙猫》是编剧宫崎骏代表作品之一。该部影视作品让观众感受到一种回归自然的意境。通过各个细节的塑造，让观众感受自然之美。因此，对于影视工作人员来说，应该在进行作品创作时，从观众的角度出发，结合当前的大众文化，塑造出观众所向往的状态。让观众以积极主动的态度对所观看的影视作品进行更深层次的评论。

二、影视语言评论

影视语言评论不是单纯的文字表达方式，而是一种将图像和音响进行有机结合的表达方式，是一种视听语言。当前的影视语言评论是通过商业宣传效果进行表达，对观众第一印象的塑造起着至关重要的作用。语言具有强烈的感情色彩，影视语言通常是借助影像设备进行表达。适宜的影像效果、语言中强烈的感情色彩可以给观众一种立体的视觉体验。影像的色彩和光线可以给观众营造一种环境氛围。较好的影视语言评论需要观众将情感与理性相结合，领会影视作品中语言的内涵。

一部影视作品中核心思想的体现需要情感与理性的共同表达。在影视作品《罗生门》中，通过森林、阳光等自然景物的描绘，让观众从画面中体会自然的艺术魅力。借用对比的手法，有自然延伸到人性，充分凸显出人性的罪恶与欺骗。这种表现手法是"蒙太奇"思维的体现，让情感和理性共同丰富画面内容。强化影视语言评论需要影视工作人员做好影视的深化和视图工作。

影视作品需要电影画面和声音做支撑。声音又包括人声、背景音乐等，声音最主要的作用是营造氛围、塑造人物形象，推动故事情节的发展，深化影视作品的主题和观众的听觉。电影画面中包括人物、道具、背景环境等，直接刺激着观众的视觉效果，在进行影视画面的拍摄时，应该准确把握好画面主体的大小和方位，选择适宜的画面背景，因此，对于影视工作人员来说，应该严格把握影视作品的画面和声音效果，同时也应该高度重视影视构图效果。较好的影视构图能够形象地展示影视作品的主题思想和内容。

三、结束语

总而言之，影视评论对一部影视作品极其重要。影视文化评论与影视语言评论是影视评论的重要组成部分。作为影视工作人员应该注重影视作品内涵的表现，让观众以积极主动的态度写好影评，并且引导观众从多个角度深入了解作品的文化内涵，不断强化影视评论。让普通观众从影视评论中准确把握作品的文化内涵，以健康的文化理念增加观众的认知度、提高收视率，最终提高影视作品的社会效益和经济效益。

参考文献：

［1］李云鹏. 浅析影视文化评论和影视语言评论的发展现状［J］. 视听，2017（2）：50～51.

［2］谢毓. 从影视语言的特殊性，谈影视文化形象翻译技巧［J］. 青年时代，2016（14）：123～123.

［3］刘颖录. 读《电影与方法：符号学文选》有感——以姜文电影为例浅析电影符号和电影语言的运用［J］. 东方企业文化，2012（2）：237～238.

影视作品的人生观、价值观、历史观

摘要：随着经济的迅速发展，影视文化也得以繁荣发展，当前的影视作品也就越来越多，也对人们的生活产生了一定的影响。影视作品作为当今社会生活中的重要组成部分，缓解人们日常工作疲劳的同时，还可能会影响到人们自己的观念。

关键词：影视作品；人生观；价值观；历史观

影视作品对人们的影响一直是一个津津乐道的话题，也是教育的重点关注问题，随着社会的发展，影视作品多元化的出现，作品也呈现出良莠不齐的状态，好的影视作品可以给人们带来积极地影响，树立正确的人生观、价值观、历史观，而一些糟粕型的作品会"毁三观"，引导人们思想走向极端，是否能正确引导人们审视现代的影视作品，也是对现代教育的一个挑战。

一、影视作品的人生观

人生观是指人对自己人生目的、态度、价值的看法。其主要就是揭示人活着的原因、人生的意义和价值、人应该怎样度过自己的一生，应当使自己成为一个什么样的人等问题。人生观可以决定人生的最终走向，人的思想和行动总是受到自己人生观的影响。每个人的社会遭遇和教育程度不同，会形成不同的人生观。积极向上的人生观可以引导人们走向人生的正道，成为一个有意义的人，从而实现自身的人生价值，而错误的人生观容易将人引向歧途，从而沦为"社会败类"。在现代影视作品日益丰富的情况下，作品中的人物形象也是各种各样的，大前提之下都有着正反两面的人物，他们的人生观也都是不一样的，反面人物一般都是很极端的形象，与人民、法律、社会公约等存在着一定的抗衡，最终结果也都是难逃法网。他们的人生观就是一种典型的错误的人生观，可能为了一己私欲而为祸大众，这样的人生观是不利于成长的，我们在观看影视作品时，一定要有自己的判断，对于这样的人物形象所展现出来的人生观也一定要有所抵触，避免走向这样的歧途。我们要学习影视作品中为人民利益考虑的人物形象，他们的人生观是积极向上的，是健康的，是正确的，我们在观看影视作品时，也要借鉴他们的人生态度，告诫自己要成为怎样的人，怎样实现自己的价值，切不可因为一己之私走向极端，一定要树立正确的人生观。

二、影视作品的价值观

价值观是人们对于不同事物的态度和看法。是要确定以怎样的标准去判断事物的优劣，针对不同事物的不同认识，从而树立自己的价值观。每个人都是根据自己价值观的不同，去追求自己所喜欢的事物，追求自己所认为的有价值的东西。是否可以树立正确的价值观，对于一个人的发展是至关重要的，它也是人生观的一种集中体现。我们在不同的影视作品中，可以看到，不同的人物都有着不同的追求。例如，在古装影视作品中，有的人追求皇权在手，这种人往往最终都得不到好下场，他们只是追求一味享受与荣华富贵，并没有考虑到世间苍生的真正需求，所以他们的价值观往往都得不到真实的回馈；有的人反而追求的是隐居山水，寄情于山水之间，从而去寻找山水之乐，寻找人间最基本的乐趣，他们并没有做对人具有危害性的事情，所以他们的结局往往都是好的，因为他们的最终目的只是追求自己喜欢的事物。还有一些警匪片，例如，一些香港的影视作品，也都是被人所津津乐道的，一些不正确的价值观也都在其中有所体现，他们有的会犯下罪孽，在如今这样法制的社会制度下，他们会寻找一些不正当的门道去做生意或者做一些对公众无益的事情，他们最终的结果也都逃不过监狱这样的牢笼，因为他们的价值观就是错误的，他们所追求的事物都是对人民具有危害性的，我们在观看影视作品时，一定要引以为戒，绝对不能让这样的事情在自己的身上重演。所以，我们要树立正确的价值观，在追求自己喜爱的事物上，不遗余力，并且做到不危害社会，不危害公众的利益。

三、影视作品的历史观

历史观，又可以说成"社会历史观"，其是人们对社会历史的看法。历史观是一个民族、一个时代、一个国家价值观念的集中体现。在如今这样经济迅速发展的环境下，影视作品出现了一些历史观极为颠倒的作品，例如，一些抗日神剧，容易让我们对一些历史问题产生不正确的理解，会极大地影响我们自身的历史观。影视作品作为一种影响广泛的大众文化，在传播社会历史的同时，一定要注重它的真实性，这样既可以让我们铭记历史，又可以让我们在观看影视作品的同时，加强我们自身的历史观，让我们对社会历史有一个真实的感受，确切的了解现代美好生活的来之不易。我国有着悠久的历史，一些以历史为载体进行再创作的影视作品受到了很多观众的喜爱，从电视文学角度来看，这是值得庆幸的事情，但是，也有一些问题的存在。从历史的角度而言，这些影视作品大多对历史的真实性都有着一定的篡改，容易颠覆人们的看法，混淆对于历史的认知，对历史是一种不尊重的行为，对于树立正确的历史观也是一种极为严重的影响。要树立正确的历史观，我们就要在观看影视作品的同时，对于影视作品中所展现的历史真实性有一定的判断能力，并不一味地故步自封，而是要树立自己对历史正确的认知，从而树立自己正确的历史观。

四、结束语

总之，影视作品的出现已经不可遏制，但是，以什么角度去审视影视作品是我们应该做的。要加强管理和教育，优化当代的影视作品，要做到优化就要充分发挥政府的职能，加强互联网管理，整顿影视作品的传播环境。提高人们的综合素养，在影视作品双重影响下做到积极应对，培养人们的影视鉴赏能力，树立科学人生观，掌握辩证思维，提高人们的影视鉴赏水平。

参考文献：

［1］梅乐平. 评当代影视文化影响下的青少年价值观教育［D］. 开封：河南大学，2016.

［2］孙正聿. 影视作品的人生观、价值观、历史观［D］长春：吉林大学，2015.

第三辑 | 文学原创

春　雨

　　"好雨知时节，当春乃发生，随风潜入夜，润物细无声。"唐诗宋词中的那些春雨，虽然历经千年，却还是这般情意缠绵，含情脉脉。悲落叶与劲秋，喜柔条与芳春，只有在静谧的春夜里，它既如春蚕觅食，又似花开无语，一直给人以诗意的想象和浪漫的遐想。

　　春雨是深沉、含蓄的。当春天的风柔柔地吹来，即将苏醒过来的大地上，偶有一星半点的嫩芽，已经在悄悄地蠕动着，就连枝头初绽那丝绿色，也愈加显得那样娇艳可爱。尤其在惊蛰以后的日子里，春天那浓酽的芳香气息中，早已夹杂了泥土翻新的味道。细密的春雨，均匀地洒满了广袤的原野，正在返青的麦苗，让春天的版图上增添了更多的温馨与希望。

　　春天，终是一个生机盎然、万物待发的季节，"春雨贵如油"的古老民谚，令古老的山川、大地，河流、树木，万物、灵长，对它充满了无尽的期待。灵性有加的缕缕春风、斜洒的潇潇春雨，在人们焦急的渴盼中，悄然而至了，它丝毫不做作、不张扬，只待第二天的早晨，它足以让早起的农人眼前明晃晃的。漫山遍野的草木庄稼，像刚刚吮吸过母乳的孩童，扬起圆圆的笑脸，伸出嫩嫩的小手，欢笑着向我们扑来。

　　春雨是欢快的、亮丽的。它时常在人们的美梦里出现，那唰唰的声响，如烟似雾，如诗似画，柔柔春风，加之绵绵的春雨，让安静的春夜更加祥和，让人们的梦境更加醇香。夜半时分，只是那爱打着旋儿戏耍一番的绵柔春风，在随时随地提醒人们，俏皮而可爱的春雨，已经来轻叩你的门窗来了，绵软的声响，似梦呓的天籁，似催眠的神曲。

　　春雨在轻轻地擦拭你家蒙尘一个冬季的窗台，在轻轻滋润你焦渴了一个冬季的心田。当然，你也可以想象的春天的无限美丽：山川已经披上了节日的盛装，大地已经弹奏春天的交响，碧水已将蓝天与白云清洗，禾苗与草木一日便是一日的模样。当然，春心萌动的文人，也已将郁积了一个冬日的沉闷一扫而光，吟诗作文，释放自己。因为大好的春光里，毕竟"春山磔磔鸣春禽，此间不可无我吟"。

春雨是纤细的、斯文的。春雨疏而纤且渺漫迷蒙，故而流传千古的唐诗宋词中，每用"细"字来形容，每借花草的嫩状来衬托。从"东风吹雨细如尘"，到"细雨斜风作晓寒"；从"萧萧春雨密还疏"，到"杨柳阴阴细雨晴"；从"蒙蒙细雨暗空山"，到"无边丝雨细如愁"；从"天街小雨润如酥"，到"草色遥看近却无"；文人常将内怀冰清、外含玉润的春雨描绘得几近羞涩。

迷蒙的春雨，像烟尘俗世里悄然盛开的一朵朵海棠，像温柔低首的一个个乡间女子，像美好回忆中的一缕缕清香，像青春岁月里的一泓泓碧水。绵密的春雨，充盈着奔放的河流和潺潺的小溪，滋润着穹隆的山川和肥沃的大地。清纯的春雨，交织在清凉而惬意的碧绿中，倾注在诗意的风景里，流淌在亮丽的春色里，滋润在小路的泥泞里，所以它纯，无杂质；所以它净，无染尘；所以它粹，留精华。

春雨是值得欣赏的。春雨虽然含蓄，也有被喜雨的人们"千呼万唤始出来"的时候，或在柳色青青里，或在烟雾蒙蒙中，享受它清爽的凉意，它温柔的轻拂，它甜润的芳香，它馥郁的青翠；也享受它"谷鸟时一啭，田园春雨余"的无限魅力；更享受它"春雨细如丝，如丝霢霂时"的勃勃生机。

错过，依然美丽

"两情若是久长时，又岂在朝朝暮暮。"秦观这样描述了千年以前的爱情，然而相思古今皆同，现代人在不一样的背景下演绎着相同的风花雪月，同样缠绵悱恻的相思，同样美好多情的愿望。就像兰心的故事，在 2006 年一个偶然的黄昏，次第展开⋯⋯

一

兰心知道，有的时候人的爱恨都只是一种偶然，就如那天与天凯的邂逅。

兰心像这个城市里的白领女孩一样，喜欢漂亮的衣服和名贵的化妆品，喜欢咖啡音乐鲜花美酒的小资生活。然而跟她们不一样的，是兰心心底里还喜欢古老的诗歌，喜欢旅游，喜欢自然的诗意的生活。

兰心与天凯的相识缘于一本旅游杂志。

那天上网，偶然在一个论坛上看到有人夜爬香山，能在夜色中欣赏万家灯火，想象起来就无比的浪漫。于是那天兰心也动了心，决定加入这群年轻的登山者行列。

约好了在山下的那个茶馆会齐，兰心下了班就来到香山门口，那个茶馆有个好听的名字，叫雕刻时光。兰心就想，时光如果能够雕刻，该是怎样的一件艺术品？天气还好，茶馆里的人很多，兰心拾级而上，在二楼一个靠窗的位置坐下，这位置正好能够看到楼下的情景，登高望远，境界也开阔了许多。

时间还早，兰心要了一杯菊花茶，静静地坐等。花茶袅袅的清香绕着眼前的世界，一切都温暖而慵倦。桌上正好有一本旅游杂志，封面的图画是莱茵河的景色，不可解释的，兰心被眼前的图画吸引了，那桅杆和波影，那蓝天和白云，以及蓝天下斜倚栏杆的人。那人穿了和天空一样干净的蓝，浅蓝色的 T 恤和深蓝色的裤子。那么随意那么洒脱地斜倚着栏杆，与天空与波影融为一体。

莫名其妙地感动，书本上美丽的莱茵河在她脑中灵动起来。翻开那本杂志，那篇介绍封面照片的文章首先呈现在兰心的眼前，文字舒缓而大气，莱茵河的风光风情一点点地展开在她面前，不时地穿插一点点幽默，再或者一段古老的诗句。兰心忘了喝茶，完全被这文章和图片吸引了。

天色渐渐地暗了，茶社里的人也逐渐稀少。要等的人还没有来，兰心望着窗外的天色，拿不定主意是走还是接着等。那本杂志仍然摊开在桌上，那个人仍然斜倚栏杆站在兰心的对面。片刻的惶惑，定神却见真的有一个人站在兰心面前，不过没有栏杆可倚，却仍是深深浅浅的蓝色，领口的扣子很随意的松着，一如照片上的浅淡的笑，晴朗干净。

一时间兰心以为自己是在做梦，当一些无法解释的现象出现或者是过分的机缘巧合，总让人误以为是幻觉。兰心眨了眨眼睛，灯光柔和，眼前的人并没有消失，正含笑打量着桌上的杂志以及手拿杂志的兰心。

"对不起，假如是其他的杂志，就送你看了，因为这张照片很阳光，所以我想给妈妈看看，这样她会放心我的生活。正好手头没有多余的杂志了，所以回来取。那……"兰心下意识地把杂志往前推了推，眼睛里仍然有不解和迷茫。

恰在这时，兰心的电话响了，朋友说今天有事不能来了，害她在这等了那么久，有些不安，一连声地说着抱歉。兰心挂了电话，才发现眼前的那个人仍旧站在她面前。

"那照片，确实很阳光。"兰心听到自己的声音，只是觉得很远，似乎游荡在那个美丽的莱茵河上空，似乎前世所系，那蓝天和帆影，深深地镌刻在她的心中，一种近乎乡愁的感觉包围着她。甚至，对于眼前这男孩，都有了一种特殊的感觉。

兰心和天凯就这样相识了。

天凯在德国读书，兼职做导游，并且给国内的旅游杂志写点儿文章，负担自己的生活费，德国的大学对优秀的学生不收学费，天凯的生活也就过得还算安然。这次回来探亲，假期快满了，就该回去了。

兰心竟有些怅怅的感觉，刚相识就该说再见了。

天晚了，雕刻时光也要打烊了，两个人都有些意犹未尽的感觉，远处的城市已是万家灯火，点点的闪烁，像遥远的银河。

回来的路很长，两个人谁都没有坐车的欲望，在街灯闪烁的夜色中行走，仿佛梦幻一般的不真实。天凯奇怪眼前的小女人竟给他一种异样的感觉，牵系着心底最柔软的角落。在雕刻时光，第一眼看到她，正对着自己的照片出神，那份专注和宁静实在令天凯无法忘怀。

二

那一晚很快成为过去，兰心的生活又恢复了原样。

可是只有兰心自己知道，心的安然和平静却再也不能恢复。那次邂逅，那个莱茵河畔的蓝色身影，搅乱了她的心湖。"风乍起，吹皱一池春水。"那个南唐的皇帝，一凝眸间就把小女子的心境描画入微。日子变得漫长难耐，工作的时候，偶尔兰心会神思不属，想着他那清澈干净的眼神，想着他那粲然的笑。

仅凭着兰心的口述，天凯记住了她的邮箱号码，没有事的晚上，天凯会在网上游荡，也给兰心发一些信息。或者是一个笑话，或者是一张漂亮的图片。那天偶尔说到旅游，天凯记得兰心是个喜欢风景的女人，于是最近为杂志写的文字，也飘过漫长的空间，落到兰心的邮箱里。

因为时差，天凯在线的时候兰心在上班，兰心有时间的时候天凯在忙，所以，在网上，两个人竟没有相遇过。收到那些信，兰心感到喜悦的同时也有一丝惴惴，知道自己的在乎和隐约的渴望。兰心也回一些信息，不敢暴露自己的心事，又希望那个人了解了自己的心事。于是借助一些歌词和诗句，含糊地诉说。兰心有时也会诧异，毕竟自己不是十几岁的小女孩了，却仍然沉醉于这样朦胧羞涩的感觉里，不能自拔。

春天很快就过去了，在断断续续的邮箱交往中，两个人对对方有了一定的了解。在那些诗句和图片的间隙，偶尔他们也会说点儿自己的生活。兰心总是娓娓道来，一点点往事，一次次心动。而天凯的语气就轻松自由了许多，经常让兰心忍俊不禁。

不觉间，夏天溜走了，兰心的生日也到了。

下班的时候拒绝了朋友的邀请，兰心想一个人静静地过。房间里静静的，然而兰心的心却静不下来。打开电脑，知道天凯不在，但还是忍不住地想倾诉。点开邮箱，兰心讲了有一个小女人，为了一次邂逅长久的思念，为了一个温暖清澈的眼神迷惑眷恋，为了一片蓝天和帆影魂牵梦萦，为了……

把那个邮件发出去，兰心的心无法平静下来，寂静的长夜，在此刻竟是寂寥难耐。兰心倚着枕头，知道无法入睡，似乎若有所待又似乎什么都没有。

电话在寂静的夜里格外清脆，几乎立刻，兰心拿起听筒，有几秒钟的沉默，心弦被牵得太紧，只感到尖锐的痛。

"兰心，生日快乐。"

"我知道很晚了，可是我的心在狂跳，下课回来看到你的信，忍不住想跟你说，兰心，我爱你。"

时间似乎凝固了，兰心的手有些抖，眼泪却忍不住顺着面颊流了下来。似乎千年的等待，那一刻的感动刻骨铭心。

"我想你，此刻莱茵河上正升起一轮新月，兰心，多想和你手牵着手，去葡萄架下听牛郎织女的私语，也让你听我的私语。"

"兰心……兰心……兰心……"在连声地呼唤里，兰心的心暖暖的，似乎怕隔了远远的时空，无法传递自己的爱意，天凯的声音悠长得让兰心迷醉。

"天凯，"兰心听到自己的声音也有些抖，"秦观说'两情若是久长时，又岂在朝朝暮暮'，自欺欺人罢了，此刻，我真的想你，想在你身边。听你的呼吸，看你的眼睛，数你的心跳，一点一点地感受你的爱意。天凯，我爱你。"

这句最凡俗最老套的表白那么自然得溜出来，兰心自己都有些奇怪，可是从心底里却想对着那个人说一千遍一万遍。

三

经过了那个夜晚，兰心的相思似乎被点醒了，明了清晰。兰心读懂了许多句子，读懂了那些让兰心不能理解的深刻的相思。读天凯的信成了一种享受，那些深情的句子经常让兰心陶醉感动。每每期待着下班，期待着打开邮箱时的那种难以言表的兴奋，期待着那些缠绵的爱语。

那天上班的路上，一个男孩子把一张旅行社的广告塞到她手里，还礼貌地对她微笑着说了声谢谢。秋日的阳光温和地照着兰心的脸，使她感到一种暖暖的爱意。展开那张薄薄的纸，兰心蓦然惊觉，国庆节快要到了，有一周的长假，人们都在安排假日的活动。这些年旅游成了一种时尚，于是形形色色的旅行社应运而生。各种长线短线的旅行计划，琳琅满目。这些年兰心经常利用假日出去走走，看看山山水水，令人心旷神怡。翻过来，是大幅的广告配着图片，"欧洲浪漫之旅"下面是美丽的莱茵河风光。兰心一下子被吸引了，蓦地从脑中蹦出一个疯狂的念头，尽管兰心自己也觉得疯狂，却无法遏止自己的思想。

回过头来计算自己的积蓄，几乎需要一年时间才能达到那个数字，可兰心无法拒绝那个美丽的诱惑，想到可以见到心心念念的天凯，可以两个人拉着手在莱茵河畔漫步，兰心就无法抑制自己的激动。

安静的兰心一改往日的犹豫，立刻着手安排起来。先打电话问清楚了需要办的手续及注意事项，然后取出自己的存款，找齐了各种需要的证件，然后报名。兰心也有点儿诧异自己的冷静，原来自己办起事情也能如此有条不紊。当一切办妥，距离放假也没有几天了。兰心没有告诉天凯，只是想等到时候给他一个惊喜。这些天天凯的信也少了一些，说是这一段时间正忙，等忙过这一阵，要送她一件礼物，一件美丽的礼物。

那一天到来的时候天气晴朗，一个美丽的秋日。兰心按捺住自己的激动，早早就乘车到达了机场。似乎知道兰心的好心情，连天气也感染了她的兴奋。民航飞机那银蓝的羽翼承载着兰心的爱和希望，直冲云霄。

就要到了，飞机在法兰克福着陆，美丽的莱茵河，两岸的巉岩，起伏的波影都近在眼前了。兰心的心跳加快了，在难以消解的眩惑中，兰心的两脚，踏在了异国的土地上。

抑制住自己的激动，兰心打开手机，想象天凯听到自己声音的激动，想象天凯如果知道自己已经来到他的身边，兰心就迫不及待。竟然有若干个未接电话静静地等着兰心，而且是天凯的号码。

难道真的是心有灵犀，难道天凯预见到了兰心的到来？

拨通了那个号码，话筒里传来天凯焦急的声音："兰心，终于接通了。快来在雕刻时光，你会看到我送你的礼物，我等了你一个下午，你的电话都打不通，我几乎绝望了。现在香山已经成了暗淡的影子，你还不准备来吗？"

天凯的声音急切而遥远，透过遥远的空间直抵兰心的耳鼓。"怎么样，我带给你的惊喜够不够震撼，兰心，我想你。"

一时间兰心的眼泪夺眶而出。眼前是梦中的莱茵河，耳边是爱人的低语，竟又是远隔了天涯。然而此时兰心的心中有一股暖流，包容着浓浓的爱意。心中竟浮起秦观那句经典的绝唱："两情若是久长时，又岂在朝朝暮暮？"兰心甩甩头，独自一个人把甜蜜的爱融入了黄昏的莱茵河。

母　亲

　　在所有歌颂母亲的歌曲中，我最喜欢的应属阎维文的《母亲》了。这首歌常出现在一些婚礼上，它深情、绵柔、温馨、甜润，即使不能催人泪下，起码也能引发每个人心底深处的丝丝柔情，暖暖爱意。歌词中那些蕴含人间真情的动作，都是由母亲的手去完成的。从第一次听到这首歌的那天起，我便开始关注起母亲的手来。

　　刚出生时的我，尚未对母亲的手有什么记忆，但我见过儿子当初降生时，已经精疲力竭的妻子，她的手本能地伸向了护士的怀抱，那是她要亲眼看看孩子的模样，亲手摸摸孩子的脸蛋，体会一下为人之母的欣喜。母亲曾说，我出生时东方刚刚露出了鱼肚白，她眼含着喜悦之泪，用自己瘦弱的双手将我抱了又抱，亲了又亲，摸了又摸。年迈的老祖母，因为也喜欢迟来的孙子，想从她手里夺都夺不下来。这是母亲的手第一次用这种方式爱抚我，安慰我，疼爱我。

　　家里孩子多，负担重，况且母亲还要下地参加生产队的劳动，即便是我哭喊着依赖母亲、纠缠母亲，也都无济于事。那时街头的大树下、墙壁上、板报栏中，经常贴着诸如"天皇皇，地皇皇，我家有个夜哭郎，过路君子念三遍，一觉睡到大天亮"的纸条，那是一些闹宿的孩子，整夜哭闹不休，父母万般无奈之下打听来的所谓"偏方"。当我因为蹭皮磕骨而哭闹不休的时候，胆小的母亲就用手在地上一边划拉，一边祷告，最后摸着我的头说："摸拢摸拢毛，吓不着，不疼了。"这招倒是灵验得很呢！

　　上学以后，每逢课间休息时，我经常和小伙伴们疯狗野马般地追逐打闹，追累了，撵够了，闹热了，将身上的棉衣随手一脱、一扔，头疼脑热是经常的事情。回到家，恹恹的，母亲看在眼里，疼在心里，赶紧抓住我的双手往怀里拽。现在想来，她的手比温度计还好用，搭手往我额头上一捂、一试，儿子是否伤风感冒，她早已了然于胸。轻则为我熬制姜汤，重则牵了我的手去看大夫。母亲不知道，她的手仿佛有种神奇的力量，经她轻轻抚摸几下，儿子的感冒症状，顿时减轻了很多。

到外村读初中时，母亲更为我的吃喝穿戴而操心。作为一个成员众多的大家庭，她既要劳动生产，又要纺麻织线；既要为姐姐们置办嫁妆，又要为我定亲修房盖屋。冬天时，母亲的手因为冻伤而肿得很高，冬棉夏单的各式衣服，她却早用勤劳的双手，为我置办熨帖，可谓样样不缺。当时已经十多岁的我，毕竟懂得了要面子，看到别的同学吃穿好些，回家便跟母亲要脾气、使性子，全然体会不到母亲的种种难处。每次都是母亲笑脸相迎，好言相劝，可返校时母亲那重重的叹息，仿佛至今还回荡在我的耳畔。

　　我结婚的前一年，母亲明显觉得自己的视力减弱了。她意识到这些，便不管酷暑严冬，只是披星戴月，拼命似的纺线织布。那时农村讲究在孩子结婚时有几铺几盖，要强了一辈子的她，断然不能在儿子结婚的这个节骨眼上令人小瞧。她干枯的双手，被结实的麻线勒出了道道血口，连层层缠绕的医用胶布，也被鲜血浸透。儿女们心疼的劝告，她全当作了耳旁风。结婚那天，妻子看到屋里竹竿上搭放的近二百余双单、棉布鞋，看到橱柜内成卷成摞的粗织棉布，竟感动地掉过好多次眼泪。

　　母亲跟我说过，她刚结婚时，父亲家近乎一贫如洗。认定了"人穷志不穷"这个道理的她，不仅教育我们做本色人，说真心话，干真心事，靠自己的双手战天斗地，凭自己的双手改天换地，让我们家脱贫致富，步入小康。她像一头"不待扬鞭自奋蹄"老牛，一直在爬坡，终生在劳动，用自己勤劳的双手，给儿女们树立起了光辉典范的人生榜样；用自己智慧的双手，将儿女们引领上了光明坦荡的人生之路。她用慈爱的手，翻开了人生的崭新书页，让我们在学识中增朴厚，在历练里长见识。

　　年迈的母亲，仍然属于她的村庄，她一直和我的老父亲固守着我的精神家园。每次回到乡下老家，当我看到母亲苍老的面孔、干枯的手指，我的双眼总要被不听话的泪水所模糊。夕阳西下时，袅袅炊烟中，即将返城的我即使车行很远，还能依稀看到她轻摇着送行的手臂，就如诗人车延高在其《母亲和村庄》中所写的："她都要站在村口送我，像棵老榆树，头发全白了，两行泪，一句话也没有。炊烟在身后，替她摆手……"

网络让你如此美丽

肖彦的网上生涯，始于离婚。

其实肖彦有过最经典的爱情，学生时代与汪浩东即一见倾心，坠入爱河。虽然后来的高考残酷地把他们分向两个世界，可他们仍固执地牵手，经过了数年与双方家庭的抗争，有情人终成眷属。这是许多爱情故事的结局，可肖彦的网络故事，此时才刚刚开始。

就像长跑运动员突然到达终点，一时有些茫然无措，原来一直努力争取的幸福也不过尔尔。汪浩东首先厌倦了日日厮守、柴米油盐的琐俗，提议不开伙，各自在单位吃食堂，肖彦也只好答应。

更多的时候，肖彦不愿意去食堂紧着打饭，经常随便吃点儿什么果腹，就解决了民生问题。没有了柴米油盐，两个人见面竟也少了谈资，你在你的领域，他有他的世界。两个人的关系没有改善，反而越来越疏离，终于导致了离婚。

离婚对于汪浩东，是长出了一口气，太沉闷了，这个家。何况外面有那么多的诱惑，不管是温柔的、浓艳的，还是清纯的、高雅的，应有尽有，天涯何处无芳草呀。

而肖彦，毕竟是女人，感情，尤其是初恋，几乎是她大半的生命，一旦失去了，不免有些恍恍的，心死如灰。

两个人都不是歇斯底里的人，离婚也就进行得很平和。酷爱自由的汪浩东选择了自由，把其他的一切都留给了肖彦。有时肖彦也觉得恍惚，这个家一切照旧，也经常产生一种错觉，汪浩东只不过是出差了，过几天就会回来。

那天肖彦无事，坐在了计算机跟前。这计算机几乎是汪浩东的专利，结婚时极力主张买计算机，结婚后的许多时间，汪浩东都流连在计算机跟前。而肖彦有那么多的作业要改，有那么多的家务要做，也就很少接触。于是汪浩东经常叹息，说女人天生就与计算机绝缘。

当这个家只剩下一个女人的时候，计算机就成了女人的朋友。

上网聊天也许是最简单的应用，在骤然空下来的这些时间里，肖彦接触了网络，并很快像一条飞虫，被黏附在这张有魔力的大网里。尽管那个聊天室像个池塘，乱七八糟的蛙鸣四起，寂寞的肖彦还是经常游于其中。

刚上线，就遇到了对手。那个自称《诗经》的人一句一句地与她对答起来，从昔我往矣到君住长江头，从南唐后主到纳兰性德，全然不觉时间的流逝。当两个人终于倦了的时候，早已过了夜半，风凉凉地吹进来，窗纱被抛起又落下。看着不断滚动的屏幕，肖彦懒得再去答复，对方有点儿急，不停地问："你的联系方式，你的联系方式……?"肖彦不用手机，没有QQ，家里的电话又不想告诉外人，于是，只剩下 E-mail 了。其实，尽管肖彦也聊天，但从来没有认真过。只是在这虚拟的空间里，享受匿名的乐趣。对那些一见面就问你"多大、多高、在哪、漂亮不"的对手，肖彦一直拒绝回答或是随手乱答，最后也就了了。可今天这个《诗经》却让她感到亲切和难舍，犹豫了一下，还是把自己的邮箱地址打了进去。

接下来的日子顺理成章，肖彦每天下班后，第一件事就是打开电脑，打开邮箱，查收当日的邮件。那个来自 shijing@163.net 的邮件总是如期而至，默默地等待开启。每到这时，肖彦也感到一丝兴奋，单调空洞的生活有了些许亮色。

或是一首诗，或是一阕词，通过时空迤逦而来。肖彦静静地读着，像是浮在一个美丽婉转的梦境中，有时是大漠黄沙的凄凉，有时是软语轻言的妩媚，直让肖彦心底酸酸的。许多年来尘封的记忆翻了出来，在一个个寂静的春夜，散发着绮丽的神采。

原来还有这样一番天地，肖彦的眼圈红了。不必羞涩地掩盖未完的诗稿，不必操心日常的琐俗，所有的闲暇时间，都投入这个美丽的游戏中。肖彦的笔调，也变得活泼流利起来，轻轻地诉说着春朝花夕的明媚、月夜寒宵的怅惘、静静的长久的等待。

那天是端午节，几个同事约了去买粽子。市场上人来人往，肖彦跟在她们后面，心不在焉地顾盼。卖粽子的杨大爷很得人心，这几年又开了个小店，端午节更是挤破了门。不留心抬头，正见汪浩东挽了一个女孩的手从店里出来，手里拎了一盒粽子。两个人有说有笑地走过，没有注意肖彦的目光。肖彦的心仍是咯噔一下，尽管自己已没有理由吃惊或是生气，早已是毫无关系的路人了，或者，还应该祝福他们。但肖彦无论如何也轻松不起来，脚步也变得沉重。终是没有买成粽子，一个人空着手回了家。

屋子里凉森森的，走时是什么样，现在还是什么样。肖彦有一股无名的冲动，恨不得打碎这死水般的平静。然而，时钟仍嘀嗒嘀嗒的转动，一切如常，镜子里反射出那个憔悴女人的侧影，暗淡的底色染上了一丝晕黄，是那种陈旧的明亮。

颓然地坐在计算机面前，一时间满眼的泪。打开电源，打开显示器，打开主机，机器轧轧的轻响掠过了厚积的寂寞。邮箱里果然又有那个未读邮件，打开来，首先是一曲舒缓的音乐，《毕业生》中的插曲《斯卡布罗集市》，如清澈的溪水，缓缓地流过来。细密的小字，诉说着一种若有若无的闲愁：在异地，在遥远的莱茵河畔，一个流浪异乡的游子，整日奔波在实验室和研究站之间，冰冷的数据，严密的逻辑，一丝不苟的态度。今天突然感到了疲倦，是如此的想家，想水乡的小船，想江南的杏花烟雨。肖彦，你这个温柔的江南女孩，可曾在夜色的苍茫中，望见我游弋的孤魂，我在你的窗下，为你低唱，低唱爱的歌谣……

肖彦下意识地望了望窗外，当然暮色苍茫中是一无所有。看那邮件发出的时间，就在此前几分钟。忽然有一种急于倾诉的冲动，想再与那个人面对面的聊天。点击回复，一行小字："你现在在线吗，真想与你聊天，像最初遇到的那一晚。"真惊讶于现代科技的神奇，万里相隔的人，瞬间就能收到对方的消息。关了邮箱，无目的地在网上游走，其实也知道，在这个虚拟的庞大世界里，盲目的搜索，实际上相遇的机会非常得小。都戴着不同的面具，面对面也认不得你是谁。

忽然，电话铃毫无预兆地响了起来，肖彦迟疑了一下，拿起了话筒。那端的汪浩东也有些迟疑，咳了一下，下了决心似的说："对不起，肖彦，今天是端午节，一家人都在，老奶奶糊里糊涂的非要彦彦来不可。"结婚三年，肖彦与汪浩东的家人相处得不错，虽然婚前曾极力反对，结婚后一家人也就认可了肖彦。毕竟肖彦知书识礼，性情温和。特别是这个老奶奶，一直希望有个孙女却又未能如愿，竟把肖彦当成了自己的孙女，整天彦彦、彦彦的叫。离婚的事，很让汪浩东的家人伤心，老奶奶又有病，就一直瞒着老人。"肖彦，"汪浩东沉吟了一下，"你能来吗？"

尽管肖彦的脑子里不停地闪现汪浩东和那个女孩有说有笑的身影，心里酸酸的。但汪浩东那低沉的略带磁性的声音传来，仍有些不可思议的魔力。沉寂了有半分钟，最后，肖彦对着听筒简单地说："好吧，我去。"没有理会汪浩东的谢谢，肖彦把听筒急急地放下。倚桌而立，墙上的钟正当当地敲了八下，正是万家团圆的时刻。

汪浩东家住的是那种跃层的住宅，顶层有一个大大的露台，正对着北面的南湖。端午节，南湖的水上有许多游船，望过去灯光闪闪烁烁，映着水色，迷蒙而神秘。肖彦在那栋楼前停下来，望了望窗子里透出的温暖柔和的灯光，眼圈竟有些发红，曾把这里当成自己的家，投入了太多的热情，然而……摇摇头，苦涩地笑了一下，习惯性地掠掠鬓发，沿着楼梯拾级而上。

门开处，迎面而来的是笑语欢声，好一幅欢乐家居图。老奶奶斜倚在沙发上，接过儿媳妇递过来的一杯茶，汪浩东正与父亲对弈，叔叔婶子与老奶奶在闲话家常，电视机里上演着那个名为《婆婆》的电视剧，正要展开一个大团圆的结局。

老奶奶一见肖彦，眼睛里都是笑，忙喊着："彦彦，怎么出差了这么长时间，快过来让奶奶看看，瘦了没有。"汪浩东抬起头，冲肖彦尴尬地笑了一下，又回到他的棋局上去了。肖彦在奶奶身边坐下，勉强冲大家笑了笑，又低下了头。

也许是肖彦自己的敏感，气氛变得有点儿僵。只是老奶奶兴致更高了，拉着肖彦的手问长问短。

正看到电视剧里的儿孙满堂，又触发了奶奶的感慨："彦彦，什么时候奶奶能抱上重孙呀？奶奶老了，等不及了，要抓紧哪！"婶子过来解围了："妈，你说什么呢，彦彦他们不是还小吗？""小，我在她那个岁数都是俩孩子的妈了，现在的年轻人，都想什么呀，还有你们，把浩明送到什么美国去，要不然，我早抱上重孙子了。"老奶奶拍着肖彦的手，不住地叹气。

汪浩东也感觉到肖彦的尴尬，插了一句："二叔，大哥不是快回国了吗？是不是带个嫂子回来？""什么，明明要回来了，上天有眼，总算让我临死前还能看着大孙子，真的，再带个孙子媳妇回来，可就真全了。你们怎么不告诉我，让我这老骨头也高兴高兴！"

"还没定准呢，妈，浩明说博士学位拿下来后，还要去别的国家做一段时间的访问研究，做完整个课题才回国。怎么，您就不怕浩明给您带个洋媳妇回来？"

总算把目标转移了，肖彦轻舒了一口气。一家人你一言我一语地热闹起来，肖彦却无话可说。汪浩明早在肖彦结婚前就去了美国，根本连面也没见过，只知道那是汪家的骄傲。肖彦只是有点儿疲倦，热闹是别人的，又和自己有什么关系呢？

时钟已经指向十点了，老太太伸了伸腰，说："我也不留你们了，天不早了，都回去吧，小两口们。"二婶笑道："妈怎么还打趣我们，我们可是老两口了，怎么比得孩子们？""称老，还早点儿，谁让你还不娶儿媳妇呢？彦彦，下次别等着我叫你呀，常回来看看你老奶奶吧"大家都起身往外走，肖彦也答应着出来。婆婆跟出来，偷偷地嘱咐汪浩东："一定要把肖彦送回去啊，别忘了。"

外面的风有点儿凉，肖彦禁不住打了个寒战，街上行人已经稀少，显得路很宽阔。肖彦回头，对默默走在后面的汪浩东说："你不必送了，我自己能回去。""没关系，反正我顺路，住在单位，省得听他们唠叨。"两个人都沉默，似乎不知道怎么消除这难言的尴尬。拐过弯去就是交通局了，那是汪浩东的单位。灯下一个女孩静静地站着，凭直觉，肖彦就猜出是今天碰到的女孩。深深地看了一眼汪浩东，肖彦一言不发地冲着自己家快步走去。汪浩东愣了一下，急追了几步，又停了下来。

乍然从热闹温馨的屋子回到自己的小窝，肖彦有几分怅惘。突然觉得渴，但热水瓶却是空的。静静心，想应该去烧水，沏一杯清茶，清醒一下自己纷杂散漫的思绪。煤气燃着时蓝色的火苗跳跃，闪着妖异的光彩。突然有一阵恍惚，仿佛这火苗吞噬了整个房子，整个家。

茶果然令人清醒，肖彦了无睡意。蓦然惊觉，网上的那个人是否收到了邮件，是否真得在等待？急急地查看邮箱，天呐，邮箱里躺着十二个未拆邮件，足足凑了一打。依次打开，品读那个人由会心的喜悦到焦急的等待。"在老地方等你"/："你为什么不来"/："你在哪"/："你……"最后是沮丧和伤心："你这个磨人的精灵，惊鸿一瞥后杳如黄鹤，成心？无意？"/："无望的等待，无言的结局？"最后，只剩下省略号，一个连着一个，串着期待、不解和困惑。肖彦的手有些抖，心中满是失落和凄凉。去了的去了，无须等待也不会停留。这种错失也许是几百年前命定的，谁又能左右呢？

不知道回复还有没有意义，肖彦还是按了写信的按钮，不知用什么语言表达此时的心境。把那个地址打进去，便是长时间的沉默。看着那写信时间一秒一秒的消逝，也就觉得生命或是情感在无奈的滑落。

君来我未来，我来君已杳。

交错有天意，心魂忽如绞。

信否人间情，天荒与地老？

新婚三年整，恩爱终渺渺。

尺素传鲛绡，低吟在远道。

天地一茫茫，情深缘已了。

键入这几行文字，肖彦已泪如雨下，又是一个不眠之夜。

日子缓缓地过，太阳不知疲倦的升起又落下，平静得让人心慌。那个远方的消息戛然而止，空空的邮箱冷冷地嘲笑肖彦的期待。忽然觉得累，找不到目标和尽头，一片精神的空虚与苍白。

肖彦真切地体会到了相思的滋味，甚至比当年年少的爱情更真挚。对着电脑屏幕，不必伪装，不必有任何的顾忌，那个最纯粹的肖彦完整地体现出来。然而，虚拟世界里的寄托是如此的脆弱，看不见的联系顷刻就可截断，了无痕迹。

暑假到了，肖彦有了一个寂寞的长假。离婚的肖彦不常回家，害怕面对父母的叹息。庭院里的月季如火如荼的开放，在斑斓的世界里，更见小女人憔悴的凄凉。

早上的天气很好，抖擞精神，肖彦准备拆洗所有的棉被。肖彦通常用这种手段来调整自己的心情，在极度的疲累后，焕然一新的整洁可以使人的心境也清明平静。

忙碌，洗涮漂晾缝，一道工序连着一道工序，甚至顾不得吃饭。傍晚时总算告一段落，晾干的展平了，该做的做好了，却也使尽了力气。肖彦靠在床边，叠着带着太阳味儿的被褥，感觉一种轻松从体内飘升。

好长时间没有如此甜美的睡眠了，没有梦，没有过去和现在种种的烦恼和忧虑。醒来时已过了夜半，屋子里没有开灯，如水的月华温柔地撒在肖彦身旁，水一样的温柔。

此刻是静夜无尘，肖彦从浓睡中醒来，心中了然清爽。一切的昨日就让它过去吧，天依旧是天，窗外依旧月明。

打开电脑，还是学做那个课件，开了学就可以用了。打开 PowerPoint，肖彦有些茫然，以前没有接触过电脑，自学起来还是有点儿困难。总是不得要领，令肖彦烦躁，不知怎的，又点开了那个邮箱。

往日空空的邮箱今天竟已不再空白，那个遥远的邮件不期而至。肖彦的心颤了一下，静定的心神一下子被搅得纷乱。迟疑了一刻，还是打开，一改往日的短简形式，竟是长篇的书信。娓娓地叙述一段时间的忙碌和感觉，心为形役，身不由己。而今终于做完了这个课题，学位也授予了，也该准备回国了。"一想到这就不由得兴奋，就要回到家乡，就要见到烟雨的江南，还有你。"

"你在我的心底藏着，占据一个角落，却轻易不曾开启。其实我们素未谋面，或者也可以说久已相识。我是一个相信直觉的人，直觉地喜欢你的气定神闲，温柔雅致。这种言语中透出的气韵不是可以伪装出来的，我在乎这些胜于一切外在的东西。从你的语调中感受到你的无奈，你的犹疑，你的寂寞。那个恩爱渺渺的新郎太让你失望了，是吗？也许，我现在做的有悖道义，但却在情理之中。我执着地希望给你幸福，这些，他没有，他没有我的执着，认定的东西，我从来没有放过手。终年的漂泊让我感到厌倦，很想要一个温暖的家，一个安闲文静的妻子。我是一个坚执的人，认定了的，我要。等着我，我一定会找到你……"

大段的抒写让肖彦震惊，这是另一世界的故事，离自己太过遥远。心中直觉地说不，可隐隐地又有一种渴望和冲动。皎月如银，冰凉凉地映衬着肖彦的慌乱和焦渴。

不知该做什么，不知该怎么做，肖彦有些恍惚地凝神。

久已不聊天了，肖彦不觉又走进了那个聊天室。用了最常用的名字，却并不想和谁聊。静静地看着文字如水地流过，一种绝望的美丽。

奇迹总是在不期的时候到来，那个熟悉的名字跃入肖彦的眼眸。急不可待，那人的话语滑进屏幕。

"是你？"

"哦，或许。"

看透了肖彦的疑惑。

"不用疑惑，我肯定是。收到我的信了？"

"是。"

"你……"

"惶惑。"

"惶惑是心动的注解，我很乐观。"

"天涯茫茫，太虚妄了。"

"我查了你的 IP，果然，我们是同乡。"

肖彦禁不住打了个寒战。

"真巧。"

"真巧。"

"咫尺天涯。"

"三天后天涯就真成了咫尺，九日凌晨六时飞机到钟山机场。"

略一沉吟。

"你来不来？"

"可我们，素不相识。"

"也是久已相识，打开你的邮箱，就看到我了。"

"文字？"

"照片。"

"去看看吧，我等你回来。"

"不要太久，我会紧张。"

肖彦看着屏幕的流转，一时有些不知所措。

"其实不必，你是谁并不重要，何况容颜？"

"这么洒脱？"

"只是心灵的接触，怕一接触现实，美好的感觉灰飞烟灭。"

"然而不落实到柴米油盐，感觉便不踏实，我不只要美丽的梦，还要一个安静的妻子。"

"肖彦，我会在踏上故土的第一时刻，找寻你的踪影，只要你来，只要你看到我，相信一个注视，就能让我从人群中认出你，找到你。你可以考虑，可我会一直等。"

说完像是松了一口气，一阵沉默。

肖彦心中仿佛有千言万语，但此时却无从说起。想象的空间太狭窄了，肖彦觉得疲倦。再去找寻，那个人已离开了聊天室，一切像一个梦一样的不真实。

回到自己的邮箱，肖彦急于验证刚才的一切是不是幻想。像回应她的疑问，一个新邮件静静地等着她。果然不是梦，那个人说爱她，而且就要回来了。

打开附件，那张照片一点一点地被打开，那个人也一点一点地出现在肖彦面前，似曾相识的眼睛让她感到迷惑，何其熟悉的感觉！

也许是前缘注定，也许前生真有一段木石前盟。

时间也过得飞快，那一天终是来了。

一夜未眠，肖彦的心百转千回，心中设计了几千种结局，但又希望哪一个也别成真。许多老套的爱情故事要么悲哀，要么欢喜。可现在的感觉不是悲和喜那么单纯。幸福的结局有时却成了悲哀的前奏。

但是感情袭来的时候，肖彦仍是无力抵抗。在一千次的动摇之后，肖彦还是坐上了开往机场的出租车。

清晨的风凉凉的，无比舒爽。肖彦素雅的长裙，配了水红的短衫。也感觉到青春如水地流逝，匆匆中很难拽住她的裙裾。淡妆轻扫，烘托出肖彦的心事，理智的抗拒和情感的欢悦。

机场内有一个小小的咖啡厅，时间还早，肖彦要了一杯咖啡，挑了一个靠窗的座位，慢慢地啜饮。咖啡的苦涩里有一种香气，沁人心脾。窗外天边，一缕红霞托着太阳正在升起。

咖啡厅内人不多，吧台前，小妹百无聊赖地摆弄着音箱。蓦然抬首，一曲熟悉的乐音飘荡在空旷的店堂内，《斯卡布罗集市》仿佛从天外飞来，舒缓忧伤。

机场广播提醒班机着陆的时间到了，肖彦匆匆提起包，走出咖啡馆。

阳光满眼，一辆小车匆匆驶过，停在肖彦前面不远处，汪浩东诧异地透过玻璃，看着自己的前妻。在朝阳的烘染中，这个熟悉的小女人全身散发着青春的气息，汪浩东不由得看呆了。

飞机已经着陆，停机坪上已经有不少的人，各种肤色的旅客，陆续地走出来。肖彦的心，紧张得急跳，在脑中一次又一次地回忆那双眼眸，那个人。想走上前去，又禁不住迟疑，

回忆中的音乐如水一样的流过肖彦的心，牵引着她的目光，追逐一个个走过的旅客。那个人出现在肖彦的视野中时，肖彦竟有一刻的恍惚，仿佛许多年前汪浩东与自己的邂逅。

时间和空间交错迷乱，分不清过去还是现今。无法移开自己的目光，只静静地注视。

四目相对，肖彦从那个人的目光中看到了会心的微笑。然而此时，一声"大哥"把两个人从记忆中唤醒。他们几乎同时回头，正见汪浩东大步走过来，三个人的目光不期相聚，肖彦惊疑，汪浩东诧异，汪浩明莫名其妙地看看肖彦，又看看弟弟，眼里是茫然不解。

闪电一样的，一个念头跃入肖彦的脑际，似乎一切都已明了。美丽的只是幻觉，只是那个云端上的梦。面前的这个人不再是漂泊异乡的天涯知己，而只是汪浩东的堂兄。

突然从云端跌醒的肖彦，顿时感觉心内空空，无依无傍。下意识地后退，只想尽快从这个世界上消失，只想尽快离开这尴尬的境地。然而，心神恍惚的肖彦没注意到身后的马路牙子，不小心脚下一拌，跌倒在地，不巧的是头

正好撞在旁边的广告牌上，血顺着头发流下来，肖彦顿时失去了知觉。

恍惚中也感觉到许多人围过来，然后簇拥着上了车，再然后，就什么也不知道了。

再次醒来的时候已经又是清晨了，睁开眼睛，只感觉头隐隐的痛。窗外晨曦微显，眼前的一切熟悉亲切，哦，是躺在自己的床上，阳台上前天洗的衣服仍旧垂挂着。桌上，那天晚上印出来的照片仍躺在打印机旁。从厨房里传来高压锅吱吱的叫声，尽管压低了声音，肖彦仍听到汪浩东与一个女孩低低的说话声，似乎在讨论冰糖莲子羹的做法。摇摇头，正想动一下身子，却发现床前的椅子上坐着一个人，还没来得及洗掉旅途的疲累，伏在床前已沉入了梦乡。

肖彦闭了闭眼睛，一切问题又回到了眼前，凝神，尽管还有许多难解的结子，毕竟实实在在地落到现实中。低低地叹息，肖彦的网络故事，已轻轻地落下了帷幕。

一百元的重量和难以再现的美丽谎言

生活中我有一个沿袭了很久的习惯。那就是我在消费时不太喜欢使用一百元面值的钱币。但钱包里却一定要装进至少一张一百元面值的钱币才可安心。

之所以如此，也许是来自生活中那曾经抹不去的一百元心结吧……

那年是母亲人生路上最为怯懦窘迫而又必须面对的岁月。有人说快乐的日子如飞，而不快乐的日子如嚼着一根苦藤需要一截一截咽下去。我想那时母亲的日子大体如同后者吧。那年也是一百元刚刚发行的时候，一般人收入有两张百元就已经算是不错了。

那晚，母亲在从我小姨家（母亲的小妹妹）出来时，小姨和小姨父硬是塞给了母亲一百元。小姨和小姨父不是那种很富足的人，但肯定是那种真诚慷慨到有一百元不会只拿出九十九元的人。

晚上九点多了，母亲揣着那张一百元从我小姨家往三姨（母亲的大妹妹）家赶去。而我也在接到母亲约好的电话后同一时间赶往三姨家。

下了车就是三姨居住的小区大门。深秋的晚上凉风飕飕，小区里已经行人稀少。因此心里就有些莫名的紧张，脚步也越来越快。突然我远远地看见前方路灯下有个身影很像母亲，但不能确定。因为那个很像母亲的人在两个路灯之间的小道上低着头来来回回地走动着。我想那不可能是我母亲。

然而当我走到近前才发现那人的的确确是我母亲。

我很诧异地问母亲在做什么。母亲看到我只是说没什么就拉着我向三姨家走去。可是，走了不到五十米，她又拉着我原路折回。这才告诉我刚才从小姨家出来时，小姨和小姨父给的一百元钱丢了。"我一直放在口袋里用手捂着的。进了小区的大门摸着还有的，怎么会就丢了呢？怎么会就丢了呢？"母亲一边继续寻找着一边反复地说着这句话。因此她断定就是在这段路上丢的。

我明白了。怎么可能是在这段路上丢了呢。八成是母亲在公共汽车上由于太紧张地捂着那一百元而被盗贼光顾了。我可以想象在这半个多小时路程中母亲因为这一百元的紧张、担忧的状态。我知道现在她也许只是给自己制造一种幻想，因为她无法回到公交车上去寻找。她十分希望奇迹能在这里出现，希望那一百元能失而复得……

我陪着母亲来来回回地又在那段路灯下找了三四个来回，只到找遍每一个角落才罢休。

丢失了一百元的母亲神情十分懊恼沮丧。到了姨妈家，本来要商讨的事也只是神情恍惚地草草说了一下就到里屋去休息了。我知道那时母亲最难过伤感的不仅仅是丢失了那一百元，她的生活中还丢失了或者说是被掠夺了很多重要的东西。丢钱只是雪上加霜。这个道理我在很多年以后才明白。

好在人善天不欺。几年后，母亲的境况就有了很大的改善。母亲找回了生活中的许多东西，同时也绝对不会再为丢失一百元而失魂落魄。虽然她还是那么节省。但一百元的意义就只是一百元。它代表不了什么，也不能改变一种生活本质的含意。但每每我想起母亲那晚丢失一百元的情景和那段刻骨铭心的艰难岁月，心里就极其苦涩和不舒服。因为那时我如果有一百元的话就可以装作找到交还给母亲。母亲或许就不会在那个特殊时期为这一百元而倍受打击与难过。只是那时我没有。一百元对我不是很大的数字，但也绝对不是很小的数字。至少那时我的钱袋里还没有装过一百元面值的钱币。

那年母亲四十多岁。按现在的时代还是一个女人风韵不减的幸福年龄。如今母亲六十多岁了。她在给我们儿女的资助中拿出的百元钱币很少是一张的。但可能再没有人知道她曾经为丢失了一百元在一个清冷的深秋晚上反反复复寻找了十几个来回……

如果说母亲所丢失的一百元在我心头留下了一些难以抹去的惆怅与沉重感的话，那么十多年之后我把何阿姨用心良苦塞给女儿的那一百元压岁钱随手给扔了的锥心之痛更是充满了无以弥补的缺憾与愧疚。

何阿姨是和我们间接生活了四个多月的一个上海知青。之所以说是间接，是因为在那四个多月中，她每天有大半天的时间和我们在一起生活。对于何阿姨，我一直用女儿的姨奶奶来称谓她。不愿用保姆这个词来称谓她。但她来时确实就是以这样的身份由中介公司介绍来的。

六年前何阿姨来我们家时正好是五十岁。也是她女儿即将参加高考的前三个月。初见她，除了在她身上还遗留着上海女人小巧玲珑、整洁利索的模样和话语间乡音难改的吴侬口音，她的朴实与胆怯让我很难把她和精明强干、能言善辩的上海人联系在一起。

在何阿姨来的四个多月里。我渐渐知道了何阿姨的一些境况。她和老公的祖籍都是上海。那年一起下放来到了安徽。后来就一起进了一家工厂在合肥生活至今。我问她为什么不按政策回上海。她说上海只有亲人却没有属于他们的家。说这话时，她的眼睛有了一丝一掠而过的忧伤。就在日子不好不坏地过了二十多年后。她和老公赖以生存的工厂在一片势如破竹的破产龙卷风的侵袭下也无可挽回地倒闭了。何阿姨是集体工。但那时集体工绝大多数都能按政策等同正式职工得到妥善安置与保障。当然并不排除有极少部分的例外。所以那时大家都在四处找关系提前拿到一张预先"保票"。虽然那张"保票"是无形的。

憨直的何阿姨和她老公固执地认为无论如何他们都属于应该有保障的。他们不好意思去找领导，认为那样是对领导的不信任。而且，何阿姨一再对我说，有一次他们在路上遇到领导，领导主动给了他们承诺。只让他们在家里好好休息等着消息就可以了。何阿姨和老公就在家里老老实实地遵循领导旨意一直等着，最后等来的结果却是连一个解释都没有的一无所有。几乎在企业里兢兢业业工作了一辈子就为了晚年有个保障的何阿姨所期望的一切就像空气一样蒸发了。唯一的收入就是老公那每月四百元的下岗工资。我问她为什么不去找那位领导，她说没有找。因为那人作了承诺却没有兑现一定很不好意思见他们。我愕然，之所以如此赘言细说，是因为我从何阿姨身上看到了一个无端被剥夺了生活来源的知青的无助与无奈。而在这无助与无奈的背后，一些人的良知充其量在精神上也就是那种每天毫无廉耻地裸体走在大街为能够吞噬一切肮脏而填饱肚皮匍匐在地的活体……

因为会担心别人不好意思，那时的何阿姨没有做任何抗争。唯一的期望就是盼着老公快点儿到退休年龄。那样他们就可以拿到近六百元的退休工资了。

何阿姨的老公一直坚持不让何阿姨出去找事做。一直坚持用自己的四百元下岗工资来养活何阿姨和女儿。日子之艰难可想而知。直到女儿即将参加高考，何阿姨才试着出来找点儿事做。而第一站便来到了我家。

四个月的时间转眼即过。就在我们很庆幸女儿从最为疼爱她的外婆怀抱中很放心地转入了善良温和的何阿姨怀抱中时。有一天，何阿姨终于对我说她无法再帮我带宝宝了。直到那时我才知道。她的腰椎间盘突出病发了。她在厚厚的棉衣里面用腰带撑着坚持抱了女儿一星期。她再也坚持不下去了。因为她怕站不住时会摔到宝宝。那时女儿十个月，除了在床上睡着就是被何阿姨宠爱地抱着。

何阿姨走了。心里却一直挂念着宝宝和我们一家人。她走时对我说他们家在这城市里没有亲戚。以后我们就当亲戚走走吧。我欣然应诺。后来何阿姨在腰稍微好转一点儿的时候，她和她的老公几乎每周都来看望宝宝。并用他们微薄的收入给宝宝买很贵重的食物。她老公说她每天在家里唠唠叨叨着女儿每一个可爱的细节。每天笑嘻嘻地看着女儿的照片，百看不厌。她不仅挂念着女儿，还在得知我得了和她一样的椎间盘突出病后，特地跑到超市去买了那种很贵的偏方药材。在一个雪后的晚上送了来。然而因为我们碰巧外出，然后又因为外出回来我们与站在雪地里的何阿姨夫妇俩相互间都没有看到。导致他们在寒风中足足站了一个多小时……当我打开门看到这老两口儿时，他们已冻得无法掩饰瑟瑟发抖的身体。我为自己的大意愧疚至极却无言表达，只有一杯热茶相抚。

我不是一个富足的人。但一直以来我都很想给这对生活在窘迫线上的老两口儿一些力所能及的帮助。虽然我的收入是那么羞于启齿。但比起他们却要好很多。

在何阿姨的女儿上了大学后，我几次很婉转地以不同方式提到是否需要我们给予一些资助或是暂借时，她总是很婉转并很坚决地拒绝了。她一再说他们过去是存了一些钱的，现在的生活还有些节余。我无法想象一个三口之家每月四百元的收入维持生活还可以节余……尽管我的心很痛，但我没有再坚持。因为我知道如果我坚持那就是对她的一种伤害。于是在之后的日子里，我就只能按照她所愿望的那样，像亲戚一样"走走"——维系着这世间一种难得的缘分与真情。

因此去年春节初一的一大早我们全家首先要做的事就是去给何阿姨夫妇拜年。

走下出租车时她早已站在了路口。她说知道我们要来都已经下楼来接我们三次了。我给她送了一件羽绒衣。她特别高兴，马上就穿上了。她一再摸着那件软软的羽绒衣说价格一定很贵。我对她说我一次买了九件几乎是批发价，所以一点儿也不贵。我还对她说因为宝宝爸爸今年单位的年终奖金颇丰（至少在我的鼠目寸光看来是这样的）。所以我就给身边所有值得我敬重和需要的老人一人买了一件羽绒衣。希望她分享我们的快乐与满足。之所以告诉她是想让她不要为收到这样一件羽绒衣而感到局促不安……

在我们离开时，何阿姨给了女儿一条方片糕说意为"步步高"。我们自然是开心地接受了。因为早上没有吃早饭。上了出租车我就撕开那条方片糕狼吞虎咽起来。因为还要赶往女儿的爷爷奶奶家拜年。所以下车时就随手将剩下不多没有吃完的糕连同包装纸一并扔进了垃圾箱。谁知就此一失手成千古恨。

因为第二天晚上，何阿姨来了电话。她在电话里小心翼翼地告诉我那条糕的包装纸里她给女儿塞了一百元压岁钱。提醒我别把糕随意给了人。我当时目瞪口呆了半秒钟就把我吃糕扔包装的细节说了出来……直到我反应过来电话那边许久没有声音。才知道自己犯了一个不可饶恕的错误。要知道那一百元在他们是表达了怎样的一种厚重情意；要知道那一百元也许是他们家半月的生活费；要知道她的女儿为了得到那几百元的奖学金，日日刻苦学习，连续两年都必拿一等奖是多么的不易……而我就那么轻易地告诉她被我无意间扔了。尽管一切都是无意的。然而我还是不能原谅自己的无意与莽撞。我为什么没有急中生智给她一个美丽的谎言呢？

一百元对于生活在大都市的人实在只能是区区一张最大面值的纸币而已。我是个数字概念极差的人。很多人会晕车晕船晕机。而我是逢数必晕。我敢肯定如果没有发生上述两件事情，我对一百元与一元的区别绝对就是最大与最小的概念。

后来我的钱包里就会常常有意识地要装上不少于一张的百元面值纸币。是否是因为在我的心结中总幸存着那种有机会用一百元去消除一个母亲内心的伤感和安抚那个与我们没有亲情却胜过亲情、让我们在这物质社会里感受到一份真情与关爱的何阿姨的期望呢……

如果时光可以倒流，如果我真的有机会能够去圆这样一个美丽的谎言。那将是我此生最为释怀和宽慰的……

无疑，生活中了解我的家人和友人都确信我是个不仅晕数而且对人民币没有"收藏"欲的人。但也有些人说我虽然晕数，却是对人民币"把"的很紧的人。虽然后者的说法不足前者的百分之十。我想他们说的都各有道理。

因为现在我的钱袋如果有张百元钱币我一定会毫不犹豫地送给那些需要雪中送炭的人，而不会去给那些需要锦上添花的人。

因为我知道一百元在不同人的生活中重量是不同的、需要是不同的、意义也是不同的……